繁简

"下着清晨，我们的确隔着些路..."

"但我不打算放弃你。"

她朝他走，他也一样

距离缩短为一步遥

周围喧嚣不止，

他们之间却是静谧

繁简

君约 著

繁简

四川文艺出版社

图书在版编目（CIP）数据

繁简 / 君约著 . -- 成都 : 四川文艺出版社，
2024.7
ISBN 978-7-5411-6974-8

Ⅰ . ①繁… Ⅱ . ①君… Ⅲ . ①长篇小说 - 中国 - 当代
Ⅳ . ① I247.5

中国国家版本馆 CIP 数据核字 (2024) 第 097825 号

FAN JIAN

繁 简

君约 著

出 品 人	冯　静
责任编辑	梁祖云
特约编辑	雪　人
装帧设计	Insect　孙欣瑞
责任校对	段　敏

出版发行　四川文艺出版社（成都市锦江区三色路 238 号）
网　　址　www.scwys.com
电　　话　0731-89743446（发行部）　028-86361781（编辑部）

排　　版	长沙大鱼文化传媒有限公司			
印　　刷	长沙鸿发印务实业有限公司			
成品尺寸	145mm×210mm	开　本	32 开	
印　　张	10	字　数	348 千字	
版　　次	2024 年 7 月第一版	印　次	2024 年 7 月第一次印刷	
书　　号	ISBN 978-7-5411-6974-8			
定　　价	42.80 元			

目录 /contents

Chapter 01

·遗失的画稿

进机场前，倪简放在风衣口袋里的手机一直贴着她的大腿振动。

程虹大概要气爆了。

倪简这样想着，摸出手机，等它不振了，飞快地按了关机丢进包里。收件箱里几十条未读信息被她彻底无视。

下午四点，航班抵达北京。

睡了近十个小时，倪简昏头涨脑，从 T2 楼走到 T1 楼，半小时后坐上飞往 C 市的班机。没过多久，机组广播通知飞机发生机械故障，要返回停机坪进行检查。倪简问了身边人才知道发生了什么事。

这一折腾就耽搁了两个小时，这趟班机取消，倪简被安排乘坐晚上八点半的航班。

夜里十一点，到达 C 市云林机场。外头在下雨，风也有些大。

在倪简的记忆里，五月的南方是温暖的时节，但现在她冷得打了两个哆嗦。

她扣上风衣的扣子，左手拉小拖箱，右手提着一只米白色布袋，一路小跑到高架桥下。就这么一会儿，淋得她脸上全是雨水，风衣湿了一半，只有紧抱在怀里的布袋幸免于难。

倪简拿下小背包找手机，摸了几圈没摸到，她又仔细翻了两遍，确定手机真的不在。

她回想了一下，上次看到手机还是在西雅图机场，这之后她没碰过背包——不对，转机后她从包里拿过一本书……

倪简停了几秒，伸手抹掉脸上的雨水，开始找车。

这个时间，这种天气，别说出租车难找，连黑车都供不应求。倪简一连锁定了两辆出租车，都是她还没走过去，就有人钻进去了。她只好把注意力放到黑车上。

不远处并排停着几辆车，司机站在车外拉客，热情得吓人。

倪简犹豫了一会儿，朝最角落的一辆黑色车走去。

她先绕到后面，看了下车牌。

她默默记下。

这是她的习惯，可是这次记完后她才想起手机丢了。

那车停的位置不显眼。倪简过去敲车门时，驾驶座上的男人正在打电话。

"嗯，她没回信息，还是关机……倪叔你不要急，可能改签了……嗯，好，我先回去。"

倪简敲了好一会儿，车窗开了，她看到里头是一个男人。

光线偏暗，倪简看不清他的脸，也没仔细看，反正能看到嘴唇就够了。

她张口问："你好，信宁区去吗？"

男人愣了一下。

倪简站在那儿等他点头，她有很大的把握他会答应——像这种天气还跑机场来拉客，必定是很想挣钱的人。

可是等了好几秒，男人还是没作声。

桥下虽然淋不到雨，但倪简的头发和衣服都是湿的，风吹过来很不好受。

她又打了个哆嗦。

"我会多给你车费。"她说。

男人看了她一会儿说："你上来吧。"

倪简看见他嘴唇动了几下，松了口气，赶紧打开后车门，把小拖箱提进去，然后把手里的布袋放到后座上，人跟着坐进去。

"到七树路经纬公寓。"说完她想起这是黑车，而他也并非专业的出租车司机。

"你会走吧？"倪简问。

男人"嗯"了一声。

倪简见他没反应，直起身子又问了一遍："你认识路吗？"

男人终于转过头看了她一眼："我住在信宁区。"他说完发动了车子。

他刚才转过脸时，后面的车灯恰好打过来，倪简不仅听清了他说的话，也看清了他整张脸。

长得挺周正的。

尤其是眼睛，深黑清亮，不是那种憨厚老实的模样，但也没让人觉得像坏人，挺可靠的样子。

倪简放心地靠着后座，望着黑蒙蒙的窗外。

后来，倪简是被拍醒的。

她不知道自己怎么会睡着，明明在飞机上睡了那么久。

"到了。"面前的男人对她说。

倪简没看清他说话，她发现车停了，揉了揉眼睛："到了吗？"

男人点点头。

倪简转头看看外面，雨好像停了，路灯照得地面透亮。她从车里钻出来，看着他的嘴唇，问："几点了？"

"十二点半了。"

"哦。"倪简把箱子拿出来，又拿起被自己当成枕头的背包。

"谢谢你。"她从包里拿出三张钞票，递给他，"够吗？"

"一百就够了。"

倪简觉得她没看错，这男人的确挺老实的。

她说："我说了要多给你车费的。"

"不用。"他从倪简手里抽了一张，转身往驾驶座走。

男人关好车门开车走了，倪简仍然站在那里没动。

差不多过了半分钟，她回过神，脑子里仍记得刚刚那男人的背影。

苏钦。

这个名字在倪简的齿缝里碾了一遍。倪简使劲咬了一下嘴唇，痛感让她迅速清醒。

只是个相似的背影罢了。

倪简拖着箱子往小区里走，走了两步，发现了不对——

她的袋子呢？

倪简进了小区，上楼，按了门铃，过了几秒，门开了。

穿着鳄鱼睡衣的人站在门里，肤色白皙，短发，偏瘦，身材高挑，雌雄难辨。

倪简呼了口气："小天。"

"怎么搞成这鬼样？"被称作"小天"的人一张口，嗓音就出卖了她。

她是个女人，全名梅映天，圈里人喊她"小天"。

"短信不回，电话不通，不是说有人接你？"

梅映天看起来很生气，但还是立刻伸手把倪简的拖箱拎进去。

十二公斤的箱子在她手里像一袋面包似的。倪简跟在她后头进门，踩过泥水的短靴在干净的地板上留下鞋印。倪简蹬掉靴子，穿着袜子踩在地板上。

"作什么作？"梅映天从玄关的鞋柜里拿出一双灰白色拖鞋，"穿上。"

倪简很听话，穿上鞋走到沙发边，脱了风衣靠上去。

梅映天倒了杯热水递给她。

倪简摇头："不想喝。"

梅映天把水杯放在茶几上，坐到沙发上："怎么回事？"

"我的画稿丢了。"

梅映天皱眉："哪儿丢的？"

倪简把这一路上的糟心事跟梅映天倒了一遍。

梅映天听完就问了一句："车牌号记不记得？"

倪简一顿，猛点头。

事情一下子变得很简单。

倪简知道梅映天很厉害，但没想到这么厉害，第二天一早，她刚起床就在冰箱上看到便笺，上面写了个地址。

倪简心情甚好地吃完了梅映天给她留的早餐汉堡，换上衣服就出门了。她要去找那个阳光汽车维修服务中心。

倪简虽然在 C 市出生，但她幼时一直住在城东，对城西这一片不熟，四年前倒是跟着梅映天偷偷回来过一次，但是只待了三天就被程虹派过来的人逮回去了。

那三天里，她只来得及见倪振平一面。

想起倪振平，倪简发现自己忘了一件事。昨天她的手机丢了，她到现在还没跟倪振平联系上。

也许，他会担心的。

她在小区门口想了一会儿，走到旁边的小超市借了电话，拨出一串数字。

倪振平的手机号换过好几个，她记不清楚，只有这个号码她从来没有忘记。

那是家里的座机号，仍然和十八年前一样，没有变过。

倪简七岁离开那个家，之后的两年她偷偷往家里打过很多次电话，虽然每一次都要让胖胖的便利店老板娘帮她听电话，但她很满足。

这样的事持续到十岁。

那年 6 月 1 日，程虹给她生了个弟弟，全家都很高兴，她在被窝里哭了一晚，第二天放学给倪振平打电话。电话是打通了，但老板娘告诉她那头接电话的是个女人。从那以后，倪简再也没有打过。

直到四年前，倪简回 C 市，她让梅映天帮她打电话叫倪振平出来，那次见面后，倪振平把手机号留给她，自此他们恢复了联系，父女俩偶尔会发几条短信。

倪简耳朵听不见，发短信已经是最方便的远程联络方式了。

但现在这种情况就不行。

倪简拨完号码就请旁边结完账的一个年轻女孩子帮她听电话。女孩了解了情况后，既诧异又同情地看了她两眼，倒是很乐意帮忙。

电话接通后，女孩用口型告诉倪简是个女人。

倪简说："我是倪简，我找倪振平。"

女孩对着话筒转述："这边是倪简，她要找倪振平。"

那头的女人似乎愣了一下，隔了一会儿才回话："他不在，闺女生病了，他在医院陪着，有什么事吗？"

女孩如实告诉倪简。

倪简顿了一下说："我没什么事，就是告诉他一声，我已经回来了，也安顿好了。昨天手机丢了，没联系上他，让他别担心。"

话传过去后，那头的女人说了声"知道了"。

倪简把电话挂了，跟好心的女孩道谢，付了电话费就离开了。

阳光汽车维修服务中心在林浦路，其实就是个修车铺，属于老城区，这两年正在改建，所以环境很糟糕，到处都能看到拆迁队的半成品。倪简绕了两圈才找对地方。

她抬头看着顶上掉了几块漆的蓝色招牌，跟便笺上的店名比照了一下，然后往店里看了看，发现这招牌好像有些高大上了。

她走近，看到了昨天晚上那辆黑色的车。

旁边一个在洗车的年轻人看到她，过来问："小姐，洗车还是修车？"说完往她身后扫了一眼，发现没有车，他挠了挠脑袋说，"……还是您要租车？买二手车？"

倪简摇摇头："这车是谁的？"

那人愣了一下，顺着她指的方向看了一眼，说："哦，这是我们老板的。您看中这辆啦，这辆不卖的。"

倪简说："我不买车，我找你们老板。"

那人疑惑地打量了她一眼："我们老板不在。"

倪简皱了皱眉："那我能看看车里吗？"

"这……您想看什么啊？"年轻人有点为难，"我们老板很宝贝这车的，平时除了陆哥，我们都摸不得。"

"我昨晚坐过这车。"倪简说，"我落了东西，我想看看在不在里面。"

话一说完，她就看到那人张大了嘴巴，一脸不可思议的表情："您昨晚坐这车啦？您跟我们老板是……是……"

"我能看吗？"倪简打断他。

那人上下打量着她，几秒后，仍是为难地说："那个……您等会儿，我问问陆哥。"说完转身跑了两步，冲着不远处的棚子喊了一声，"陆哥，这边有事儿，你来一下！"

倪简远远看到那边大卡车下爬出一个人，他穿着深蓝色的工作服，大步走过来，离她越来越近。

倪简看清了他的样子，眼皮抬了抬。

陆繁一路走来，也认出了倪简。他很快走到近前，倪简看到他脸上都是汗。在日光下，倪简发现他的肤色其实是有点偏黑的。

但这并没有让他显得难看，那双眼睛比夜里更吸引人，乌黑、深邃。

他很高，腿也长，看得出身材应该不错，肩是肩，腰是腰。

从背后看，应该更好。

倪简莫名想起昨夜的背影，她眼皮一跳，陡然回神。

小罗看到陆繁过来，凑近了说："陆哥，她要看老板的车。"

陆繁抬眼朝倪简看过来。

倪简说："你记得吧，我昨晚坐你车的，我有个袋子落了。"

陆繁没有说话。

倪简急于拿回那袋书稿，她走近一步，又问："还在车上吗？"

陆繁摇头。

"那在哪儿？"

陆繁看了她一眼，沉默两秒，转身往刚才的棚子里走，返回时黑乎乎的手套不见了，他手里多了个米白色布袋。

正是倪简丢的那一个。

倪简走过去，脸上的表情松下来，竟有了一丝笑意："就是它。"

她伸手要接，陆繁没给。

倪简不明所以。

陆繁抬眼，看着她的眼睛说："坏了。"

倪简的眼皮跳了一下："什么坏了？"

陆繁递来布袋，倪简接过来，打开看了一眼，脸色就变了。

"这谁干的？"她的声音一下子冷了。

一旁的小罗吓了一跳。

"啥东西坏了？"小罗凑过来，抻着脖子朝倪简的袋子看，"咦，这不是早上兜兜玩的画儿吗？是你的啊。"

倪简盯着陆繁，整张脸都是冷厉的："兜兜是谁？你儿子？"

陆繁没答，小罗抢着说："是我们老板的儿子！小孩不懂事，瞎玩，跟陆哥没关系。"

"怎么没关系？"倪简脑袋里轰隆隆的，肺里一股火往外窜，"车是他开的！开黑车就能随意处置乘客遗失的物品？我不知道有这样的道理。"

她低头又看了一眼那袋纸片，更觉得烦闷："你有什么权利把我的东西给小孩玩？"

陆繁没说话。

小罗看她说话这么冲，有些听不过去。他觉得这姑娘人长得挺好，但心眼有些小了。多大事儿啊，这么大火气。

"又不是陆哥撕的，放在那里被小娃娃看见了，不就玩起来了吗？就是几张纸，没这么严重吧？再画一遍嘛，大不了赔纸给你。"小罗嘟囔着，"再说，陆哥什么时候开黑车了。"

倪简冷笑一声："怎么赔？我画了三个月的原画，就是照着摹都不能让每个分镜、每个表情一样，更不用说毁成这个样子，我连台词都还原不了，他拿什么赔？"

小罗张了张嘴，像是没怎么听懂，怔怔地看着她。

倪简突然泄了气。

她知道说什么都没用了。

小罗扭头看陆繁："陆哥，你看这……"

话说一半，看到倪简走了。

"哎，小姐——"

小罗喊了一声就打住，他看到陆繁跟过去了。

倪简走到马路上，想拦车，高大的身影追上她。他站在她面前，日光都被挡住。

他说："如果粘回去，你能摹吗？"

倪简仰头，眯眼看他的脸。他说完话就抿紧了唇，薄唇平平的，线一样。

倪简扯着唇："粘回去？"

陆繁点点头："你给我点时间，我粘好这些。"

要不是倪简现在心里极度沮丧，她几乎真的要笑了。

她觉得这男人真有意思。糟蹋成这样，他说粘回去？

"你要多少时间？"

她勾着唇问他，明明心里觉得好笑，口气却是认真的。

她对这个开黑车的男人有点兴趣了。

陆繁认真地想了一下，回答："五天。"

倪简眨了眨眼："好。"她从包里掏出一支笔递给他，左手掌在他面前摊开。

陆繁看着眼前白皙的掌心，顿了一下。

倪简淡淡说："你的号码写下来。"

陆繁看了她一秒，接过笔，从工作服裤袋里摸出一个瘪瘪的烟盒。里头还有一根烟，他抽出来咬在嘴里，低头在烟盒上写下号码。

陆繁把烟盒递给倪简。

倪简看着他，不接。

陆繁把嘴里的烟拿下来："号码。"

倪简皱着鼻子："我讨厌烟味，不要这个。你写这里。"她白白的小手在他面前晃了下，仍将掌心对着他。

陆繁盯着她看了几秒，她的表情很严肃，眼神认真，不似故意调笑的模样。

他握着笔，低头在她白皙的掌心写下十一个数字。

圆珠笔在皮肤上划过，有些疼，有些痒。

倪简一下没动，直到他写完。她从陆繁手里接过笔，把怀里的布袋给他。

"时间到了我找你。"她说完转身就走了。

看到陆繁拎着袋子回来，小罗走过来："陆哥，她怎么把这碎画儿给你了，不是挺宝贝的吗？"

陆繁站在那儿，将手里那根烟放进嘴里，点着了。

小罗心里"咯噔"了下："她不会真让你赔钱吧。"

陆繁没说话，小罗当他默认了，有些急了："这姑娘怎么这么小气，几张画嘛。"说完一拍大腿，"对了，石头哥那个弟弟不也是画画的嘛，要不咱们找他画几张赔她算了。"

"不一样。"陆繁吐了口烟，"她画漫画。"还是恐怖漫画。

"漫画？"小罗挠挠头，"很难？"

陆繁"嗯"一声，没再多说，笔直地朝着车棚走去。

修了一半的卡车还在那儿等着他。

梅映天深夜回来，倪简早就洗完澡窝床上了。梅映天喊她起来吃夜宵。

倪简穿着吊带睡裙走出来，头发跟鸡窝没两样。梅映天从裤兜里摸出一部手机丢倪简面前，倪简拿起来划拉两下，里头已经装了 SIM 卡，只有梅映天一个联系人。

倪简想起什么，跑冰箱旁看了眼便利贴上的号码，存进手机里。输完数字，到联系人姓名那栏，她顿了一下。

她不知道他的名字。

想了想，她点了几下，存储完成，联系人里多了一个"开黑车的"。

倪简存好电话，转身，撞上梅映天一马平川的胸膛。

"谁的号码？"梅映天扬了扬下巴。

倪简说："就是那个开黑车的。"

梅映天问："画稿拿回来了？"

"还没。"倪简说，"我过几天找他拿。"

梅映天点点头，没多问。

倪简说："你什么时候去比赛？"

"21 号。"

"所以最近都不陪我？不给我做饭？"

梅映天嗤声："倪三岁。"

"我以为这是做你'女朋友'的福利。"

梅映天挑眉："我什么时候有女朋友的，我怎么不知道？"

"是吗？"倪简笑了一声，把桌上的平板电脑拿过来递给她。

梅映天刚看了标题就皱了眉。

是个八卦帖——

【818 犀利怪咖小天和她的漫画家女朋友……】

倪简在一旁好整以暇地看着梅映天纠结的表情："看到没。"

梅映天额角直跳："你没事看这种东西？"说完，把平板电脑丢回给她。

倪简不以为然地说："你别说，当故事看还挺有意思。"

梅映天白了她一眼："这要是呈到你母上面前，你还觉得有意思吗？"

这句戳得真狠。

倪简嘴巴嚅了嚅，想说什么，最后只是哼了一声，像不屑，更像无奈。

程虹讨厌梅映天，在程虹嘴里，倪简跟梅映天的关系除了"变态"，没有别的形容词，即使梅映天曾经救过倪简的命。

程虹不管这些，像个固执霸道的女王。

倪简曾经一天之内见了十二个男人，都是程虹为她找的。当时的架势，似乎只要她点头，程虹就能立刻为她和其中某一个男人举行婚礼。

那天，倪简气笑了。

倪简想，程虹或许不在乎她喜欢谁，也并非真的关心她幸福与否，程虹大概只是单纯地不能容忍自己的女儿不按自己安排的路走。

毕竟，程虹是个非常自负的女人。

意识到这一点，倪简再也不想跟程虹解释。当然，她也不听程虹的话。

梅映天提起这事，倪简才有些意外地发现这次程虹竟然没派人追过来。

算一算，她已经一周没跟程虹联系了，所有烦人的短信随着那个丢掉的手机不见了。

这种脱离掌控的感觉，比想象中的要好。

梅映天出去集训的几天里，倪简一个人过日子。她不做饭，不出门，只叫外卖，画稿毁了，她什么正事也不做。

第四天晚上，她想起该给那个开黑车的发短信了。

她的短信很简单，开门见山。

【我明天去找你拿画稿。】

半分钟后，手机振动了一下。

【我不在。】

倪简：【你跑了？】

陆繁看到倪简回的三个字，有些好笑。他点了呼叫，觉得还是打电话方便一点。

他很少发短信，也不喜欢发，因为浪费时间。

电话里"嘟"了三声，没有人接。过了一会儿，冰冷的女声提示"您拨打的电话正在通话中"，陆繁知道是对方把电话挂了。

这时，短信提示音响了——

【我接不了电话。】

陆繁想想也觉得他刚刚贸然打电话过去确实不妥，也许她所在的场合现在不方便讲电话，也许跟她一起住的人已经睡着了。

他编辑短信：【我没有跑，明天不去那儿修车，明天晚上我拿给你。】顿

了一下，加了一句，【你还住经纬公寓吧？】

发过去没几秒，收到回音——

【对，经纬公寓4502。】

陆繁觉得她回短信的速度快得有些离谱。

看完短信内容，他又觉得这女人有点没脑子。就这么把门牌号告诉陌生人，连起码的警戒心都没有，可这确实是她能做出的事，那天晚上她也是毫不畏惧地钻进他开的"黑车"里，还特别放心地睡着了。

第二天的天气很糟糕，风从傍晚开始刮，到八点多，电闪雷鸣，下起了大暴雨。

倪简站在窗户边，贴着玻璃看外面黑魆魆的天。

八点五十分了。

她低头划拉了两下手机，停在短信记录上。昨晚最后一条信息来自"开黑车的"：【我大概九点到。】

整座城市都能看"海"了，她想他大概也不会出门的。她发了条短信过去：【你什么时候方便再来吧，我都在这儿。】

谁知，手机还没放到口袋里就振动起来。

开黑车的：【我在保安室了，不让上去，你方便下来吗？】

倪简惊讶了一下，收起手机去储物室拿了把伞出门。

小区门口的保安室离四号楼不远，下楼就能看见。

雨势丝毫没有减小。

倪简穿着长裙，脚上一双凉拖，刚走出去脚和小腿全湿了，走到保安室时，裙摆湿了一大片，滴的水都能看得见。

保安室的屋檐下站着一个人。他身上套着墨绿色雨衣，但因为个子高，雨衣没罩住全身，倪简看到他大腿以下湿透了，深青色长裤紧贴着腿。

看到倪简来了，陆繁把手上的黑色塑料袋递给她。

那是倪简的画稿，外头套了好几层塑料袋。

倪简看了陆繁一眼，低头检查他为画稿做的防水措施。

倪简穿的长裙是奶白色的，家居样式，宽松简单，一直到小腿。她没化妆，甚至连头发都没梳，凌乱得很自然。

她应该是看到短信就立刻下来了。

陆繁的目光落到她的脚上。

倪简的脚很小，运动鞋穿36码，凉拖、单鞋35码的都能穿。倪简的皮肤白、细，脚也是一样，瘦瘦的脚趾粉白的。她今天穿的凉拖是黑色的，软牛皮质地，显得脚更加的白，但这会儿是湿的，还有水珠。

倪简抬起头时，陆繁的目光已经回到她的脸上了。

"你保护得挺好。"她说。

陆繁："你要不要打开检查看看？"

倪简打量了一下他，问："你怎么来的？雨这么大。"

陆繁愣了一下。

"骑车。"

倪简往四周看，门口的灯很亮，她透过重重雨雾看到小区门口停着一辆摩托车。

这么大的雨，摩托车居然能骑过来。倪简有点不相信。

她盯着他仔细看了看，发现他的头发也是湿的，脸庞上的雨水还没干。她怀疑他雨衣下面也全都湿了。

陆繁被她看得有点尴尬。

"你不检查吗？"他又问。

倪简没说话，她还在低着头看他的裤子。

"不检查的话，我得走了。"陆繁把雨衣的帽子戴上，转过身往雨雾里走。

倪简莫名其妙，不明白他怎么一声不吭就往雨里走。

陆繁走在雨幕中，倪简看到了他的背影，人就又糊涂了。

跟苏钦太像了。

肩、背、腰、腿，还有他的身高，甚至是走路的姿势。

倪简根本控制不住自己的脑子，她甚至忘了撑伞。

雨声太大，陆繁没有听见身后的声音，他停下来，纯粹是因为手被拉住了。

路灯的光是昏黄的，但这瓢泼大雨又是冷的。

倪简甚至不清楚自己拉住的是谁。她站在雨里，几秒之间浑身透湿，雨从头上浇着，她的头发贴在脸上。

陆繁的表情明显是震惊的。他看着手腕上那只小手，触感冰凉，比这雨的温度还要低。

陆繁还没反应过来，就看到倪简松了手，往后退了半步。雨水冲得她眼睛都睁不开，她仰着头，抹了一把脸，说："雨停了再走吧。"

陆繁回过神，拽住她的胳膊，几步把她拉回屋檐下。

倪简的裙子湿得很彻底，紧紧贴着身体，将她胸前勾勒得很显眼，连里头那一件的颜色都能分辨。

陆繁把她的伞递过来："回去。"

"走吧。"倪简抹了抹从头发滑到脸上的水。

陆繁反应了一会儿，意识到她在说什么。他说："你回去，我得走了。"

倪简眯了眯眼，很自然地说："可我还没检查画稿，你里面乱粘的我怎么办。"她晃了晃手里湿漉漉的袋子。

"……"

倪简说："我得一张张看，需要点时间。你跟我过去等会儿，雨这么大，你也不好走，不是吗？"

倪简说完拿过他手上的伞，撑开，就那么淡淡地看着他。她其实有点冷了，唇色都白了。

陆繁看了她两眼，低声说："走吧。"

看到他嘴唇动了，倪简笑了笑，撑伞走进雨里。陆繁跟在倪简后头，倪简走了两步，等他跟上，将伞举高了。

"我不用。"陆繁推了推伞柄，倪简又把伞歪过来。

他转过头看倪简，倪简像没听见一样，专心地举着伞，为了照顾他的身高，胳膊抬得老高。

他突然不知道说什么了。

"我来拿吧。"他捏住伞柄中间。

倪简有些诧异地转头看他，很快明白了他的意思，松开手。

路不远，很快就到了，他们坐电梯上楼。

到了门口，倪简才发现她走时居然没锁门。

陆繁也注意到门是开的。他看了她一眼，什么也没说，把雨衣脱在门外。

倪简放了双拖鞋在他面前。一双人字拖，男士的。

陆繁看了一眼说："我不进去了，在这儿等你看完画稿。"

"你要我现在立刻看画稿吗？"

陆繁一愣。

倪简安静地站在他面前，从头到脚全是湿的，仿佛刚在水里溺过一遭。

她现在确实不该看画稿，她应该先去洗个澡，换件衣服，再擦干头发。

陆繁不说话了，他弯腰换鞋子。

倪简转身进了洗手间，出来时给陆繁带了一条干毛巾。

"谢谢。"陆繁接过来，擦完脸再擦头发。

倪简去房间换了身衣服，白衬衫加黑色铅笔裤，衬得她的腿又直又细。

她一边擦头发一边走，到沙发边，把毛巾扔下，开始看画稿。

看了几张，她抬起头："你站着干什么？"

陆繁低头看了看裤子，上面的湿印特别明显。

"你看吧，我站一会儿。"

倪简没说话，但她也没继续看稿子，她目光平静地盯着他看，随心所欲，肆无忌惮。

陆繁从来没有见过这样的女人，他被她看得浑身不自在。

看到他走到沙发边坐下，倪简满意地收回了视线。

陆繁把画稿粘得很好，看得出他做得很认真，除了有两处台词弄乱了，其他都没什么问题。

倪简花半个小时检查完了，陆繁看她吁了口气，低声问："有错的吗？"

"嗯？"倪简没来得及看清他的唇。

陆繁以为她还没回过神。他指指画稿，说："有没有粘错的？"

倪简摇头："没有，你弄得挺好。"顿了一下，她问，"你英文很好？"

陆繁愣了愣，没料到她会问这个。

倪简的漫画在国外发行，台词都是英语。她画的是恐漫，很多生僻词，如果看不懂是不可能还原得那么准确的。

隔了一会儿，陆繁说："不怎么好，还是很早学的，差不多都忘了。"

倪简眼里有一丝惊讶："那……"

陆繁："那里面……我翻词典的。"

"哦。"倪简点点头，没再问。

陆繁站起来："没问题吧，我该走了。"

倪简也站起来，看了看外面："还在下。"

"没关系。"陆繁说，"雨小多了。"

"等雨停吧。"

"太晚了，我得在十点半之前回去。"陆繁把手里的毛巾递给她，"谢谢。"

倪简注意到他说的话。

"为什么要在十点半之前回去？"她没接毛巾，淡淡问，"你老婆管你？"

陆繁一怔。

两秒后，他说："没。"

倪简："没有管你？"

陆繁："没有老婆。"

陆繁走时，雨已经很小了。

倪简在窗边看了一会儿，收拾好画稿走回屋里。

第二天就是 21 号，梅映天带队参加国际华语辩论邀请赛，倪简早上给她发了条短信加油打气，毫无意外地被高冷的犀利小天无视了。

下午，倪简难得地出了一趟门。她去了长海区的元奥购物中心，那里有家店卖她想要的漫画原稿纸。

倪简不喜欢逛街，她买好东西就下了楼，从大厦的侧门出去，刚走几十米，就停住了脚步。

在她前面不远的地方有两个人，男的穿着暗灰色的翻领 T 恤，典型的中老年样式，他身上背着一个黄蓝格的学生书包，一看就知道走在他身边的小姑娘是他的女儿，十五六岁的模样，穿着米色连衣裙，脚上是白色的帆布鞋，走路时马尾辫一蹦一蹦的，很青春。

男人不时跟自己的闺女说话，他扭头时，倪简看到了他侧脸上的笑容。

倪简不由自主地放缓脚步，走在他们后面。

走了没多久，男人对闺女说了句话，然后独自朝左面的停车区走去，回来时推了一辆电动车。他把书包放在前面的车筐里，招手喊闺女过去。

年轻的女孩小跑着奔过去，灵活得像只兔子，很快跑到电动车旁，坐到车后。

男人就在这时看到了倪简。

因为太过惊讶，他甚至来不及控制自己的表情。

倪简看到他脸上的笑容在看到她的那一瞬间僵住了。

倪简有点难过，但她还是立刻就走过去了。

她喊了声"爸爸"，脸上带着些笑容。

倪振平这会儿刚刚反应过来，还有些不敢相信自己的眼睛。他把倪简上上下下看了一遍，嘴唇有些颤："小简？"

倪振平已经五十二岁了，他看上去比四年前更老，眼角和额上的皱纹多了好几道，头顶也有了白发。看着倪简时，他的眼睛有些许泛红。

倪简望着他，眼睛发酸。她扯扯唇，笑容扩大："嗯，是我。"

倪振平从电动车上下来，把车停稳，对身后的女孩说："珊珊，先下来。"

倪珊将视线从倪简身上移开，看着倪振平，嚅了嚅唇："爸爸……"

倪振平说："珊珊，这是你姐姐。"

倪珊下了车走到倪振平身边，抬头，目光跟倪简碰上，怯生生的。

倪简是知道倪珊的存在的，四年前她就听倪振平说起过。但她并不觉得自己会跟这个同父异母的妹妹有什么交集，当然也没有想到今天会在这里见面。

以前听倪振平说到倪珊，她心里会泛些酸楚的滋味，这是人之常情。倪简并不会因为那点嫉妒而对倪珊有什么坏印象。相反，倪珊看起来是个很讨喜的女孩，在长相上和倪简一样遗传了倪振平的某些特点，比如双眼皮特别明显、皮肤偏白。

最关键的是，她看起来很乖巧，并没有像某些孩子那样对异母姐姐有着天生的仇恨。

至少，倪简没有在她眼中看到明显的敌意。

倪珊抿了抿唇，朝倪简喊了一声"姐姐"，倪简对她笑了笑。

倪振平也笑起来，对倪简说："那天怎么都联系不上你，还以为你又不回来了，你打电话回家我又不在。小简，怎么回来这么多天也不找爸爸？"

倪简不知道怎么回答。

她心里其实想说"我不想打电话打扰你的家人"，但她不会真的这么说的。

沉默了一会儿，她对倪振平说："手机丢了，昨天才买了新的，还没来得及。"

倪振平点了下头。他心里知道应该不是这样，但他没有再多说。他看了看倪简手里的袋子，说："今天……是来买东西吗？你现在住在哪里？"

倪简说："就来逛逛，我和朋友住在信宁区那边。"

倪振平点点头，想说什么，话到嘴边又咽了回去。

倪简轻吸了口气，语气轻松地问："爸爸，你们呢？也来买东西吗？"

"不是，珊珊在这儿补课，我来接她。"

倪简想起刚刚经过一楼时看到的外语培训广告，猜测倪珊应该是在那儿学英语。

她"哦"了一声，没问什么。倪振平看了看四周，说："小简，一块儿吃个中饭吧。"

倪简没拒绝。

她知道倪振平本来是要骑车载倪珊回家的，但她私心里也想跟自己的爸爸多待一会儿。毕竟，他们已经太久没见了。

餐厅是倪振平选的。他先问了倪简，倪简说随便，然后他又问了倪珊，倪珊指着对面说："我同学说那里有家自助餐厅，很好吃。"

他们就来了这家据说很好吃的自助餐厅。

倪珊跟倪振平坐在一边，倪简坐在他们对面。

倪珊主动说："你们想吃什么，我去拿。"

倪简说："一起去拿吧。"

"让珊珊去吧，她嘴馋，就喜欢挑吃的。"

倪简听倪振平这么说，就没再坚持。

倪珊离开了座位，就只剩下倪简和倪振平。

倪振平仔细地打量了一下女儿，有些心疼地说："怎么比上次还瘦了？这么大了，还挑食？"

倪简喉咙里一哽，感觉眼泪挤到了眼眶里。

她咬着嘴唇没说话，等那阵情绪过去了才开口，"女人瘦点好看，爸爸你不知道吗？"

"我的小简已经很好看了，要那么瘦干什么？"倪振平说。

这回倪简再也没忍住，湿漉漉的水珠从眼睛里滑了下来。

她没想到，过了这么多年，倪振平竟然还会说"我的小简"。

——"我的小简最聪明了，都会骑车啦！"

——"我的小简长大了，会孝顺爸爸了，不过这糖太甜了，爸爸的牙要坏了……"

——"我的小简最乖了，别哭，跟你妈妈走吧，要听话……"

倪简捂着嘴巴，眼泪一颗颗地往外冒。

倪振平吓坏了。

"这……怎么了？小简，你……"

"没事。"倪简别开脸，飞快地抽出餐巾纸抹眼泪。

倪振平看着她，心里被扯得生痛。

这是他的女儿，他曾放在手心里捧着的女儿，她小时候在他面前哭，他会费尽心思哄她，给她买玩具，给她买糖，但现在这一刻他却什么都做不了。

这些年，他没能陪她长大，他甚至没怎么见过她。

虽然当年他已经竭尽全力争取过倪简的抚养权，但说到底都是因为他没用，才会让倪简跟着程虹走。

倪振平心里对倪简有着深深的愧疚。

倪简很用力地把眼泪都擦掉。

她吸了吸鼻子，转回脸时已经稳定了情绪。

"我挺高兴的。"她说，"因为今天看到爸爸了。"

倪振平的眼睛也有些湿润。

他低声说："小简，这些年是爸爸对不住你。"

倪简用力地摇头："跟你没关系。"

倪振平抹了把眼睛："小简，你能回来，爸爸很高兴。你要是愿意就回家住，倪珊妈妈那边爸爸会跟她说好的。"

倪简一顿。

倪振平会说这样的话，还是很让她意外的。

这是倪振平的心意，她懂，但这绝对不是什么好的提议。她的确跟倪振平有很深的父女感情，但他已经和别人组成了新的家庭，那不是她应该加入的地方。她也没那个心思去接受两个没有关系的人。

倪简摇摇头："不用了，我现在住得挺好，爸爸你不用为我操心。"

倪振平还想说什么，倪简打断了他："我们不说这个了。对了，我手机丢了，你的号码都没了。"

说着，她掏出新手机递给倪振平。

倪振平没办法，只能接过手机先把号码输进去，末了想起什么，问她："那天手机怎么丢的？陆繁说下午给你发短信就没回应了。"

倪简一愣，眉间有些疑惑："陆繁？"

倪振平说："那天珊珊突然不舒服，我带她去医院，就让陆繁去接你。你不记得陆繁了？"

看倪简没什么反应，倪振平说："不应该吧，原来住咱们家对门的，你的名字还是他爸爸取的呢。"

倪简说："我记得他。"顿了顿，说，"他们不是搬走了吗？"

"后来又搬回来了。"

"什么时候？"倪简挺惊讶。

倪振平说："回来挺久了，有十几年了吧。"

倪简"哦"了一声，想了想，觉得有些奇怪："他爸爸又调回来了？"

"不是。"倪振平摇摇头，脸色有点沉重，"他爸没了。"

Chapter 02
· 要不……你收留我几天

倪振平跟陆繁的父亲陆云是高中同学，陆云读书比倪振平好，上的大学也好，一毕业就进电厂做管理工作，倪振平当时能进电厂还是托了他的关系。两家最开始都住在电厂宿舍，后来分了房子，又选在一栋，门对门，一直走得很近。

后来陆繁出生了，倪振平那一年刚好结婚，陆云在喜宴上喝高了，拍着倪振平的肩膀说要跟他做儿女亲家，让他抓紧生个闺女，倪振平和程虹当时还因此被大伙儿起哄"早生贵女"，闹了个大红脸。

没想到三年后倪家果然添了个闺女，倪振平取名字时向陆云取经，陆云张口就取了个"简"字，说是跟他家小陆繁恰好凑一对。

倪振平当时觉得真能做亲家也挺好，知根知底的，于是欢欢喜喜地采用了。

这事整个大院都知道，难免有嘴长的人嚼舌根说倪振平会巴结，但他们也只能说说，陆云当时在电厂已经位高权重，没几个人敢明着说什么。

在倪简还是个小婴儿时，大院里的邻居看她就像看陆繁的小媳妇了。

陆繁那时才四五岁，什么也不懂，只知道听陆云的话，知道要对小简妹妹好。

这些事倪简当然没有什么印象，她能记清的都是四五岁之后的事。

因为程虹的疏忽，倪简三岁时因为高烧和药物中毒失聪，换了很多家医院都没治好，她几乎没有残余听力，助听器也用不了。所以，她四岁之后的生活重心就是学说话和读唇。

程虹不计代价地为她找了最好的特教老师，专门进行语言康复训练。

倪简聋了之后，大院里的人再也不说她是陆繁的小媳妇了。他们都觉得这事大概黄了。

倪简没有上幼儿园，她六岁时直接读一年级，和陆繁一个学校。

上学第一周，一年级所有人都知道一（3）班有个聋子，两周后，整个小学部都知道了。

那是倪简人生中挺灰暗的一段日子，那时程虹和倪振平已经在吵架了，他们几乎顾不上她，而学校里的人总是用怪怪的眼光看她。整整一个学期，倪简几乎没有在班里说过话。

那时倪简最喜欢放学，一年级放学最早，老师出门后她总是第一个收好东西，飞快地出门，去五（2）班门口等陆繁。

五（2）班所有人都知道一（3）班的小聋子是陆繁的邻居。

陆繁从来不会嘲笑倪简是聋子。

他跟倪简说话时总是面对着她，让她能清楚地看到他的嘴唇。

那半年，倪简异常沉默。程虹和倪振平吵架时，她就去对面敲陆繁家的门，然后和陆繁待在他的房间里。除了陆繁，她拒绝跟任何人说话。

陆繁家是那年冬天搬走的。倪简并不知道，她被程虹带到苏州过年去了。她也是在那一年见到她后来的继父。

第二年，程虹就跟倪振平离婚了，倪简被判给程虹抚养。

倪简跟程虹去了北京，四年后又跟程虹移民美国。

她再也没有见过陆繁。

陆家的遭遇，倪振平几句话就说完了，倪简听完没作声。

倒是倪振平想到陆家的事总忍不住叹息。

"陆繁那孩子从小就乖，样样拔尖儿，咱们大院里没几个男小子比得过他，他现在这样真是被家里给拖的，那工作说白了也是临时工，没什么好处，就是辛苦，还有些危险，我劝他也没用，挺倔的。"

倪振平说着摇了摇头，想起以前，忍不住感慨："真挺不容易的，他妈妈最后那几年住在医院里，里里外外都靠他，我们也只能稍微帮衬着点，说起来，他那时也就是个半大的孩子……"

他说到这里，听到倪简问："他搬到哪儿去了？"

倪振平说："到城西去了。那地方我去过一回，在老城区那的银杏路，不怎么好，治安挺差的。"

倪简点点头。

倪振平想了想，说："你们也好多年没见了，什么时候得空，你到家里来，我叫陆繁也来。"

倪简还没应声，倪珊就端着托盘回来了。他们没再说这个话题。

吃饭时，倪珊安安静静的，有时抬头看倪简一眼。倪简低着头吃东西，没有说话，也没有关注别的。

倪珊抿了抿嘴，低下头，握紧手中的叉子搅了搅盘子里的意大利面。

吃完饭，倪简跟他们道别，坐出租车先走了。

后面两天，倪简窝在屋里画了几张稿，从头到尾看了几十遍，然后一张张撕掉。

完全不能用。

倪简知道人烦躁的时候弄不出好东西。所以她扔了画笔，把自己摔进被子里，躺了一晚上。第二天早上，她煮了一杯牛奶，喝完后就出了门。

昨晚临睡前，她想起倪振平说的话。她决定去看看陆繁。

倪简找到了倪振平说的那条银杏路。

那附近的确很旧，有一个小型的农贸市场，卖肉卖鱼，倪简经过那里，闻到鱼腥味。

她问了人，得知这附近只有一片住宅区没被拆迁。

倪简找到了紫林小区。小区里只有四栋楼，房子很老旧，大门口有一个简陋的保安室，倪简没在里头找到人。

她站在大门口犹豫，过了一会儿，还是摸出手机给倪振平发了一条短信。

【爸爸，陆繁的地址给我一下。】

倪振平很快给她回了。他不但把地址给了她，还告诉她别的信息。

倪简看完有点沮丧。

原来陆繁没有周假，只放月假。

她这趟白跑了。

26 号早晨，梅映天回来了，但她只待一天就要去中国香港集训。倪简打着给她庆功的名义敲了一顿大餐。

吃完饭，她们去逛怀恩路的 K11，前后待了一下午，拎了几个手工瓷杯回来。看起来也算过了充实的一天。

等到第二天，倪简才知道这种充实是有代价的。

不知道是哪个闲得没事干的狗仔盯上了梅映天，把她们昨天吃饭逛街的照片拍到了，一夜之间网上多了很多帖子，"梅映天女朋友"这个话题居然被顶到微博热搜榜第十六。

倪简很吃惊。她不能理解为什么像梅映天这样的辩论咖也会有这么多人关注，明明辩论圈跟娱乐圈隔得不只一条街的距离。

倪简想了很久，觉得有可能是因为梅映天太帅了，而这个"帅咖"又公开表示了自己的取向。别说，听起来还真挺有爆点的。

倪简对于被误伤的事已经习以为常，但这次似乎有些过了。她担心会引起程虹注意。如果程虹再发疯一次，又找来一打男人，倪简觉得自己会死掉。

被烦死的。

倪简的预感没错。五月的最后一天，程虹来了。

倪简正开着门等外卖，没想到等来了程虹。倪简知道程虹神通广大，所以当她看到程虹从电梯里走出来时，惊讶只维持了一秒，她的表情很快就恢复了自然。

程虹很会保养打扮，五十岁的人看起来不到四十岁。

母女俩上一次见面是三个月前，在西雅图。程虹两个月前跟着她的丈夫回了北京，临走前，她交代倪简要赶快回去，可是倪简没听她的，独自跑来这里。

程虹原本不知道倪简来这边是跟梅映天住一块儿，是网上那几张照片让她起了警戒心，赶紧找人查了一下。这一查，她气得胃痛，立刻放下手边的事赶了过来。

倪简淡淡喊了声"妈"，并没有让程虹进屋。

程虹脸上蒙了冰霜，眼神令人心寒。她将倪简上下看了一遍，随后棕黑色高跟鞋踏进门："进屋说话。"

倪简完全没有说"不"的权利，程虹已经捉着她的胳膊把她拉到屋里。

"妈，你放开。"倪简挣脱。

门一关上，程虹的火气就毫不掩饰地窜出来了："你翅膀硬了是不是？多大人了，还玩离家出走？"

倪简皱着眉："我不是离家出走，我是回家。"

程虹冷笑："回哪个家？你说说，哪儿是你的家？"

倪简睬着她，争锋相对："我想把哪儿当家，哪儿就是，我有选择的权利。"

程虹说："不只是翅膀硬了，嘴也硬了。你是我生的，我有纠正你错误的权利。"

倪简心很累："我到底有什么错？"

"你心里很清楚。这房子是谁的，你这些天跟谁在一起，我清清楚楚。"程虹说，"你现在去收拾东西，立刻跟我回北京。"

"我不去北京。"

"你试试看。"程虹说，"你一天不走，我就在这里陪你一天。恰好，我还有些话要跟那位梅小姐说，就在这儿等她回来。"

"妈！"倪简气得想哭。

程虹淡淡地说："小简，你要是听话一点，我又何必这样，你太不让人省心了。"

"你为什么总是要管我？"倪简很无奈，"我已经是个成年人了，你能不能给我点自由？我要做什么、我要在哪里生活，这都是我的事。"

"成年人？"程虹冷笑，"你有脸说？你看看你，你做的哪件事是成年人应该做的？你脑子不清楚，我不管你，还有谁管你？"

倪简硬声道："总之，我不会去北京。"

"你不去也得去，由不得你做主。"程虹说，"我就在这儿等你醒悟。"

"你愿意待就待着吧。"倪简放出话，摔门而出。

天黑之后，倪简仍在街上走着。

她出来时什么都没带，没有钱，没有手机，她披头散发，身上穿着黑色的长裙子，脚上是拖鞋。

她走到一个公交站，跟着人群挤上去，一直坐到终点站。人走光了，她才下车。

公交站对面有一个酒吧。倪简站了一会儿，走过去。

倪简只是想找个地方待一会儿。她知道这种酒吧女人是可以免费进去的，只要不点东西，跳跳舞是可以的。

倪简去酒吧的次数屈指可数。她不怎么喝酒，也不喜欢玩，如果在一群人中，她总显得不合群。就像此刻，她独自坐在二楼大厅最角落的沙发上，看一群男男女女在眼前晃动。

这种时候，她会觉得做个聋子挺幸福。

所有嘈杂疯狂的热闹都跟她没关系，她耳朵里的世界始终是寂静无声的，她甚至觉得可以在这儿睡上一觉。

这么想着，她把头歪在了沙发靠背上。在她要闭眼时，一个男人端着酒坐到了对面的位置上。

"喝一杯？"男人把酒杯推到倪简面前。

倪简看了他一眼，没碰那酒。

男人盯着她看，然后笑了笑："第一次来？"

倪简说："不是。"

男人虚着脸"哦"一声，眼睛里的笑缓缓蔓延，他看倪简的眼神像在看猎物。

"一起玩吧。"他说。

倪简说："不想玩。"

"那你想干什么？"

"想睡。"

"想睡？"男人勾着唇站起来，双手撑在矮桌上，倾身凑近她，"好啊。"他身上的酒味蔓延过来，倪简突然有点恶心。

"我现在想吐。"她说完起身往洗手间走，临走时碰倒了桌上那杯鸡尾酒。红色的液体泼得男人两手都是。

倪简跑进了洗手间。她把马桶盖放下来坐着。

她知道那男人跟过来了，就在外面堵着。

倪简坐着不想动。她把脑袋靠在墙上，想着就这么睡一觉吧，虽然空气差了点，但至少是个单间，有门，安全，比露宿街头强，还能防苍蝇。

倪简走了大半天，很累了，她真的在这个狭窄逼仄的厕所间里睡着了。

倪简是后半夜被烟呛醒的。

她睁开眼。

厕所里是黑的，倪简觉得头昏，脖子酸，两条腿麻得不能动。她吸吸鼻子，闻到浓重的烟味，嗓子呛得难受。

她觉出不对，动了动腿，打开门往外跑。走廊里也是黑的，烟味比里头更重，她喘不过气，捂着嘴不断咳嗽。

看起来像起火了。

倪简摸黑跑到迪厅，那里浓烟滚滚，温度明显比厕所高很多，完全不能待。

窗外很亮，好像突然多了很多盏灯，但厅里弥漫的烟雾遮住了一切，看不清外头是什么情况。

她估计火灾发生有一段时间了，否则不可能整个二楼都没有人了。

吸入的烟雾越来越多，倪简身体很难受。

二楼没看到明火，她猜测烟是从楼下上来的，这里不能再待下去。

倪简捂着口鼻往楼梯的方向跑，期间踩空了台阶，摔得爬不起来，她隐约觉得今天可能走不出这里了。

倪简趴在台阶上，意识渐渐模糊，恍惚中似乎看到一个身影朝她跑来。

"小陆，楼上怎么样？"一道声音穿过浓烟。

"找到一个人，女的！"陆繁没有时间多看，抱起昏倒在楼梯上的人迅速往下跑。

外头救护车在等着，一看到消防员救出了人，立刻有人抬担架接应，氧气罩也送来了。

陆繁把人放到担架上，临走时瞥见她的脸，目光一顿，整个人都怔了一下。

这时，消防车那头有人喊了声"小陆"。

陆繁转身，大步跑过去。车里人递来氧气瓶，他接过，扭头又冲进酒吧。

一切结束时，天快亮了。

五点半，湛北路消防中队收队，消防车开回消防大院。

折腾了半夜，大家都有些疲倦。换衣服时，陈班长过来跟陆繁说："吃了早饭回去吧。假期歇几天，别总去修车了。"

陆繁点点头。

六点，陆繁走出消防大院。他没带多少东西，手里就拎着个黑布袋。他走到公交站等最早的那趟 332 路。

六点十分，车来了，他上了车，坐在最前面的位置上。

这趟车的终点站就是银杏路。但陆繁没有坐到终点站，他在中间下了车，换乘 11 路。

11 路到区医院。昨晚火灾的伤者都送到区医院了。

陆繁到急诊中心问情况，见到的恰好是昨晚救护车上的护士，她认出陆繁是救人的消防员，告诉他昨晚送来的人都没有生命危险，大部分人是轻伤，已经出院了，只有一个女孩因为吸入过多的刺激性烟雾，昏得久点，现在人是醒了，也没大事，但人家不肯出院，医院这边又联系不上家属。

小护士说起这个忍不住吐槽："那个病人也是奇怪，手机没带，证件没有，什么都不知道，问她叫什么名字也不说，家里人电话一个都记不上来，问她家庭住址，她说没家……"

陆繁皱了皱眉："我认识她。"

小护士很诧异。

陆繁说："我去看看她，行不行？"

"行啊。"小护士点头，指了指病房的方向，"303 号病房。"

倪简正靠在床头数被子上的暗纹。她没有感觉到有人进来。

陆繁走到床边，倪简视线里多了一双鞋。她抬起头，与一双漆黑的眼睛撞上。

倪简眼里的惊讶一闪而过，她说："你也在这里？好巧。"

陆繁没说话，走近一步，垂眸看她。她的脸色很苍白，头发没梳，有些凌乱地垂在肩上。

陆繁想到似乎每次看到她，她的头发都是乱乱的。

他又想起昨晚。

她昏倒在楼梯那儿，穿着黑裙子，瘦瘦小小的一团，不仔细看，甚至都注意不到。

"你昨晚怎么在那儿？"

"在哪儿？"倪简露出茫然的表情。

"酒吧。"

倪简想起来了，觉得有点奇怪。紧接着，她"哦"了一声，说："你也是从那儿被送过来的？"

"不是。"

"那……"

"我在楼梯上看到你，你昏倒了。"

倪简张了张嘴，眼睛睁大了。

半晌，她问陆繁："你是消防员？"

陆繁点头。

倪简望着他，过了会儿，说："上次那个洗车的喊你'陆哥'，你姓……陆？"

陆繁又点了下头："嗯。"

倪简不说话了，怔怔地看着他，眼神有点恍惚。

不会这么巧吧？

她突然沉默，让陆繁有些奇怪。但他也没有说什么，最后还是倪简说了下去，她问他："那你来是要做什么？"

她这么一问，倒把陆繁问蒙了。

他来做什么？

来看看他救的人活了没？不是，他以前没做过这样的事。

想了想，他说："就看看。"

"看什么？"

"……"

"看我吗？"

陆繁："看看伤者都怎么样了。"

"哦，那他们都怎么样了？"

"都没什么事，出院了。"

倪简望着他，嘴边挂了笑："那你还是看我啊。"

陆繁不想跟她继续这个话题，说："护士说你也能出院了。"

"我不想出院。"

"为什么不想？"

"没地方去。"

"你家不是在经纬公寓？"

倪简摇头："不是，那是别人的屋子，现在不能回去了。"

陆繁皱眉，还没说话，听到倪简说："要不……你收留我几天？"

她弯着眼睛，脸上的笑清清淡淡的，看得人心里莫名发闷。

陆繁认真地判断她是在说真的还是开玩笑。这时，倪简的肚子叫了两声，咕噜咕噜，声音格外响。

倪简感觉到了肚子里在动，她知道陆繁听到了。陆繁的眼睛朝她的肚子看过来时，倪简莫名有点脸红。她伸手把被子往上拉了一下，拉完以后觉得这个动作毫无意义。

她抬头，果然看到陆繁嘴角有点笑意。在她的目光扫过去时，他收住了笑。

倪简嘴角挑了一下，索性坦白："我从昨天中午起就没吃过饭。"

陆繁的表情严肃起来："为什么不吃？"

"没钱。"倪简说，"所以我才想请你收留几天。"

陆繁没再问，他说了声"等着"，转身出了门。十分钟后，陆繁回来了，手里拿着粥和包子。

倪简毫不客气地接过来，全部解决掉了。

陆繁说："你真没地方去？"

倪简"嗯"了一声。

陆繁低着头沉默一会儿，说："我可以借你钱。"

倪简说："我不喜欢欠钱。"

陆繁看了她一眼，倪简回看过去，说："就是借宿几天，你家里又没老婆，怕什么？"

她说得坦坦荡荡，但陆繁却更加觉得这女人的脑子跟别人不一样。

可他最终还是把倪简带回去了。

他们没坐公交车，陆繁叫了出租车，一直把他们送到银杏路，路费花了八十块。下车时，倪简说："车钱你先垫着啊。"

陆繁转头看她："不是不喜欢欠钱吗？"

倪简直接无视了这个问题，指着前面说："三号楼吧？"

陆繁古怪地看了她一眼："你怎么知道？"

倪简："啊，我猜得真准。"

陆繁住在四楼，老房子没有电梯，倪简爬上去后有点喘气。她扶墙站着，陆繁看了她一眼，说："你体力太差了。"

倪简仰着头吸进一口气："你是不是忘了，我刚出院。"

陆繁没说话了。他找出钥匙开门。

陆繁住的屋子不大，是装修过的，但年代太久，已经很旧了，地上的瓷砖有很多裂纹和缺角。

倪简走进屋转了两圈，这房子只有一个房间，卫生间和厨房的门开着，一眼就能看到里头挺狭窄。这么看下来，也就只有客厅稍微宽敞点。

倪简再一看，又觉得也不是真的宽敞，而是因为东西少，看起来空，除了一张吃饭的桌子、一个灰色的旧沙发，就没有别的了。

哦，还有一个小电视，放在角落的矮桌上，上面搭了块布，不仔细看都看不出来。

她没进卧室，但她猜那里面应该也没什么东西。

倪简想到陆繁小时候的房间。

他有一个小床，被子不是蓝色的就是绿色的，两个床头柜上全是玩具，他喜欢摆弄小车，所以有一个柜子里放满了玩具车。他还有一个书橱，里面的书除了一些连环画，还有很多，都是她看不懂的。

后来，他的房间里还多了两个毛绒玩具，一只熊，一只海豚。

那是给她玩的。

陆繁看到倪简站着没动，走过去说："你先坐吧，我烧点水。"

倪简回过神，"哦"了一声。

陆繁去了厨房，倪简坐到沙发上。她不再想以前的事。

厨房里传来烧水的声音，倪简听不见，她靠在沙发上侧着脑袋望着阳台的方向，阳光从那儿照进来，落在瓷砖地上，一大片光。

是个好晴天。

陆繁给倪简倒了杯开水，问她要吃点什么。

倪简说："我能点？"

陆繁点头："有米、面，还有几个鸡蛋。"

倪简说："鸡蛋面你会做吧？"

陆繁认真地想了一下，问："你说的……就是把鸡蛋打到面里吧。"

"对啊。"

陆繁点了下头，又进了厨房。

倪简在小沙发上坐下，懒懒地靠着，她什么都不想去想了，也不想动。

十多分钟后，他端着一碗面出来，上面有两个鸡蛋。

"吃饭了。"他对倪简说。

倪简起身走到餐桌旁，看到面，愣了愣。

"这么多？"倪简吃了一惊。

陆繁看了一下："不多吧。"

倪简说："不行，太多了，我不可能吃完，分点给你吧。"

陆繁去厨房拿了碗，倪简分出去一半，又把鸡蛋夹过去一个。

他们面对面坐在餐桌边。陆繁吃得很快，倪简才吃了一小半，他碗里已经没了。

他把筷子放下，抬头看到倪简似乎刻意加快了速度，他愣了一下说："你慢点吃。"

倪简没什么反应，低着头吃面，脸都快埋进碗里了。

"不用急。"陆繁又说了一遍，看到倪简还是不理他，有点奇怪。

不过，她这个人本来就奇奇怪怪的。随便她吧。

陆繁拿着碗筷进了厨房，他出来时倪简刚好吃完了。

"我来洗碗吧。"倪简端着空碗走来。

"不用，给我吧。"

倪简说："我来洗，我经常洗碗，有经验。"

陆繁听到这话抬了抬眼，他没说什么，但倪简看出他不怎么相信。

"我不做饭，所以洗碗都归我。"她解释完，从他身边绕过去，进了厨房。

厨房很小，但收拾得很干净，倪简把水池里的碗筷都洗了，又把台子上的锅刷干净。做完这些只花了几分钟，她把抹布挤干，晾在水龙头上，一转身，看到陆繁在门口看她。

"怎么样？"

他点头："不错。"

倪简眼皮抬了抬，心情突然变得很好："你今天没事做吗？"

陆繁说："我放假。"

倪简想起他是休月假的。

她淡淡"哦"了一声，想起陆繁的工作，也记起倪振平说的话，临时工、没好处、累、危险……

倪简问："你做这个多久了？"

陆繁愣了一下，回答："七八年了。"

"消防员都做什么，每天都救火吗？"

她的表情异常认真，陆繁不知怎的，有点想笑。他低声笑了一下，对上倪简疑惑的目光，收了收表情，低声说："没那么多火救。"

"那做什么？"

"不出警的时候在队里训练，出警的话有时救火，有时抢险、救援还有社会救助。"

看到倪简还是挺疑惑的样子，他解释："就是发生意外事故，有人受伤了，或是有人遇到困难了，我们也去。"

倪简说："都有些什么事？"

"车祸、跳楼、溺水……"陆繁想了想，"有时候也有些小事，开门锁、掏马蜂窝之类的。"

"掏马蜂窝？"

"嗯。"陆繁点头，看她不相信的样子，认真地说，"马蜂窝挺多的。"

倪简没再问这个，她说："有多少假？"

"九天。"

"其他时候都在队里？"

陆繁点头。

"那你放假做什么？"

"修车。"

倪简想起那个修车铺，说："今天也去吗？"

陆繁没回答，看了看她。

倪简明白了他的意思。她耸耸肩："你要去就去，我只是借宿，没想耽误你工作。"

陆繁说："你中午吃什么？"

倪简愣了愣："不是吃过了？"

"现在还没到十点。"

"我很饱了，中午不吃。"倪简说，"我要睡觉了，你去修车吧，我帮你看门。"

说完，她转头看了看，说："我睡沙发行吗？"

陆繁说："去房里睡。"他去了卧室，打开唯一的柜子，从最底层抽出床单被套，灰色的，洗得有点发白了。

倪简站在门口看着他换床单。陆繁在队里训练过，他们整理内务都很快，倪简还没怎么看清楚，他已经弄好了。

陆繁又从柜子里拿出个旧电扇，对倪简说："空调坏的，热就用这个。"

"嗯。"

倪简很听话地应了一声，说："我知道了，你走吧。"

陆繁看了看，没有别的要交代了，他就出门了。

倪简靠在卧室门口看着他的背影，入了迷似的。

陆繁走到门边，突然转身。倪简恍似从梦里惊醒，她舔了舔唇，问："怎么了？"

陆繁说："你晚上要吃什么，我带晚饭回来。"

"随便。"

陆繁走后，倪简把裙子脱下来，在卫生间里洗了一把，拿到阳台上晾了。她昨天在厕所里睡了一觉，又遇上火灾，没洗澡就算了，衣服还是脏兮兮的，她已经忍不下去了。

倪简洗了裙子觉得还不够，低头看看身上，除了一件打底的吊带衫和安全裤，里头就是胸罩和内裤了。

干脆洗个澡，把这些全洗一遍吧。

她出去把阳台的帘子拉上，脱了衣服，赤着脚去了卫生间。

卫生间很简陋，一眼看过去，很空荡，洗手池边放着一块肥皂、一袋洗衣粉，倪简没找到沐浴露，倒是在角落里看到一瓶洗发露。

她进了浴室，把水龙头打开。

冷水浇下来，她冷得一激灵。她赶紧避开，调热水，但折腾半天也没弄出来。

倪简有点烦躁，又试了几次，还是没有用。她最后不想弄了，直接从架子上拉了条毛巾就着冷水胡乱洗了一遍。

洗完澡，她又找到一条干毛巾裹了头发，就这么裸着身子进了卧室，在陆繁的衣柜里翻出一件圆领的短袖衫套在身上，一直遮到臀下。

倪简低头看了看，笑起来。

真合适。

倪简把衣服洗完晾好就爬到床上，想着，这么大的太阳，两三个小时衣服就该干了，等她睡个觉醒来就能换衣服了。

新换过的床单很干净，似乎还有洗衣粉的味道。

倪简很享受地躺着，把头上的毛巾拉下来，也不管头发干没干，什么也不想，很快就睡着了。

下午三点多，陆繁修好最后一辆摩托车，脱了工作服从棚子里出来。

小罗看到他，惊讶："陆哥，今天这么早歇？"

"嗯。"陆繁点头，"还有点事。"说完到水池边洗干净手，骑上摩托车走了。

陆繁去了明光商场。商场一层有超市，陆繁进去买了牙膏、牙刷、毛巾还有沐浴露。

经过服装区，他过去看了看，拿了一套粉色的家居裙。临走时，他想起什么，又返回去，在内衣区站了一会儿，最后还是走了。

虽然几次见面，她都很狼狈，穿得也随意，但陆繁看出她穿的不会是这种超市衣服。

陆繁买了两份套餐饭，回去时已经快四点。他敲了敲门，里头没有反应，他把东西放下，找钥匙开门。

进了屋，客厅没人，陆繁有点诧异。

她也睡得太久了。

陆繁把东西放到沙发上，摸了摸饭盒，还是热乎的，得把人喊起来吃饭。他去敲房门，敲了好一会儿，里头都没有动静。

这么大声音还不醒，这就有点不对了。

陆繁没犹豫，把门推开。

床上躺着个女人，长发铺了一枕，她侧身睡着，睡相很老实，跟她醒着的样子不怎么像。

但陆繁没注意这个。

他几乎是立刻退出了房间，"砰"的一声带上了门。

屋里，倪简无知无觉地睡着，两条长腿微蜷着，雪白雪白的。

她身上的黑色短袖衫在睡觉的过程中缩到了腰上。

倪简这一觉睡得深，天快黑时才醒。她头蒙蒙的，在床上滚了几下，好一会儿才想起身在何处。

她爬起来，拉了拉快缩到胸口的短袖衫，走到窗边看了看外头，天还没黑透但已经不早了。

居然睡了这么久。

倪简揉揉眼睛，想起陆繁应该快回来了，得把衣服收进来换了。她打开门走出去，到阳台上把晾干的衣服取下来，抱进了客厅。

经过餐桌时，她惊讶地发现桌上多了个袋子，里头装着套餐盒。

她正觉得奇怪，从卫生间里走出一个人。

倪简吓了一跳。

陆繁看到她也顿住了。

他刚刚在卫生间里洗床单，水龙头在放水，没听见外头有动静。

"……你吓死人啊！"倪简回过神，还想再说什么，视线一落，看到手上的胸罩和内裤，猛然想起身上穿的衣服。

"那个，我……"

她的话才说到一半，就看到陆繁动作迅速地转身进了卫生间。

倪简愣了愣，有些莫名其妙，直到低头，才记起自己没穿内衣，怔了一下，耳根子有点发热。

她赶紧进屋把衣服换了。

出来时，陆繁已经在阳台上晾床单了。

倪简站在那儿盯着他的背影看了一会儿，把心思拽回来。

"什么时候回来的？"

陆繁闻声，回身看她，眼里黑漆漆的。

"有一会儿了。"他说。

倪简很随意地点了下头，想了想说："我今天洗澡没衣服换，借了你的衣服穿。"

她说完这话，看到陆繁的表情变得有点古怪。

"等会儿我帮你洗。"她加了一句。

陆繁眸光动了动："不用。"

见倪简没说话，他看了眼桌上的套餐盒，说："你饿了吧，我把饭热一下。"说完拎着袋子进了厨房。

倪简又盯着他看了一会儿，转身去卫生间洗脸。

倪简确实饿了，一大份套餐吃得一粒不剩，还抢了陆繁一块鸡排。

吃完饭，倪简又把碗洗了，回来窝沙发上坐着。陆繁洗完澡从卫生间出来，一边擦头发一边说："你看不看电视？"

说完没听到倪简说话，他走近，又问了一遍。

倪简正在想事情，没注意看，等到发现他后愣了一下："跟我说话了？"

"这屋里还有别人吗？"陆繁眉心拧了拧，"你怎么老是走神？"

倪简挑了下眉："大概我注意力不行吧，你刚刚说什么。"

"电视看吗？"

倪简有些惊讶："这电视能看？"

陆繁点点头，走过去把隔尘的布拿开，捯饬了一会儿电视就放出来了。他从桌子下面把遥控器拿给倪简。

画面还挺清晰的，倪简按了几下，发现还能收到近十个台。

她从头换了两遍，找了个有字幕的电视剧看。是个都市婚恋剧，讲的就是相亲恋爱结婚那些事。

陆繁擦干头发也在沙发上坐下来。两个人沉默地看电视，半集放完，中间插播广告，倪简揉了揉眼睛，转头说："晚上我睡沙发吧，刚好看电视。"

陆繁愣了下，说："你睡床。"

倪简说："我白天睡过了。"

陆繁没跟她多说，走进房间从床底抽了一张简易的折叠床出来，拿了床被子铺上。

倪简走过去坐了坐，挺结实的。

"你这儿装备不少啊。"她挑着嘴角笑，"这是给谁准备的？"

"我以前睡的。"

"不是有床吗？"

陆繁顿了一下："床给我妈睡。"

倪简一怔，静静看了他一眼，低下头，再也没说话。

这天晚上，倪简还是睡在房间里。

第二天起来时，陆繁已经走了，桌上留了一张字条：

【锅里有早饭。你看看缺什么衣服买点吧，中午自己出去吃。】

旁边钥匙底下压着几张粉红票子。

倪简拿起来数了数，八张。

她又数了一遍，惊讶于陆繁的慷慨。昨天他已经帮她买了洗漱用品和睡裙，没想到今天还给她留这么多钱。

倪简突然有点担心，他这么傻，要是再来个女人这样骗他，那他太惨了。

倪简没吃鸡蛋，把粥都喝完了。

洗了碗，她在屋子里转了转，决定帮陆繁做点什么报答一下。看了看，她决定来个大扫除。

虽然陆繁把家里收拾得挺整洁，但倪简还是花了半个小时擦擦洗洗，连阳台的玻璃都抹了两遍。别说，效果还是很明显的。

倪简很满意地坐到沙发上看电视。到了中午，她拿上钥匙和钱出门。

门外墙根蹲着个人。

倪简瞥了一眼，脚步顿住。

穿白校服的身影站起来，看清门口的人，也是一愣。

谁也没想到第二次见面会在这儿。

倪珊眼里的震惊很明显："你……"

倪简的表情倒是没什么变化："来找陆繁？"

倪珊点头。

"先进来吧。"倪简把门打开，给她让路。

倪珊站着没动，抿了抿唇问："陆繁哥哥在家吗？"

"不在。"

"哦。"倪珊犹豫了一下，低着头走进屋。

她站在客厅里，看到倪简去厨房取了个玻璃杯出来。

"你找他有什么事吗？"倪简倒了杯水给她，"坐吧。"

倪珊接过水，说了声"谢谢"，然后跟着倪简坐下。她抿了一口水，没说话。倪简看了看她，也没催促。

过了会儿，倪珊抬起头："姐姐。"

倪简愣了下，看着她："怎么了？"

"爸爸和妈妈吵架了，吵得很厉害，我不想看他们吵架。"倪珊平静地说。

倪简平淡的眼神有了一丝变化，沉默了一会儿，她说："所以你来这儿了？"

倪珊点头，见倪简没什么反应，她说："你知道我爸爸妈妈为什么吵架吗？"

倪简抬了抬眼。

"因为你妈妈来了。"倪珊抿了抿唇，看着倪简的眼睛说，"姐姐，你跟你妈妈会抢走我爸爸吗？"

你跟你妈妈会抢走我爸爸吗？

倪简有点想笑。

她淡淡看了倪珊几秒，抽出一张粉红票子，把剩下的钱和钥匙递给倪珊："我走了，你自己等陆繁吧。"说完起身往外走，到门口时回身对倪珊说，"放心，没人跟你抢爸爸。"

Chapter 03
·为什么是我？

倪简是当天晚上见到程虹的。

她没回梅映天的公寓，而是在公交车上跟人借手机给程虹发了信息。她在冬川路下车，那里有一家老面馆，她进去吃了一碗面，之后在那条路上走了一下午。

天黑时，她到丽宫餐厅见程虹。

没想到倪振平也在。

时隔十八年，当初的一家人第一次坐到一起。若换了从前，这场景是倪简做梦都期盼的，但如今的现实却打得人脸疼，倪简一分钟都坐不下去，脑子快炸了。

她把杯子猛地敲到桌上："你们别说了。"

四周的餐位一下子全安静了。

倪简毫不在意旁人的眼光，她对程虹说："我会从小天那儿搬离，一个月内跟男人结婚，过你说的正常生活。"

她把话说到这里，程虹跟倪振平都愣住了。

倪简的突然妥协令程虹惊讶不已，她很清楚倪简随她，身上有股犟劲儿，轻易压不住的。现在这样不对。

果不其然，紧接着就听到倪简说："我有三个条件。第一，你别再打扰爸爸，我回这里，跟爸爸一点关系都没有，我不乖不听话、学坏，他都没有责任，你别胡乱迁怒，不准你再打扰他的家庭。"

程虹心里有气，但她没说话，一旁的倪振平眼睛红了："小简……"

倪简接着说："第二，我不去北京，我要留在这里。"

程虹皱了皱眉，想反对，但最终还是忍住了："你说完。"

倪简眉目微抬："第三，我的男人我自己找，你不要干涉。"

这回程虹真憋不住了，冷笑道："你自己找？你说说你哪儿来的男人？你这几年除了跟那女人鬼混，你认识几个男的了？"

"这不用你操心。"倪简吸了口气，竭力让自己保持心平气和、头脑清醒，

"只要是个身心正常的男人不就行了？一个月内我拿结婚证给你。"

倪简当晚就搬离了梅映天的公寓，她所有的东西都放到酒店里。

第二天她去中介公司用一个上午的时间看好房子、签完合同，下午入住。

晚上，程虹飞回了北京，但倪简知道她还会来。程虹是多精明的女人，没有人比倪简更清楚，不看到她结婚，程虹不会真的放过她的。

结婚，啧。

倪简靠在沙发上，手指有一下没一下地敲着大腿。

倪简对结婚是有过向往的，但那已经是很遥远的事了。

遇见苏钦时，倪简十八岁。她幻想过做苏钦的妻子是怎样一种体验。她想把幻想变成现实，所以她没脸没皮地追了苏钦五年。最后，被拒绝了。

原因很简单，因为她是个聋子嘛。毕竟，没有哪个钢琴家想对着聋子弹琴的。

倪简窝了两天终于决定出门。

她没有叫出租车，而是换了三班公交车坐到银杏路。下车时已经是黄昏时分，西边天空挂着一片绚丽的霞，破旧不堪的银杏路难得显露了几分柔和美。

倪简爬上四楼，敲了敲门，半天没有人开。

她猜陆繁应该还没回来，干脆蹲在门口歇了歇脚。

这一歇就歇了快一个小时。

天黑了，那个熟悉的身影在楼梯口出现。

陆繁左手提着一份盒饭，右手正伸进裤兜里掏钥匙，看到蹲在墙根的人，僵住了。

倪简的眼睛在看到他时绽放出笑意："回来了？"

陆繁站在那儿没有吭声，几秒钟后，他走过来。

倪简朝他伸手："扶我一把，腿麻了。"

陆繁看着她，没有动。

"干吗这么看我？"倪简仰着脑袋，嘴边始终带着笑意。陆繁没应声，伸手捉住她的手腕，将她拽起来了。

倪简靠着墙缓了一会儿，动了动腿脚，再抬眼时发现陆繁已经开了门，拔了钥匙进去了。

陆繁去厨房里拿了筷子，打开盒饭开始吃，像完全没有看到跟进来的倪简。

他吃饭还是那么快，一大口一大口往嘴里扒，好像很饿，又好像在赶时间。

倪简盯着他看了一会儿，没出声，一直等他吃完最后一口。

她走过去，靠在桌边说："我也没有吃饭呢。"

陆繁收拾饭盒的手一顿，抬头看了她一眼。在倪简以为他会说点什么时，他又埋头做起自己的事。

倪简也没生气。她安静地看着他头顶乌黑的短发，舔了舔唇。

陆繁把饭盒扔进垃圾桶，又进了厨房洗筷子，倪简一直盯着他的背影看。

她眼里有某种疯狂的东西若隐若现。

陆繁忙进忙出，把倪简当空气，倪简也不生气，她就一直跟在他后头，一会儿进厨房，一会儿进卫生间。等到陆繁差不多快做完所有家务时，已经过了七点了。

倪简的肚子饿得瘪瘪的，一连叫了好几声。

陆繁终于有了反应。他把手里的抹布丢到水池里，对倪简说："你走吧。"

倪简没有任何动作，她仍靠着门框，仰着脸看他。

"为什么赶我走？"

她紧盯着他的眼睛："你以前从不会赶我走的。"

陆繁沉默了一会儿，说："这样很有意思吗？"

"什么？"倪简看着他。

陆繁没有说话。

倪简慢慢想明白了，他是在怪她捉弄他？因为她没有自告身份，跟他相认？

她笑了笑，说："你在生我的气吗？"

"没什么好气的。"陆繁说，"走吧，别再来了。"

倪简垂在身侧的手慢慢握起来，脸上的笑意没了。

她抿了抿唇："陆繁，是我啊。"

"……"

倪简最终还是赖着没走。

陆繁给她煮了鸡蛋面，两个鸡蛋一大碗面，她吃得连汤都没剩。

"你煮面的技术比上次好了。"倪简夸他。

陆繁说："一样煮的。"

倪简没跟他纠结这个问题，她打了个饱嗝，很满足地端着碗去洗，半路被陆繁拿过去。

"我洗。"

倪简这次没跟他争，懒懒地滚去沙发上歇着。

没一会儿，陆繁过来说："不早了，送你回去吧。"

倪简："不回了。"

陆繁皱了皱眉："你现在有住的地方了。"

"我今天住这儿。"

"这样不好。"

"怎么不好了？"

陆繁垂眼看着地面，没说话。

倪简盯着他，突然起身走近。

"陆繁，我以后跟你住吧。"

倪简又在陆繁家住了一晚。早上起来，屋里只剩下她。

这次倪简没在桌上找到字条，也没有钱和钥匙。她想起昨天带了手机来，好像扔在沙发上了。

倪简找到手机，划开看看，没有新信息。她把手机揣进兜里，也说不上失落，抬脚去了厨房，打算自己动手煮个鸡蛋面吃。

厨台上多了个粉白色的炖锅，上头的灯还是亮的，显示在保温状态。

倪简有点惊讶，这种色调的小锅怎么看都跟陆繁不搭，太可爱了。

她伸手掀瓷盖，被烫了一下，赶紧冲了下水，抓起抹布包住盖子。

热气裹着香味扑面而来。

是一锅粥，材料挺丰富。

倪简舀到碗里看了看，认出有黑豆、花生、红枣，还有些其他的，看起来很可口。

她尝了一口，笑了笑。很快，一碗粥全进了肚子。

如果没记错，她小时候挺爱吃那种罐装的速食八宝粥，那时候陆繁零花钱不少，她每周都能蹭到几罐。

陆家搬走后，倪简时常想念陆繁抽屉里满当当的小猪储蓄罐。

下午，陆繁回来了。

倪简正躺在沙发上看电视，一看到他，她立即坐起身，顶着乱蓬蓬的头发看着他："我饿死了，粥吃完了，鸡蛋面也没了，你给我带饭了吧？"

陆繁看了一眼她鸡窝一样的头发，闷声说："你怎么没走？"

倪简眨了眨眼："我说过要走？"

"……"

语塞了几秒，陆繁转身去厨房拿筷子了。

一份两荤一素的快餐被倪简吃光了。

倪简擦完嘴，拿出手机给陆繁点外卖："要排骨饭还是鸡排饭？"

"随便。"

"哦。"倪简低头把牛肉套餐饭加进了购物车。

临睡前，陆繁去洗澡，出来时，看到倪简不知什么时候从房里出来了，正坐在他的小床上。

他擦头发的动作顿了一下。

倪简看着他。

陆繁站了一会儿才走过去，对倪简说："进去睡觉。"

倪简仰着头觑他："昨晚的问题，你还没回答呢。"

她勾了勾唇，说："陆繁，你要不要帮我？"

陆繁把手里的毛巾放下，沉默了很久。

倪简以为他今天又不会回答了。她叹了口气，起身说："不急，毕竟不是小事，你再想一天吧。"说完往房间里走。

陆繁捉住她的手腕，倪简回头，陆繁低眸看她："为什么是我？"

倪简怔了怔，轻描淡写："我想不到别人了。"

顿了一秒，她挤出一个干瘪的笑："再说咱俩不是有婚约嘛，你忘了？"

陆繁说："那不是真的。"

"是吗？"倪简直直看着他的眼睛，"陆繁，你是嫌弃我吗？因为我残疾？"

陆繁一愣，立刻张口否认："不是。"

"那我给你做老婆，不好吗？"

倪简目光灼灼，陆繁与她对视了一会儿，然后别开了眼。

良久，他转过头，低声说："你想好了？"

倪简点头。

过了会儿，陆繁也点了点头。他答应了。

倪简松了口气，微微一笑："放心，结了婚你也跟单身一样自由。"

陆繁"嗯"了一声。

短短两天，一切尘埃落定。在结婚这件事上，倪简和陆繁效率颇高，赶在陆繁回队的前一天把证拿了。

出了民政局，倪简一身轻松，陆繁仍然和平常一样，看不出明显的情绪。

倪简回头看他，说："笑一笑啊，今天也算个好日子。"

陆繁没停步地往前走。

倪简一边倒退着走路，一边跟他说话："你这个样子，不知道的人会以为我们来离婚的。"

陆繁没接她的话头，只淡淡说："好好走路。"

"我在好好走路啊。"倪简盯着他的脸。

陆繁一把拉住她。

倪简一愣，见陆繁看着她身后，她转头一看，一个男人牵着一条大狗。

倪简吓了一跳。

要不是陆繁拉她，她刚刚就要撞狗脑袋上去了。

倪简往旁边让了两步，给大狗让出道路。

倪简这回听话了，好好地走路。到了公交车站，倪简说："我们坐几路车？"

陆繁看了看她，说："打车吧。"

"坐公交车不能到吗？"倪简问。

陆繁："能到。"

倪简说："那就坐公交车吧，又不赶时间。"

等了几分钟，公交车就来了。车上人不多，座位很空，他们坐在第一排的位置上。

倪简看着窗外，陆繁看着前面。过了一会儿，倪简扭过头，拍拍陆繁的腿。

陆繁侧过脸："怎么了？"

"我请你吃饭吧。"

陆繁顿了一下，说："不用。"

"不要客气。"倪简笑了笑，"你想吃什么？"

"不想吃什么。"

倪简想了想，说："我们去吃火锅吧。"

"我要回去了。"

"回去也要吃饭啊。"

公交车中途到站停了，倪简站起身，拉住陆繁的手："我们下车！"

附近有商场，四楼是餐厅，火锅店有两家，大热天顾客不多，倪简随便挑了一家。她其实只是想吃一顿饭，并不在意吃的是什么。陆繁显然也不在意，菜都是倪简点的，桌上有什么，他就吃什么。

倪简要了两罐啤酒，她倒满了两杯，说："喝一点。"

陆繁抬头看着她，倪简说："庆祝一下。"

陆繁沉默了一会儿，端起玻璃杯。倪简跟他碰了杯，说："陆繁，谢谢你娶我。"

她仰头喝酒，陆繁没有说话，几秒后，也喝下了那杯啤酒。

吃完饭，倪简没有再去陆繁家，她拿着红本本回去了，心情愉悦。这样看来，结个婚也挺简单的，几张纸，几个大红章就把事儿办了。

当晚，陆繁回了队里。

接下来一周，倪简和陆繁毫无联系，两人仿佛约好了似的，十分默契地把他们新婚的事忘到了脑后。

六月中，梅映天回来了。

倪简过去还钥匙给她。

聊起这事，梅映天差点拿咖啡杯敲倪简的脑袋。

"你爱他吗？"

倪简撇撇嘴："你说呢？"

"所以纯粹为了应付你吗？"梅映天挑眉，表情略带了点讥讽，"就因为他的背影像那个钢琴家，你就打算这辈子靠着这个替身意淫到死？"

倪简知道梅映天嘴里挤不出好话，所以听到这些，她也无甚反应，抬了下眼皮说："你要这么理解也行。"

梅映天无语地给了她一个大白眼："那你那个小竹马呢？人家做错了什么，凭什么让你糟践？"

倪简说："我没糟践他。"

梅映天冷笑："你摸摸良心，你有没有？有没有？"

倪简舔了舔唇，不回答了。

"承认吧，倪小姐，你比我变态。"梅映天还是敲了倪简的头。

再见到陆繁是一周之后的事了。

那天倪简从外面吃饭回来，经过陶安公园，要往俞海路走时，不期然地看见了几个消防员。他们都穿着一样的橙色衣服，身高、体型也差不多，但倪简还是立刻就认出了陆繁。

他走在最后面，头发湿漉漉的，正抬着胳膊擦额上的汗。

"陆繁。"倪简喊了他,没有任何迟疑。

陆繁循声抬头,看到了她。他旁边的几个人也看过来,都有些诧异,其中一人扭头问陆繁:"陆哥,那是谁呀?"

陆繁没回答,他侧过身跟其中一个年纪稍长的人说了句什么,然后倪简就看到他们先走了。

陆繁走过来。

倪简说:"是不是耽误你了?"

陆繁摇头:"没有,刚做完事,准备回去了。"

倪简"哦"了一声:"救人?"

"嗯。"他想起什么,换了方式回答,"对,有人在公园里溺水了。"

"救活了吗?"

"救活了,刚送回去。"

倪简没再问,眼睛无声地将他上下看了两遍。

他穿这样的救援服也挺好看,身材好,穿什么都像那个样子。

两人沉默地站了一会儿,倪简说:"你快放假了吧。"

"要到月底。"

倪简点点头表示知道了,顿了一秒,说:"放假我来找你,行吗?"

"好。"

倪简没等到陆繁放假。

27号晚上,她去了湛北路消防大院找他。

没什么原因,她只是在摹那堆损坏的画稿时想起了他,就过去了。

倪简在路上买了点水果,最普通的苹果。她本来想买荔枝和葡萄的,但看到苹果后,就觉得陆繁应该喜欢这种吃起来简单干脆的东西。

倪简在大院外面等着。

过了一会儿,一个修长的身影走出来,看到院门口的人时顿了顿。

倪简靠在门口的大树下看他。

等陆繁走近了,她挥了挥手,把水果递过去:"陆繁,我来看你了。"

陆繁接过她手里的水果袋,看了一眼,抬头道:"你怎么来了?"

"我不能来吗?"倪简轻轻笑着,"我问过了,家属可以来看的。我是你老婆,当然能来的。"

陆繁闭着嘴,没接她的话。

倪简讨了个没趣，觉得没意思了。

"你进去吧，我走了。"她说完就转身往路上走。

陆繁愣了一下，随即跟上去，堵在她面前。

倪简抬头看他，路灯下陆繁身上笼了一层暖黄的光。

他唇轻抿了下，沉声说："我送你吧。"

倪简拒绝："不用，你们不是管得紧吗？"

"家属探望的话，我有一个小时。"

倪简眼角扬了扬，心里那点气突然无影无踪了。

"那你送吧。"

陆繁叫了出租车把倪简送回去，又返回队里，手里拎着那袋苹果。

他回到宿舍，立刻有几个舍友围上来。在这宿舍里，他们都比陆繁年轻，私下里喊陆繁"老大"。今晚有女人来找陆繁的事他们都知道了，年轻的小伙子其实也挺八卦的。

"老大，这苹果好大啊，谁送的？"一个圆脸小伙笑嘻嘻地打探。

话音刚落，另一个个儿高的把他的头推过去，笑道："还用说，肯定是未来嫂子吧！"

"对对对，肯定是嫂子……"另外几个人附和着。

陆繁笑了笑，没回答，把袋子摊开："吃苹果吧。"

他没有否认，其他人就当他默认了，一边起哄，一边笑着挑走了苹果，最后袋子里只剩了两个。陆繁低头摸了摸那两个最小的红苹果，重新把袋子扎好，放到自己的柜子里。

六月的最后一天，程虹来了。

倪简正在收拾东西。陆繁晚上十点开始放假，她原本打算带着衣服先去陆繁家里，但现在不行了。她得应付程虹。

倪简见到程虹的第一件事就是把抽屉里的红本本拿给她。

程虹看到结婚证时有点惊讶，她没想到倪简的动作居然这么迅速。

程虹带着怀疑翻开倪简的结婚证，看到上头男方的名字，蒙了一下，紧接着露出震惊的表情。

她抬起头盯着倪简。

没等她开口，倪简就自己招了："没错，就是他。你还记得吧？小时候跟我定过亲的。"

程虹的神情有些复杂。她费了好几分钟才把这个信息慢慢消化了。

"你怎么找上他的？他怎么在这里？"程虹的语气不无吃惊。跟倪振平离婚以后，她跟这边的一切都断了，对陆家的事一无所知。

倪简笑了笑说："缘分吧，我一来就遇到他了。"

程虹仔细回忆了一下，问："他一家人都回来了？你也见过他父母了？"

倪简摇头："没，我们俩就领了个证，其他程序都省了。"

"胡闹。"程虹皱着眉头，"结婚这么大的事，怎么能省？赶紧定个时间见一下，我在这儿留几天，等你们婚礼办完了走。"

"不用折腾了。"倪简说，"叔叔阿姨都不在了，现在只有陆繁一个。婚礼也没什么好办的，他很忙，没时间弄这些，我也烦这些，省了得了，还能省一大笔钱呢。"

程虹脸色变了："你在说些什么？省什么钱？你给谁省钱呢？他一个大男人连婚礼都不给你，还想娶你？"

倪简没理她的话，冷冷说道："我刚刚说陆繁他爸妈都不在了，你怎么都不关心一下？我要是没记错，妈你当年跟林阿姨是好朋友吧。你看看，你现在变成了什么样？"

程虹的脸色霎时变得更难看了。

她忍着气说："我变成什么样，都是你妈。你现在给陆繁发短信叫他过来，我来跟他谈。"

"谈什么呢？"倪简平静地看着她，"也不用谈了。他没钱没房没车，是个消防员，合同工，没福利还危险，每天讨生活不容易，你就不用在他跟前说东道西了，反正我也嫁了，他身心健康，是个正常的男人。"

"倪简！"程虹脸色铁青，把结婚证啪地摔在地上，"你这是要气死我吧！你这是结婚，还是跟我对着干？"

"你不是让我结婚吗？我结了啊。"顿了一下，倪简淡淡笑起来，"怎么，你嫌陆繁穷吗？妈，你怎么不想想，你女儿我还是个一级残废呢！你知不知道，你给我找的那些男人他们是怎样看我的？你有没有注意到他们的眼神，你有没有问过他们是喜欢我还是喜欢你的钱？"

倪简说到这里，弯身捡起地上的大红本放到茶几上，拎着收拾好的布袋出门了。

倪简坐上出租车："去银杏路紫林小区。"

司机发动了车，倪简摸出手机给陆繁发短信。

【我在家等你。】

几秒后，收到回复。

【你有钥匙吗？】

倪简一愣，继而猛地敲了一下脑袋。

她当然没有钥匙了！

她赶紧跟司机师傅说："去湛北路消防大院。"

二十分钟后，倪简下了车。她依然靠在院子外面的大树下等陆繁。几米外，值勤的哨兵笔直地站在岗亭里。

倪简看了他一会儿，移开了目光，心想陆繁站在这儿应该比他好看。

十点零二分，陆繁出来了。他远远地看到她。

大树下的身影单薄纤细，却让人难以忽略。

她站在那里，安静乖巧，一如多年以前那些黄昏，她背着书包站在教室外的走廊里，静静地等他。

陆繁加快了脚步朝她走去。

倪简手上拿着鼓鼓囊囊的袋子，她不但带了衣服毛巾，还带了一些日用品，洗面奶、面霜都在，一样没落。她是真打算过去跟他住的。

陆繁走过来，朝倪简伸手，倪简十分自觉地把袋子给他了。

陆繁叫了出租车。

上车时，倪简抢先坐到了副驾驶座。

出租车司机是个热情开朗的大叔，见他们俩上车后都闭着嘴，没有一点交流，还以为这对小情侣吵架了，于是主动跟他们说话，试图活跃气氛。

"姑娘，这么晚了，你俩是刚看完电影吧，听说有个新出的搞笑片可好看了，叫什么……什么来着？"司机一边开车一边说，大嗓门从前传到后。

可倪简这会儿正歪着脑袋望着外头，压根儿没看他，自然不知道人家在跟她说话。

司机等了好几秒，没见她说话，正诧异，后头传来男人温沉的嗓音："我们没看电影，不清楚这个。"

司机"哦"了一声，扭头看了一眼倪简，心想这姑娘脾气够大，跟自个男人闹矛盾都不搭理旁人了，这小伙子倒挺稳重，可惜要受这姑娘气哩，不好弄。

半个小时后，到了银杏路。

司机瞄了眼计价器，扭头对陆繁说："三十五块。"

话音刚落，眼前多了张粉红的票子。

倪简说："师傅，没零钱，麻烦你找一下。"

司机愣了愣，刚伸手要接，就见后头的男人递来几张纸币，刚好三十五块。这下司机有点蒙了，不知道接谁的好。

倪简皱了眉，把陆繁的手推回去。

"车费我付。"说完，她转头把钱塞给司机。

司机赶紧给她找钱，谁知翻了两遍发现没有五块的零钱了。他为难地看了看倪简："这……"

这时，陆繁下了车，从车窗里把钱递进去："把那还她吧。"

粉红票子又回了倪简手里。

回到家，倪简问陆繁："我一共欠你多少了？我们把账清一下。"

陆繁正往阳台上走，听到倪简的话，停下脚步，回身看了她一眼："不用你还。"

倪简摇头："不行，已经说过了，结了婚你也跟以前一样，我不会给你增加负担，包括钱这方面。"她从袋里翻出钱包，抽出一沓放到桌上。

陆繁的脸冷了。

他两步走过来，拿起那沓钱塞回她手里。

倪简看到他漆黑的眼逼近。

"我是穷，但还不至于这样。"说完话，他去阳台拿了毛巾进了卫生间。

倪简一个人站在客厅，盯着手里的一沓钱看了快一分钟。

她听不到他的声音，感受不到他说话的语气，但他的眼神，她看明白了。

他有点生气了。

倪简觉得，她刚刚大概伤了陆繁的自尊心了，虽然那并非她的本意。

陆繁洗澡很快，差不多十分钟就穿好衣服出来了。他把自己的脏衣服泡在盆里，拿到阳台上洗，全程没看倪简一眼。

倪简在沙发上坐着，目光落在陆繁身上。

又是那样的背影。

她看得心颤。

不能再看下去了。

倪简吸了口气，攥着手指站起身，在袋子里翻出浴巾和要换的衣服，去了卫生间。

陆繁在阳台的水池里洗完了衣服，晾好后走回客厅，开始铺自己的床。

浴室里水声哗哗响。

现在天已经挺热了，用不着被子，陆繁只在床上铺了张凉席。弄好这些，他在床上坐下来，给张浩打了个电话，说明天要晚点过去。

陆繁讲完电话，发现卫生间里没有水声了。

他去房里插上电扇的电源线，摆弄了一番，选了一个比较合适的位置放好，又调好挡级，试了试风力，然后才出去。

陆繁一出门，就听卫生间里"砰"的一声响，紧接着是乒乒乓乓的声音，像什么东西掉下来了。在那阵乱七八糟的声响中，隐约听见倪简略带痛苦地叫了一声。

陆繁跑到浴室门外："倪简！"

喊完，他才意识到她听不见，只好拍门。

浴室的门锁早就坏了，陆繁没敢重拍，他控制着力道，希望里头倪简能注意到门在震动，答应一声。

但浴室里并没有什么动静。

陆繁沉默两秒，一把推开门。

卫生间里水汽弥漫，花洒还在滴水。

倪简侧趴在湿漉漉的瓷砖地上，灯光下，赤裸的身体白得晃眼。

这不是倪简第一次在浴室里摔倒了。

她咬牙趴在那儿无声地抽气，半边屁股疼得跟裂开似的，都两分钟了还没缓过来。

但她有经验，只要没摔着手臂和腿脚，都没有问题，毕竟屁股上肉多，疼一会儿就能缓过来，大不了再青上几块疼个几天就没事了。所以她很淡定地趴着，完全没想到陆繁会冲进来。

倪简一瞬间蒙了，连痛得要死的屁股都忘了。

直到陆繁拿过浴巾裹住她的身体将她抱起来，她才猛然意识到一切。

她整个身体都在他怀里，隔着一条半湿的浴巾，他一条手臂圈着她的裸肩，而她摔得快要裂开的屁股坐在他另一条手臂上。

倪简浑身着了火似的热起来，耳后红透了。

陆繁动作极快地把她抱到房间，放到床上，拉过被子盖住她。

"都有哪里伤到了？"他面容严肃，下颌紧绷着。

倪简睁着眼睛看他，好半晌没反应。

陆繁没了耐心，紧追着问："有没有哪里痛得厉害？"

"……屁股。"

"……"

陆繁张了张嘴，没说出话，又闭上了。他转身去外面找来她的衣裳。

"穿衣服去医院。"

倪简愣了愣："不用。"

陆繁神色凝重地看着她。

倪简说："真不用，就摔着屁股了，肉疼，骨头没事儿。"

"你怎么知道没事？"

"我常摔，有经验。"

陆繁皱着眉没吭声，过了会儿，似笑非笑地来了句："你还挺自豪的？"

倪简最终没去医院。

陆繁似乎被她的"经验说"说服了，也没再多说。他在家里找了找，翻到一瓶红花油。

倪简正在床上揉屁股，看到他手上的瓶子，有点诧异："这是什么东西？"

"消肿的。"陆繁递过去，"抹点。"

倪简接过，凑到鼻前闻了闻，皱起眉头："这味道太恐怖了。"她递回给他，"我不抹。"

陆繁没接："抹点。"他站在床边，低头觑着她，眼眸乌亮，眉间却有浅浅褶痕。

他的担心太明显了。

倪简微眯着眼，迎视他的目光，慢慢扬了眉，眸中兴起一丝不怀好意的笑。她勾了勾唇，缓缓而平淡地说："要不，你帮我抹？"

陆繁没吭声，表情看不出任何变化。

倪简却笑了。

她说："你害羞了？"

陆繁还是沉默，那双眼更黑了，紧锁着她。倪简毫不畏惧地与他对视，眼里是赤裸裸的挑衅，又或者说，是挑逗。

就在上一秒，她做了一个决定，既然婚都结了，那么该尝的也可以下口了。

她知道，她对他是渴望的，用不着去分辨是身体方面还是其他的什么方面。

倪简伸手捏着被单的一角，慢慢掀开。

薄被子被倪简一掀到底。

浴巾早就扯出来扔在一边了，她的身体无遮无掩地展现在陆繁面前，白皙细腻，玉瓷似的。

她直勾勾地望着他。

陆繁站在那儿没动。他从始至终盯着她的眼睛。

倪简突然伸手，揪住他上衣下摆猛地一拽，力气难得那么大。

下一秒，她的手臂搂上陆繁的脖子，舌尖从唇间溜出来，贴着他的下巴舔了一下，才冒头的胡茬刺着了她的舌，不痛，痒痒的。

她感觉到陆繁僵了一下，呼吸重了。

倪简正想笑，陆繁突然出手，捉着她的手臂将她从身上揪下来，再一提，两手一托，整个人离了床。

倪简心一悬，两手猛地箍住陆繁的颈子："你慢点！"

话音没落，就被陆繁一把丢到床上，摔伤的那半边屁股痛得她一激灵。

倪简怒了："陆繁，你干吗！"

陆繁紧闭着唇。

倪简更怒，撑着手肘起身，还没坐直，陆繁一条腿已经跪到床上，伏身过去。

倪简挑了挑眉，猛地翻身压到他身上，对着他的肩咬下去，跟报仇一样狠。

陆繁痛得闷哼一声。

倪简咬完消了气，嘴从他的肩膀移到脖子，亲他的喉结，一下一下地舔，吃糖一样。

倪简正舔得开心，双肩突然被扣住。

陆繁宽厚的手掌紧紧制着她，指腹贴着她的皮肤，一个粗粝，一个细腻。

倪简眯着眼看他，心腔里那东西跳得没了节奏。

她乌黑的长发垂下来，落在他肩颈上，是戳人心的痒。陆繁手腕猛一用力，扣着她一翻身，两人的姿势换了。

倪简落了下风，她却不生气，扯着微红的唇笑出声："行行行，让你在上面，高兴了吧？"

陆繁的眼黑得吓人。下一秒，倪简像只小猫一样被他拎着翻了个身，摁到床上。

倪简还没反应过来，陆繁已经拿过瓶子倒了一捧油，全抹在倪简的屁股上。

刺鼻的怪味立刻弥漫了整间屋子。倪简皱眉，差点没吐出来。

"你搞什么……"

刚要张口骂，屁股上的疼痛骤然加剧，倪简一抖。

陆繁用力揉按着她受伤的半边屁股，那力道绝对算不上温柔。没揉几下，倪简已经痛得哀哀叫了。

"陆繁！"她吼了一声。后头的话还没骂出来，屁股上又是一阵剧痛，倪简凄惨地叫了一声。

陆繁把手上的油都抹光了才收手，拉过被单盖住她。

倪简可怜兮兮地趴在那儿，嘴里哼哼唧唧，全没了刚刚那些乱七八糟的绮念，只顾着骂陆繁："浑蛋！大浑蛋……"

陆繁像没听见一样，从床上起身往外走。走了两步，听到倪简翻了个身，紧接着有气无力的声音传过来。

"走了？"

陆繁停步，转身看她。

她侧躺在那儿，脸朝着这边，两颊泛红，大概是气的。她的眼睛带了些湿气，雾蒙蒙的。

陆繁不作声。倪简就那么盯着他看，上上下下全溜了一遍，几秒后，停在他的脸上。

她扬着嘴角笑起来。

陆繁被她笑得心里发麻。

倪简张了张嘴，唇瓣动了几下。她没说出声音，但陆繁看明白了，他一瞬不瞬地看着她，半晌未发一言，转身走了。

倪简盯着关上的门，手伸进被子里，摸了摸屁股，油乎乎的。她嫌恶地皱了皱鼻子，拉过床单猛擦了几下。

门外，陆繁走到阳台上，点了一根烟。

五分钟，烟烧尽了，他吸完最后一口，摁灭，把烟屁股扔进垃圾桶，转身把上衣脱了，去了卫生间。凉水哗啦啦地从头浇下，他仰起脸淋了一会儿，抹了一把眼睛。

第二天上午，陆繁没去修车，倪简起来时，他刚从外面回来，不知从哪儿弄了个空调，把它装在卧室里。他在那儿敲敲打打，倪简就在一旁看着，不说话，也不帮忙。

十几年没见，他已经练了一身的技能，好像什么都会做的样子。

苦难是最好的老师。倪简不知怎么就想起了这么一句。

陆繁弄完了，拎着工具从窗台下来，见倪简杵在那儿。

"去吃饭。"他说完自顾自地出去了。

倪简没说话，脚倒是老老实实地跟上他。

陆繁早上起得很早，买了新鲜的蔬菜煮了粥，还买了生煎，已经在锅里温了一个多小时。

倪简老神在在地坐在餐桌边等着他端出来。

陆繁盛了一碗粥放在她面前，一盘生煎也摆上桌。

倪简没等他，毫不客气地先动了筷子，但她吃饭速度没办法跟陆繁比，到最后陆繁还是比她先吃完。

倪简吃好以后，跟以前一样收拾好碗筷去洗。厨台上粉色的炖锅很显眼，倪简扭头问陆繁："这锅你挑的？"

陆繁正在擦桌子，闻声回头看了一眼，说："不是，别人送的。"

倪简没看清他说的话，往外走了两步，站在门口："什么？"

"别人送的。"陆繁说。

倪简眼尾一挑："女的？"

陆繁已经转过头去了，听了这一句，又转回来，看了她一眼。

小窗外头的阳光透进来，她站在柔光里，纤瘦得像棵细竹，一半明，一半暗。她眼神凉凉淡淡的，没什么情绪，像是随口问了一句，对答案不甚在意。

陆繁点了点头。

倪简扭回颈子，视线落回那小炖锅上。

"真够粉嫩的。"她淡淡评价了一下，转身开始洗碗。

从厨房出来，倪简就进了房间，坐在床上看手机，有一条新信息，是梅映天的。

【你再不跟 Steven 联系，他就要报警了。】

Steven 是倪简的编辑，回国那天她丢了手机，邮箱也很多天没登过，她都要把他忘了。

想了想，倪简用手机看了下邮箱，果然有一堆新邮件，全是催稿的。

倪简简短地给 Steven 回了一封。

她刚写完最后几个字，陆繁进来了。她抬起头，陆繁说："我上午有时间，你看还缺什么，我出去买。"

倪简愣了一下说："我跟你一起去。"

陆繁看了看她："屁股不痛了？"

"……"

"腿又没断。"她冷着脸，白了他一眼。

"走吧。"陆繁转身，倪简站起来跟着出去了。

陆繁的摩托车停在楼下。倪简看了一眼，想起上次下暴雨他骑摩托车给她送画稿。

那时，她还不知道他就是陆繁。

这辆摩托车已经很旧了，但陆繁把它收拾得很干净。

倪简问："骑车去吗？"

陆繁侧眸看她，眼神极淡："你怕？"

"怕什么？坐摩托车吗？"倪简轻笑，"除非你技术不好。"接着眯起眼睛问，"对了，你技术好吗？"

陆繁没搭理她，掏出头盔递过去。倪简接过来戴到头上，大了，她摘下来，弄锁带弄了半天。

陆繁看不下去她笨手笨脚的模样，伸手拿过来给她戴上，埋头帮她收锁带。她微仰着头，眼前就是陆繁的下巴。

她想起昨晚，心里有点痒，忍不住舔了舔唇。

陆繁弄好了锁带，眼皮一抬就碰上了倪简的眸光。

她什么也没做，什么也没说，可他就是从那双眼睛里看出了她此刻在想的事。她的眼神赤裸却又坦荡，好像在光天化日之下用眼睛扒他的衣服。

陆繁心中腾着气却撒不出来。

倪简注意着他的表情，很快活："不走吗？"

陆繁没说话，坐上车，倪简坐到他身后。车子一发动，她就抱住了他的腰。

倪简感觉到陆繁有一瞬的僵硬，但她没松手。

摩托车从白杨树下呼呼地跑过，风吹过来。

陆繁带倪简去了兴元街，那里有大超市，还有专卖店，也有些外国牌子的东西。这条街陆繁以前来过一次，是陪张浩来给他老婆买礼物的。

陆繁指了指前面："那几家都卖女人衣服。"

倪简抬眼看了看，淡淡说："你还挺熟的？"

"来过。"

倪简"哦"了一声，睨着他："跟女人来的？"问完，又觉得没意思，摇头说，"算了，我不缺衣服，我们去超市。"

她抬步走了。

陆繁站在原地看了她一会儿，跟上去。

倪简选了很多厨房用品，比如清洁剂、消毒剂、清洁球什么的。陆繁推着车，看她拿的东西，问："你这是要洗一辈子碗？"

倪简眼角扬了扬："你想我给你洗一辈子碗吗？"她目光温淡地觑着他，但没等到答案，因为陆繁转过了身。

他身后，一个年轻女人站在那儿。

倪简站在一排钢勺子边上，看陆繁跟那女人说话。陆繁背对着她，倪简看不到他说的什么，但那女人说的，她全看见了。

"……今年台里还要做那个系列的专题，过阵子大概又要去你们队里了。"

"是啊，采访的还是我，摄像换人了，原来跟我搭档的陈哥你还记得吧，他现在去北京一家电影公司了……哎，那是谁啊，没介绍呢。"

孙灵淑瞥向倪简。

陆繁转过身，倪简的目光从孙灵淑身上收回，移向他。

陆繁指着孙灵淑："这是孙记者。"

倪简没什么表情。

孙灵淑走过来，与陆繁并肩站着，对倪简笑了笑："你好，我是孙灵淑，市电视台记者。"

倪简回了她一声"你好"，看见陆繁微侧着头朝孙灵淑动了动嘴唇，她的眼睛眯了眯。

另一边，孙灵淑听了陆繁的介绍有点惊讶："怎么没听说你有妹妹？"

陆繁说："以前邻居家的。"

孙灵淑笑起来："不是亲妹子啊。"

陆繁没应声，倪简淡淡看了他一眼，视线落回孙灵淑的脸上，声音没什么起伏："我叫倪简。"接着对陆繁说，"你们聊，我去找瓶醋，吃生煎要用。"

陆繁和孙灵淑说了几句话就去找倪简了。

倪简还在挑醋。陆繁推着车过去说："拿黑醋吧。"

倪简伸手拿了瓶糯米白醋丢进推车里。陆繁盯着她的后脑勺看了一会儿，没再说话。

倪简走在前面，陆繁推着车跟在后头，倪简选好东西就丢进去，不像之前挑清洁剂那样也问问他的意思。

结账时，倪简要了个大的购物袋，低着头把东西一件件装进去。收银员问现金还是刷卡，陆繁掏出钱，倪简看也没看，从包里找出卡递给收银员。

结完账，倪简拎着一大袋东西往外走，陆繁走上去："给我。"

倪简就像没看到一样，绕过他继续走。

陆繁扯着她的手腕把袋子接过来。他的手劲大，倪简又较着劲，这么一扯，她那细得没一两肉的手被捏得生疼。

倪简的脸黑了。

陆繁的脸色也不好："你闹什么？"

"我闹什么了？"倪简一边揉手腕，一边歪着脑袋看他，脸冷，眼也冷，嘴角却是笑着的，"我这么乖，你哪只眼看见我闹了，嗯？"

陆繁沉目扫了她一眼，头也不回地走出超市大门。

倪简在原地站了一会儿，嘴边的笑慢慢消失。她低头盯着脚尖望了几秒，抬头朝外走。

门外，陆繁站在摩托车边抽烟。倪简走过去，二话没说，坐上后座。

一根烟抽完，陆繁跨上车。

这一上午，他们再没说过话。

下午，陆繁去张浩那儿修车。

小罗看到他，凑上来："陆哥，你最近咋回事？不是迟到就是早退的？上个月就这样，这个月又是，你都忙啥呢？"

陆繁说："有点事。"

"啥事？"小罗说，"你那消防队还加班呢？"

"不是，是私事。"

"私事？"小罗挠挠脑袋，突然睁大眼睛，表情带了点震惊和兴奋，"陆哥，你该不会是相对象去了吧？"

陆繁拍拍他的肩："别乱说，做事。"

小罗嘴里应了声"哎"，但好奇的神色怎么都掩不住。

过了会儿，张浩来了，看到陆繁，也是一番关切的询问，末了劝道："要我说，你那队里的活儿辞了吧，反正也不是正式的，你看看你那一天天的，又累又危险，图啥呢？不如另外找个活计，以你那车技，不玩赛车也能给人大老板做专用司机了，再不济，天天到我这儿来修车，不比在那儿挣得多？"

陆繁没吭声。

张浩看他这样，叹口气："你这人，小时候怎么没看出来这么倔呢。咱俩这关系，从小到大这么多年，也算是真兄弟了，我说话直，你也清楚。不是说你这工作不好，救人救火都是好事，但你得为自己考虑考虑。不说别的，单说这终身大事，咱俩同年，我这儿子都打酱油了，你还这么单着也不是事儿。现在的姑娘一个比一个势利，你要是挣钱少了人家都拿鼻孔对着你，这都是现实问题，得考虑！"

张浩想了想，做了个决定："这样吧，许芸有几个小姐妹，过两天我们出去玩，爬个山弄个烧烤啥的，你也来，大家接触看看。"

陆繁皱眉："我不去了。"

"去去没坏处。"张浩劝他，"你不要整天这么闷着，除了队里就是家里，要不就是在这儿修车，这天底下哪有送上门的媳妇？"

张浩说到这里连叹两口气，陆繁却不知怎的想起了倪简。

她这会儿不是睡着就是在看电视吧，不知还在不在生气。

停了几秒，陆繁说："真不去了，没时间。"

"怎么没时间？我放你假，工资照发！"

"不是因为这个。"陆繁顿了下，说，"倪简回来了。"

张浩一愣，有些蒙："倪简……倪简是谁？"

陆繁说："我以前的邻居。"

怔了两秒，张浩"哦"一声，一拍大腿："就那个小聋子啊！"

陆繁这么一提，张浩彻底想起来了。

倪简嘛，陆繁那个小简妹妹啊，老背着个小红书包站门口等陆繁的那小丫头！

"你跟她还有联系？"张浩吃惊道，"她回来……从哪儿回来的？"

"美国。"

"原来是去美国了啊。"张浩似有所悟，"所以你是要陪她？"

陆繁："嗯。"

张浩笑起来："这有什么关系，刚好你带她一起来玩啊，我还想见见她呢。小时候那丫头可乖了，怪可爱的。"

张浩想起更多的事情，语气有些兴奋了："哎，记得不，我还逗过她，她还喊过我哥哩。就这么说定了，大后天，你带她来！"

陆繁没来得及考虑，就有人来把张浩叫走了。

张浩临走前不忘嘱咐："带小简妹妹来，别忘了！"

张浩的身影堪堪消失，那头洗车的小罗丢掉管子奔过来："陆哥、陆哥，谁是小简妹妹？是你相亲的对象不？"

陆繁捏了捏眉心，走过去冲着小罗的脑勺敲了一下："水漫成河了，去洗车。"

小罗扭头一看，"嗷"一声，飞奔回去。

傍晚，陆繁骑摩托车经过银杏路的农贸市场，停下买了点菜。

到紫林小区门口时，看见一个人。

陆繁怔了怔。

那人也看见了他，迎面走来。

陆繁把摩托车停好，拿起车筐里的鱼和青菜走过去。

"程阿姨。"

程虹抬头看了看他，保养得当的脸上露出一丝惊讶，转瞬便消失了。她的表情恢复如常，淡漠冷静。

"难得你还认得我。"程虹唇扯了扯，笑意也仅止于此，"陆繁，阿姨有几句话要跟你谈，咱们到那边去。"

程虹指了指不远处，小区里唯一的一张长凳在那儿。

陆繁跟着程虹走过去。

程虹坐下了，他没坐。高大的身影笔直地立在落日余晖中，他手中拎着个袋子，里头的鱼跳了跳。

Chapter 04
·谈心，还是谈情？

陆繁一直没开口，他安静地听程虹说。

程虹声音温平，语气也是平静无澜的。说到末尾，程虹做了个总结。

"客观地说，以现在的情况，你的确远远配不上倪简。她选了你，显然不是令人满意的选择。"

陆繁神色不动。

程虹继续说："倪简的性子我最清楚，她对我满腹怨言，但她不明白，作为母亲，有一个这样特殊的孩子是多大的压力和负担。我对她没什么要求，只是希望她跟正常的孩子过一样的生活。她的耳朵……"

提及倪简的失聪，程虹的脸色明显变差了。

她停顿了一秒，说："这件事是我的过失。也因为这个，我付出的心血比其他母亲多出几十倍，但她太任性，我培养她去做世界顶级设计师，她白白放过机会，偏要画漫画，我让她跟我去纽约，她宁愿缩在西雅图，现在又是这样，不回北京，跑到这儿来……甚至，为了跟我作对，不要我挑的男人，选了你结婚。"

程虹冷淡的目光在他脸上扫了一圈，语气微有缓和："但你放心，我不是来逼你们分开。这么多年，她一直是个叛逆的孩子，根本没长大，浑浑噩噩，心都玩野了，不知道自己要什么，不懂社会，更不懂婚姻，只能靠我来为她打算。"

陆繁看着她，黑漆漆的眼深了些。他没出声打断，依旧面色平定地等她说下去。

程虹说："我只有一个要求，你换个工作吧。"

陆繁微微一震。

"我可以给你钱，也可以给你机会，你要创业，还是做其他体面高薪的工作，我都可以帮你解决，甚至……你的学历也可以……"

"程阿姨。"陆繁骤然打断她，"我不需要。"

"你不需要，倪简呢？"程虹皱了眉，"你那算什么工作？你一个月的工资都不够倪简买件衣服！"

陆繁不语。

静默了半晌，程虹以为他已经被说服了。她低头打开手包，取出一张名片，就要递过去时，陆繁开口了。

他的声音低缓、平静，有旁人难以听出的沉重，却唯独没有自卑与怯懦。

他说："她缺的，不是衣服。"

进屋时，天已经擦黑。陆繁把门关上，进了客厅。

倪简正在沙发上睡着。她脸朝外面，长发顺着沙发边缘垂下来。

陆繁站在门口看了一会儿，拎着菜进了厨房。他把袋子放在墙角，正准备拿刀杀鱼，看到灶台上的两盘菜。

一盘炒鸡蛋，一盘秋葵。鸡蛋煳了，秋葵焦了。

陆繁掀开电饭锅，锅里有饭，不是中午剩下的，是新煮的米饭，只是水放多了，看着像粥。他盖上锅盖，走出去。

倪简仍然睡着没醒。她睡觉的样子总是最老实的，身体窝在沙发里，清瘦单薄，露了点脆弱。

陆繁蹲下，目光落到她的脸上。她闭着眼，乌睫合在一块儿，淡黑的两小片，衬得脸庞极白。他还记得这双眼睁开时是什么样子。

重逢这么久，她只有这一刻跟小时候最像，柔和得让人不习惯。

陆繁直起身，临走时瞥到倪简的手，目光顿了一下。

她的手指上有一些乱七八糟的红痕，很显眼，与白皙的皮肤格格不入。他分辨得出，那是烫伤。

倪简是被怪味熏醒的。陆繁在给她搽药膏，一抬头，发现她不知什么时候睁开了眼，就那么看着他。

她看得太专注，陆繁一时微怔，过了会儿才低眉继续涂药。

倪简缩回手，从沙发上坐起来："别抹了，好臭。"

陆繁说："有用。"

倪简把手凑到鼻前闻了闻，有点犯恶心，赶紧拿开。

"你哪儿来这些难闻的东西？"她皱着眉说，"这个比那油还恐怖。"

陆繁没回答，只说："忍着。"又挤了一点，往她手上抹。

倪简没动。陆繁粗粝的指腹在她纤细的手指上滑过，轻轻揉了揉，不柔软，刺刺的。

倪简的心也像被揉了一下，痒起来了。她盯着他漆黑的眉往下移，目光笔直。

慢慢地，喉咙也有些痒了，她闭紧了嘴，在忍。

陆繁无知无觉，垂着眼帮她抹药。抹完最后一处，他收回手，把盖子拧上，一抬头，倏地怔住。

他清黑的眼看过来时，倪简脑中"啪"的一声响，那根绷紧的弦断了。

忍不了了。

她捧住他的脸，唇撞上去。

陆繁毫无防备，被那一下撞得措手不及。她哪儿也没吻，湿热的唇直冲着他的眼。她的舌像妖精，无声无息地钻出来，舔他。

外头，最后一丝夕阳也褪尽了，天黑下来。陆繁的眼前也黑下来，他感觉身上的血都冲进了眼睛里。

倪简亲他的眼角，一路蔓延，到耳郭。

陆繁身体一抖，喉咙里滚了一下，他咬着嘴唇，猛地拧住她的手。倪简被他扯下来，压到沙发上。

陆繁浑身肌肉紧绷着，叠在倪简身上。他扣着她的肩，呼吸急促。昏黯中，两人的目光笔直地对上。

陆繁眼里跳着火，倪简目中有光。他紧抿着唇，而她在笑。

"倪简……"陆繁咬着牙根喊了一声，没有说后面的话。

倪简扬着唇，盯着他轮廓分明的脸庞，笑意渐渐扩大，融进眼睛里，花儿一样。

她低低地笑出声来："你不是挺厉害吗，嗯？这么不经撩？"

陆繁的脸彻底沉了，眸子黑漆漆一片。倪简仿佛意识不到危险，仍笑得嚣张跋扈，尽是挑衅。

陆繁按着她的胳膊，头埋下去。倪简笑不出声了，陆繁堵住了她的嘴。

四片唇瓣相撞，倪简从脑袋到心窝都轰开了。她没有这种经历，向来都是她亲别人，亲脸，亲脖子，亲眼睛，她没亲过谁的嘴，连苏钦都没有。

她是想亲的，但是未遂。后来，她找别的男人尝试，都是刚亲了脸就进行不下去了，她不知道接吻是什么滋味。

陆繁的舌攻进来，倪简脑袋蒙了，热了。她回应他的深吻。

在亲密这件事上，她是个聪明的女人，几个来回，就掌握了技巧，反客为主，舌抵着他的勾缠，在他唇齿间翻搅。

她想，和苏钦接吻也是这种感觉吗？

激烈、刺激、爽快。

但很快，倪简发现了不对，她胸口闷了，喘不过气了，覆在她身上的男人却还是那么凶。她想退开喘口气，他不给机会，咬着她不放。

　　她挣扎，他死扣着她，吻得更猛，她反抗不了。

　　一瞬间，倪简懂了，他是故意的。他在报复。

　　想憋死她吗？

　　倪简很气，但她不服输，比狠，她不怕。

　　她吮着他的唇，忽然一咬，腥甜味漫到舌尖。

　　陆繁陡然退开。

　　倪简伸手抹嘴，手背上一抹红。

　　她躺在那儿，红着一双眼，冷冷睨他。陆繁舔了舔唇，倪简挑着眼角不说话。

　　大热天的，屋子里的空气冷得快结冰。

　　过了片刻，陆繁起身离开了沙发。

　　倪简躺在那儿，身上汗津津的难受，她赤着脚走到阳台上，收了衣服进了卫生间。

　　厨房里，陆繁捏着菜刀拍下来。

　　砧板上，那条鲫鱼直挺挺地不动了。

　　吃饭的时候，两个人安静得出奇，像大战后的狮子，默契地停下来休养生息。

　　陆繁做了红烧鲫鱼，又打了个青菜汤，倪简只吃这两个，鸡蛋和秋葵都是陆繁在吃，倪简瞥两眼都觉得没食欲。她知道，陆繁只是不想浪费。

　　显然，她第一次下厨是场失败的经历。尤其是那盘秋葵，看着实在有点惨。倪简觉得她好像被那个卖菜的阿婆坑了，不是说这是最好炒的菜吗？

　　倪简喝了口汤，见陆繁的筷子又伸进那盘黏糊糊的东西里，有点看不过去了。她说了声"别勉强"，陆繁没理她，低着头扒饭。

　　倪简顿了两秒，伸手把剩下的半盘秋葵全倒进了自己碗里。

　　陆繁抬起头。

　　倪简皱着眉，像吃药一样，就着饭几大口把那些咽下去了，嘴里一股咸焦味。她灌了两口汤，放下筷子，坐到沙发上看电视去了。

　　陆繁盯着对面的空碗看了一会儿，收回目光，把饭吃完。

　　碗是陆繁洗的，倪简窝在沙发上没动。

　　陆繁收拾好一切，洗完澡出来，她仍靠在那里看电视。陆繁瞥了一眼，是个相亲节目，一群男人坐在那儿，台上站着个鬈发女孩，握着话筒，涕泪横流地表白。

倪简突然按了下遥控器，屏幕黑了。

她抓了抓头发，站起来，百无聊赖的样子。

"我睡觉了。"

她就要走时，陆繁说："过两天出去玩，去吗？"

倪简一愣，抬头："你要带我玩？"

陆繁没正面回答，只说："耗子组织的。他说想见见你，记得他吧？"

倪简当然记得。

"你小学同学，老揪我头发的那个胖子，穿套头衫，背黑格子书包，他还骗过我。"

她回答得太认真，陆繁听着有点好笑："还记着仇？"

倪简抬抬眼角："仇当然要记着。"其他的也没忘就是了。那位耗子哥也帮她出过头，给她送过东西吃，当然，那都是看在陆繁的面子上。

倪简记得耗子那人小时候挺仗义，他家比陆繁家条件还要好，书包里总揣着很多没见过的零食，她跟着陆繁沾了不少光。

倪简说："你跟他还穿一条裤子呢？"

陆繁没搭理她，问："去不去？"

"去哪儿？"

"没定。"

倪简"哦"一声，若有所思的样子。

陆繁把手上的毛巾搭到沙发背上："你要是不想去，我回了他。"

倪简说："去，干吗不去。"

第二天，张浩就跟陆繁说定了要去的地方，在枫源山寻南村那边的一个度假山庄，不算远，六七十公里，自驾的话一个半小时足矣。

但陆繁觉得远了。他本以为只是在附近玩一天而已。

张浩看他的样子就知道他在想什么。

"行了，你一个大老爷们别推三阻四了，就当陪小简，人家妹子好不容易回来一趟，咱怎么着也得尽尽地主之谊吧。许芸说了，这地方不错，这两年才火起来的，小简铁定没去过！"

张浩这么一说，陆繁也没话说了。

陆繁下班前，张浩又交代了一番："咱们后天下午走，在那儿住两晚，你跟小简说带几件衣服，最好带件长袖的，说不好晚上有点冷的。"

陆繁应了声。

回去后跟倪简一说,她倒是挺好奇:"寻南村?那是什么地方?"

"就一小山村,避暑的。"

"你去过?"

"没去过。"

倪简想想也觉得他应该不会去什么避暑山庄。他看上去很耐热,这些天她占了房间,他就睡在厅里,没空调吹,就吹那小破风扇。

想了想,倪简说:"去三天不耽误你工作?"

陆繁说:"没事。"

倪简点头:"行。"

出发那天是个晴天,风有些大,倒不显得热。

倪简拣了几件衣服塞进袋子里,出来时看见陆繁也在装衣服。他不知从哪儿找了个背包出来,烟灰色的,样式有些老旧。

倪简走过去把手里的布袋递给他:"装一块儿。"

陆繁抬头看了她一眼,把袋子接过来一起放进了包里。

下午两点,陆繁的摩托车在张浩店门口停下,车后头坐着倪简。

张浩和许芸也已经收拾好了。许芸最先看到倪简,笑着走过来:"哟,这就是小简吧,妹子可真好看!"

倪简不认识她,但看她笑得很热情,也就对她笑了笑。

陆繁喊了声"芸姐",正要跟倪简介绍,许芸抢了先。

"我是许芸,张浩他老婆,我比张浩还要大两岁,你跟陆繁一样喊'芸姐'就成。"

许芸才说了两句话,倪简就看出她的性格属于豪爽那一类的。

没说几句话,张浩就从里面出来了。

倪简看到张浩,眼睛睁大了些。她想起小时候那个胖墩,实在很难将他跟眼前这人联系上。

真没想到,张浩居然减肥成功了。

岁月这东西可真是鬼斧神工。

倪简惊叹于张浩的变化,张浩也一样。

他也没想到当年跟在陆繁屁股后头的小不点如今长成这个模样。这姑娘身上完全找不到小时候的影子,从面容到气质,跟换了个人似的。

张浩都有点不敢认："这真是……小简丫头？"

倪简喊："耗子哥。"

张浩没法不信了。

他将倪简上下打量了一圈，连声感叹，转头对陆繁说："别说你一眼能认出来？"

倪简拿眼尾扫陆繁一眼。

陆繁没回答，问张浩："什么时候走？"

许芸接话："再等会儿。小罗跟邓刘去采购了，该回来了。"

话音刚落，一辆面包车开回来了。车子停下，小罗从副驾驶跳下来，喊着："芸姐，东西都买到啦！"

喊完，人就跑过来了，十八九岁的小伙子浑身都是活力。倪简看了一眼，就想起他是谁了。

上次她来找画稿，帮陆繁说话的就是他。

小罗跑到近前，笑嘻嘻喊了一圈人，轮到倪简时表情陡变，错愕道："你、你你……"

张浩说："小罗，这是你陆哥的妹子，你得喊姐。"

"啥？"小罗的表情有些呆了，盯着倪简瞅了半天，越发摸不着头脑，"你不是那个、那个……咋成陆哥的妹子啦？"

小罗扭头看陆繁，陆繁点了点头，小罗更蒙了。

这个小心眼姑娘怎么就成陆哥的妹子了？

他还没弄清楚，面包车里又下来个人。

张浩喊了声："邓刘，拿两瓶水过来。"

"好嘞！"邓刘拿了两瓶维 C 饮料来，看到陆繁身边站着个女人，也是一惊。猛然想起前几天小罗传的八卦，他脑中灵光乍现，大嗓门直嚷，"啊，陆哥，嫂子真好看！"

一瞬间，在场的人都一愣。

隔几秒，许芸笑起来，对陆繁说："你看，你再不娶老婆，邓刘都急了！"

张浩有些惊愕，后知后觉地瞅了瞅陆繁和倪简，也慢慢觉出点味道，心想这两人恐怕真的有点什么，回头得找陆繁问问。

倒是小罗此刻不再纠结了，戳了戳邓刘，提醒他："这是咱陆哥的妹子，得叫姐！"

"啊？不是嫂子啊？"邓刘怔了怔，有点窘，朝倪简低了低头，"那啥，不好意思啊，姐！"

倪简说："没事。"

她眼角余光瞥了下陆繁，他表情淡得看不清。

张浩从邓刘手上拿过饮料，一瓶递给倪简，一瓶递给许芸："咱歇会儿就得走了。"

许芸接下他的话做了安排："咱们这样，耗子开我的车，邓刘跟我们坐，陆繁你开耗子的车载着小简，把小罗也捎上，其他人都是直接过去的，估计比我们还要早到。"

出发的时候已经过了两点半了。

陆繁一路跟着前头许芸的车。

小罗和倪简坐在后座。

陆繁话本来就少，倪简也没说什么，车里异常安静。小罗熬不住，主动扭头跟倪简搭话："姐，那天对不起啊，我说话不好听，你别往心里去。"

倪简只来得及看清他的后半句话，但她猜到他说的是什么事，笑了笑："我要是往心里去了呢？"

"啊？"小罗一愣，挠挠头，不晓得怎么接话了。

倪简说："逗你玩的。"

小罗又是一愣，明白过来之后，有点窘，也有点不舒坦。

这姑娘喜欢捉弄人。

他心里更觉得古怪了，她怎么能是陆哥的妹子呢，跟陆哥哪有一点像的？

倪简注意到小罗的表情，问："生气了？"

小罗说："没有。"

倪简也不在意，转回头，从后视镜里看陆繁的脸，不期然地和他的眸光撞到了一块儿。

倪简怔了一下，再看时，发现陆繁的视线移开了。她心里有点躁："你躲什么？"

倪简的语气很冲，一旁的小罗吓了一跳："我没躲啊。"说完见倪简紧盯着前面，看都没看他，才意识到她在跟陆繁说话。

然而，陆繁没有任何反应。

他的装聋作哑让倪简火大，但又没法发泄。她从后视镜里狠狠瞪了陆繁一眼，闭着嘴，再也不想跟他说话了。

小罗注意到车里的气温下降了，想说点什么暖一暖，想了想又合上了嘴。

这姑娘怪怪的，还是不要蹚浑水了。

一路沉默，到枫源山正好四点。

车沿着盘山公路上去，进了寻南村，在银杏山庄门口停了。

小罗飞快地跳下车喘了两口气。

再跟这两人待下去，他得憋成哑子。

歇了几秒，小罗就跑前头找邓刘说话去了。

陆繁从前面出来，去后备厢拿东西。

倪简空着手下车，靠着车门歇了一会儿，环顾周遭。的确是山里风景。山庄背后就是连绵山峦，不远处是沿着山坡层叠建起的民居，周围全是树，高高大大，枫树和银杏树尤多。

看到山庄的名字，倪简想起陆繁家所在的那条银杏路。

这里显然比银杏路好看得多。

银杏山庄不大，一共四栋三层小楼，一栋是别墅式样，另外三栋是普通楼房，都是蓝色的外墙，装修得挺漂亮。

类似的山庄这里有很多，除了几家是全别墅，其他的基本都是农家乐模式，这个银杏山庄算是其中性价比不错的了。

张浩预订的就是那栋别墅小楼。

先到的几个人已经住进去了，张浩拨了电话，没一会儿从别墅里出来一男两女，都是许芸公司的同事，平时玩得好，就叫来了。三个人年纪都不大，比许芸小几岁，二十六七岁的样子。

许芸介绍大家互相认识了。

寒暄了一会儿，男人们开始往屋里搬东西。

许芸想得很周到，准备了不少酒水和食材，足足有四箱。

别墅不小，三层楼加起来有十几个房间，张浩夫妻住一间，其他人各选了一间，分下来还空了两间。

倪简和陆繁的房间都在三楼，一个在东，一个在西，隔着两个空屋。

倪简昨晚睡得不大好，坐了一趟车就觉得困，她在楼下吃了点心，跟许芸说了一声就回屋睡了。

晚饭前，陆繁没见到倪简，上楼去叫她。

许芸正好从楼上下来，说倪简睡得正香，陆繁只好作罢。

天大黑时，别墅里又来了两个人，是张浩的高中同学程铭和赵佑琛。

程铭是张浩叫过来的，赵佑琛是自己觍着脸跟来的。

许芸看到程铭时还是笑着的，等看见他身后的赵佑琛，脸色就变了。她把张浩拽到厨房教训。

张浩大呼冤枉："天地良心，这回可真不是我叫来的，谁晓得他恰好跟程铭在一块儿，早知道他要来，我就不喊程铭了！"

许芸的神色很难看："你最好给我离他远一点，这人满腹花花肠子，十足的损友！"

张浩见她生气了，赶忙认错："老婆，别生气别生气，这回是我失误，保证没下次！"

"你还敢提下次？"许芸怒气升腾，"上次刘璐那事还没跟他算清呢。他就一渣男，长得人模狗样的，专门祸害人姑娘，都脚踩几只船啦，要不是顾着你那点面子，我现在就赶他走！"

"是是是！"张浩忙认错，"都是我不好，我也觉得佑琛这人在国外学歪了，太花，不适合正经过日子。程铭就不错，我特地叫他来跟佩佩和谢琳接触接触，说不定能成一对。"

"别废话，总之这回你把赵佑琛看紧了，他要再敢乱撩，招我那两个妹子，我弄不死他！"

张浩点头如捣蒜，拍着胸脯保证："这回一定死死盯住！"

张浩说到做到，一晚上时刻注意着花蝴蝶赵佑琛的动静，生怕赵佑琛跑去招惹许芸的两个女同事。

奇怪的是，赵佑琛今天倒老实了，除了来的时候跟大家打了招呼，后面几个小时都在打牌喝酒，没见他主动黏着哪个姑娘说话，倒是佩佩似乎被赵佑琛的外表迷惑了，时不时找他说话。

张浩松了口气，心猜这货眼光高，佩佩和谢琳都是小家碧玉型的，算不得大美女，估计没入他的眼。

一群人玩了一晚牌，快十点才各自回房。

赵佑琛和程铭住进了三楼的两个空房。

倪简睡到半夜醒了，看了看时间，两点刚过，她肚子有点饿了。

她起来刷牙洗脸，拣了件长衬衫套在睡裙外面，下楼了。

走道和楼梯的灯都是开的，倪简借着亮光穿过客厅摸进厨房。

厨房里有一抹光，里头站个黑影，正扒着冰箱门翻着什么，乍一看，挺像惊悚片里的场景。

倪简抬手在墙上摸了一下。

"啪嗒"一声，厨房的灯亮了。

一切暴露在晃眼的白光下，包括那个扒冰箱的黑影。

黑影手里的一袋速冻水饺砰地掉到地上。

一个光着膀子的男人进入视线，倪简抬了抬眼皮。

赵佑琛显然受到了惊吓。

他愣愣地望着站在门口的倪简，双腿定住了似的，仔细看，还有点抖。老实说，他不大确定这个披头散发的白衣美女是人是鬼。

不会这么邪门吧，他只是来找点吃的而已……

赵佑琛咽了口唾液，目光顺着倪简白皙的脸往下移，看到纤细的小腿，再往下，是脚。

他松了口气，视线又挪回倪简脸上，脸上有了笑："小姐，人吓人吓死人。"

倪简说了声"抱歉"，走过去捡起水饺，看了看说："这饺子能分几个给我吗？"

赵佑琛挑挑眉，有点惊讶。

这女人反应太平淡了，似乎被吓到的只有他。

他怀疑她是故意的。

赵佑琛侧过身："你是谁啊？"

"我是倪简。"

她回答完之后说："我来煮，分几个给我。"显然，她的注意力只在饺子上。

赵佑琛盯着她的脸看了一会儿，低眸一笑："行，分你。"

倪简找到锅，很快把饺子拆开煮了。

赵佑琛斜靠着门框，抱臂看她。

倪简是真饿了，来不及研究，煮了简单的白水饺，一点佐料都没放。饺子煮开了，她捞五个到碗里，把勺子递给赵佑琛："剩下的归你。"

赵佑琛光顾着看人，压根儿没注意到她没放佐料，等到瞧见一锅白水饺之后脸抽了抽。

"你……就这么吃？"

"不然呢？"倪简端着碗从他面前施然走过。

赵佑琛差点吐血。他这辈子就没吃过这么清汤寡水的东西。

他抓抓头发，在厨台上瞄了一会儿，找到一瓶醋。等他弄好调料端着碗出去时，倪简吃完了。

她洗了碗，往楼上走。

赵佑琛说："哎，你等等我啊。"

倪简没一点反应，轻脚踩着楼梯上去了。

赵佑琛仰头看了一会儿，低头蘸醋："啧，这气质，真像女鬼。"

他念了两遍她的名字："倪简……"摇着头笑了。

倪简睡得太多，第二天神清气爽，一大早就起床了。

三楼有个观景露台，倪简站那儿看山。

身后，有个男人在看她。

赵佑琛站了半个小时也没见倪简回头。他没耐心地咳了两声，仍不见她有反应，他走过去拍她的肩。

倪简回头。

赵佑琛说："看什么呢，这么入迷。"

倪简皱了皱眉："手拿开。"

赵佑琛愣了一下，看了她几秒，手从她的肩上收回。

倪简眉心舒展了。

赵佑琛第一次被女人这样嫌弃，很不习惯，摸了摸鼻子，说："我叫赵佑琛，是耗子的同学，你是芸姐的同事？"

倪简说："不是，我跟陆繁一起的。"

"陆繁？"赵佑琛眯了眯眼，"那个消防员？"

倪简盯着他看了两秒，忽然不想说话了。

她不喜欢他提起陆繁时的样子。她听不出语气，但能看出表情。

这男人把陆繁看低了。

她转过身，继续看山。

赵佑琛突然被晾着，还有些莫名其妙。

"怎么不说话了？他不是消防员吗？"

倪简没反应，赵佑琛盯着她雪白的颈子，有些气躁，他以前从没觉得跟女人接触这么有挑战。

他想了想，觉得大概是战术错了。他知道有一种女人，她们看上去很强很霸道，那只是为了吸引更强更霸道的男人征服她们。

他猜，这个女人就是。

赵佑琛捏了捏拳，伸手扳过倪简的身体，扣着她的肩压到栏杆上。

"我跟你说话呢。聋了还是哑了，嗯？"

倪简显然没料到他来这么一出。

这男人一秒之内画风陡变，很滑稽，她倒有点想笑。

她也真的笑了。

晨风从山里吹过来，她漆黑的长发裹着脸，拂在赵佑琛下巴上。她笑得眼都眯了，长睫一颤一颤，声音脆铃一样传远。

陆繁来时，听到的就是这样的笑声。

露台上，一男一女贴在一起，靠着栏杆，风卷起了女人的裙子，跟男人的衬衣吹在一块儿。

陆繁站在那儿看着，不知还要不要喊她吃早饭。

七点半，倪简跟赵佑琛一道下楼。看到他们并肩下来，张浩先是一顿，紧接着脸就绿了。

防来防去，把倪简给忘了！

张浩急了，张浩一急就要找他老婆。

许芸刚做完早锻炼，在楼上洗澡，张浩没辙，躲在厨房里盯着赵佑琛和倪简的一举一动。

看着看着，他想起什么——

咦，陆繁呢？不是做好早饭上去喊倪简的吗，怎么人不见了？

倪简也在想这个。

印象中，陆繁每天起得都比她早，不至于还在睡懒觉。

她正想着，一抬头，看到灰色的身影从楼梯上走下来。

倪简看了一会儿，移开了目光。

赵佑琛见有人下来，朗声打招呼："早！"

"早。"陆繁从客厅走过，进了厨房。

张浩把陆繁拉到厨台边，掩上门："你搞什么？"

陆繁不明所以。

张浩说："你不是去喊小简吗，怎么是佑琛跟她一道下来的？"

陆繁没作声。

张浩看他表情有异，压着声问："咋回事？"

陆繁说："没什么，我去的时候他们在说话，就没打搅。"

张浩直拍自个脑袋："这事怪我！没跟你说清楚，你不了解情况！"

陆繁："什么情况？"

张浩拍拍他的肩，示意他近点。

"外头那个，就我那高中同学，花蝴蝶一样的那男的，"张浩恨铁不成钢地摇摇头，低声，"这货特爱玩！"

陆繁："爱玩什么？"

"你傻呀，当然是玩女人了！"张浩从门缝里瞅了眼外头，把赵佑琛那些荒唐事一股脑说了。

陆繁听完没说话。

张浩急得冒汗："还不懂啊，咱单纯善良的小简妹妹要给狼叼了！"

陆繁总算有了点表情。

隔了两秒，他平静地说："人是你叫来的。"

一句话就把张浩噎住了。

"行了行了，都是我的责任行了吧，但现在是追究责任的时候吗？赶紧的，想想办法，把咱妹子救回来！"

张浩抓耳挠腮，两秒后，说："这样，你找机会提醒小简别跟赵佑琛走太近，就说赵佑琛是大尾巴狼，他那些花言巧语一个字都别信！"

陆繁没应，过了会儿，淡淡说："你去说吧。"

"你说！"张浩说，"她信你，最听你的话。"

陆繁一时无言。

张浩不了解情况。倪简小时候是最信陆繁，最听他的话，他让她等他，她就来等，他让她写作业，她就一个人坐在小凳子上写拼音，安安静静。

可那是小时候。

现在，她做的那些事，陆繁说不出口。

他没回答，外头传来许芸的声音，在喊耗子。

张浩赶紧对陆繁交代一句，动作麻溜地出去了。

早饭后，有人提议去爬山，有人提议去钓鱼，一下有了分歧，张浩建议分成两拨，想爬山的爬山，想钓鱼的钓鱼。

到最后，就剩倪简、陆繁、赵佑琛没有选择。

张浩知道赵佑琛心里铁定是想跟倪简一块儿，赶紧先下手为强："小罗他们人少，小简你跟他们去爬山，刚好锻炼锻炼，你这太瘦了！还有陆繁，你跟小简一块儿！"

没等倪简说话，赵佑琛就开口："那加我一个。"

张浩没给他机会，勾着他的肩膀说："兄弟，能者多劳啊，别想躲，你钓鱼多厉害啊，今儿晚饭都指着你。"

许芸这会儿也看出来了，声色不动地帮腔："赵大少吃白食吃习惯了吧。"

赵佑琛不傻，他看出许芸因为上次的事对他有成见，她这话里暗讽的意思很明显。

赵佑琛觉得许芸这人太小题大做了，但他就算心里有点不爽，也不会在这么多人面前自毁绅士形象，尤其还当着倪简的面。

识时务者为俊杰。赵佑琛好脾气地退了一步："行，今晚上我请大家吃鱼！"

寻南村海拔七八百米，今儿又是个多云天气，风大，凉快，爬山也不觉得多难受。

倪简很懒，不喜欢运动，除了读书的时候被梅映天逼着晨跑，没做过太多运动，体力不行。但她跟着梅映天去了很多地方，山也爬过几座，兴趣倒是有一点。

枫源山很美，倪简也想爬到山顶看看是什么风景。

邓刘和小罗一路领先，倪简和谢琳在中间，陆繁走在最后。

谢琳原本选的是钓鱼，后来改了主意。

谢琳跟倪简一点也不熟，昨晚大家玩牌的时候倪简在屋里睡觉，她们没说上话。

谢琳直觉倪简这个人不好亲近，话不多，也不爱笑，眼神更看不出热情。但现在爬山的队伍里就她们两个女人，而且她记得张浩说倪简是陆繁的妹子，还是认识一下比较好。

谢琳主动跟倪简搭话，没得到回应。

谢琳又说了一遍，但她左前方的身影停都没停，没听见一样往前走。

谢琳咬了咬唇，心里有点不舒服了。她停下脚步，回头看了眼陆繁。

陆繁走过去，说："她不是故意的。"

谢琳仰着头看他，不明白。

陆繁说："她听不见。"

谢琳瞪大了眼睛，扭头看看倪简的背影，又回头看看陆繁，无比震惊："什、什么？你是说……是说她……是个聋子？"

陆繁几不可察地皱了下眉。

谢琳很快反应过来，脸红了："对不起，我只是没想到……"

陆繁没听她说下去，指了指前面："跟上吧。"

倪简走了一段感到口渴，回头找陆繁拿水喝，扭头一看，发现原来紧跟在身后的谢琳不知什么时候落后了一大截，跟陆繁并排了。

倪简站在那儿，眯眼瞧了一瞬，扭回脑袋继续走了。

她加快步伐追上了走在很前头的小罗。

"有水喝吗？"

小罗看了看她，从袋子里拿了瓶盐汽水给她。

倪简拧了一会儿没拧开。

小罗看不过去："姐，你力气真小，我帮你拧。"

倪简把水递给他。

小罗一下就拧开了，倪简接过来一边走一边喝，抬头看到前面邓刘的背影，说："他跑那么快干吗？"

"比赛呗。"

"比赛？"

"嗯，他跟我还有陆哥较劲呢，我们店里几个男人，就他最胖，也最弱，他练了好久了，现在拿出来显显。我懒得跟他争第一，陆哥就更不会跟他抢了。"小罗的语气很自豪，"我们陆哥练的可是专业的，跑步、举重哪样不是最厉害！"

倪简："这都知道？"

小罗说："那当然，陆哥哪样事我不知道，我连他跑五十米的最快速度都知道！"

小罗昂着脑袋，一脸"全世界就我知道陆哥的短跑成绩哦你快来问我啊"的表情。

但很遗憾，倪简没问这个。

倪简捏着汽水瓶子，微微一笑："真的什么都知道？"

小罗自信地点头。

倪简说："那你知道你们陆哥结婚了吗？"

她话音落下，看见小罗的眼睛慢慢睁大睁大，最后瞪圆了，见了鬼似的。

小罗爆出句粗口："结婚了？跟谁？！那个姓孙的回来了？！"

倪简瞬间捕捉到重要信息。

"姓孙的？是谁？"她问出口的同时，脑子里冒出个人，"孙记者？"

"真是她？！"小罗震惊，"她不是抛弃陆哥了吗，回来干吗？！"

倪简又一次拎出关键点："抛弃？"

"可不是嘛。"小罗愤愤不平，"对陆哥不真心就算了，干吗还三番五次跑来招惹陆哥，不就是嫌陆哥没钱没势嘛！现在回来干吗？陆哥是脑子坏了吗，干吗还搭理那种人！"

小罗越想越气，急匆匆地问："陆哥真跟她结婚了？我去问他！"

倪简拽住小罗："我逗你玩呢。"

小罗一震，脸渐渐由红变绿。

他明白自己又被倪简耍了，气坏了，一甩手："你这人咋回事？怎么老捉弄人？"

倪简笑了笑，老老实实地道歉："对不住，我这人就喜欢找乐子，别跟我一般见识哈。"

她说完就走了。

小罗咬牙在原地站了一会儿，追过去："你把水还我！"

中途在半山腰休息。

倪简坐在一块石头上，陆繁走过去递给倪简一袋面包，倪简没接。

陆繁转身要走，倪简伸手从他手上把面包拽下来。

陆繁无语，问："这样好玩吗？"

倪简说："好玩。"

陆繁没接话，顿了顿，在她身边坐下。

倪简微愕，侧头盯着他看了片刻。

"你干吗？"

"谈谈。"陆繁说。

倪简怔了怔，扬着唇角笑起。

他看着她。她凑近，低声："谈心，还是谈情？"

倪简做好了看陆繁黑脸的准备。但奇怪的是，这回陆繁好像并没有生气，反倒是倪简一拳打在了棉花上，她在陆繁平静的注视下诡异地感到一丝不自在。

她挪开视线，若无其事地转向另外一个方向。

小罗和邓刘坐在不远处的槐树下吃面包，谢琳站在他们旁边喝水，目光似有似无地望着这边。

倪简觉得她在看陆繁。

"要谈什么？"倪简扭头问。

"别跟赵佑琛走太近。"陆繁很直接地转达了张浩的告诫。

倪简眼睫微动，怔了一会儿，低笑："你吃醋？"

陆繁没接话。

他们四目相对。

倪简唇色粉红，芙蓉瓣似的。她望着他，无意识地舔了下唇。

陆繁没动静，倪简执着地要问出个结果："你是不是吃醋？"

陆繁说："不是。"

倪简抬了抬下巴："谎话。"

陆繁笑了一声，不咸不淡地说："你是不是太自信了。"

倪简静了一瞬，低头笑了笑，又抬起："我这人没啥优点，就是自信。"

"自信好，你保持。"陆繁站起身，走回小罗那边。

石头上剩了倪简一个人。

她低头拆开面包袋，咬了一口。

全麦面包，无滋无味。

走了快三个小时到了山顶，谢琳、小罗和邓刘都很兴奋，站在山顶上拍照。陆繁也拿出手机，拍了一张山下风景。

倪简情绪恹恹，一屁股坐在草上，眯眼望着天边的云。

那云像妖怪，张牙舞爪。倪简盯着盯着，眼都不眨了，入了魔一样。

风涌来，她的长发飞起来。

陆繁手滑了一下，倪简的侧影在镜头里定格了。

陆繁下意识地点了"删除"，选择框弹出来。他盯着照片看了一会儿，鬼使神差地摁了"取消"。

晚饭很丰盛，赵佑琛不负众望地钓了一桶鱼，还主动请缨，做了一顿全鱼宴，蒸煮炖炸，倪简吃完后觉得这辈子都不用吃鱼了。

饭后是娱乐时间，程铭邀了几个人去二楼露台玩杀人游戏。倪简听不见，玩不了这类游戏，婉拒了。

佩佩本来在跟赵佑琛说话，没说两句，被许芸喊上楼了。

陆繁和张浩在厨房做善后工作，偌大的客厅就剩两个人。

倪简坐在沙发上翻小罗带来的鬼故事。赵佑琛心情愉悦，拿了一瓶红酒走过去，倒了一杯递到她面前。

"试试。"

倪简正要摇头，眼尾余光瞥见陆繁从厨房出来了，忽然改了主意。

她伸手接过酒杯，冲递酒的人一笑。她皮肤白，眉眼黑，唇却是柔粉的，这一笑，风情尽显。

赵佑琛心一麻，痒到了骨子里。

他捏着酒瓶与倪简碰杯："干杯。"

一杯酒仰头饮尽。

倪简细指摸到唇上，抹去酒汁。

赵佑琛盯着她的嘴，喉咙滚了两滚，声音哑了："我房里有一瓶更好的，上去尝尝？"

"好啊。"

张浩擦好厨台出来，看到陆繁坐在沙发上抽烟。

"怎么就你一个人？"张浩往四周看了看，"不是让你出来看着的吗，人呢？"

"上去了。"

烟雾笼了陆繁的脸，他低着眉，表情模糊不清。

张浩只当倪简和赵佑琛各自回房了，松了口气，坐下来给自己倒了一杯茶，喝完就上楼洗澡去了。

陆繁坐在那儿没动，一根接一根地抽烟。

没到半个小时，烟灰缸里一堆烟蒂。

陆繁吐了口烟，把手里最后半根摁了，起身上楼。

二楼露台笑声不断，轻松愉快。陆繁脚步不停，上了三楼，往东走，到赵佑琛门外，拧门锁。

没用。

门锁上了。

陆繁抬掌拍门，力道不轻。

里头有了动静。

"谁啊？"是赵佑琛的声音。

"开门。"陆繁克制着，但平静的声音还是不可避免地透出冷厉。

赵佑琛听出来是陆繁，吼道："老子开不了，你把倪简叫来！"

陆繁拍门的手顿住。

"喂。"

身后传来低低的女声。

陆繁转身，看到地上纤长的影子，那头，倪简站在露台的入口，倚着门框，身上一件真丝吊带长裙，纯黑色。她化了妆，只化了眼睛，涂了口红，没抹粉。她够白，不需要。

倪简身后是寂静黑暗的露台，面前却是灯火如昼的走道。她站在两者之间，一半在暗，一半在明。

夜风穿过露台，她的裙摆疯狂摇曳，像个妖精。

陆繁胸腔里有东西狂跳。

他压不住。

倪简不说话，眸光笔直坦荡地盯着他看。

半晌，她唇瓣动了动，没有声音——

"信吗？我想要你，别人不行。"

她直勾勾瞧了他几秒，弯眸一笑，往房间里走。到门口，她回眸，笑意收了，眉目是淡的。

她进了屋，门还开着。

走道里空荡荡的，顶灯将影子拉长，一阵穿堂风钻进来，陆繁攥紧了手。

赵佑琛愤怒的声音再度入耳："人呢？还在不在啊？我说把倪简叫来！"

陆繁站了半分钟，走向倪简的房间。

门关上了。

倪简看到陆繁进门的那一瞬就笑了。

她没动，坐在床上等他走近。他到了她面前，她才站起来，眼里有某种胜利者的得意。

"你也想的，是吧？"

她贴近，踮脚，手臂勾他的脖子，唇贴着他的嘴角印上，缓缓啄了几下。

"烟味好重。"她皱了皱眉，却没退，再亲。

陆繁眼瞳深黯，呼吸渐渐重了。倪简两条手臂都挂在他脖子上，贴着他的下巴笑。

"……张嘴呀。"

陆繁眼里"轰"一下烧着了。

倪简毫无防备地被推到床上，来不及惊讶，陆繁的身体叠上她。

他的气息一下子笼上来，倪简浑身烫了。她的裙子被扒下来，从上到下，轻飘飘地落到地上。

一切不知是怎么发生的，倪简丢了主动权，她的嘴被咬着，胸前柔软亦在对方掌控之下。

陆繁的动作有点凶。

他的手掌宽大粗糙，指腹像长了刺，倪简被捏得疼，却刺激、畅快，不想叫停。

倪简不知道，原来男人的手掌有这样的力量。她觉得舒服，却又不舒服。

不知过了多久，陆繁终于放过了她的唇。他微微退开，悬在她上面，低头看她。

倪简睁着眼与他对视，不躲不闪，更不见窘迫与羞怯，陆繁的眼一片黑沉，他紧绷着脸，额上渗了汗，但衣裳整齐。

倪简不爽，伸手扯他的上衣。陆繁摁住她的手，突然闷笑了一声，眨眼之间脱去了衣服。

倪简的眼深了，又亮又黑。

她伸手摸他，从肩到胸口到腹部，一路往下。

陆繁抖了一下。

倪简笑出声，下一秒，手去解他的皮带。

……

一切结束以后，屋里异常安静。

灯亮着。

倪简仿佛死过一场，软着身体瘫卧着，汗水黏腻。她微张着嘴，长长地出了一口气，呼吸慢慢缓下。

不知躺了多久，倪简翻了个身，滚进陆繁怀里，裸臂搭在他身上，手从他背后往下滑，一直滑过腰，停下了。那里很烫，肌肉紧硕。

倪简捏了一把，手感极好。

她还想再捏，手被陆繁捉住了。

他呼吸不稳，仿佛又有了反应。

倪简感觉到了，抬头看他，目光含笑。

陆繁眼眸微沉，低声说："别闹。"

"好。"倪简心情好，难得听话一次。

陆繁捉着她的手没松，慢慢揉进掌心。

他的手太热了，倪简不舒服，说："我不动了，你放开吧。"

陆繁没动。

倪简微一用力，抽回了手。

陆繁张了张嘴，没说什么，又闭上了。

十一点，倪简起床洗澡，从浴室里出来，见陆繁还在，怔了一下。

"你怎么还没走？"

陆繁看了她一会儿，起身拿过裤子套上，捡起地上的 T 恤往外走。走到门口，他被倪简叫住。

倪简隔空丢了串钥匙给他，说："顺便把隔壁门开了吧。"

陆繁把钥匙插进门锁，开了外保险就走了。

赵佑琛憋着一肚子气，正在床上躺着，听到动静出来看，外面已经没有人了。

他气鼓鼓地跑到倪简门外，发现倪简把门反锁了，他拍打了一阵，里头全无反应。

倪简靠在床头擦头发，动作悠然，像做完某件大事一样轻松惬意。

第二天上午，赵佑琛八点起床，准备找倪简算账，却被告知陆繁和倪简临时有事，借了耗子的车提前走了。

赵佑琛一口老血憋回去，气得早饭都没吃。

山道蜿蜒，陆繁将车开得很稳。

上了高速，他提了速，微微侧头看了一眼坐在副驾驶的倪简。

她很安静，目光望着前方。他接到那个电话时，她说了一句"我也回去"，在那之后就没开过口。

车一路开到区医院。陆繁和倪简直接去了住院部，在 402 号病房外看到倪珊蹲在门口，手里捏着粉色的手机。

看到陆繁出现，她一下子站起身，朝他跑去。到了他面前，她还没说话，眼泪先下来了。

她眼睛通红，喊了一声"陆繁哥哥"，张口要说什么，突然看到了他身后的倪简，愣了愣。

她没料到倪简也会来。

陆繁问："倪叔怎么样了？"

倪珊回过神，小声告诉陆繁，倪振平的情况。

她说完了话，看了一眼倪简。倪简没什么表情地说："我先进去了。"

病房里没有人看护，病床上的倪振平还在输液。他熟睡着，呼吸均匀。

倪简站在床边，视线从他头上包着的绷带移到他的脸上。因为头上的伤口流了不少血，倪振平的脸色很苍白。

倪简发觉他比上次见面的时候更瘦了，白头发也多了。

倪简明明还记得倪振平年轻的样子，她觉得他似乎在一眼之间就老成了这样。

这大半辈子，他好像都在辛苦。

倪简坐到床边的椅子上，拿起床头柜上的病历本，里头蓝色的缴费卡滑出来，掉到地上。

她捡起来放好，看了看病历本。

毫无意外，照例是无法辨认的医生体。

没过一会儿，门外的人进来了，除了陆繁和倪珊，还有一个人。

这是倪简第一次见李慧，她爸爸的第二任妻子。

李慧比倪振平小六岁，刚过四十五，算起来比程虹也要小四岁，但她看起来却比程虹要老一点。而且，她长得也没有程虹漂亮。

程虹读书的时候是班花，后来工作了也很有男人缘，在那一堆与她有过接触的异性中，她选出了倪简的继父。她选择的标准只有一个——有钱有势。

跟程虹离婚后，倪振平一个人过了三年，后来经人介绍认识了李慧。

李慧的个性跟程虹完全不一样，她是个传统的贤妻良母型的女人，性格比程虹温和得多，倪振平跟她处了大半年就结婚了，第二年倪珊出生了。

关于李慧的这些信息，倪简并没有刻意去了解，她只是在跟倪振平偶尔的联系中对李慧有了一点模糊的印象。

李慧虽然已经知道倪简来了，但进了病房看到她，眼里还是露出了些许惊讶。

倪简的模样跟她想象的不大一样。

李慧见过倪简小时候的照片。倪振平把倪简的照片保存得很好，全都夹在床头柜里的一本书中，李慧打扫卫生的时候看见了，当时书里还有程虹的照片和他们三个的全家福。

李慧又气又委屈，忍不住把那些摔到倪振平面前，跟他大吵了一架。

那是他们结婚后第一次吵架。

最后是倪振平妥协了，他把程虹的照片全都丢了，但倪简的，他说什么也要留着。

李慧记得当时倪振平一个大男人红着眼圈说那是他的小简，是他最对不起的女儿。

李慧就算心里再不舒服，也软了。

李慧从那时候就知道倪简在倪振平心里的地位比他的前妻重要得多。

李慧虽然不说，但她其实挺介意，直到倪珊出生后，看到倪振平对倪珊疼爱有加，她才慢慢心理平衡了，再加上倪简后来也没有再跟倪振平联系，她慢慢地就把这些忘了。

直到今年五月份，倪简打来那个电话，被她接到了，她才知道倪振平跟倪简又联系上了。

后来，程虹就来了。

那天，李慧又跟倪振平吵了一架，他们吵得很厉害，她甚至脱口说出了"离婚"这种话。

这些事之后，李慧心里对倪简很难有什么好印象。

但她是个挺懂事的女人，现在初次见面，她是长辈，又是在倪振平的病房里，她还能怎么做？

李慧主动跟倪简打了招呼，对她笑了笑。

倪简平淡地喊了一声"阿姨"，就没有更多的交流了。

李慧把保温桶放到桌子上，拿下衣架上的毛巾给倪振平擦脸。

她这事做得很熟练，能看出她挺会照顾人的。

倪简站在那儿看着，莫名想起了五岁的时候。

那年倪振平害了一场病，重感冒转成肺炎，在医院住了大半个月，程虹只出现了一次，待了不到半个小时就走了，她要跟着大老板出差去广州开会。

她把倪简丢在医院陪倪振平。

倪简记得，是陆繁的妈妈每天做好饭，让陆繁的爸爸带着陆繁送来给他们父女吃，一直熬到倪振平出院。

如果一定要诚实地说，那么倪简会承认她心里极其自私地希望倪振平永远只是她一个人的爸爸，不要有李慧的存在，不要有倪珊出现。

但这一刻，倪简看着李慧细心地照顾倪振平，突然释怀了。

显然，李慧比程虹对倪振平好。

而倪简，希望有人对她爸爸好。

倪振平昏睡了很久，一直到中午都没醒。

倪简出去接了杯水，回来时看见病房里只剩下倪珊，陆繁和李慧都不在。

倪珊看到她进来，站起来，指了指椅子："你坐吧。"

倪简没过去，问："陆繁去哪儿了？"

倪珊顿了一下，看着她没说话，似乎在犹豫要不要告诉她。

"他走了？"倪简又问了一遍。

倪珊摇头，说："没走，他跟我妈妈去筹钱了。"

倪简一愣，沉默了一秒，问："医药费不够？"

倪珊点点头，没说话，眼睛忽然红了。

倪简皱眉："怎么了？"

倪珊低着头说了两句什么。

倪简有点烦躁："你抬头说，我听不见，得看你的嘴唇。"

倪珊怔了一怔，抬起头。

倪简说："爸爸不会有事，你哭什么。"

"我不是因为这个哭，我知道爸爸一定会没事。"倪珊的泪珠子掉下来，她咬了下嘴唇说，"但他不愿意做手术。家里才换了新房子住，妈妈说爸爸把所有的钱都花完了，还跟别人借了一些，没有钱做手术，妈妈要把给我读书的钱拿出来，爸爸不让动，他说先拖几年，可医生说拖几年可能会变成恶性的……"

倪珊啪嗒啪嗒地掉眼泪，抽噎着说："都是我不好，我不该跟他说以后要去北京读大学，我不读书了，我想要他乖乖治病……"

倪珊在哭着，声音由大变小，最后变成低声的抽泣。

倪简在一旁看着，过了半响，走到衣架边拉了条毛巾递给她。

"去厕所洗把脸吧。"

倪珊抬头看了倪简一眼，接过毛巾去了厕所。

倪简走到床头柜边，拿上病历本和缴费卡出去了。

陆繁返回医院时已经是下午了。他回了一趟家，把两张不同银行的卡都拿来了。

病房门虚掩着，倪珊不在。

后窗边站着个人，是倪简。

她微低着头，抬手在脸上抹了两下，抬头望窗外，过了一会儿，手又抬起来。

陆繁推开门走进去，一直走到倪简身后。

她无知无觉，抬起的手臂放下来。

陆繁低头，看见她的手背是湿的。

倪简在窗口站了几分钟，最后吸口气，揉了揉眼睛，不再哭了。

但她没想到一转身就看到了陆繁。

看他的样子，应该已经来了有一会儿了。

倪简蒙了一下，眨了眨眼，想起她刚才在这儿哭得像个傻子，也不知道被他看到没有。

她脸上难得地露出一丝闪躲，低着头从陆繁身边走过去了。

倪简一直走出门，去了对面的厕所。

陆繁收回目光，走到床头拿缴费卡和证件。刚走出门，遇到匆忙赶回来的李慧，他们一起去楼下大厅的缴费机存钱。

陆繁将缴费卡插进机器，又把倪振平的身份证放到感应区，屏幕显示出信息。

李慧正要把银行卡放进去转账，忽然瞥了一眼，顿时惊住。

余额那一栏，不是先前显示的"37.50元"。

李慧怔怔盯着机器屏幕，不敢相信自己的眼睛。

她喊了陆繁一声，微颤的手点着那一串灰色的数字叫他快看。

陆繁已经看见了。

李慧震惊不已："这、这怎么回事？"

卡里怎么会一下子多了二十万？！

陆繁默了片刻，低声说："应该是倪简。"

回到病房时，里头只有倪珊的身影。

看到李慧和陆繁，倪珊跑过来急切地问："妈妈，怎么样？钱够了吗？"

李慧心中正乱着，一时没回答她。

陆繁问："你姐呢？"

见他一来就问倪简，倪珊轻轻皱了皱眉，说："她说饿了，出去吃东西了。"

陆繁这才想起他们一早就出发了，倪简早饭只吃了一两口，现在都过了午饭时间了。

陆繁转身对李慧说："阿姨，你们也没吃吧，我出去买点。"

倪珊立刻说："我跟陆繁哥哥一起去。"

李慧拉住了她："你陪陪你爸。"

倪珊不说话了。

等陆繁走了，李慧问倪珊有没有跟倪简说什么。倪珊愣了愣，把她跟倪简说的话都告诉了李慧。

李慧听完心中有数了。

陆繁一出病房门就给倪简发了短信：【你在哪儿吃饭？我现在过来。】

等了一会儿，没有回复，陆繁站在门口的大柏树下，拨通了倪简的电话。

上一次打电话还是给她送画稿的时候，那时他还不知道她是谁。

知道她是倪简之后，他从没给她打过电话。这是第一次。

电话响到第四声，她挂了。

过了一会儿，一条短信回过来——

【大门口，阳光餐馆。】

陆繁出了医院大门，往两边店面一看，找到了阳光餐馆，是一个小小的快餐店。

陆繁走过去，在门口就看见倪简的背影，她坐在最里边的一桌。

倪简正在吃饭，一抬头，陆繁到了面前。

她把嘴巴里的米饭咽下，指指对面的凳子："坐啊。"

陆繁坐下来。

倪简喊："老板，加份米饭，大碗的。"

很快，饭送上来了。倪简说："快吃吧，这个菜不错。"她指指桌上的手撕包菜。

陆繁没有多问什么，安静地吃完了饭。

他又另外打包了两份盒饭。

出门后，倪简走了两步，说："我回去了。"

陆繁转过身看着她。

"我回去了。"她说完转身朝另一边走了。

陆繁站在那儿，看着她的身影融进人海中。她走得很快，没一会儿，就上了一辆出租车。

陆繁再次见到倪简是倪振平做手术那天。

前一天晚上，他给她发了短信，告诉她手术的具体时间。倪简回了一句"知道了"。

手术从下午两点到晚上八点。

四个人在手术室外面等着，都没怎么说话。

倪简没提那二十万的事，李慧也没提。

晚上八点过十分，手术做完了，肿瘤是良性的，就是有些复杂，创口不小。倪振平被推出来时还在昏迷，半夜醒了一会儿，又睡过去了。

夜里陪床的是陆繁。

他在医院对面的招待所开了两个房间让李慧母女和倪简在那儿休息。

倪简躺了几个小时，根本睡不着。凌晨四点钟，她起来洗漱，然后就去医院了。

推开门，倪振平还在睡着，陆繁坐在椅子上，背朝着门口。

他坐得端端正正，肩膀宽阔。

倪简把门关上，轻步走过去，走到近前，才发现陆繁睡着了。

倪简看了看他，觉得这种坐姿睡起来应该难受极了，可是陆繁闭着眼睛，面容平静，好像睡得很香。

倪简没有看过陆繁睡着的样子，和他住的那些天，睡懒觉的总是她，没有一回比他早醒。

兴许是灯光的缘故，倪简觉得陆繁现在这个样子温和得不像话。

她走近了两步，弯腰凑近陆繁的脸，仔仔细细地看，发觉他长得真是不错，脸形和五官的比例分布都挺完美。

他这会儿眉目温淡，眼睫合在一块儿。倪简想起这双眼睛睁开的样子，很深很黑，如果把他惹毛了，那就阴沉得能滴出水，很有那么几分凌厉。

倪简又想起他在床上的样子。

她的脑子顿了一下。

那种感觉，形容不上来。

他跟苏钦不一样，她当初几次拎着胆子勾引苏钦，苏钦只会面色不动地叫她滚出去，她不滚，苏钦会叫人来把她弄走。

在苏钦面前，她像个拙劣的小丑，做什么都不够博他一笑，她拿脸皮换一腔孤勇，在苏钦眼里只是恶心人的垃圾。

那么多年，苏钦对她说得最多的话就是："Jane，再这样我就不客气了。"

这话不是说着吓吓她的，苏钦做得到，每回都做得到。

在追苏钦的那些年里，倪简慢慢也觉得自己成了垃圾，低贱卑微、死不要脸。

她那时甚至想，如果苏钦是那个拾荒人，做垃圾她也会愿意的。只要苏钦收破烂的时候不要忘了她。

但苏钦不是，他是个优秀的钢琴家，他理想的伴侣应该是个能跟他琴瑟和鸣的乐者，又或是能随他的音乐翩跹的舞者。

无论是哪个，都会是个正常的健康姑娘，怎么都轮不到一个小聋子。

倪简彻底离开苏钦的那年是二十二岁，那时，她的自我厌恶到了极致，觉得自己是个妖怪，没有耳朵的妖怪，又觉得自己是只蛤蟆，连阳光都不能见却妄图吃一顿天鹅宴的癞蛤蟆。

她封笔一整年，不画画，不做正事，跟各种男人接触，她不记得有多少次坐上陌生男人的车去陌生的房间。

她想把自己彻彻底底地毁了，但从来就没成功过，她不止一次在对方凑上来亲她的嘴时没忍住，一拳把人家嘴打歪了，然后在大半夜拎着高跟鞋逃跑，如果弄严重了，就会找梅映天帮她善后。

直到遇见了陆繁。

倪简活这么大，只对两件事无比确定。

一是十八岁那年遇见苏钦，她很确定在看他第四眼的时候喜欢上了他。

二是对陆繁，她很确定，她想睡他。

她这辈子只在两个人面前最不要脸，除了苏钦，就是陆繁。

前者让她栽了跟头，一败涂地。

后者让她得逞了，彻彻底底。

倪简不知道陆繁对她是什么心态，她也从来不想这些。她乖戾又恶劣，骨子里却装着难以掩饰的怯懦。

苏钦一刀戳了她心口，她还不了手，就把刀拔出来转向她能欺负的人。

她就是这么可恶的怪物。

陆繁倒了八辈子血霉才跟她做了青梅竹马。他这样的人，分明值得更好的，却被她祸害了。

倪简盯着陆繁，眼里意味不明。半晌，她低头，亲了一下他的唇。

倪简这一碰，陆繁就醒了。

睁开眼看见倪简的脸，他愣了愣。

倪简站直身体，退开一步。

几秒后，陆繁好像反应了过来，看了眼墙上的电子钟，才四点多。

"你怎么这么早？"

倪简说："醒得早。"

陆繁站起身，把椅子让给她："你坐，我去洗把脸。"

倪简的视线随着他的动作移高，定在他的脸上。他眼睛下方有些乌青，显然没有休息好。

倪简说："这么早洗脸干什么，我出去待会儿，你睡你的。"

说完，她就走了。

陆繁站了一会儿，取出牙刷、毛巾去外面的厕所间洗漱。

倪简没走远，这层走廊尽头是安全出口，这个点没人出没，她在台阶上坐着，胡乱按着手机里的小游戏。

后来，陆繁过来了。

他把楼梯口的灯摁亮了。

倪简抬起头，陆繁在她旁边坐下。

倪简问："你干吗不睡了？"

陆繁说不困。

他回答完，倪简没说话，两人就冷场了。

但他们谁也没转开眼，都看着对方，静默坦然，像较着劲似的，但谁也不知道究竟在坚持什么。

最后当然是倪简没忍住，她凑过去亲他。

陆繁怔了一下，然后低下头，含住她柔软的唇。

黎明之前的天空仍是黑的，小窗外面一片混沌。

他们在僻静的楼道接吻。

倪简难得没有动手动脚，陆繁更没有。

他们好好地坐着，只有唇舌在一块儿。

很久之后，他们分开。

倪简喘了几口气，舔了舔嘴唇，看陆繁气息尚稳，有点不服气："你怎么都不喘的？"

陆繁一愣，然后就有些想笑，她居然连这个都要跟他较劲。

他看了看她，说："你得多锻炼。"

"锻炼什么？"倪简一笑，"锻炼吻技吗？"

陆繁的脸黑了。

倪简仍不收敛，继续问："这么说，你吻过很多女人吧？"

陆繁看了她一眼，认真地说："我在说锻炼身体。"

倪简"哦"一声，装出恍然大悟的样子，然后解释道，"我这人思想比较不健康，你懂的。"

陆繁没有说话。

倪简向来不懂什么叫见好就收，解释完，又十分作死地加了一句："所以……你跟别人吻过没？"

陆繁没回答，静静看了她一会儿，反问："你呢？"

倪简一愣，显然没料到他还会反击。她很意外地挑了下眉，两秒后笑起来："你觉得呢？"

陆繁又不回答了。

他站起身，说了声"回去吧"，率先走了。

　　倪振平醒来时正是吃早饭的时间。虽然麻药过后，伤口疼得厉害，但倪振平情绪不错。

　　他一醒来就看到了倪简，既惊又喜。他的两个女儿都在床边，这让他很满足。

　　陆繁是请了假来的，早饭后他先回了队里。

　　李慧买了排骨在医院的加工灶炖熟了，倪珊一勺一勺地喂倪振平喝汤。

　　倪振平喝了一小碗就没有胃口了，让倪珊收好碗勺放到一边。

　　这一整天倪简都在医院，有时倪振平醒着，就跟她说说话，倪振平睡着了，她就坐在一边。

　　这个病房很小，除了床头柜就只有一张小桌子，倪珊在那儿写试卷。

　　这个暑假过完，倪珊读高二，她有很多功课要做。但倪振平跟倪简说话时，她都在专心地听着。

　　几天下来，倪珊心里很不是滋味。她感觉到自从倪简出现后，一切都有些不一样了。

　　倪珊说不上来，但她就是觉得她爸爸好像更喜欢这个聋子姐姐。

　　她想起第一次看到倪简那天。以前吃饭的时候，倪振平都是最先问她想吃什么，但那天，他先问的倪简。

　　这只是一件小事，但就是像刺一样戳在倪珊心里。

　　不只是倪振平，还有陆繁。

　　倪珊是个很敏感的女孩，虽然这几天陆繁跟倪简从头到尾都没说过几句话，但她能觉察到陆繁好像跟倪简更熟更亲。上次，她在陆繁家里碰到倪简，倪简离开后，她在屋里看到了女人的睡衣。

　　再加上这几天的观察，倪珊猜陆繁和倪简应该有那种关系。

　　她想起那个姓孙的记者。那时候，她不喜欢那个女人，现在想想，她好像更加看不惯陆繁跟倪简在一起。

　　倪珊不懂，怎么对她好的人一下子全围着倪简转了。

　　好在倪简并没有一直待到倪振平出院，过了几天她就走了。

倪珊松了口气。

倪振平在医院住了半个月就回家休养了。他已经能够下地走动了。

出院那天，李慧去退缴费卡，卡里余额都退回来了，有十万多。

李慧不知道该怎么处理。

这钱是倪简的。

李慧一直没有告诉倪振平。

关于医药费，她编了个谎话，称她哥哥的餐馆这个月赚了不少钱都借给她了，也不急着要，这才把倪振平糊弄过去。

李慧本想等倪振平做完手术再告诉他，现在手术完了，她还是没想好怎么开口。当时她也想过把钱退给倪简，但想到倪振平的病，又想到她手头能动的钱加上陆繁的积蓄都不够医药费，就没有提。

犹豫了一整天，李慧回到家就把事情跟倪振平坦白了。

果不其然，倪振平听完之后很震惊，震惊了几秒就发火了。

倪振平性情温和，没什么脾气，但这样的人一旦发起火来往往十分吓人。

倪珊在房间里做作业，听到外面的动静，吓了一跳，赶紧跑出来，看到李慧站在那儿抹眼泪。

倪振平把一个杯子砸了，白着脸冲李慧吼："你说说，我怎么能要她的钱？她长这么大我都没有养过她，我什么都没给过她，她每回喊我爸爸我都没脸应，我有什么脸拿她的钱？！"

倪振平这一吼扯动了伤口，他按着腹部喘气，两眼发红，脸却苍白得厉害。

李慧心里也气，要不是他那么固执，她也不会被逼得没有办法。但现在看到倪振平脸色这么差，李慧怕他伤口再出什么问题，只能忍着不跟他吵，低声解释了几句。

倪振平没有耐心听，忍着疼痛去房里取出卡和存折就要出门。

倪珊听得不明不白，只知道这事儿又跟倪简有关系。

她从来没有看到倪振平发那么大的火。

看到倪振平走到门口了，倪珊顾不上许多，跑过去拽住他："爸爸，你身体还没好，不能出去！"

李慧也赶紧过去说："你这样还乱跑什么，我去还她总行了吧。"

倪振平不答应，他要亲自去见倪简。

李慧没办法，只好打电话给陆繁，问他能不能通知一下倪简，让她过来一趟。陆繁这两天恰好跟人调了假，正在张浩店里修车，接到电话就给倪简发了短信。下午，他先去倪简的住处接她，然后两人一道去倪振平家。

倪简没想到是因为钱的事情。

倪振平把她叫到房里，将几张卡放到她面前，跟她说等一下把密码发到她手机上。

倪简有点蒙。

倪振平说了几句什么，她没有注意，过了几秒才回神，看到倪振平说她是傻孩子。

倪简有点不明白："不是缺钱吗，为什么不要我的钱？"

"没有的事，钱够用。"倪振平声音微哑。

倪简看了他一会儿，说："那是留给倪珊读书的吧。"

倪振平怔了一下，摇摇头："珊珊读书的钱，爸爸还能挣，这些得还给你。"

倪简紧抿着唇，好一会儿没有说话。

倪振平看出倪简脸色不好，正要再说什么，倪简突然低声问："爸爸，其实你心里是不是不想认我的？"

倪振平一愣。

倪简说："我是你的女儿吗？为什么你明明有困难却不要我的帮助，你甚至可以接受陆繁的钱却不愿意要我的，我不懂。"

倪简声音发涩，看着倪振平，面无表情地说："我以为爸爸心里至少是记着你还有另一个女儿的，现在看来，好像是我想错了。"

她说完就低下了头，再抬起时看到倪振平背过了身。

倪简听不到声音，只看到倪振平佝着头，肩膀一颤一颤。

她没喊他，沉默地看着。

许久之后，倪振平转过了身，他的眼睛全红了。

倪简吸了口气，轻轻笑了一声："爸爸这么大的人还会哭。"

倪振平抹了一把眼睛，喊了声"小简"就说不出话了。

倪简平静地说："你不知道吗，画画很好挣钱，我画一天就能挣很多。"

"那也是你辛苦挣的。"倪振平说，"小简，爸爸怎么能要你的钱，当年我……"

"你不要跟我说这些。"倪简打断他，"我一点也不想跟你讨论当年你跟妈妈那些事，你身不由己，我知道，我根本没有怪过你，这你也知道，所以，你为什么要跟我算那么清？你对倪珊也是这样的吗？"

倪振平无言以对。

最终，倪简没拿那些卡。

他们出去时，桌上已经摆好了晚饭。听到开门的声音，外面三人同时看过来。

陆繁最先看倪简，李慧母女望着倪振平。

倪振平的眼睛一看就像哭过，眼里血丝很明显。

倪珊微微睁大了眼睛。她长这么大，从没有见倪振平哭过。

李慧拍了拍倪珊，倪珊反应过来，跑过去扶倪振平，小声地喊了一声"爸爸"。

倪振平不像之前那么大火气了，他又恢复了温和的样子，应了一声。

李慧说了一声"吃饭吧"，倪振平走过去看了看菜，说："家里还有蘑菇吧，小简爱吃蘑菇汤，我去煮一个。"

李慧的脸僵了一下，倪珊神色复杂地朝倪简投去一瞥。

见倪振平往厨房走，李慧说："你这样子别乱动了，坐着吧，我去煮。"

这时，倪简说："不用麻烦了，番茄汤也好喝的。"她看了一眼倪振平，有些好笑地说，"爸爸，我不是小孩子了，没那么挑食，你别瞎折腾。"

倪振平也笑了："你现在倒会说，小时候没蘑菇汤都不吃饭。"

倪简顶嘴："你也说那是小时候。"

倪振平说不过她，无奈地笑了笑，眼中却是对女儿的宠溺。

倪简扬了扬嘴角，眉间有淡淡的神采。

陆繁在一旁看着她，目光渐深。

他惊讶于她脸上的笑。

同样是笑着，与这一刻相比，她先前的笑容都像戴了面具。

陆繁从没见过这样真实的倪简。

回去时，倪简坐在陆繁的摩托车上，回想着一些小时候的事。

她以前从来不想这些，自从回到这里，好像总是会想到。

陆繁把倪简送到楼下，临走时，问她的画稿赶得怎么样了。

倪简有点惊讶。

这么久以来，陆繁几乎不问她的事，上次她说要回家赶稿，他就默默地替她收拾好衣服，把她送回来了。这两天他放假，她没去找他，他也没问过，现在倒突然问起她的赶稿进度了。

说老实话，这个话题让倪简有点烦躁，她今天上午才撕掉三张原画。

想到这儿，倪简面色恹恹地说："在赶，还早，这阵子不去你那儿了。"

陆繁点点头，倪简以为他要走了，没想到他又问了一句："你这几天怎么吃饭的？"

倪简说："叫外卖。"

陆繁皱了皱眉，说："总吃外卖不好。"

倪简无所谓地说："我吃了很多年了，这不活蹦乱跳的嘛。"

陆繁一时无言，看了她一会儿，说："上去吧，我走了。"

倪简"嗯"一声，转身进了单元门。

她走得太利索，以至于陆繁还有句话没来得及说。

倪简苦兮兮的赶稿生活共持续了一个月零九天，直到八月末，才把稿子扫描完给 Steven 发过去了。这期间她除了去看过倪振平一次，几乎没怎么出门，也不跟人联系，手机长期处于电量用尽自动关机的状态，她感觉自己都快忘了外面的世界长啥样了。

交完稿子，倪简心情大好，认认真真洗了个澡，下楼吃了午饭。回来的路上看到道路两旁的银杏树，突然想起她好像已经很久没见过陆繁了。

没想起来的时候没什么感觉，现在一下子想起来，竟觉得有点想念。

倪简飞快地回了家，在沙发的缝隙里摸出手机，给它充上电。

一开机，里头的未读信息蹦出来。

一共九条，两条梅映天的，两条倪振平的，剩下的都来自"开黑车的"。

倪简从最早的那条开始看。

【我这周调了假，明晚回去住。】

这是 8 月 6 日发的，距离他们最后一次见面一整周。

8 月 16 日，他发来了第二条：

【我明天有半天假，耗子给了一只猪蹄，你明天中午不要订外卖。】

第三条是 8 月 17 日中午十一点四十七分：

【我在楼下，你住几楼？】

第四条是第三条的五分钟后：

【我放在门卫室了。】

第五条是 8 月 20 日晚上十点：

【稿子还没赶完吗，为什么一直关机？】

倪简怔怔然地盯着最后一条，突然捏着手机奔下楼。

小区门卫室的大叔看到一个年轻女人披头散发地跑进来，吓了一大跳："姑娘，咋回事？着火了这是？"

倪简扶着门猛喘了两口气："我的猪蹄呢？！"

大叔愣了一下："啥？"

"猪蹄！"倪简脸颊泛红，气息不稳，"有人给我送了猪蹄，他说放在你们这里了！"

大叔反应过来，说："没有啊，这几天除了几个快递没别的东西放在我们这儿啊！"

"他说放在这里了！"倪简声音大起来，像有点生气了，"你们把我的猪蹄弄哪儿去了？"

"姑娘，这真没有啊！"大叔也急了，看她满脸通红，赶紧安抚，"好好好，你别急，我给你瞅瞅！"说着，就去了储物架东翻西拣，突然一眼瞥到最下层的蓝色保温桶，脑中一个激灵，想起来了，大概十几天前，还真有人送了桶炖猪蹄来。

他想着想着，脸色慢慢难看起来。

倪简说："有没有？"

大叔犹犹豫豫地转过身，有点尴尬地说："姑娘，这个、不好意思啊，我想起来了，是有这么回事儿，但是、但是……"

"但是什么？"

大叔一拍大腿，豁出去了："姑娘，这真不能怪我们，那猪蹄在这儿放了大半天，又过了一夜，你也没来拿，又是大热天，我们瞅着都快坏了，糟蹋了也挺可惜的，就、就……把它吃了。"

"吃了？"倪简蒙了一下，"你们吃了？"

"是、是啊，我们吃了，没浪费。"大叔有点不好意思地说，"姑娘，你看这都过了快半个月了，要留到现在都长蛆了，你也不能吃了啊！"

倪简心里的气一下子全都泄了。

她没话说了。

大叔看她一脸沮丧，更加不好意思了，赶紧把那个保温桶拿过来递给她，说："这桶我们洗过了，很干净，那个你、你拿回去吧。"

倪简看了一眼，伸手接过来。

她呆呆站了一会儿，在大叔带着歉意的目光中拎着桶回家了。

不知怎的，她有点想哭。

她想，大概是因为没吃上那桶猪蹄。

倪简没给陆繁回信息，她直接去了湛北路。

她站在传达室外面等了一会儿，被告知陆繁不在，他们今天出警了，去了下面的县里，现在还没有回来。

倪简问："什么时候能回来？"

里头的人说不知道。

倪简更沮丧了。

她在大院外面来来回回地走，记不清走了多少遍。天黑了，她肚子有点饿。于是她又想起那一桶被门卫大叔吃掉的猪蹄，顿时更心痛了。

她想，陆繁做的猪蹄一定很好吃。

倪简没力气走了，她靠着门口的大树蹲下身，低头盯着旧石板上的坑坑洞洞。

快到晚上八点钟的时候，两辆消防车开回来，一直开进了大院。

倪简后知后觉地站起身，跑到传达室："是他们回来了吗？"

里头的人说是，叫她等等。

倪简站在岗亭边等着，大约过了三分钟，从里头跑出来一个人，他身上的战斗服还没脱。

倪简站在那里，看他一路跑过来。

他跑到她面前，在两步之外站定。

倪简眨了眨眼，一步跨过去，抱住他的脖子，找着他的嘴唇亲上去。

岗亭里的哨兵被这一幕惊呆了，眼都瞪圆了。

陆繁也蒙了，几秒之后才反应过来。

她抱得很紧，他的嘴被她咬着，刚试着挣了一下，她就更凶了。

陆繁不动，双臂环住她的肩，回应她。

大概在那个哨兵看得快要长针眼的时候，他们两个终于分开了。

倪简呼呼喘气。

陆繁气息也有些不稳。

他刚从山里救援回来，身上有很多泥，脸也不太干净，倪简亲完了才发现。

她伸手蹭了蹭他的眉骨："脏的。"

陆繁这才想起来，往后让了让："是脏了，你别碰。"

倪简笑了笑，伸手把那块泥揩掉。

陆繁没动，他低头看着她。

他们站的地方灯光很亮，倪简的脸他看得一清二楚。

她瘦了，而且瘦得很明显。

陆繁默了几秒，说："稿子画完了？"

倪简点点头："画完了。"

陆繁也点了下头，没再说话，只是看着她。

倪简说："你今天去救人了？"

陆繁点头："去山里了。"

"累吗？"

"还好。"

倪简笑了笑，说："我来问你下次什么时候放假。"

陆繁愣了一下，然后说："4 号。"

倪简算了算，还有六天。

她说："知道了，你进去吧，我走了。"

陆繁牵住她的手："送你。"

倪简轻笑："你脏成这个样子，别送了，回去洗洗吧。"

陆繁低头看了看自己，仍坚持。

倪简妥协："好吧，那送我上车吧。"

把倪简送上车后，陆繁回来了。经过岗亭时，那个哨兵一脸怪异地看着他，但陆繁没注意，他被传达室里的人叫过去了。

"哎，小陆，女朋友吧？"

陆繁笑了笑，没回答。

里头的人当他默认了，笑着说："你有福气啊，姑娘不错，从三点等到现在，可真有耐心。"

陆繁怔了怔。

4 号晚上十点，陆繁给倪简发短信：【我下班了。】

几秒钟后，收到她的回信：【嗯，我到你家门口了。】

陆繁心跳急了起来，他招手拦了辆出租车。

倪简站在门外等着，陆繁从楼梯上来，她一瞧见，就笑起来："陆繁！"

陆繁走过去："等久了？"

倪简摇头："没有。"

陆繁拿出钥匙打开门，倪简拎着脚边的袋子进屋，摁亮了灯。

一转身，陆繁的手臂伸过来，他将她压到墙边，低头吻上。

他第一次主动，倪简惊讶得要死，想推开他问问吃错了什么药，谁知道他的手已经在解她衬衣的扣子了。

他难得这么热情，实在是破天荒的事，倪简没办法好好思考了，箍着他的颈子，跟他唇舌交缠。

两具紧拥的身体一路从客厅纠缠到卧室，衣服丢了一地。

或许太久没这样亲密，他们都有些疯狂，尤其是陆繁。

倪简不知道陆繁的体力居然这么好，她已经心有余而力不足了，他却还是那么有劲。

快要死掉的时候，倪简想，她可能真的需要好好锻炼身体了。

倪简睡到第二天中午才醒，睁眼一看，陆繁居然也没起床，看来昨天晚上真的过火了，他大概也挺累的。

倪简滚了两下，活动了身体，正要起来，手被拉住。

她转头一看，陆繁正睁着眼睛看她。

"吵醒你了？"

"没有。"

"那怎么了？"她指指他的手。

陆繁说："再躺一会儿。"

"不想躺了。"倪简说，"身上难受，我要去洗澡。"

陆繁动了动嘴唇，想说什么，欲言又止，松开了她："小心滑倒。"

倪简无语地白了他一眼，起身走了。

早饭被睡过了，那就直接吃中饭。跟陆繁在一块儿，倪简从来不用操心吃饭的问题，他总能弄出点东西。

这一次，是两张烙饼，再加炖蛋。

倪简看他从那个粉嫩小炖锅里拿出两盅炖蛋，又一次说道："这锅也太粉嫩了。"

陆繁看了一眼锅，没说话。

倪简看了一眼他，也没说话。

吃完饭后，他们出门买食材，接下来还要住几天，不囤点货过不下去。

这一天陆繁没出门，晚上给倪简做了一顿丰盛的晚餐。连续吃了那么多天外卖之后，陆繁做的菜在倪简眼里简直成了绝世美味。

她靠在沙发上，摸着撑圆的肚子感慨："下次赶稿，什么都不准备了，备着你就行了。"

陆繁原本在擦电视机，听到这话回过头来目光幽幽地看着她。

倪简眨了眨眼："怎么，你不愿意？"

陆繁没回答，沉默了一会儿，低缓地问："那你下次还关机吗？"

倪简愣了愣，想起那桶猪蹄，一时竟无言以对。

她舔了舔唇，无声地看了他一会儿，认真地说了一声"对不起"。

陆繁没作声，倪简想了想，说："那个猪蹄……嗯，桶在我家里。"

"……"

接下来两天，陆繁白天去张浩那里修车，晚上回来给倪简做饭。倪简每天吃了睡，睡了吃，不用赶稿的日子生活节奏接近猪。

7号，张浩请客，这是店里一年一度的惯例，每年这个时间，老板请大家撮一顿，算是福利之一。同时，也请一些平常来往多的朋友聚聚。

当天订的是修车店隔壁街的兴隆酒家，上次去寻南村的几个人都在，而且被安排在同一个包厢，人都是许芸定的，但她没想到赵佑琛又成了那个糟糕的意外。

当然，这回不能怪张浩，问题出在佩佩身上。

上次在寻南村，许芸看出佩佩对赵佑琛有好感，特意提醒了她。没想到佩佩没当回事，赵佑琛撩了一把，她就没了警戒心，这回还把聚餐的事告诉了他。

赵佑琛当然不是来吃饭的，他这回是有备而来。

专门来报仇的。

倪简第一眼看到赵佑琛，就看出了他眼里的挑衅。

但她并不在意。

上次她的确利用了赵佑琛，但她没觉得自己有多大错，谁让他自个心怀鬼胎呢，她只是恰好踩了一下他的肩膀，借个力把陆繁拿下而已。

许芸原本想把这个讨厌鬼安排到外面厅里，但佩佩已经手疾眼快地帮赵佑琛拉了张椅子，就在倪简正对面。

喝酒的时候，赵佑琛主动跟倪简碰杯，酒下肚后阴阳怪气地来了一句："倪小姐上次不是说要去我房里喝酒吗，怎么就走了？我等了很久啊。"

一句话丢出，一桌人惊了惊，神色各异地看着倪简，佩佩的脸色最难看，陆繁也好不到哪儿去。他盯着赵佑琛，眸光冷凝，带着警告的意味。

只有倪简没什么表情，平静地看了一眼赵佑琛，低头把杯里剩下的酒喝完。

她这副若无其事的样子又把赵佑琛气到了。

他没顾忌一直给他使眼色的张浩，哼笑了一声，淡淡说："我可是费了好大一番力气才弄清楚倪小姐为什么没来。"

倪简刚好抬起头，看清他说的话。

赵佑琛的目光在桌上环了一圈，语气已经有了一点兴奋："各位一定不知道吧，咱们这位漂亮的倪小姐来头可大着呢。"

这话一出，众人的目光从惊讶变成了好奇，连张浩都忘了阻止赵佑琛，忍不住疑惑地朝倪简投去一眼。

赵佑琛眼里有一丝得意，后面的话几乎没有停顿地说出来："Jane Ni，毕业于帕森设计学院，著名漫画家。哦，对了，辩论界一姐、自由设计师梅映天不知道大家听说过没，咱们这位倪小姐就是她的正牌女朋友，网传她们两个2008年起就长期同居了。"

赵佑琛慢慢笑起来："倪小姐，我居然没看出来，原来你有这种喜好啊，那就难怪了。不过我听说那个梅映天也不是什么好人啊，网上都扒烂了。这么看来，她比男人还花嘛，倪小姐跟她这么厮混下去大概也没什么好结果吧。"

赵佑琛终于看到倪简的脸色变了。

他等着她说话，但她并没有开口。

赵佑琛也不着急，他想看她能装到什么时候。

他的目的就快达到了，她敢耍他，他就敢把她的脸皮扯掉，再丢到地上，让所有人一起来踩。

这一桌人此刻的目光和议论的口水足以让她难堪了。

而且，他还没爆完呢。

"说起来，倪小姐，你的眼光可真不怎么样，那位梅小姐绯闻一堆也就算了，据说人品也不好，撞死人，肇事逃逸，听起来真是恶劣。对了，她跟你在一起之前，好像还跟男人鬼混过是吧，真想不到你看上的居然这么变态。都说近墨者黑，我看你大概也有这个倾向吧，否则你干吗撩我？"

在场的人听到这里表情更震惊了，原本还低着头轻声议论，这会儿声音大起来，有几个原本对倪简印象不错的男人皱起眉摇头，一副无比惋惜的表情，连张浩都张大了嘴巴，难以置信地看着倪简。

只有谢琳在这间隙瞥了一眼陆繁。

他也在看倪简。

谢琳看到他的表情，心猜他大概也是今天才知道这些。

倪简在所有人的目光中坐着没动。她知道他们都在看她，她甚至不用看都能猜到他们的眼神。

这样的目光她早就在她母亲眼里见过无数次。

震惊、不解、鄙夷、嫌恶……

她闭着眼都能想起来。

如果是冲着她来的，都没关系，她可以安静地接受一切。

这些看她热闹的人，她忍着，不会跟他们计较。

但赵佑琛，她不能忍。

谁也没看清一切是怎么发生的，等他们反应过来的时候，一个碗已经砸到赵佑琛头上去了。

一声痛苦的号叫在包厢里炸开，赵佑琛满头鲜血，惊叫声布满了整个房间，许多人蒙了一般看着这一切，他们甚至没有看清倪简是怎么跑过去揪住了赵佑琛的衣领。

"说我可以，但你不能说小天。"

倪简一松手，赵佑琛反应过来，不顾满头鲜血，疯了似的捉住她的手，抄了个酒瓶就要砸下去。

但下一秒，他的手被人狠狠捏住了。

陆繁捉着赵佑琛的手腕，酒瓶掉下来，终于有人在这一声脆响中回过神，开始上前劝架。

有人拿面巾擦赵佑琛头上的血，赵佑琛不依不饶，像疯了似的爆粗口，手脚挣扎着要跟倪简拼命，几个男人按住他，场面极度混乱。

倪简面无表情地望着这一切，几秒后转身离开。

晚上七点多，天刚黑透，夜幕上挂着几颗星。

倪简站在酒楼台阶上，感觉整个人都畅快了。

她下了台阶沿着人行道往前走。

一路夜灯昏黯，但足以照见前方的路，倪简步履平稳。

她并不清楚脚下这条道通向何处。

但她知道，她得离开这儿。

许久之后，倪简到了一条热闹的街，那里有个大排档，人很多，各种奇异的食物香味自由飘荡。

倪简摸摸空荡如谷的肚腹，突然有食欲了。

她走过去，站在烧烤摊边看，老板热情地问她要吃什么。

倪简问哪个好吃，老板推荐了几样，倪简都要了，又选了一些其他的，一共十二串，满满一大盘子。

老板手脚利索，很快就烤好了，把盘子递给她。

"一共三十四块五，算你三十四块吧。"

倪简把盘子接到手上才想起一件事——要死，她身上没钱。

她的钱包和手机放在手袋里，而手袋落在包厢了。

倪简张了张嘴，表情木讷。

她此刻的样子有点傻。

老板以为她嫌太贵，赶紧解释这已经是这条街最优惠的价格，不能再便宜了。

倪简望着笑容爽朗的老板，认真思考着吃一顿霸王餐的可能性。

她端着盘子站了好一会儿，在老板脸上的笑快要僵掉的时候，她终于开口："老板，我今天——"

话刚出口，一个身影走近："老板，三十四块。"

"哎，正好！"老板接过钱，喜笑颜开地数了数，"这你俩吃吗？好像不够吧，要不要再来点？今天鱿鱼有优惠活动，买三串送一串，不如再来两串？"

"不用了。"陆繁侧过头，对上倪简的目光。

"那边有坐的。"他指着大树下的桌椅说。

倪简转过头，朝他指的方向看了一眼，那里的确有几个座位空着，远离人群，很安静。

她走过去坐下，拿起香喷喷的烤茄子咬了一口。

过了一会儿，陆繁走过来，放了一瓶水在她面前。

倪简没有抬头看他。

她一直专心地吃东西，很快吃完了三串。老板放辣椒放多了，她辣得嘴唇都红了。

陆繁拧开矿泉水递给她。

倪简接过来，灌了两大口，嗓子眼透凉，凉过之后又烧起来。

这滋味很爽。

吃到第六串的时候，倪简终于有点撑了。她把盘子推到陆繁那边："你吃。"

陆繁说："饱了？"

"嗯。"

"再吃点？"

倪简摇头："吃不下了。"

陆繁没有勉强她，他把剩下的东西都解决了。

倪简把喝剩的半瓶水递给陆繁，陆繁愣了一下。

倪简说："怎么了，嫌弃我喝过的？"

陆繁没应声，接过来喝了两口。

倪简笑了一下，站起身："走吧。"

陆繁像先前一样跟在她后头。

晚上九点半的时候，陆繁上前说："回去吧。"

倪简想了一会儿，说："我还不想回去。"

陆繁愣了愣。

倪简说："我要去看小天。"

陆繁没说话，倪简看到他微微皱了一下眉，但很快就恢复了原先那样淡淡的表情。

倪简也没继续说什么，两人都沉默了。

片刻后，陆繁先开了口："我陪你去。"

倪简说："不用了，你把我的手袋给我。"

陆繁没动，顿了一下，说："太晚了，你一个人不行。"

"有什么不行的，我以前都是一个人吗？"

陆繁不接话，静静地看着她。

倪简心中冒出一丝奇怪的感觉。她别开目光："那走吧。"

陆繁拦了一辆出租车，上车后，倪简跟司机说了地址。

陆繁一听就记起来了。

是那个经纬公寓，她之前住过的地方，他也去过。

路上，倪简把自己的手袋拿过去，摸出手机给梅映天发信息，没有得到回复。但她到经纬公寓时，发现梅映天的车停在小区门口，再一看，车头上靠着个高高瘦瘦的身影，不是梅映天又是谁？

倪简喊："小天！"

那人闻声转过身。

倪简跑过去，由于跑得太快，没刹住，一头撞到她怀里，倪简"嗷"了一声。

梅映天差点没被倪简撞出内伤。

"你搞什么，撞到我胸了！"

倪简揉着额头问她："你这有胸吗，疼死了。"

梅映天伸手敲她，敲了一半，视线越过她头顶，看到站在远处路灯下的男人。

倪简注意到梅映天的视线，扭头看了一眼，陆繁孤零零的身影进入眼帘，倪简心中突然一紧。

　　他站在那儿，挺拔、沉默。

　　他总是这个样子的。

　　梅映天收回视线，同时把倪简的脑袋扳回来："那是你男人？"

　　倪简点头。

　　梅映天淡淡一笑："大晚上跑来秀恩爱，你脑子没病吧。"

　　倪简挑了挑眼角："我是这么无聊的人？"

　　"那你来干吗？"

　　"身为你的'女朋友'，我当然是来一解相思之苦的。"

　　梅映天翻了个白眼："你比我想的更无聊，慢走不送。"说完拉开车门坐进去，毫不留恋地把车开进了小区。

　　倪简在后头哈哈地笑，傻愣愣的样子。

　　笑到最后，她的眼睛红了，站在原地盯着车消失的方向半晌没动。

　　陆繁不知什么时候走了过来。

　　倪简低着头，发现自己的影子旁边多了一道影子。她转过身，陆繁就在眼前。

　　他看清她的脸，眉头皱起："怎么了？"

　　倪简说："还能有什么，就是你看到的那样，小天有了别人，抛弃我了啊，赵佑琛不是这么说的吗？"

　　她说完微微歪着头，目光淡淡地看着陆繁。她望着他的眼睛，不知道想从里面找到些什么。

　　但事实上她什么也没找到。

　　陆繁眉目微垂，过了一会儿抬起眼，走近一步，把她扣到怀里。

　　回去的路上，经过锁南桥时，倪简说："为什么你不问我？"

　　陆繁顿足，侧头看她："问什么？"

　　"赵佑琛说的那些，我跟小天的事。"

　　陆繁不吭声。

　　倪简笑了笑："因为你不在乎吧。"

　　陆繁没应，定定看她两秒，反问："我问你会说吗？"

　　倪简点头："会。"

　　陆繁一愣。

　　倪简看着他："你问，我就会说。"

陆繁因她的目光震了震。他不确定心腔里那东西是不是又跳得躁了。

他抿了抿唇，低声说："我没什么要问的。"

倪简眯了眯眼："你确定？"

陆繁点头。

倪简笑起来："好，那我问你。"

她说完一个"你"字，人已经贴到他跟前，勾着他的脖子，与他拉近距离。

"你同意赵佑琛说的吗？"她踮着脚，脸几乎贴着他。

陆繁气息微乱："什么？"

"你忘了？赵佑琛说我跟小天在一起，又撩他，说我恶心变态，"倪简觑着他，"你呢？陆繁，我也撩了你，我还把你吃了，你也觉得我恶心变态，令你作呕吗？"

陆繁一震，目光惊愕。

倪简盯着他："你也这样觉得，是吗？"

陆繁摇头。

倪简逼问："摇头是什么意思，你说话。"

"我没这么觉得。"陆繁说，"我没这么想。"

"没这么想？"倪简扯扯唇，笑了一声，"那你怎么想？"

陆繁一时说不出话了。

她这样亲密地抱着他，彼此呼息相闻，但她却又这样红着一双眼睛咄咄逼人。

她究竟想要从他嘴里问出什么样的答案？

陆繁闭口不言，倪简心里涌出诡异的愤怒。连她自己都不清楚这愤怒从何而来。

那些难听的话，她分明从来都不在意的。

就算他和赵佑琛一样想她，那又有什么关系？

她倪简何时在意过别人的眼光？

这个晚上，倪简把陆繁搞糊涂了，也把她自己搞糊涂了。

她松开了陆繁，从他身上退开，一个人往前走了。

陆繁站在原地，看着前面单薄的身影，目光浓得化不开。

他的脖子上还残留她的温度，这一方空气也有她身上的香气，但她就这样松手走了。

她从来都是这样，走得毫不犹豫，从不回头，让他想喊一声都无从开口。

这就是倪简。

她现在本事大了，再也不是那个安安静静等他的小丫头。她想走的时候，连挽留的时间都不会给他。

倪简早上七点醒来，外面天光大亮，屋里又只剩下她一个人。

她蒙头坐了一会儿，记起昨晚与陆繁的不愉快。

即使闹僵了，她还是同陆繁一道回到这里过夜，只是，陆繁整晚都没进房间。

昨晚一回来，她就去洗澡了，洗完澡出来，看到陆繁又将那张好一阵没用过的折叠床拿出来了。

他这么主动地分床睡，倪简也没什么好说的。她没有理他，自己到房间里睡了，一觉睡到现在。

厨房里依然有陆繁做好的早饭，但倪简一口也不想吃。她到阳台上把自己的衣服收了，装好就走了。

陆繁中午回来时，屋里已经没有人了。

他拎着菜走到阳台，发现她的衣服都不在了。

倪简在家窝了两天，周五下午去南区供电所见倪振平。

倪振平请好了假，跟倪简一道去了医院。复查完，结果很快就出来了，没什么问题。

倪简把倪振平送回去。到了楼下，倪振平叫她一道上去吃了晚饭再走，倪简找了个借口拒绝了。

小区外面不远处有一条小街，那里有个花鸟市场，上次回去时陆繁骑摩托车载她从那里经过。

倪简凭着印象找过去，挑了一盆仙人掌。

倪简住的屋子除了她没有其他生物，以前她并不觉得有什么不对，怪怪的感觉是这两天才出现的。

大概是太冷清了。

她想起陆繁家阳台上那棵种在破碗里的仙人掌，每天晾衣服收衣服时她都会看两眼，拔根刺玩玩。这两天没看见，似乎有点不习惯。

所以她自己买了一盆，这样以后每天也能拔刺玩，就没有什么不习惯的了。

倪简拎着仙人掌穿过小街，看到那头巷子里走来两个人。

倪简认出拎着红书包的是倪珊，她旁边有个穿黑 T 恤的男生，黄头发，个子挺高。

倪珊很生气地说了一句什么，拎着书包就跑，那男生两步就追上了她，拽住她的手，她立刻甩开了。

男生似乎也生气了，突然抢去倪珊的书包，往里头塞了个东西，丢给她，志得意满地笑起来。在倪珊低头翻书包时，他凑上去，飞快地在她额发上亲了一下，转身跑了。

倪简看到倪珊冲着男生的背影跺脚，接着猛擦额头。

倪珊转回身，一边在书包里翻找，一边往回走。

她看到倪简时，手正好摸到了包里的手链，脚步顿住。

"你怎么在这儿？"倪珊收回手，把书包抱在怀里，脸色不太好看。

倪简看出了她眼里的戒备和敌意，淡淡说："路过。"

倪珊看了倪简一会儿，有点不相信，说："你去我家了？"

倪简说："没去。"

倪珊不说话了。她把书包背回背上，走到倪简身边的时候，说："你刚刚看到什么了？"

倪简："你说呢。"

倪珊咬了咬嘴唇，硬声说："你不许告诉爸爸。"

见倪简没应，她顿了下，又说："你要是说了，我就把你跟陆繁哥哥的事说出来。"

倪简一愣。

"我跟他什么事？"

倪珊挑衅地看了她一眼："你们不是在谈恋爱吗？"

谈恋爱？

倪简扯了扯唇，差点笑出来。

她跟陆繁在谈恋爱？

倪珊这眼神是有多不好，除了睡过，他们什么时候像在谈恋爱？

倪简也不想跟倪珊解释，正想走，倪珊又说："你们偷偷摸摸的，不就是怕人知道嘛，你都没跟爸爸说过吧。"

倪简有点好笑："知道我多大了吗，我谈恋爱需要跟爸爸交代？你确定要拿这个威胁我？"

倪珊被堵住了话，张了张嘴，又闭上，脸都憋红了。

最后，她冷着脸丢出一句："反正你别多嘴，你又不是我亲姐，没资格管我，也没资格跟我爸告状。"

倪简眯了眯眼，笑了一声："说得跟我多想做你姐似的。"

她说完转身走了。

倪珊站在原地，恼羞成怒地咬紧了嘴唇。

倪珊回到家，李慧已经做好了晚饭，她正在跟倪振平商量给倪珊买钢琴的事。

"昨天沈老师又打电话，说珊珊的钢琴还是不要荒废了，她有这个天分，那几年在沈老师那儿学得也挺好，现在的女孩子多点才艺吃得开，珊珊自己又喜欢。那时候沈老师走了，没法子，珊珊偷偷哭了几回，趁着现在手头还有点钱，我看要不就先把琴买了，我前两天才透了个话影儿，孩子听了都挺高兴的。"

倪振平半晌没吭声，面色有点严肃。

李慧摸不清他的心思，又问了一遍："振平，你看呢？"

倪振平说："过几个月吧，年底我工资应该够了。"

李慧一愣，想了想，试探着说："那天……倪简不是没要那钱吗？"

她这话一出，倪振平脸色就变了。

"那钱不能动。"

李慧怔了怔，脸色也不好看了："珊珊也是你女儿，你不能这么偏心。你瞧瞧倪简，出国读书，高才生，又会画画，这不是培养出来的吗？你怎么就不为咱们珊珊考虑考虑？倪简赚钱那么容易，赚得又多，你没看出来吗，她根本不在乎这点小钱，你好歹是她亲爸，用一点怎么了？你怎么就这么固执？"

倪振平也火了："我说了不能动，就是不能动。给珊珊买琴的钱我会攒，这不是咱们的钱，你别打这个主意。"

李慧气得抹泪，指着他说："倪振平，你老实说，你这么一门心思为倪简，你是不是还想着她们母女俩呢？你怎么这么没良心，当年那女人可是毫不留情地给你戴绿帽子，倪简不也是跟她走了。你看看她们母女是怎么对你的，你再看看我是怎么对你的？你太过分了！"

倪振平一听她又说这些，烦躁得不行："够了，你别每次都说这些，我跟程虹的事都过去了。这跟小简一点关系都没有，小简怎么说都是我的女儿，你不要在这儿胡说八道！"

倪珊在外头就听到了屋里的动静。

她赶紧开门进屋，一进去就看到倪振平吼得脸红脖子粗，李慧被他骂得哭。

倪珊刚刚听见了倪振平提到"小简"。她就知道一定又是因为倪简。

倪珊本来就窝着一肚子气,看到这番场景,烦得不得了。

"你们又在吵什么啊?"

李慧看到倪珊,哽咽着喊"珊珊"。

倪珊没耐心劝架,她把书包丢下来,走过去对倪振平说:"爸爸,你有我跟妈妈还不够吗,为什么你非要让一个外人来破坏我们家?我不喜欢她,妈妈也不喜欢她,你能不能不要再跟她联系了?"

倪振平一震,难以接受倪珊居然这么说。

他皱着眉,尽量用平静的语气告诉倪珊:"她不是外人,她是我女儿,是你姐姐。"

"她不是!"倪珊吼起来,眼睛发红,"我妈就生了我一个,我哪儿来的姐姐?你看看我,我身体健康,她是一个聋子,我哪里来了一个聋子姐姐?她比我乖吗?比我听话吗?她哪里好了,你干吗这么稀罕她,她就是个聋子啊!"

倪珊的话音还没落,一记响亮的耳光打断了一切,紧接着就是李慧的惊叫。

倪振平惊愕地盯着自己的手。

他被那一连串掷地有声的"聋子"砸痛了心,没意识到自己做了什么。

倪振平最不能容忍别人喊倪简"聋子"。

倪简小时候有一阵总被大院里的一群小子嘲笑,倪振平每回听到就跟被踩了尾巴的猫一样,别管上一刻心情多好,总是立刻就被激出了火,拎着骂人的孩子直接送到对方家里,骂得整个大院都能听到。几回一闹,谁也不敢当面欺侮倪简了。

这一刻的倪振平就像突然回到了那时候,听到这些不能触碰的字眼就昏了头。

他不敢相信自己居然打了倪珊。

是李慧的骂声和倪珊的哭声让他清醒过来。

倪珊捂着脸跑进了房里。

李慧跟进去。

倪振平站在那儿,手足无措。

Chapter 07

· 无论她认真与否

倪简有三周没有见过陆繁了。那天她从他家离开，把衣物都带走了。

他没有发来只言片语，她也没有联系他，只是偶尔会看手机。

但什么都没有，他们什么都没有说，好像就这样默契地断掉了联系。

她晾衣服的时候，盯着阳台上的仙人掌看了一会儿，想拔根刺玩玩，手伸出去，却没有兴致了。不知怎的，心里空得厉害。

倪简并不想承认她有点想陆繁了。

但这好像是事实。

倪简是怎么确定这个事实的呢？很简单，她已经连续三个晚上梦到他了。

这不是一个好的兆头。她上一次这样频繁梦到的人只有一个，是苏钦——她此生永远过不去的劫难。

倪简难得地有一丝心慌。这似乎是超出她预料的事情，她觉得奇怪，也觉得难以理解。

但倪简素来是行动主义者，当她第五次梦到陆繁时，醒来后，她就去找他了。

只是没有想到，再次见面，他的摩托车上已经坐了另一个女人。

那个女人倪简认识。

倪简在超市见过她，还听小罗提过她。

倪简清楚地记得她叫孙灵淑，是电视台的记者。

看到那一幕时，倪简心里诡异地冒出一句话——婊子无情。

她想了想，笑了出来，明明她才是那个婊子啊。

三十秒的红灯时间一晃而过。倪简的眼睛酸了，在她眨眼时，绿灯亮了。

静止的一切瞬间结束，陆繁的摩托车涌入车流。

倪简坐在出租车里，闭了闭眼睛，又睁开。

她一直没有说话，于是司机一路开到湛北路消防大院。车子照例在门口的大树下停了。

"到了。"司机说。

倪简没动。

司机觉得奇怪，扭过头："哎，姑娘，到啦。"

倪简意识到车停了，恍然回神，看了看前面的计价器，低头掏钱，付了车费就下车了。

门口岗亭里依旧站着挺拔的哨兵，传达室门口有两个中年妇女，拎着鼓鼓囊囊的袋子。

倪简站了一会儿，无意识地走过去。

年纪大的那个主动对倪简笑了笑，问她是不是也来探亲。

倪简还没说话，传达室已经有人伸头出来："咦，是小陆的对象啊，小陆不在！"

倪简点了点头，把手里两个纸袋递进去，里面的人看了一眼，问："给小陆的？"

倪简顿了一下。

在那人要接过去时，她的手突然收回来。

她什么都没说，径直地走到几米之外的垃圾箱，把袋子丢进去，大步离开了。

陆繁送孙灵淑去了医院。

医生给孙灵淑检查了一下，说她的脚伤没有大问题，给她开了止痛剂。陆繁取了药，送她回家。看她进了门，陆繁把药递给她。

孙灵淑说："进来坐坐吧。"

"不用了。"

陆繁拔步要走，孙灵淑伸手拉他："我分手了。"

她拽着他的手，又说了一遍："陆繁，我跟谢庆分手了。"

陆繁没吭声，他毫不迟疑地抽回了手。

孙灵淑的心突了突，有点凉了。

那天在石元村，她暗示得那么明显，他应该看明白她的意思了，但这几天他的态度却始终平淡疏离，甚至比不上之前在超市意外碰面那一次。

他待她是客气的，这种客气和消防队的大伙儿一样，是纯粹把她当作来采访的记者，没有任何其他的。就像今天，如果不是陈班长开口，他不会送她。

她离开两年，再回来时，他还是一个人。她以为还有机会，但似乎不是这样。

跑新闻做传媒的人最不缺敏锐的嗅觉，孙灵淑知道，一定是哪里不对了。

她平静地看了陆繁一眼。

他站在那里，脊背挺直。

在北京的那两年，被谢庆伤透了心时，孙灵淑总会想起陆繁。

第一次采访时，她就被他这个样子吸引。

她那时二十五岁，跟着他们消防队整整半个月，大暴雨天在山间辗转，深夜出警救火，记下他们的每一天，那个纪录片播出时引起不小的轰动。

采访结束后，她还是频繁地往消防队跑，打着找素材的名头接近他。

后来，他们的确有了一点进展。

陆繁话不多，但他对她很好。

在她打算表白的前一天，台里给了她一个机会。

然后，就没有然后了。

陆繁从始至终没说过一句苛责的话。

孙灵淑想起她走的那一天。

陆繁没有来，她在机场给他打电话，他低着嗓子说："在那边好好的。"

她一瞬间就哭出来了。

但她并没有回去找他，她擦干眼泪上了飞机，在北京打拼三年，跟谢庆分分合合，最终放弃在那边的一切，重新回到这里。

孙灵淑想，如果重来一遍，她不会选择离开。

孙灵淑眼神渐渐暗了，对陆繁说："你知道我为什么回来吗？"

没等陆繁回答，她把话接下去："不管你信不信，这几年，我经常想起你。"

陆繁默然，看她两秒，淡声说："不要说这些了。"

孙灵淑有点委屈了。

她很少哭，但陆繁这一句就让她的眼睛泛红了。

"为什么不要说？我在说真心话，你已经不稀罕了是吗？"

陆繁："说这些没意义。"

"为什么没意义？"孙灵淑固执地看着他，"你还是一个人，我现在也是，我想跟你在一起，不行吗？"

陆繁没回答行不行，他只是低声开口，指出她的错误。

他说："我不是一个人。"

孙灵淑一震，表情错愕："你什么意思，你身边有人了？"

陆繁顿了一下，然后点头。

孙灵淑的脸僵了。

半刻后，她咬着牙根问："是谁？"

陆繁没有立刻回答，孙灵淑眯了眯眼，似乎想起了什么，红着眼眶问："你……那个妹妹？"

陆繁怔了怔。

单单听人提起她，他的心跳就急了。

陆繁想，够了，不用再冷静，也不用再思考了。

他已经确定了。

倪简瞎逛了半天，回去时，天都黑了。

她在门口看见一个人，眼睛睁大。

梅映天大老远看到她傻兮兮的样子，目露嫌弃："愣着干吗，还不来开门？"

倪简恍过神，掏出钥匙："你怎么来了？"

梅映天白了她一眼："我不能来？"

"你当然能来。"倪简说，"你等多久了，怎么不先告诉我？"

梅映天抬手敲她脑袋："不联系你？我给你发了多少短信你知道吗？打你电话居然是关机，你搞什么！"

"关机？"倪简一愣，"不可能吧。"她伸手进兜里摸手机。

居然没有。

梅映天好整以暇地靠在那儿，抱臂看她的傻相。

等了半分钟，发现倪简还在那儿，梅映天终于忍不住吐槽："倪小姐能不能说说，这是你丢的第几部手机了？"

倪简张了张嘴，回过神，无比沮丧。

"真是'活久见'。"梅映天拍拍她的脑袋，"你这失魂落魄的鬼样子，不知道的人还当你是股民呢，你到底在搞什么？正事不做，天天与世隔绝，我要是Steven，你再能赚，我也不想搭理你！"

倪简皱眉，茫然地问："这是Steven催稿的新花样？"

梅映天无语："我赌Steven迟早会被你逼疯。"

她说完就进了屋，倪简跟进去。

梅映天掏出手机，打开邮箱扔给倪简，倪简看了看，总算明白过来。

不过，她对纽约漫展没什么兴趣："我不想去。"

梅映天哼一声："由不得你不去。下午Steven联系不上你，打电话到我这儿，我就帮你答应了，他已经跟主办方确定了。"

倪简脸色变了："你为什么要帮我答应？"

梅映天愉悦地挑了下眉，说："很简单，因为我想去啊。"

倪简："……"

最终的结果很明显，倪简妥协了。

漫展时间定在 10 月 4 日到 8 日。

梅映天跟倪简敲定明晚出发，先去西雅图待几天，再转去纽约。

临走前，梅映天没忘催促倪简明天早上先去她家拿手机。

谁知道，梅映天前脚刚走，倪简还没来得及关门，家里又来了个人。

是房东老太太。

倪简昏头昏脑地听老太太一把鼻涕一把眼泪地倾诉了半个小时，总算明白了她的意思。

倪简想起梅映天的吐槽，觉得这老太太应该没撒谎，股市大概真的挺糟糕。

得，她又得搬家了，人家要卖房子拯救倾家荡产的儿子，她也不能拦着啊。

第二天一大早，倪简没去梅映天家，而是立刻找了个中介公司直接看了对面小区的另一套房子，找搬家公司搬过去了。

下午两点，她收拾好一切，拉着拖箱去找梅映天，当晚她们就上了飞机。

陆繁从孙灵淑家离开，直接回了家，队里给他调了三天假。

晚上十点，他给倪简发了一条短信，等到很晚，没有回复，他以为她睡了。第二天早上醒来，他拿过床头的手机看了一眼，仍然没有新信息。

等到中午，还是没有收到回信，陆繁拨通了电话，提示关机。

她很喜欢睡觉，他是知道的。

他等到下午再给她打，还是关机。

陆繁等不下去了，傍晚的时候，他去菜市场买了菜过去找她。

在上次倪简赶稿关机那事后，他特地问清了她的门牌号，记在了心里。

电梯一直不下来，陆繁爬楼上去，到门口看见门开着，里面有几个人，没有倪简。

他抬头又看了一次门牌号，没找错。

里头的老太太看到他，过来问："你也是来看房子的？"

陆繁愣了愣，说："这里……不是住着一位倪小姐吗？"

老太太反应了一会儿，明白过来："哦，你是来找那姑娘的？她走啦，不住这儿了！"

陆繁蒙了。

他紧紧捏着手中的塑料袋，问："她去哪儿了？"

老太太摇头："我不晓得啊，没问。"

陆繁怔了一会儿，说了声"谢谢"，转身走了。

他一边下楼，一边给倪振平打了电话，但没有问到倪简的消息。

陆繁把菜放到车筐里，立刻骑摩托车去了经纬公寓，也没有找到梅映天。

他想不到别的办法，抱着试试看的态度去门卫室问了一句。

胖胖脸的保安大叔想了一会儿，眼睛亮了亮："啊，那个梅小姐啊，我晓得，下午我还跟她打过招呼呢，她说要去美国，赶飞机去了！"

陆繁的心揪起来。

他咬了咬牙，问："有人跟她一起吗？"

保安："有啊，就是那个长头发的姑娘嘛，梅小姐就是送她去美国！"

陆繁绷紧的肩一下子塌了。

陆繁半刻没说话，保安看了他一会儿，说："你找梅小姐有急事不？她在我们物业那儿留过电话的，要不我给你问问？"

陆繁抬起眼。

保安很快问来了电话，陆繁拨了两遍，都提示不在服务区。

保安在一旁听了，恍悟："哦，梅小姐这号码在外国不能用的吧。"

陆繁的手僵了僵，他说了声"谢谢"，然后离开了。

回到家，天已经黑透了。

菜落在楼下摩托车筐里，他忘记提上来。

陆繁进了屋，在沙发上坐着，视线里的一切都是老样子，昏暗的屋子，破旧的家具。

这屋里什么都没有变，只有沙发上多了一个抱枕，是倪简买的，软布面，图案是简单的黑白线条。

她喜欢窝在沙发上，所以买了抱枕带过来。

她那次离开时，什么都带走了，只留下这个。

陆繁盯着抱枕看了一会儿，摸出手机。

他打开网页输入"倪简"，跳出很多条搜索结果，第一条是百度百科，第二条是百度图片，然后是一个扒皮帖《那个欧美恐漫界的新秀倪简，背景不简单啊》，显示是来自天涯论坛的娱乐八卦版块，再往下是恐怖漫画吧的表白帖《要变 Jane Ni 倪简的脑残粉了啦》。

陆繁一条条看下去，没有找到任何有用的信息，没有地址，没有电话，没有邮箱。

放假三天，陆繁没去修车。

最后一天下午，他返回队里，经过传达室时被喊住。

里头的人递出一袋东西，把情况跟他说了，末了"啧啧"了两声："我看这衣裳可不便宜，那姑娘说丢就丢了，还好被我捡回来了，袋子我换过了，干净着呢，快进去穿上试试吧。"

陆繁一动不动，片刻后，他抬起头，嗓音干涩："那天……什么时候？"

"就那天上午，你送孙记者回去那天，记得不？"

陆繁没答话。

他在传达室的窗外站了很久。

在西雅图的几天里，倪简整天在酒店里睡觉，梅映天出去走亲访友，她们两人只在每天深夜见面。

倪简在梅映天眼里跟猪已经没什么两样了。除了吃饭的时间，其他时候都是在床上度过的，就算不睡，她也在床上躺着，两眼无神地盯着天花板。

梅映天觉察出倪简的不对劲，但她以为是因为旧地重游的缘故，倪简当年就是在西雅图遇见苏钦的。

她们3号到达纽约跟Steven碰面。漫展那几天，倪简像木偶一样听Steven的安排过日子，一堆活动结束后，她已经精疲力竭，在Steven家窝了三天才休整过来。

之后，倪简陪梅映天去新加坡溜了一圈，梅映天带队参赛，她在酒店混吃等死。

这段日子对梅映天来说可谓充实丰富，但放在倪简身上，除了"浑浑噩噩"，没有更恰当的形容词。

她的身体跟着梅映天乱跑，但是心不知道丢在了哪儿。

回国已是十月末。

一下飞机，倪简冻得直哆嗦，没想到天气已经凉成这样。

等坐上出租车一看，到处都是秋天的模样，顿时惊觉夏天已经彻底过去了。

司机一路将车开到倪简新搬的小区，梅映天把倪简送上去就走了，她要赶去录制一个节目。

梅映天录完节目已经很晚了，回去时，差不多夜里十点了。

梅映天从门卫室外面走过，胖胖脸的保安大叔冲出来："啊，是梅小姐回来了！"

梅映天停下脚步，奇怪地看了他一眼。

她不明白保安大叔干啥这么兴奋。

大叔激动地跑近："你可总算回来了，人家小陆都等你一个月啦！"

梅映天一头雾水："小陆？哪个小陆？"

"就是那个小陆啊！"大叔连忙给她解释。

他啰啰唆唆说了一堆，梅映天仍是不明所以，她又累又困，眉头都皱成山了："我真不认识这个小陆。这人有病吧，天天过来等我干吗？"

"哎，怎么会呢！"大叔不信，"我看人家小陆挺正常的啊，就是不爱说话，天天晚上来一趟，就问你回来没，也没做啥奇怪的事儿！"

正说着，他突然手一指："瞧，他又来了！"

梅映天转过身。

不远处，那个男人正在停摩托车。

他抬步走来。

梅映天抬了抬眼皮。

原来是他。

倪简洗完澡出来，没吹头发，先拿过手机，准备给梅映天发条短信。

谁知信箱里正好有一条未读信息，就是梅映天的，极其简洁的四个字——

【把门开着！】

倪简早已习惯简单粗暴的小天式口吻，她立刻过去把门打开了，然后给梅映天回信：【开了，顺便给我带点夜宵，我饿了。】

倪简发完信息就窝进沙发里，一边吹头发，一边看电视。

她今天看了一天电视，然后就爱上了国产无脑偶像剧，看里面的女主角爱而不得歇斯底里，她有一种诡异的痛快感。

倪简觉得自己在变态的道路上越走越远了，小天拍马都赶不上她了。

倪简把头发吹到半干就没有耐心再吹下去了，她把吹风机丢到地上的小箩框里，感觉肚子越来越饿了，有点奇怪梅映天怎么还没来。

她下意识地瞥了一眼门口。

这一瞥，脑袋就再没转回来。

倪简不知道自己是怎么从沙发上跌下去的。

等她反应过来，她的大腿已经压到地上的箩筐，胳膊肘撞到茶几。

来不及感觉到痛，身体就被人抱起。

她被放回沙发上，抱她的人松了手。

手肘的剧痛蔓延，倪简张着嘴，疼得说不出话。

陆繁捏住她的肘部，轻轻地揉。他垂着眼，眉心蹙在一块儿，唇抿得极紧。

倪简没说话，陆繁也没说话。

他帮她揉伤，她看他。

倪简疼得发颤，陆繁不知为什么也在发颤。

他的手掌有魔力，倪简的身体从凉到热，不过五分钟的时间。

陆繁收回手那一秒，倪简心里空了，炙热的身体瞬间凉个透彻。

她浑身发抖，熬不住了，用力一推，骑到他身上。

她亲他的眼睛。

陆繁的手箍住她，将她摁在胸口，紧紧地抱着。

他闭着眼，任她亲吻。

在她湿热的唇舌离开时，他睁开眼，湿润的眸子凝视着她。

倪简也在看着他。谁也没有说话，下一个动作依然是亲吻。她低下头，捧着他的脸，寻到唇，舌头溜入。

陆繁浑身绷紧，双臂绳索一样缚住她，像要把她整个人从心口压进去。

倪简脱了自己的睡衣，浑身上下没了遮蔽，白软的一片，陆繁的手从她的颈后滑下，溜过光滑的后背……

倪简咬着唇，身体直颤。

她等不了了，伸手拉他的衣服，却怎么都拉不动。

她皱紧了眉，像要哭出来。

陆繁放过了她。

他翻身，换她躺着。

他几下脱光了衣服，俯身亲她的唇，然后是下巴、脖颈……

电视机的画面从白天切到了黑夜，下起了雨，歇斯底里的女主角坐在窗边，哭得像没了整个世界。

而沙发上的两个身影叠在一起，从黑夜到白天。

倪简这一觉睡得很沉，醒来时，太阳挂得老高了。

她发现自己在床上，只有她一个，没有别人。昨晚激烈的一切像场梦，无声无息地溜过去了。

但倪简知道那并不是梦。

她扯开被子坐起，身下一阵轻微的涩疼，她皱着脸缓了两秒，起身下地，找了件毛线裙套上。

倪简走出房间，四处瞥了一遍，眼睛在阳台上找到想找的人。

陆繁在晾什么东西。

倪简定睛一看，微怔了一下，转头去看沙发。

淡粉色的沙发变成了光秃秃的米白色。

他把沙发套拆下来洗了。

倪简想起他们在那个沙发上做的事，身上又有些热了。

她别开眼，吸了口气，终究是把那股冲动压了下去。

陆繁晾好沙发套，转过身，看到倪简。

他只有一瞬的惊讶，目光很快就静下来了。他站在那儿没动，手里拎着绿色的小桶。

倪简也重新抬起眼，笔直地望过去。

阳台的玻璃窗开着，陆繁站在暖黄的阳光里，他的短发沾了一圈光，看上去温暖柔软，光线模糊了他的眉眼。

倪简的视线久久不动。

她想起在西雅图那个下午。那天她睡了太久，起来时梅映天不在，她独自在酒店的露台上看夕阳。然后她想起了陆繁，想了一整个下午，恍惚中看到了陆繁的脸，在眼前不远的地方，她起身，伸手去抚摸，他消失了，她眨了眨眼，发现自己站在露台边檐上。

那是高层酒店，她住二十二层。

神思飘荡时，陆繁走到她的身边。

他的脸在视线里清晰，倪简回过神，低头看他手里的小绿桶。

她说："这桶跟你挺配。"

陆繁愣了一下，没想到她张口的第一句话是这个。

他也低头看了看桶，没看出特别的，只好接了一句："是吗？"

倪简看着他，淡淡"嗯"一声，说："生机勃勃的。"

陆繁又是一愣。他其实不太明白，但也没有问。他看了看她的脸，问："睡得好吗？"

倪简说："挺好。"

陆繁点了下头，顿了一会儿，声音低了低："……还疼吗？"

"你说手吗？"倪简摸了摸手肘，"不疼了。"

陆繁抿了抿唇，微微敛目："我不是说手。"

倪简反应了过来。她低头笑了一声，眉眼微扬："疼啊。"

陆繁的脸绷紧了，他动了动嘴唇，想说什么，最终又没说。

过了好一会儿，他看着她的眼睛，低声说："下次不会。"

倪简嘴角勾了勾，没应这话，径自从他面前走了。她去卫生间刷牙洗脸。

陆繁也进来了，他把桶放进浴室，站在一旁看着倪简洗漱。

倪简洗得很潦草，刷完牙，没抹洗面奶，接了几捧水冲了下脸。

快洗好时，陆繁拿下架子上的毛巾递给她，她接过去抹掉水珠，递回给他。

从卫生间里出来，倪简就觉得肚子饿了。

她昨晚没吃上夜宵，本来就挺饿了，但那会儿忙着做别的，顾不上肚子，现在就不一样了。

倪简正想着，陆繁过来了。

"你坐着，我去拿早饭。"他进了厨房。

倪简没坐，诧异地跟过去，发现他居然已经做好了早饭。

她刚搬到这儿来，连厨房都没进过，不知道这里锅碗瓢盆应有尽有，更不知道小区里面就有个车库改造的菜店，陆繁早上在楼下随便一问，就找到了，买好了菜和米。

倪简喝了两碗蔬菜粥，吃下一个煎蛋，心满意足，然后想起了一件事。

她去房里拿了件黑色风衣，随便扯了条围巾。

陆繁看到她换了衣服，有点惊讶："要出去？"

"嗯，去趟药店。"倪简走到鞋柜边换鞋。

陆繁一震，一时无言。

倪简换好了鞋，直起身子说："你要是有事，直接走就行了，我带了钥匙。"

她说完就转了身，门拉开一半，手被陆繁握住了。

倪简转过头。

陆繁紧紧抿着唇，与她对视很久。

倪简感觉到他有话要说。但他的目光太复杂，她看不出他想说什么。

半晌，陆繁动了动唇瓣，低缓地说："你待着，我去。"

"不用了，你去做你的事。"

她低了低头，示意他松手，但陆繁没动。

他攒着她，认真地说："这就是我的事。"

倪简眸光微动，定定看了他一会儿，别开眼，笑了笑："你一说，还真是。"

事后给女人买药，的确是男人常做的事。

倪简说这话没有一丝嘲讽的意味。她的语气很平淡，眼神亦如此。

但陆繁受不了。

她的云淡风轻最伤人。仿佛这些事在她心里一点重量也不占，她跟他睡也就只是跟他睡，其他的，都没入她的心。

倪简发觉陆繁的目光越来越沉滞，隐约地还有了一丝阴郁，以及若有若无的动荡不安。

这不是他该有的东西。

他这个人从来都是坚定的、明亮的，像山一样，不会彷徨，不会怯懦。

他比她活得清明，活得稳。他不该是这样的。

倪简眨了眨眼，眸光冷定："你怎么了？"

陆繁没出声。

倪简用力把手抽出来，陆繁又捉住，倪简发了狠，把他推开。

陆繁撞到墙上，倪简走近，仰着脸逼问："你怎么了？"

陆繁一声不吭，他只是看她。

他眼中那点动荡已经消失了，他静静地看她，好像在说：我怎么了，你不知道吗？

一瞬间，倪简诡异地变成了弱势的那一方。

他明明什么都没说，却又像什么都说尽了。

倪简的血液兀自翻涌，在全身跑了个遍。

她看到他动了动嘴唇，似要开口，她飞快地移开眼，不再与他对视。

再看下去，她会扑过去把他吃下肚。

倪简知趣地收回了尖牙利爪，抬手捋捋头发，淡淡说："那行，一起去吧，正好还要买些别的。"

她率先开门出去了。

陆繁独自在墙上靠了一会儿，闭了闭眼，再睁开时，连那一丝不确切的阴郁也没有了。

无论她认真与否，她心里那块地方，他总要去占下来的。

倪简住的地方生活便利，附近有好几个药店。

到了药店，陆繁进去买药，倪简站在门外。

陆繁一出来，倪简就从他手上拿过药。

陆繁看了她一眼，说："回去再吃。"

倪简没看见，她在低头拆药。

陆繁皱了眉，握住她的肩。

倪简抬头，陆繁说："你等一下，我去买水。"

倪简笑笑："不用，你瞧。"

她仰头，把药丢进嘴里，直接咽下去了。

陆繁无言，松开了她，走到前面的奶茶店，要了一杯热奶茶。

倪简从来不喝这种东西，但陆繁捧着奶茶过来时，她心里是软的。

她没有拒绝。

他们往前走，路过商场，一楼有男装店。倪简停下脚步，看了看陆繁。

他穿着灰色的薄外套，洗得很旧，袖口和下摆微微卷起来了。

倪简想起那两件被她丢进垃圾桶的衣服。

那天她去找陆繁，也是经过这里，秋装刚上架，她看到了男装，就进去给他挑了两件，都是深色的。她想他应该更喜欢穿深色，显得沉稳安静。

那是她第二次给男人买衣裳。

谁知道，和第一次一样，都送给了垃圾箱。

想起这个，自然难以避免地记起那天的其他事。倪简心里堵了一下，她摇摇头，不再想这个，转头对陆繁说："进去看看。"说完，也不等陆繁回答，抬脚走进去。

倪简转了一圈，发现那两件衣服都没有了。

她有些沮丧，找了一位导购询问。

陆繁在旁边，看她认真地跟导购描述衣服的颜色和样式。

他想起家中柜子里的那两件衣服，一件线衫，一件外套。

这一瞬，陆繁的心像泡过水，控制不住地发胀、发软。

导购回忆了一下，告诉倪简这里没有货了，但可以问问总店那边的仓库，她问倪简给谁买，要多大的号。倪简指着陆繁，说："XXL 的可以吧。"

导购点头，转身要去查货。

陆繁走过去，说："不用了。"

导购停住，疑惑地看了一眼陆繁。

倪简注意到她的目光，也转头看陆繁："怎么了？

陆繁顿了顿，说："上次不是买过了？"

倪简眼睛微微睁大。

陆繁看着她，低声说："刘叔捡回来了，干净的，在我家里。"

倪简没说话。

陆繁对导购说了声抱歉，上前牵起倪简的手："走吧。"

出了门，陆繁仍没有松手，倪简停步不走。

陆繁转头，倪简看着他。

陆繁垂眼，沉默了片刻，说："对不起，那天我送孙记者回去，没在。"

"我知道。"倪简扯了扯唇，"我看见了，你骑车，她坐在后面。"她说到这里，笑了一下，"远远看上去，挺小鸟依人的，跟你很配。"

陆繁一愕。

倪简也没有想到自己会说出这样的话。

酸味十足。

她没等陆繁从那话里品出什么味来，就先低头揉了揉脸，不想再跟他继续说下去了。

她转身走了，陆繁顿了一瞬，跟上去。

倪简走到路口，转弯，进了一家便利店。

陆繁过去时，她正在货架前挑东西，选了薄荷糖，顺手拿了三盒安全套丢进购物篮里，转头看到陆繁。她面无表情，自然得就像买了三盒口香糖。

结账时，倪简伸手掏钱包，陆繁先递了钱过去，收银员很自然地接过去给他找零。

倪简看了他一眼，什么话也没说。

陆繁拎着购物袋走在前面，倪简在后头慢慢跟着，两人各怀心思，一路无言。

回去后，倪简说："我要睡会儿，你自便。"说完就进了房间。

陆繁要出口的话硬生生咽回喉中。

倪简一觉睡醒已经是下午了。

她睡眼惺忪地走出卧室，发现陆繁居然还没走。他坐在沙发上，手里捧着一本书。

倪简站在房门口歪头瞥了两眼，看到书的封面，认出那是房东遗留在茶几下面的推理小说，她翻过两页，很俗套的情节，看了开头就能猜到结尾的那种，很没意思。

但陆繁似乎看得入了神。

倪简半天没动作，默默在门口站着，她突然不舍得打破这样的画面。

恍惚间，像回到了小学一年级。她在陆繁的屋里做作业，他靠在椅子上看书，一大片夕阳从小窗里洒进来，盖在他们身上。

她写完作业，他会放下书，把糖罐子打开，给她两颗花生糖，很甜。

那个味道，她已经多年没尝过，但依然清晰。

这样的记忆，如今想起来，恍如隔世。

倪简不知道自己的记性原来有这么好。

陆繁家刚搬走的时候，倪简时常想他，想他的好，想他妈妈的好，想他给她买的零食，也想他房间里温暖的夕阳。

但后来那些年，她离开这里，在北京，在美国，在不同的地方漂着，没怎么想过他，毕竟只是幼年记忆里的一个小邻居，交情再好，也算不上多么刻骨铭心。

她频繁地想起过去，是从重逢之后才开始的。

现在的陆繁跟小时候分明很不一样，她却总是从他身上看到那个小少年。

倪简不知道站了多久。她背着手，靠在门框上，魂被什么勾走了似的。

陆繁合上书，一转头就看到了她。

她头发很乱，散在肩上，头顶还有一小缕立起来的，有点滑稽。

她穿的睡衣偏大，松松垮垮地罩在身上，衬得她整个人纤细瘦小，无端地显露几分脆弱。

他们视线交合，互相看了一会儿，谁也没说话。

陆繁把书放下，站起身，朝她走过去。

倪简这样厚脸皮的人丝毫不会因为默默偷看人家而感到尴尬，她就站在那里，平静地看他走来。

陆繁到了她身边，仔细看了看，确定她脸色还好，问："睡好了吧？"

倪简点了点头。

陆繁说："那行。"

倪简抬了抬眼皮，以为他要说"那行，我就先走了"，没想到陆繁的话头打了个转，抛出一句："我们谈谈。"

倪简愣了愣。

上次陆繁提出"谈谈"还是在寻南村，不过当时她没跟他谈，反把他调侃了。那天的事情想起来不怎么美好。

但现在这一刻，他的语气似乎更慎重，像经过长久的思考，做了某种决定一般。

以倪简的坏心眼，她应该再调戏他一次才对。

但她没有。

不知为什么，他这般认真的模样，让坏嘴的她一时口拙。

倪简鬼使神差地点了点头。

陆繁突然牵起她，往沙发边走。他的动作十分自然，没有一丝尴尬。

倪简有些发怔，她的手没动，保持着被他握进掌心的样子，一路跟随，到沙发上坐下。

陆繁宽厚的手掌松开了。

倪简低头看了看自己的手，手心里凉了一下。

她把手缩回来，用自己的另一只手包住。

不行，没他的手暖和、舒服，力道也不对。

倪简皱了眉，反复捏自己的手。

陆繁没注意她的小动作，他在看她的眼睛。沉默了片刻，他将倪简的脸庞轻轻托起，让她看着他"

他喊了一声："倪简。"他很少正式地喊她的名字，除非是被惹怒的时候。

倪简虽听不到声音，但望着他的唇和他的表情，能感觉到他的语气应该是严肃认真的。

她猜他这样子，是有很重要的话要说了。

她预料不到他要说什么，竟莫名有点紧张。

她没反应，陆繁也不等她应声。

他的目光自始至终都是平静的，又或者说是坚定的。不论她什么反应，他都要把话说下去。

陆繁抿了抿唇，再启口时，声音放低，语速缓慢。

他的唇一启一翕都十分清晰。他要让她看清楚他接下来说的每一个字。

他说："你离开太久，有些事，可能需要重新了解。"停了下，"我是说，我的事。"

"你的……什么事？"倪简望着他，无知无觉地掐紧了手心。

陆繁目光微微转深，淡淡说："倪简，你可能不太清楚，我不再是小时候那个陆繁，我今年二十九岁，高中肄业，在做消防员，合同制，我每个月工资两千七，前年还清债，现在有四万存款。倪简，我很清楚，我这样的人跟你不是一路的。"他喉咙微动，"这些年，你走得很远，也走得很好，再也不是当年的小简，这些我也清楚，倪简，我……"

"你闭嘴！"

未说完的话突然被厉声打断，陆繁一怔。

倪简没给他一秒的时间，她骤然扑上去："你给我闭嘴！"

她这动作来得猝不及防，陆繁来不及反应，就被她揪着领子压到沙发上。

倪简像疯了似的，双目发红，恶狠狠地盯着他。

"倪简……"陆繁喊了一声，但倪简像没看到一样。

她气势凌人，咬着微红的唇涩声说："你要说什么？你接下来准备说什么呢？让我猜猜……啊，我知道了，是要说你只是个普通人，你没钱没势，你卑贱无名，招不起我，咱俩不是一条道上的，所以你请求我放过你，所以我走我的阳光道，你过你的独木桥，你就不跟我玩了，我就得滚了，是吧，嗯？"

伴着最后一个音，她手上猛一用劲，将他压得更狠。

"是不是啊，你说是不是？"

她反复问着，一双眼睛红得吓人，冷冷凝视着他，像是腾了雾，又像是浸了水。

几秒后，她的眼睫湿了。

她全身紧绷着，在发抖，紧攥着他衣领的手青筋明显。

这个模样的她，令陆繁震撼。

他憷然地觑着她，忘了挣扎反抗，也忘了接下来要说什么。

倪简像个被判了死刑的绝症病人，再也伪装不了淡然的姿态。

她要疯了。

一次两次，一个两个，把她当垃圾，当病毒，只想丢掉，丢到天边去。

他也终于忍不住了是吗？

他也要丢掉她。

血液在全身沸腾，她从里到外都被烧灼着。

啊，不行了。

她疼得不行了，心腔里那块尤甚。

她问不下去，张着嘴大口呼吸，感觉吸不进去气，胸口闷得要死掉。她眼睛里灼烫，仿佛所有的气力都冲进了眼里，撞得眼球酸胀。

有水滴掉下来。

她不知道那是什么，茫然地眨着眼睛，视线却是模糊的。

她看不清那落下的东西，也看不清陆繁的脸。

而陆繁整个人都呆了。

她的眼泪砸在他的脖子上，好几颗接连掉下来，跟热汤一样，快要把他的皮肤烫穿了。

他张了张嘴，喉咙发哑，嗓子里哽着什么，半天找不回自己的声音。

倪简仍紧攥着他的领子，像攥着多么重要的东西，死也不松手。

分明在哭，却一丝声音也没有发出。

她咬着唇，鲜红的血溢出来，和着她的泪一起落下来。

"倪简……"不知对峙了多久，陆繁终于开口，嗓子已经哑得不行。

倪简眨掉眼里的水，抬起一只手抹掉嘴唇上的血："你闭嘴！你闭嘴！"

陆繁不会闭嘴。

他认了。

如果她这个样子都不是因为在意他，那他认了。

"你错了。"他说，"倪简，你错了。"

他手臂抬起，勾下她的脖颈，唇贴上，在她嘴里尝到甜腥味。

三秒后，他退开，伸手抹干净她的泪。

倪简的眼前清晰了。

陆繁看着她，无声地动了动唇瓣：

"你看清楚，我们的确不是一路的。

"但我不打算放过你。"

陆繁从没有在倪简的脸上看到过这样呆滞的表情。她的手还揪着他的衣领，僵在那儿，力度没有增大也没有减小，她湿漉漉的眼睛微微瞪大，泪珠半掉不掉地悬着。

她的嘴唇半张着，被咬破的伤口仍往外冒血，陆繁用拇指一遍遍抹去。

他指腹的皮肤粗糙，抚在唇上并不舒服，但这样的碰触令倪简十分受用。

她像一只被顺了毛的小狮子，一动不动。

陆繁抹掉她唇上的最后一点血丝，手掌上移，轻柔地抚摸她的眼睛，退开时，她眼里最后两颗水珠也没有了。

"看清楚了吗？"他问。

倪简眨了下眼，似恍然回神。她唇瓣嚅了两下，找不出话说。

陆繁看她这样子，短促地笑了一声。

倪简皱起眉，盯着他。

他的眼睛漆黑深亮，里头溢出的不是调侃，也没有嘲讽，只有温柔。

倪简心尖颤了颤，所有的皱褶都被抚平了。

这时，她才突然发觉她还像个恶霸一样揪着他的衣服。

她低头看了看自己的手，飞快地松开，紧接着从他身上退开，坐到一边。

陆繁坐起身。

倪简抓了两下头发，低头揉了一把脸，起身找鞋穿，刚站起来，就被陆繁拉了一把，又坐下了。

倪简扭头看他。

陆繁说："你跑什么？"

"我没跑。"

陆繁不接话，但却捏着她的手没放。

倪简说："我去洗脸。"

陆繁眸光微抬，又笑了一声："是该洗洗了。"

倪简看了他一眼，抽回手，起身走了。

卫生间里传出水声。七八分钟后，她出来了，脸上没了泪水的痕迹，但眼睛好像更红了。

她走回沙发坐下。

陆繁仍坐在那儿没动，似乎在等她。

倪简舔了舔唇，觉得应该说点什么。但她还没组织好语言，陆繁就先开口了。

"我们好像……没谈完。"

倪简"嗯"了一声。

陆繁说："你没话说？"

倪简一愣。

陆繁看着她，眼神微热。他的手摸过来，握住了她的左手。

倪简反应了一会儿，说了声"对不起"，说完后咬了咬牙："刚刚我、我有点失控……"

"嗯。"陆繁说，"看出来了。"

倪简没话说了，目光胡乱晃了晃，瞥见他衣领仍皱成一团，顿时更惭愧。

她右手伸过去，帮他抚了两下，总算平整了点。

她的手要收回时，被陆繁拉住了，现在，两只手都在他手里。

陆繁用力一拉，她整个人便进了他怀里。

他双臂收紧，倪简的身体贴着他的胸膛。

他拽着她的一只手放到左胸的位置，过了一会儿，松开她，低头看她的眼睛。

倪简仰着脸，表情微怔。

陆繁什么都没说，只是对她笑了一下。

倪简心窝一热，眼里又起了雾。如果他那句话她还不甚明白，那么现在，大概有些懂了。

午饭仍是陆繁做的，但倪简主动洗了碗。

下午，陆繁还待在这儿，陪倪简窝在沙发上看电视。

仍是那个雷人的偶像剧，女主角看到男主角和别的女人亲密，黯然神伤，然后转身离开。

陆繁看到这里，皱了皱眉，像是突然想起什么，转头去看倪简。

倪简正靠那儿吃葡萄，感觉到他的目光，扭头看他："怎么了？"

陆繁目光微沉，说："那天送孙记者回去，是因为她跟我们队去采访，脚受伤了，不方便走。"

倪简怔了一秒，低头："哦。"

陆繁挪近，伸手把她的脑袋托起来："不信？"

倪简："我什么都没说。"

倪简说完无辜地眨了眨眼。她看着陆繁，以为他会黑脸，但他没有。

不仅没有，反而笑了。

陆繁不是很爱笑，倪简见过他的笑，不是这样的。

她从没有见他这样笑过，带了点气恼、无奈，但更多的是宠溺，像是认栽了。

陆繁的手掌从倪简的下巴移到脸颊，摩挲了两下，唇贴上她的额。

退开时，直视她的眼睛，低声说："不要乱想。"

"我本来就没有乱想。"倪简撇撇嘴，回了一句。

陆繁淡淡地说："是吗？"

倪简没有说话，又撇了撇嘴。

陆繁笑了一声，将她搂紧，不再问了。

晚上，陆繁做了晚饭，陪倪简吃完才离开。

他这阵子休假的模式改了，没有月假，一般七八天调休一次，有时两天，有时三天。

临走时，陆繁对倪简说："等我放假。"

倪简点头："嗯。"

陆繁不在时，倪简的日子又过回了原样。虽然他买了很多食材，教她怎么做粥、怎么煎蛋，但她懒，不想动手。而且她也知道，就算做出来，味道也跟他做的不像，不如不做，叫外卖将就一下就好了。

他说了，等他放假。

七八天而已。她会等。

两天后，倪简出差了一趟。从美国回来时，她在机场附近的店里买了条皮带，是要给倪振平的。

10月29号是倪振平的生日。

这么多年，她都记得，但一直到今年才能亲手给他送礼物。

下午四点半，倪简在供电所外等倪振平。

上次手机丢了，倪振平的手机号也没了，没什么要紧事的话，她并不想往他家那个座机上打。

倪简不笨，李慧和倪珊的态度，她多少能看出一点。

她并不在意她们，但她在意倪振平，不想让他难过。

倪振平下午五点下班，下午五点十分从大门走出来。

倪简一眼认出人群中的深棕色身影。

倪振平拿着一个黑色的包，正在里头翻找什么。

倪简站在那儿等他走近。

倪振平找到手机，看了一眼又放进去，去停车的地方推电动车。

他走了两步就看到倪简。

"爸爸。"倪简朝他喊。

倪振平愣了一会儿，快步走过来："小简，你怎么来了？"

倪简笑了笑，没说话。

倪振平将她上下打量一阵，说："怎么又瘦了？"

"爸爸，你也瘦了。"倪简看了看他，发现他头顶的白发又多了。

倪简皱眉："你最近很累吗？医生说你的身体不能太操劳。"

倪振平摇头："没有，领导挺照顾我的，最近没让做多少事。"想了想，问，"你手机怎么回事，最近短信都没回，也打不通，问陆繁，他说你忙着赶稿。"

倪简不想多解释，顺势点头肯定了陆繁的说法。

倪振平说："画画也要注意身体，别太累了。"

倪简乖乖应声，低头从手袋里取出包装好的灰色小盒，递给他，说："生日礼物。"

倪振平一愣。

上一次收到倪简的礼物，还是十八年前，倪简六岁的时候。那年，倪简送了一根棒棒糖和一张她亲手画的卡片。

没想到一转眼，她就长这么大了。

倪振平心里百感交集，看着那个小盒，半天没接。

倪简又喊了声"爸爸"，倪振平反应过来，接过她手上的礼物。

那上面一堆英文，他认得的没两个，也看不出里面是什么。

倪振平捏着盒子，一时不知道说什么好。

倒是倪简笑了笑，说："爸爸，你这么感动？"

倪振平说："以后别这样花钱，爸爸知道你的心意。"

"没花多少钱。"倪简看了看时间，"我走了，你回去吧，倪珊该放学了。"

听她提倪珊，倪振平的脸色变了变。

倪简没太注意。

倪振平想说什么，顿了下，放弃了。

倪珊最近的表现，要是看到倪简，估计又要乱发脾气了。

和倪简分开后，倪振平就骑车往家赶，没想到，在小区门口正好看到倪珊从一辆白色的轿车里出来。

倪振平一惊，赶紧停车，隐约看见驾驶座上是个男的，他刚要过去，就见倪珊冲车里挥了挥手，那车一溜烟开走了。

倪珊转身往家走，却看到倪振平阴沉着脸走来。

有一瞬，倪珊很惊慌，但很快就镇定了。她抬着下巴，旁若无人地往前走，把倪振平当空气。从倪振平打她那一巴掌后，她再也没喊过他。

倪振平喊了一声，倪珊没应。

小区外面人来人往，倪振平忍着气，没有说什么，推着车走在倪珊后头。

倪振平去楼道里停车，倪珊没等他，径自上去了。

倪振平进了屋，没见到倪珊。

李慧在厨房里煮汤，听到开门声，探头出来，脸色不大好看："今天怎么晚了点？"

倪振平没回答她，走到倪珊房间外敲门。

他敲得很大声，李慧吓了一跳，丢下锅铲，跑过来低声说："你干吗呢，珊珊今天心情不好，大概是考试了，成绩又降了……"

倪振平想起在小区门口看到的画面，气不打一处来："成绩？你看她还在乎成绩吗？我看她连书都不想念了！"

李慧被他吼得一愣。

倪振平用力敲门："倪珊，把门开了！"

屋里，倪珊靠在床上，把手机里最吵的歌调出来，声音开到最大。

倪振平气极，更用力地拍门。

李慧在一旁拉他："你这是干吗，到底发生什么事了？珊珊又做什么了？"

"做什么了？你问问她，她现在不好好念书也就算了，还不学好，三天两头玩得不着家，现在还交些乱七八糟的朋友！"

李慧心中一跳，急了："交什么朋友了？"

倪振平还没说，房门突然被打开，倪珊气呼呼地吼："你说清楚，我的朋友哪里乱七八糟了，我交朋友怎么了？"

倪振平指着她，厉声问："你说说，你今天坐谁的车回来的，那男的是什么人？"

"是我朋友，怎么了？"倪珊仰着头顶嘴，"我交朋友还要跟你交代吗？你怎么不去管倪简，她交的才是些乱七八糟的朋友呢，你要是知道了就会知道我比她好太多了！"

"你在说什么！"倪振平又气又痛心，"珊珊，你怎么变成这样子？"

"我变成什么样了？"倪珊不服气，"你现在就是看我不顺眼！那你去看你的乖女儿去，别管我！"

"你……"倪振平脸色铁青。

"珊珊！"李慧忙劝和，"你少说两句，你爸爸是为你好。"

倪珊梗着脖子不低头："我说的是事实，你们什么都不知道，我在网上都查过了，她的恶心事多着呢！"

倪振平气白了脸："小简做什么了，她做什么了，你倒是说说！"

倪珊进屋从桌上抓起几张纸丢给他："你自己看看，你以为她在国外好好读书吗？她都在跟女人玩，现在回来了，又跑来跟陆繁哥哥谈恋爱，你女儿可真厉害！"

"珊珊，别说了！"李慧非常震惊，但在看到倪振平的脸色后，她立刻回神，赶紧制止倪珊，低声斥责，"谁教你说这些混话的，你交了什么朋友，尽学些不三不四的话！"

"我说不三不四的话？倪简还做不三不四的事呢！"

倪珊哼了一声，砰地把门关了。

倪振平站在那儿，捏着几张纸，半晌没动。

李慧看着他，不知道说什么，想了想，怕他迁怒倪珊，低声为倪珊辩了两句："珊珊还是小孩子，不懂事，听别人瞎说的，你别上心。"

倪振平一句话也没说。

倪简在国外的事，他并不清楚，上回程虹过来，把他骂了一顿，意思是倪简学坏了跟他脱不了干系。倪振平知道程虹的性格，以为是她要求苛刻，把倪简管得太紧。上次在餐厅，听倪简跟程虹争执，他也没听出什么，只觉得程虹还是那么强势，把倪简逼得狠了。

倪珊说的这些事，他的确不知道。

他甚至不知道倪简是个漫画家，他以为她画那种一幅一幅的大画。

他更不清楚倪简跟陆繁在一起的事。

这一瞬间，倪振平又一次觉得自己这个父亲失败透了。

两个女儿，他都对不住。

他后悔对倪简的关心太少，也后悔因为对倪简的愧疚而忽视了倪珊敏感的心理。

倪珊变成这样，跟他打的那一巴掌脱不了关系。

他心里都清楚，却不知道该怎么做。

倪振平的生日过去没几天，倪简收到了他的信息。

倪振平问她住哪里，说想来看她。倪简有点惊讶，但还是把地址发给他了。

周六下午，倪振平来了，他给倪简带了水果，都是倪简小时候爱吃的。

进屋后，倪振平四处看了看，也没看出什么。

倪简在橱柜里翻找了一会儿，没找到茶叶，只好给他倒了一杯白开水。

"小简，你这一个人住，安全吗？"

"挺安全的。"倪简说，"这一带治安不错。"

倪振平点点头，面色有些严肃。

倪简看了看他，心觉奇怪，问："爸爸，你是不是有什么事？"

倪振平犹豫半晌，还是试探着问了一句："小简，我记得上次你跟你妈妈说结婚的事，是应付她的还是真的？"

倪简微愕，沉默了一会儿，说："你怎么想起这个了？"问完，心里一个激灵，脸色顿时变了，"我妈她又找你了？"

"不是不是。"倪振平赶忙澄清，"跟你妈妈没关系，是我想起这回事，所以……就问问。"

"真的？"倪简不大相信。

倪振平点头："嗯。"

他顿了下，说："而且小简你也确实到了该成家的年纪，我是你爸，也该关心你这方面。"

倪简心放下了，想了想，觉得和陆繁的事也没必要瞒着倪振平，便说："我跟陆繁在一起了。"

虽然倪振平已经知道一点苗头，但没料到她这么直接就承认了。

他愣了愣，又听倪简说："我们领证了。"

"什、什么？"倪振平狠吃一惊，好一会儿才组织好语言，"什么时候的事？这……你妈妈知道吗？"

倪简点头："她知道。"

倪振平慢慢从震惊中缓过来，问："她同意？"

倪简笑了一声："她不同意又怎么样。"

倪简知道，程虹就是再不同意，也不会逼她和陆繁离婚的，在程虹眼里，只要是个男人，怎么都比小天强。

倪振平想起倪珊的话，琢磨了一会儿，也有些明白了程虹的心理。他没多问其他的事，事已至此，说其他的也没啥用，相较而言，他更关心倪简现在的生活："你们没住在一块儿？"

"他放假我们就在一块儿。"

倪振平点了点头，想起什么，皱了眉，问："对你俩的事，陆繁那孩子怎么想的？

"什么怎么想的？"倪简不甚明白。

"他那工作特殊，总是在队里，平时也不方便照顾你，还有些风险……"倪振平说着，脸上凝重了，摇摇头道，"我得再劝劝他。"

倪简明白了他的意思，还没接话，倪振平又说："小简，你也要劝劝他换个工作才好。"

倪简说："这是他自己选的，别人没资格劝他。"

"你又不是别人。"

"我更不会劝他。"

倪振平还要再说什么，倪简截住了话："爸爸，你不用担心我们，我没觉得现在这样有什么不好。"

她的表情很平静，但也很坚定。

倪振平看出来了，知道再劝她也没用，他叹口气，嘱咐了几句。

父女俩又聊了一会儿，倪振平接到李慧的电话。他讲完电话就对倪简说家里还有些事情。

倪简没多问。

倪振平走后，倪简打开手机，翻到信息栏。

那里有她和陆繁昨晚的对话。

倪简：【今天救火了？】

陆繁：【没，出警两次，有惊无险，还没到就扑灭了。】

倪简：【哦。】

陆繁：【不能多说两个字？】

倪简：【哦，好吧。】

陆繁：【……】

陆繁：【有没有好好吃饭？】

倪简：【没有。】

陆繁：【为什么？】

倪简：【不想吃饭。】

陆繁：【那想吃什么？】

倪简：【……想吃你。】

……

倪简看到这里笑了笑，在输入框里键入——

【通知一则：今晚十点，家属探视。】

倪简很准时，晚上九点五十九分到大院外面，一看，传达室门外站着个人。

她还在惊讶，那人已经过来了。

他腿长手长，步伐又快，几步就到了她面前。

倪简唇角一弯："在等谁呢？"

陆繁没说话，站在一步外看了她一会儿。

他没穿训练服，穿的是普通的外套，黑色的，看着挺单薄。

十一月的南方已经挺冷了，倪简穿着厚厚的长毛衣，还围了围巾，她上前捏着陆繁的衣袖摸了摸，真的不厚。

"不冷吗？"她问。

"不冷。"陆繁将她的手轻轻攥进掌心。

他的手掌宽厚温暖，很舒服，倪简任他握着，低声笑："我买的衣服，你怎么不穿，不喜欢？"

"不是，放在家里。"

倪简点了点头，微微仰着脸庞，默默看他。

这样的夜晚清寂阴冷，大院门口的灯高高悬着，暖融的光罩着这一片。

陆繁的脸庞在光线中棱角分明。

倪简想起五月那个雨夜，她从机场出来找车，然后见到了他。

那时怎么也不会想到会和他这样纠缠在一起。

倪简也说不清她是感慨还是感激。

在她出神时，陆繁把她抱进了怀里。

他刚刚一直在等，但她好像没有主动的意思，他就自己动手了。

倪简虽然有点意外，但也不反对他这样。她手臂抬起，搂着他的腰，脸贴在他胸口，闻到他衣服上淡淡的皂香。

他们抱了好一会儿，松开时，倪简抬头，陆繁垂眼。

她一踮脚，就亲到了他的嘴。

极其自然地，他启唇，放她进去。

倪简的舌头灵活地从他齿间滑过，拐住了他的舌，慢慢勾绕。

陆繁的手握在她的腰上。倪简感觉到他突然用了力。

她就势靠过去，身体与他相贴，轻易感觉到了他的变化。

她在心里笑着，使坏地蹭了一下。

陆繁掐着她的腰把她拖开，唇也离开了她。

他呼吸微重，别开脸冷静了一会儿，才又转回来看她。

倪简抬着下巴，淡淡笑着，不知是在笑他还是在笑别的什么。

她的脸很白，唇被他亲红了，有点艳。

陆繁眼睛里跳着火星。

倪简收起了笑意。她把手递过去，陆繁看了两秒，接过来，重新捏住。

倪简不惹他了，乖乖地跟他牵着手。

"有一个小时是吗？"

陆繁点头。

倪简说："要在这里把时间站满吗？

陆繁一愣，不怎么明白。

倪简指了指前面："我看那里有条河，去河边走走吧。"

倪简说的那条河有名字，叫四方河。

他们在这深夜去四方河边散步。

河与道路一同延伸，他们走过每一盏路灯，不自觉就走了很远。

很久的一段时间里，谁也没说话，甚至都觉得没必要说话。

回去的路上，倪简停下来，侧过头说："你记不记得晴华山？"

陆繁怔了一下，说："记得。"

"你说说，我看你记得什么？"

陆繁："我们班去那儿春游过，你也去了。"

倪简眼眸闪了闪，低目笑了一声："记性不错。"顿了顿，说，"你还被你们老师骂了。"

陆繁也笑了："好意思说？"

倪简不以为然地抬抬眼皮："你同学还嘲笑你带着小拖油瓶。"

陆繁漆黑的眼凝视着她，低声说："谁叫你总跟着我？"

倪简没接这话，反问："那时你被人笑，怪我没？"

陆繁没想到她问这个，愣了一下。

"应该怪过吧。"倪简自顾自地猜测。

话音刚落，就见陆繁唇动了。

"我没怪过你。"他说，"就是有些尴尬，他们总喜欢开那样的玩笑。"

"开哪样的玩笑？"倪简嘴角挂了抹笑，偏要明知故问。

陆繁当然不会说。

那时，倪简总跟他在一块儿，时间久了，他的同学就说倪简是他的什么什么。那些话他还记得一些。

当时听了会面红耳赤，也会义正词严地制止那些小伙伴，现在想起，心里却觉得热。

如何会想到，有一天，玩笑都成了真的。

陆繁没回答，倪简也不想难为他了。

她说："走吧。"

陆繁牵着她走。

和上回一样，倪简依旧只让陆繁送她上车。

临走时，陆繁把家里的钥匙给了她。

陆繁还要三天才放假。

倪简这两天把自己公寓的书房整理出来，布置成画室，之后画了一天画，算做了点正事。

中午，收到陆繁的信息，他说晚上九点回来。

倪简回完信息就开始收拾东西。

傍晚，她独自坐车去陆繁家。中途经过超市，她叫司机停车，准备买些食材带过去。

倪简挑了牛肉，然后去选蔬菜，经过水果区，碰见一个人。

两个女人一打照面，都是一愣。

真没想到世界这么小，第一回在这里碰上，第二回又是。

还是倪简先反应过来。但倪简没开口，孙灵淑先说的话，她跟倪简打了声招呼："嗨。"

倪简说："你好。"

孙灵淑笑了笑。

倪简看出她笑得不太自然。

倪简不善交际，而且眼前这情况显然也不符合她熟知的社交情境。

沉默了两秒，倪简说了声"拜拜"，率先推着购物车走了。

她买完蔬菜就去结账，临出门时孙灵淑跟了过来。

倪简的去路被拦住。

"倪小姐，能聊几句吗？"

"聊什么？"

"陆繁。"孙灵淑说，"我们谈谈陆繁。"

倪简看她一眼："行。"

超市对面有个咖啡厅，两个女人一前一后走进去。孙灵淑点了一杯咖啡，问倪简："喝点什么？"

倪简说："不用了。"

"还是喝点吧。"孙灵淑转头对侍应说，"两杯咖啡。"

咖啡送来了，孙灵淑先抿了一小口，然后才说话。倪简看到她涂过橘色口红的唇一张一合，有片刻的恍惚。

这时，一句话已经从孙灵淑嘴里出来了。

"我本来也想去找你，没想到，这么巧，又碰见了。"她说，"听陆繁说，倪小姐跟他是小时候的邻居？"

倪简没大看清她说什么，随意点了下头。

孙灵淑笑了笑，说："倪小姐，我知道你。"

"是吗？"倪简神色不变，似乎并不意外。

孙灵淑点头："本来不知道，后来才想起来你这名字不多，跟漫画家 Jane Ni 一样，而且她也是华人，我想会不会那么巧，就随手搜了一下，还真是你。"

倪简淡淡"哦"了一声。

孙灵淑抬了抬眼，目光在她眉眼间停驻。

"说真的，我不太明白，倪小姐这样的人，为什么会对一个小小的消防员有兴趣。"

倪简没接话，也没什么表情。

孙灵淑轻声笑了笑："倪小姐别介意，我并非有意冒犯你，我只是不愿看到陆繁被人玩弄。"

"玩弄？"倪简似笑非笑，"孙记者从哪里看出我在玩弄他？"

孙灵淑默然一瞬，收起了笑："倪小姐何必不承认？我既然已经知道你就是 Jane Ni，你的其他事我又怎么会不知道？"

倪简吸了口气，突然什么都不想说了。

她起身要走，孙灵淑也站起来，表情冷肃地说："倪小姐，陆繁不是能跟你玩的人，请你看在那点邻居情谊上，放过他。"

"你以什么身份请我放过他？"倪简盯着孙灵淑，"你问我为什么对他有兴趣？那你呢，孙记者，你这样又是为了什么？"

孙灵淑被她问得一噎。

倪简冷笑："你有本事，就来抢。"

她撂完话就走了。

孙灵淑站在原地，望着走出大门的背影，久久没动。

她实在不明白，这个女人身上有哪点吸引了陆繁。

网上那些事不像假的，那些照片，那些爆料，以她作为一个记者的洞察力看，有根有据。

倪简要是喜欢女人，却跑回来招惹陆繁，这不是玩弄他是什么？

陆繁那男人老实得有点傻。她不帮他，谁帮？

就算他对她已经没那个心思了，她也不能放任别人这么欺负他。

这事，她管定了。

倪简这女人的真面目，她得好好撕开给陆繁看看。

在孙灵淑下定决心的同时，倪简已经坐上了车。她把牛肉和蔬菜放在脚边，侧头望着窗外。

天渐渐黑了。

她在想孙灵淑的话。想了一会儿，她又想起了梅映天的话。

孙灵淑说她玩弄陆繁，梅映天也说过她糟践陆繁。

都说旁观者清，倪简想，她真的在玩弄他、糟践他吗？

倪简摇头。

没有。

她没有。

下午六点多，倪简就到了陆繁家。

屋里有一阵没住人，迎面而来的是一股潮气。

倪简先把窗户都打开，然后打扫了一下客厅和房间，将桌椅也擦了一遍。

这一顿收拾，花了快一个小时。

她洗了把手，坐在沙发上歇了一会儿，想起陆繁应该在队里吃过晚饭了，便打算动手给自己整点吃的。

她第一次下厨也是在陆繁这儿，那个秋葵和鸡蛋，一想起来胃里还有些不舒服。

所以，还是不要炒菜了，难度太高。

于是倪简洗了青菜，在矮柜里找到半筒挂面，闻了闻，没有霉味。

她觉得煮个青菜面应该没问题。这样想着，就真的动手做了。

不过，倪简显然高估了自己。面是煮出来了，但咸得难以下咽，她试了一口就想连锅带面一起扔了。

倪简端着锅往潲水桶里倒了一小半，又收了手。

如果陆繁在，他一定不会倒掉。

他很节省，她知道。

倪简盯着半锅面，犹豫了一会儿，又端回来，往里头加了两碗水，搅了搅，凑合着吃了。

肚子算是填饱了。

她收拾好厨房，又洗了个热水澡，从浴室出来翻了翻手机，看到陆繁的短信。

【我在门口。】

一看时间，是二十分钟以前发的。

倪简丢掉毛巾，趿拉着拖鞋跑去门边。

门一开，看到陆繁的脸。

"不是九点吗？"她伸手拉他进来。

"怎么不穿衣服？"陆繁关上门，顺手把她揽到外套里裹住，"头发也不擦。"

倪简说："刚洗完澡。你等久了吧？"

"没多久。"陆繁揽着她走到沙发边，拿起毛巾盖在她头发上揉了揉。

"这样不行，天冷了。"陆繁放下毛巾，把椅子上的风衣递给她，"你先穿上，我去买个吹风机。"

倪简拉住他："不用。"

陆繁不听她的，往门口走。

倪简过去抱住他："今天算了，明天买。"

陆繁转过身，看了她一会儿，想起了什么。

"你等会儿。"

他走进房间，从床底下拖了个箱子出来。

不一会儿，他拿着一个旧的吹风机出去了。

倪简惊讶："哪儿来的？"

陆繁没有回答，找了块毛巾把吹风机擦了一遍，插上电试了试，还能用，就是噪音有点大。

倪简上前看了看，惊叹："这看着像古董。"

陆繁没接话，拉她到沙发上坐下，给她吹头发。

暖风吹着头皮，他的手指握着她的长发，温柔而又仔细。

这感觉真舒服。倪简享受地眯起眼，坐了没一会儿就滑到陆繁怀里了。

他给她吹头发，她闲着没事干，两只手不安分地玩着，使劲占他便宜，一会儿捏捏他腹肌，一会儿摸摸他大腿。

陆繁被她撩得冒火，几次投以警告的眼神，均被无视。

倪简越来越放肆，摸的地方也越来越不对了。

陆繁强忍着。

好不容易吹完头发，他已经熬不住了，抱起她进了房间。

陆繁脱了上衣，精壮的身体盖上来，倪简瑟缩了一下。

陆繁动作一顿，不动了："怎么了？"

倪简抬臂，纤白的手摸到他脸上，缓缓摩挲他的下巴、唇瓣，再一路到脖子、胸膛。

然后，她叹了口气。

陆繁心里一跳，眼神黑了："怎么了？"

倪简收回手，半途被他捉住。

他不说话，定定看着她。

倪简眨了眨眼，笑出声来："你长这么好，真造孽。"

陆繁一怔。

倪简又叹口气，语带遗憾："想吃，吃不了，你懂吗？"

陆繁当然不懂。

他迷惘的模样有两分憨傻，倪简莫名被取悦了。

她不逗他了，老实说道："我不方便。"

这回陆繁明白了，他点了点头。

倪简眼角一挑，目中神采飞扬："不过没关系，我有别的办法。"

陆繁不明所以："……什么？"

倪简没说话，她用行动回答他。

很快，陆繁就体会到了倪简说的"别的办法"是什么办法。

他觉得，她有时候真的是个妖精。

……

陆繁抱着倪简去卫生间洗漱，再抱回床上。

他们并排躺在被子里。

倪简的手被他牵着。

倪简望了会儿天花板，头侧过去，将他的脸庞掰过来："刚刚感觉怎样？"

问完感觉到陆繁手掌一紧，攥得她都疼了。

倪简向来不知羞，这样的话都非得问出个答案。

陆繁脸上刚刚下去的红潮似乎又上来了。

他闭了闭眼睛，压回一切，转过头时，正对上倪简的眼睛。

她的目光坦荡直白。

他知道，她依然在等答案。

他总是扛不过她。

沉默了一瞬，他还是老实的给了答案。

倪简笑起来，过了一会儿，收起笑，脑袋滑过来，贴着他的肩膀。

她仰头望着他，眸珠晶亮。

然后，她又问了另一个不知羞的问题："她也这样吗？"

陆繁一愣。

倪简说："你前女友，孙记者，孙灵淑。"

陆繁愕然震住。

倪简面不改色，直视他的眼睛，看了一会儿，转过脑袋，不想看了。

"睡吧。"她说。

但她还没闭上眼睛，脑袋就被陆繁扳过去了。

"你在想什么？"他眼神发冷，脸已经黑了。

倪简看得出他在憋着气，他忍着不发火。

她也觉得自己过分了，不仅过分，而且无聊。

这样的刺探，有什么意义？

什么都没有。

倪简想扇自己。

她垂了眼，跟他道歉："对不起，我口不择言，给你打一下。"

她把脸伸过去。

陆繁呼吸闷沉。他翻了个身，双手撑在她两侧，伏在她身上凝视她。

他的目光有些吓人。

倪简怔了一下。她想推开他，但手被扣住。

他的脸贴过来。

"我不知道你从哪里听来什么，但倪简，你给我看清楚，孙灵淑不是我前女友，我是对她有过好感，甚至我们差一点就在一起，但那也是差一点。我没跟谁睡过，更没有让谁给我做过这样的事，你懂了没有？"

倪简愣了半刻，舔舔唇："懂了。"

她应得很轻，模样难得的乖顺。

但这样平淡的回应却让陆繁心里犯堵。

这滋味太熬人。

他心里躁，低头吮倪简的唇，狠狠地磨。退开时，她嫩粉色的唇全红了。他伸手轻抚，像在摸花瓣，既柔又缓，生怕碰碎了。

"倪简。"他低低喊了一声，再没有后话。

这一晚在沉默中过去了。醒来时，天已大亮。

照例是陆繁做早饭，倪简窝在床上睡到很晚。

他没有出门，陪她一起吃早饭。

倪简深知昨晚是她的不对，踌躇一个早上，最终主动跑去找陆繁求和。

他正在洗衣服。倪简过去撸起袖子蹲下来，握住他浸在肥皂泡里的手。

"别生气了。"她说。

陆繁没动，倪简有点沮丧，手松开他，往回退，还没退出水面，又被他拽回去。

"没生气。"他拽她起身，接了温水给她洗手，又拉过毛巾擦干，"别碰冷水。"

倪简笑起来，轻轻"嗯"一声，头靠到他的胸口上。

"倪简。"陆繁叫了一声。

她听不见。

陆繁嘴唇动了动，想说什么，话到了嘴边又没了。

不问了。

不重要。

那些都不重要。

他抱紧她。

外面客厅传来手机铃声，一阵一阵，急促响亮。

电话是倪振平打来的。

倪珊离家出走了。

倪振平把所有的熟人都问了一遍，最后问到了陆繁这里。

陆繁挂了电话，拿上外套要出去。倪简从洗手间里走出来："怎么了，耗子哥催你去修车？"

"不是。"陆繁也不瞒她，"倪珊一夜没回家。"

倪简一怔："我爸爸的电话？"

陆繁点头，说："你待着，我出去一下，中午回来。"

倪简没应，沉默了两秒："一起去吧。"

倪简和陆繁一起去了倪振平家。

倪振平不在，李慧在屋里守着电话哭。

从她的哭诉中，倪简模模糊糊知道了事情的经过。

倪珊回来晚，被倪振平说了一顿，她气坏了，吼了一声，说不想再待在这个家里，然后气冲冲地下了楼，再没回来，手机也一直关机。

倪振平现在还在外面找。

陆繁问清了详细的情况就出去了。倪简和他一起。

路上，倪简问："你知道去哪儿找吗，要不报警吧？"

陆繁说："她只是赌气，很可能在同学家，不会有什么事。"

"爸爸不是也问过同学了，没消息。"

"同学也不是都会说实话。"

陆繁从口袋里摸出字条，那上面记了李慧从同学那里问来的几个地址，都是平时跟倪珊关系好的同学。

陆繁带着倪简跑了一圈，果然在一个赵姓女同学那儿找到了倪珊。

女同学是外地来的，在学校后面的巷子里租了一间屋，倪珊跟她住了一晚。

倪珊没想到最先找到她的人竟是陆繁和倪简。

见到他们，她先是一愣，接着就要关门。陆繁把门一按，拎着她的手臂拉出来："回家！"

他手劲大，倪珊挣脱不了，只一个劲说着"不回去"。

倪简站那儿看着，低头摸出手机给倪振平发了条短信。

没过多久，倪振平和李慧都来了。

李慧看到倪珊，哭着跑过来抱住她。

倪珊也哭。

倪振平原本想狠狠骂倪珊一顿，但经过这一整晚的担心，也不敢再对倪珊说重话。

倪珊最终还是跟李慧回了家，但她对倪振平依旧不理不睬，一到家就进了房间。

倪振平要留倪简和陆繁吃午饭，倪简拒绝了。这时李慧从倪珊房里出来，也叫他们留下吃饭。

倪简没说话，看了看陆繁，陆繁应了。

李慧做饭时，倪简和陆繁在客厅同倪振平说话。

后来，李慧走出来，问倪简能不能帮她择菜。

倪简进了厨房。

李慧没让倪简择菜，她对倪简说了几句话。

倪简看着李慧的嘴唇，等李慧都说完了，她没吭声，转身出了厨房。

她想立刻就走，但看到沙发上倪振平正笑着跟陆繁聊天，就没开口。

吃完午饭，倪简和陆繁离开了。

后面半天，倪简情绪恹恹。

陆繁看出她不对劲，正要问，倪简主动说话了。

"我以后不去他们家了，再有这种事，你自己去吧。"

陆繁一愣。

倪简说："我爸爸很爱倪珊，你看出来没？"

陆繁不知怎么回答。

倪简笑了笑："你这什么表情？

陆繁没吭声，眼神关切。

倪简又笑了一声，伸手捏他的脸。

"我没事。"她说，"就是忍不住有点嫉妒，我这人心胸狭窄，你懂的。"

"你不是。"

"嗯？"

陆繁说："别这么说自己。"

倪简轻笑，眉眼弯弯，没接话。

第二天，陆繁说要去店里修车。

倪简想起上次的闹剧，问："那天我把赵佑琛打了，给耗子哥惹麻烦了吧，他说没说你？"

陆繁没想到她突然提这一茬，沉默了几秒，摇头。

"没什么麻烦，他……也没说什么。"

"说谎。"倪简言语温瞰，"你撒谎还停顿什么，笨。"

陆繁沉默。

倪简凑近，盯着他的眼睛："他说什么了？嗯，我猜猜，是不是说我学坏了？是不是……还叫你离我远点，免得我撩你，就像对赵佑琛那样，对吗？"

陆繁仍是无言，没点头，也没摇头。

倪简："那就是都猜对了。"

她叹口气，说："陆繁，你不问我要解释吗？"

陆繁看着她。

"不要就算了。"她转身走。

陆繁起身，从后面扣住她的腰，圈进怀里。

倪简一个转身，面向他。

"这是什么意思？"她抬头，目光笔直地投向他的眼睛。

陆繁抿了抿唇，笃定地说："你想说，我要听；你不想说，我就不要听。"

他不说他要不要，他只问她想不想。

如果说起那些让她不舒服，那他情愿一辈子不知道。

倪简望着陆繁，半刻没动。

回过神后，她说了。

那些事不复杂，三言两语就解释完了，包括梅映天的人品，包括她们之间的关系。

末了，倪简告诉陆繁："我找你，不是因为玩腻了，不是为了图新鲜，我很清楚，我喜欢你。"

否则追着苏钦的那些年算什么。

陆繁去修车，倪简一个人在家里，十点多收到信息，是梅映天回来了，约她出去。

146

倪简给陆繁发了短信就出门了，上了车，收到陆繁的回信。

【好好玩，回来时给我发短信，接你。】

梅映天转头，见倪简笑得一脸荡漾，翻了个白眼："发春呢？"

倪简眉梢一挑："不服？"

梅映天懒得理她，转头安心开车。

和之前一样，又去了老地方 K11，这回一人拎走了一个纯手工毛线坐垫，然后又去元奥逛了逛，倪简买了画纸。

吃饭时，倪简时不时摸一下坐垫，感叹："真舒服。"

梅映天越发看不惯她："什么毛病？这种屎黄色……啧，这审美没救了。"

"这是驼色！都说几遍了。"倪简拿坐垫敲她，"这颜色有什么不好，跟陆繁很配啊。"

"陆繁？"梅映天眯了眯眼，目中意味深长，"买给他的？"

倪简点头。

梅映天笑了一声，过两秒，摇头："倪简，你完了。"

倪简正低头喝咖啡，没看见。

梅映天再次摇头，没说第二遍。

吃完饭，梅映天接到电话，要去电视台一趟。

电视台刚好离这儿不远，梅映天把车丢给倪简，自己走着去了。

倪简去停车场取了车，直接从长海路走。街道拥堵，车一路行一路停，到第四个红灯时，倪简的耐心几乎告罄。她烦躁地拍了拍方向盘，百无聊赖地东张西望。

下一秒，她的视线顿住了。

她看到了倪珊。

绿灯一亮，所有车辆鱼贯而行。

视线中那辆白色轿车驶出，倪简眼皮一跳，跟上去。

倪珊坐在车后座。

她的嘴被捂着，发不出声音，双手双脚都被制住，动弹不得，只有眼泪自由地冒。两个大男生的力量不是她能反抗的，他们现在只是制住她，并没有做什么。

但倪珊怕得全身发抖。

她不敢挣扎，甚至不敢乱动一下。

他们一共有四个人，两个黄头发，一个卷毛，一个平头。平头脸上有块疤，凶神恶煞一般，他们还有两把水果刀，倪珊看见了。

她不认识这几个人。

他们跟混混打扮一样。但她在学校里没见过这几个人。

她不知道他们怎么会找上她。

倪珊开始后悔。

吃午饭的时候，倪振平说要送她上课，她没理他。

还有，她刚刚出来上厕所，郑宇要陪她，她不该把他推进去。

倪珊这么想着，眼泪流得更多。

捂着她嘴巴的男生骂了一声，撤回手，然后塞了团纸巾进去。

副驾驶座的黄毛转过头，说："搞什么？小嘴给你捂着，你还嫌弃了，咱俩换换！"

"你想得美。"

卷毛男擦了擦手，嗤笑："这妞是长得不错，就是太小了点，还爱哭，真没想到郑少爷喜欢这一款的，为了这丫头居然放着然姐不要！"

驾驶座的平头接话："闭嘴，都别瞎说，管他郑少爷多喜欢，到了地儿，赶紧把事儿办了，晚上找然姐拿钱喝酒去。"

话音一落，车里一阵附和，伴着笑声。

倪珊惊恐地看着他们，抖得筛糠一样。

前方的车上了外环路，持续加速，倪简紧跟在后，腾出一只手摸手机，按了110后过了好一会儿还是显示拨号。

这应该是没打进去。

她摁掉，给梅映天发短信，短信编辑了一半，发现前面的车转了个弯，上了坑洼的石子路，在几排废弃的厂房前停了。

倪简停车，把地址编完，然后下车，在后备厢里翻了翻，摸出一根棒球棍，跑过去了……

一个小时后，白色轿车开出来，上了外环，以飞一般地速度驶远。

过了五分钟，倪珊披头散发地跑出来。

她脸上有个巴掌印，红得吓人。

日头往西偏，她迎着风一路跑，满脸的泪。

她的衣袂上有鲜红的血。

倪珊很走运。

她在冷清的外环路跑了几百米后，搭上了一辆路过的出租车。

司机被她的样子惊了一跳。

"快走，快走。"倪珊的声音在发抖。

她用力把车门关上。

"小姑娘……"

司机还想问一句，倪珊突然大吼："我要回家，快走！"

吼完这一句，她力竭了，任凭司机怎么问，再也不说一句。

司机没辙："你总得说个地址吧。"

倪珊报了个地址。

车开了。

倪珊没回家，她去了李慧工作的商场。

她没钱付车费，叫司机打电话给李慧。

李慧匆忙跑来，看到失魂落魄的倪珊。

倪珊跑过去抱住李慧。

"妈妈，我要回家，我要回家……"

下午四点，倪振平被李慧一个电话叫回了家。

李慧在电话里说得不清不楚，倪振平不知道发生了什么事，一进屋，就见李慧坐在沙发上哭，倪振平问了半天，李慧才抽噎着说清楚事情。

"珊珊什么都不说，洗了澡就进了屋，也不让我碰她，你看这、你看这……"

她又哭起来，跑进卫生间拿了倪珊的外套出来。

衣角上血迹斑驳。

倪振平也被骇到了。

他愣了一会儿，反应过来，赶紧打电话给补习班的负责老师，被告知倪珊中午出去了，后来没回去上课，书包现在还留在那儿。

倪振平挂了电话，到倪珊房门口敲门，里头没有反应。

李慧抹掉眼泪，过去好声好气地喊话，哄倪珊开门。

屋里，倪珊缩在被子里，全身发抖，她脸上火辣辣的疼痛持续不减。

她抱着头，感觉脑子快要炸了。

"……你跑啊，想死就现在跑给他们看看……"

"……闭着嘴待这儿，敢乱喊我就把你丢给他们……"

"……躲好……"

"躲好……"

149

来来回回，魔音一般，阴魂不散。

倪珊咬着牙，拉过枕头捂住眼睛，黑暗让她得到安稳。

但只有片刻，很快她的眼前重新被那摊抹不掉的鲜血占据。

她睁眼，闭眼，都是一样。

血一直流，流过那堆三合板，流到她脚边，沾湿了她的衣摆。

血腥味充斥了整间破屋子。

那是倪简的血。

那时，她在做什么？

她在紧紧捂着自己的嘴巴，花费全身的力气让自己不尖叫。

耳边，是那些人惊恐的声音。

"死了……"

"蠢货，你杀了人了！"

"她、她死了？"

"愣着干吗，跑啊！"

他们跑了。

然后，她也跑了，一眼都没看。

倪简死了，死在那个破房子里。

倪珊拉开被子，满头都是汗，但她浑身发冷。

死了，是什么意思？

倪珊躺在床上，眼神发木，她盯着光洁的天花板。不知过了多久，她在那上面看到倪简的脸，浸了血。

她尖叫，歇斯底里。

下午四点十分，陆繁下班。

小罗看他提着东西，探头问："陆哥，这弄的啥好东西？"

陆繁说："猪脚。"

小罗惊讶："你中午去买的？哟，你咋舍得买猪脚啦。"

陆繁："对身体好。"

说完他骑上摩托车，一溜烟走了。

小罗"啧"了一声，叹："古里古怪。"

张浩从后头过来，看着远去的摩托车，摇头："没得救了。"

陆繁回了家，开始做晚饭。

上次给她炖了猪蹄，结果没进她的嘴，这回再炖一锅，给她一个人吃。

听说猪蹄里有胶原蛋白，对女人好。

陆繁一边洗猪蹄一边想，既然好，以后就常给她炖。

炒好菜的时候，五点十分，陆繁看了下手机，没有倪简的信息。

他给她发了一条：【在哪儿？饭快好了。】

等了几分钟，没有回音。

他想再发一条，摁了两个字，又放弃了。

好像太心急了。

五点半，陆繁做好了一切，电饭煲已经跳到了"保温"键，猪蹄在锅里炖。

倪简依然没有给他回信息。

或许她没看见。

他想了想，决定给她打个电话。这时，却有电话打进来。

陆繁一看，是倪振平。

他接通电话，刚听两句，脸色遽变，飞奔出门。

梅映天五点半录完节目，电视台安排了车送她。

车上了延成大道，她揉了揉眉心，想起什么，从包里摸出手机，划开一看，怔住。

"师傅，掉头，快！"

司机小哥一愣，停车问："啥？"

梅映天没耐心，拉开车门下车，把司机拽下来，坐进驾驶座，掉头疾驰。

梅映天一路连闯三个红灯，上了外环路，车几乎是漂移状态。

天色擦黑，路上空荡，只有零星的几辆车，前方一辆旧摩托格外显眼。

梅映天认出那人。

他的车速也已经不是正常速度。

他们几乎同时到达目的地，谁也顾不上理谁，下车急奔。

破旧的厂房前停着一辆红色出租车，倪振平一家也刚到。

李慧搀着倪珊。

倪珊发抖的手指向一间屋子。

倪振平双眼猩红，捏着拳头蹒跚地往里面跑。

这时，一道灰色身影从他身边奔过，第一个冲进去。另一道身影紧跟其后。

屋里极暗，有许多废料，霉味扑鼻。

但还有一股味道比霉味更清晰，所有人都闻到了。

窗户边堆着两堆坏裂的三合板。

倪简躺在那儿，无声无息。

陆繁跑得太快，踩着了血，滑了一跤，在倪简身边跌倒，满手都是她的血。

冰凉黏腻。

这一秒，他的身体也凉了，从头到脚。

梅映天冲过来，把他推开，翻过倪简的身体，探她鼻息、脉搏。

几秒后，梅映天转身对陆繁吼："有气呢，走！"

陆繁抱起倪简往外狂跑。

梅映天也跑出去，把后车门拉开，然后跳进驾驶座。

陆繁抱着倪简进去，她立刻开车。

风驰电掣。

谁也没看后面那一家三口。

倪简浑身是血，脸色白得不像活人。

陆繁紧抱着她，双手发抖。

她身上很多伤，后背、胸口、手臂、脸颊都有。陆繁脱了衣服，按住那些伤。

他咬着牙，唇贴着她额头。

"再等一会儿。"他无声地求她，"倪简，再等一会儿。"

到了医院，倪简被送进了急救室。

倪振平一家随后赶来。

倪振平跑在最前面，李慧和倪珊跟在后面。

"小简怎么样了？"倪振平抹了把眼睛，哽咽着问陆繁。

陆繁脸色极差，蹲在墙边，一声不吭。

梅映天瞥了他一眼，过来说："没伤到要害，早几个小时送过来没生命危险，现在失血过多，快死了。"

倪振平一震，眼前黑了黑，扶着墙才没有倒下。

"小简……"他无力地垂下头，手捂住脸，眼泪从指缝里流出来。

他身后，李慧的脸刷白，低头看倪珊。

倪珊止不住地发抖。

梅映天不动声色，把一切都看在眼里。

她笔直地朝倪珊走过去："跟你有关？"

梅映天身材高瘦，天生一副难以亲近的高冷模样，她声音凉，单单这样一问，

152

倪珊就怕了。

她惊恐地抬头，往李慧身边缩。

李慧护住她，慌张地对梅映天说："珊珊还是个孩子，她、她……"

"孩子？"梅映天冷笑。

倪珊哭出声来。

倪振平转身一吼："你哭什么哭！"他脸上泪水纵横，"你早点说，小简也不会这样，也不会这样……"

"你骂孩子有什么用！"李慧也哭了，"遇到这样的事，珊珊也吓坏了，她一个孩子，知道什么！"

"孩子，孩子，你就知道她是孩子！"倪振平崩溃了，"我的小简呢！她伤成那样、伤成那样……"

"吵什么？医院里禁止喧哗！"有护士过来说。

所有人都沉默了，只有低低的哭泣声。

陆繁蹲在那儿，从头到尾没说一个字。

他紧攥着手，一秒也没松开。

天快亮时，倪简醒了。

除了遍身的疼痛，没其他感觉，好像在睡梦中被打了一顿似的。

陆繁从厕所回来，第一眼就往病床看，这一看，眼睛定住。

"倪简！"他张了张嘴，在发出声音前，人已经过去了。

倪简头没动，眸珠转了转，视线落到他的脸上，半晌未移。

"陆繁。"她眨了眨眼，声音干哑。

陆繁在床边蹲下。

"是我。"他握住她的手，攥紧。

倪简盯着他看了一会儿，说："你等会儿洗个脸吧，好难看。"

陆繁点头："好。"

倪简舔舔苍白的唇："我口渴。"

"好，你等会儿。"

陆繁起身，去桌边倒了半杯水，试了试，太烫。

看到桌上有瓶没开的矿泉水，他拿过来拧开，倒了一些，调成温水。

倪简一动不动，视线跟随着他，在他转身之前收回来。

陆繁端着杯子过来。

倪简说："我起不来，你喂我。"

陆繁手一颤，应声："好。"

倪简微微张开嘴。

陆繁一只手轻托起她的头，把杯子凑到她嘴边："慢慢喝。"

倪简喝了两口水，歇一会儿，再喝两口，慢慢喝光了一整杯水。

陆繁放下杯子，伸手替她擦掉嘴角的水："还要吗？"

倪简晃了晃头，脖颈动了一下，牵到了肩膀，疼痛加剧。

她皱着眉，唇瓣抿紧。

陆繁心口一扯，跟着皱眉。

"别动。"他俯身，捧住她的脸，"倪简。"

后面的话没有说出来。

他不需要问，就知道她在忍痛。

倪简好一会儿才缓过来，吸了口气，说："陆繁，说说倪珊的情况。"

陆繁一顿，低声说："她没事。"

倪简"哦"了一声，苍白的脸上看不出情绪。

陆繁看着她，唇嚅了一下，想说什么，却看到倪简闭上眼。

她说："陆繁，我想再睡会儿。"

陆繁没说话，俯首亲了亲她的鼻尖。

倪简再次醒来时，已经是傍晚。

病房里多了好几个人，有梅映天，还有倪振平一家。

倪振平在床边坐了很久，红着眼睛说了很多话，倪简刚睡醒，身上又痛得厉害，她半眯着眼睛，没看清多少。

李慧和倪珊自始至终都没靠近床。

李慧拎着保温桶，几次想过去，但看了看杵在前面的梅映天，没敢动。

倪珊则一直缩在门边，佝着头。

她没看倪简，也没看别人，只是站在那儿，竭力降低自己的存在感。

她不想来，也不敢来，但李慧说她得来一趟。

很久之后，梅映天说了一句："行了，她该休息了。"

倪振平要留下来，倪简没让。

临走时，李慧把保温桶放到桌上。

他们走后，病房里空下来。

梅映天一屁股坐到床边，捏了捏倪简的脸："你福大命大。"

倪简笑了笑："祸害遗千年，听过吧。"

"你倒有自知之明。"梅映天嗤了一声，"你是傻蛋吧，看看，你这做的什么蠢事。"

倪简不以为然，沉默了下，还是道谢："又欠你一条命，我记着了。"

"这回我可真没救着，全靠你命硬，你那个妹妹……"

梅映天"啧"了声："真是'活久见'。"

倪简一愣。

梅映天忍不住又要敲她，手伸到她额边，收住了。

"你什么毛病，跟'奇葩脑残'玩姐妹情深？这是你的戏码吗，拿错剧本了吧？"

梅映天说话一向简单粗暴，倪简已经习惯了，但乍然听她这么说倪珊，倒有点惊讶。

照理说，梅映天不认识倪珊，不至于见一两面就能发现倪珊的"脑残"属性。

倪简问："她做什么了？"

"你说她做什么了？"梅映天怒气上来了，"她跑了，她把你丢那儿，自己跑了，你这傻子。"

倪简看着她，没说话，过了会儿，感觉手被人握住了。

转头一看，是陆繁走过来了。

倪简怔了一会儿，回过神，冲他笑："没事。"

梅映天恨铁不成钢，这回是真忍不住，手又往她头上伸。

就要敲上去时，被陆繁挡住了。

陆繁护着倪简的脑袋，皱眉看了梅映天一眼，没说什么，但梅映天看出他的意思。

他不让她敲。

倪简的脑袋转回来，对梅映天说："你别生气，我以后不会了。"

梅映天："你还敢提以后？这事还没完呢。"

倪简一怔："你要做什么？"

"那几个浑蛋至今逍遥法外呢，这事你少管，趁早跟那'脑残'划清界限，这种妹妹你就不该认。"

"我没认。"

"没认？"

"我只认我爸爸。"

病房里安静了。

虽然那几个绑人的跑光了，但警方那边很快就查到了，人也抓了回来，至于背后的纠葛，他们并不会去深究，梅映天却没有放过，她将一切查得清清楚楚，私下找人把事儿办了，顺道还送了倪珊一个教训。

倪珊有一星期没上学，后来每天都要李慧送着去。

这些事倪简都不知道，她在医院住了快二十天。

陆繁的假期只有三天，他要请假，倪简不让。

她从来都不想耽误他的工作。

陆繁总是拗不过倪简，只好每晚过来一趟，陪她半小时，再赶回队里。

每天来医院的还有倪振平。

他给倪简送汤送饭。

他送来，倪简就吃。

父女俩也会聊天，但谁也没有提起倪珊。倪振平有时想说，都被倪简绕开了。

倪简出院那天，陆繁放假。

梅映天开车送他们回了倪简的公寓。

这个假期，陆繁跟别人调了假，提前把下旬的假调来了，加起来有七天，他没回家，跟倪简住在一块儿。

他也没去修车，每天唯一的正事就是给倪简做三顿饭。

倪简的嘴巴被陆繁养得越来越刁，伤口养好以后，居然吃不惯外卖了。但是没办法，陆繁归队之后，她还是要靠外卖过日子。

陆繁十二月尾回来，倪简在赶稿。

赶稿期的倪简阴郁又暴躁，脾气极差，喜怒无常。以前跟梅映天住在一起时，但凡她赶稿，梅映天都要嫌弃死，有时甚至出去躲一个月，敢接近她的除了要钱不要命的 Steven，没第二个人。

陆繁回去的第一个晚上，倪简心情极好，热情似火。

他还在洗澡，她就钻进了浴室。

他们从浴室到床上，一直抱在一起，大汗淋漓时，才歇下来，就那么抱着睡着了。

第二天醒来，倪简浑身酸痛，嗓子都哑了。

好心情持续了两天。

接连撕掉八张画稿后，倪简又躁起来了。

陆繁做好晚饭，去画室叫倪简吃饭，倪简没理。

她在改一段人物对白，怎么改都不对味儿，脑子快炸了。

陆繁又拍了拍她的肩。

倪简火冒三丈，"啪"的一声摔下笔，扭头吼："出去！"

陆繁一震，愣了愣。

倪简吼完，头就转过去了。她胡乱抓了两下头发，抄起笔继续写写画画。

陆繁站了一会儿，默不作声地退出了房间，把门关上。

纠结了半小时，倪简理顺了思路，灵感如潮，一连完成了五张原画。

她丢下笔，整个人像从迷宫里爬出来，两手一摊，放空脑袋，长长地出了一口气。

歇了一会儿，她抬头看了看挂钟，居然九点半了。

倪简怔了片刻，想起什么，眼睫一跳，拔足跑出画室。

陆繁听到声响，抬头。

两人目光碰上，倪简嘴巴张了张，一时没说出话。陆繁放下书，起身走来，问："画好了吗？"

倪简盯着他的眼睛，点了点头。

陆繁说："那吃饭吧。"他进了厨房。

倪简愣了一下，紧接着跟过去。

陆繁拔了电饭锅的插头。他把菜放在电饭锅上面，一直是保温状态，还是热的。

倪简走过去低声问："你也没吃吗？"

陆繁转头看了她一眼，头点了点。

倪简看着他把菜一碟碟端出来，放到餐桌上，然后给她盛饭。

吃饭时很安静。

倪简时不时抬头看一下陆繁，但什么也看不出。

收碗的时候，倪简说："我洗碗吧。"

陆繁说："我洗，你去画画吧。"

"我画好了，我洗。"倪简把碗从他手里拿过来，飞快地跑向厨房。

谁知跑得太快，刚进厨房门，就滑了一跤，整个人扑向地面。

稀里哗啦，一摞碗全飞了，砸得稀烂。

倪简趴在地上，呆了。

陆繁也没料到她在家里走路都能摔着。

倪简被陆繁抱起来时，眼睛还盯着那一地碎碗。

陆繁捏着她的手仔细检查，没发现伤口。

他撸起她的裤子，看她的膝盖，果然红了一块。

倪简不觉得膝盖疼，她握住陆繁的手，万分沮丧："都碎了。"

陆繁没吭声，把她抱到沙发上放下，慢慢揉她的腿。

倪简看他半晌，垂下头凑近，亲他的脸颊。

陆繁抬头。

倪简说："对不起。"

倪简知道自己脾气不好，也知道陆繁没有怪她。但是她并不想把这事一带而过。

她郑重地道歉。

陆繁看她认真的样子，有些惊讶。过了会儿，他说："没什么。"说完又低头，帮倪简揉膝盖，完了之后将她的裤子放下来。

倪简也没有再说话。

十二月的天已经很冷了。

倪简每天在屋里，空调开得很足，并没有感觉，一出门，才知道风冷得刮骨。

陆繁从楼道里推着摩托车出来，看到倪简站在那儿搓手。

她裹了围巾，但脸仍在风里，白皙的皮肤被风吹得发红。

"你怎么下来了？"

他走来拉起她羽绒服的帽子，包住她的脑袋。

倪简哈了口气，搓了搓手说："我跟你去吧，好久没出门了。"

"太冷了，你回去。"

"一起去。"倪简走到摩托车边，坐到后座，"走吧。"

陆繁看了她一眼，过去拿出车筐里的黑色手套递给她。

倪简没接。

她说："你戴，我揣你衣袋里。"

陆繁低头看了看羽绒服的口袋，笑了："你倒会想。"

倪简也笑，伸手拉他："上来。"

陆繁坐上车，套上手套。

倪简环住他的腰，两手插进他的口袋。

意料之中的暖。

从超市采购回来，倪简的脸冻红了一片。

陆繁皱眉看着，伸手摸了摸。

光滑细嫩，也脆弱。

"你以后出门要戴口罩。"

倪简说："我不喜欢戴那东西。"

"为什么？"

"像被捂着嘴，喘不来气，要死掉的感觉。"

陆繁没话说了。

年底，各行各业都忙，消防队也一样。

陆繁所在的湛北路中队这阵子出警次数猛增，小年过后，接警电话就没断过，其中一大半都是因为燃放烟花爆竹造成的火灾。

陆繁年前没有假，他和倪简只能靠短信联系。

天太冷，倪简几乎不出门。她在家里等除夕夜，等陆繁放假。

今年她不打算回到程虹身边过年，也拒绝了倪振平的好意。

她现在觉得，倪振平的好心有时挺伤人。

他怎么会认为让她去他家过年，跟李慧、倪珊一起吃年夜饭是个好的提议？

她们除了彼此互相硌硬，不会有别的感受。

其乐融融、皆大欢喜什么的，都是扯淡的肥皂剧。

倪简想，这个年，她跟陆繁一起过就好。

但没想到，距离过年还有三天的时候，来了一位不速之客。

倪简和往常一样，下了外卖的订单就去开门，却在门口看到了程虹的助理。

倪简跟程虹已经很久没有联系，她丢了手机，搬了家，没有通知程虹，这几个月程虹也没有来过，倪简没有料到程虹会派人来找她。

程虹有能耐，她手底下的人也一样，在没有倪简的电话和住址的情况下还是找对了地方。

倪简禁不住要怀疑程虹在她身边布了眼线。

年轻的男助理彬彬有礼地喊了声"倪小姐"。倪简没多问，开门见山地说："有什么事？"

听他说明来意，倪简皱了眉。

"我没有打算回北京。"

对方听到这么明确的拒绝，并没有着急，仍旧有条不紊地说完了后面的话，末了告诉倪简："程总让我转告倪小姐，她已经做了最大的让步，您得知道分寸。还有，您要清楚，她虽然不在这个城市，但要做点什么还是很容易的，尤其是对那些本来就很弱的人，即使是现役武警，饭碗也不一定端得稳，更何况是别的。"

倪简的脸一点一点地僵硬。

几秒后，她冷笑："这还真像她说的话。"

警告和威胁，都是程虹惯用的手段，她也很擅长，一下就捏住了七寸。

倪简说："行，那你告诉她，我带我先生一起回去。"

"这恐怕不行，程总吩咐我现在就带您去上海，明天同她一道走。"

倪简凉声道："我今天不可能走。你走吧，我自己跟她联系。"

晚上，倪简主动给程虹发了信息。

程虹只回了一句：【我不管别的，老太太过寿你必须在，除夕宴必须出席，你可以带他回京，但别让我们看到他。】

陆繁晚上出警回来已经十一点半，他习惯性地去看手机短信，发现只有一条未读信息，是倪简八点发来的，只有三个字：【明天见。】

第二天晚上，倪简八点就到了。

陆繁出警回来已经八点半。这样的天气在外面站半个小时并不好受，倪简的脚快冻僵了。

消防车开进去没一会儿，陆繁就跑出来了。

他没换衣服，灰头土脸。

"来很久了？"

"没有。"

他摸她的手，冰凉彻骨。

陆繁看了她一眼，显然对她的回答表示怀疑。

倪简换了说法："嗯，有一会儿了。"

陆繁没说话，认真将她的手焐在掌心暖了一会儿，低头看见她脚边放着两个大袋子。

倪简也记起自己的来意，把手抽出来，弯腰提起袋子递给他："给你买了衣服、围巾还有鞋子。"

陆繁皱眉："买这么多干什么？"

"冬天冷，多穿点。"

倪简把袋子放他脚边，直起身说："陆繁，我要回北京了。"

她的话说到最后一个字，看到陆繁的目光顿住了。

他定定地看着她，像雕像一样僵硬。

倪简知道他误会了。

她想笑，却没笑出来。

她抬手摸摸他的脸，和她的手一样冰凉。这样摸着，谁也没有温暖谁，但倪简觉得安心。

"不是你想的那样。"她说，"只是去过年，年后就回来。"

陆繁紧绷的肩松了下来。

隔两秒，问："不是说在这儿过年吗？"

倪简"嗯"了一声，说："本来是这样的，但现在不行了。"停了下，"我明天走。"

陆繁没说话。

这几年他都在队里过春节，把休假的机会让给有家庭的战友，但昨天班长登记今年春节调休的情况，他申请了六天假，从除夕到初五。

这是他跟倪简在一起的第一个新年。她也说，要跟他一起过的。

说不失落，是假的。

沉默了一会儿，陆繁淡淡说："好。"

倪简静静看了他两秒，手伸进口袋，摸出一样东西，递到他面前。

"拿着。"

陆繁依言接过去，就着灯光凑近一看，是一张火车票，G字头的。

这是高铁票。

陆繁目光上移，看清上头的小字，30号下午三点三刻。

正好是除夕当天。

倪简说："要是忙完了，赶得及，你想来的话，那就来。"

言下之意是如果不行，或者不想来，那就算了。

她给他准备一张票，他去不去，不强求。

倪简腊月二十七回到北京。

程虹的现任丈夫肖敬是一位成功的跨国企业家。他上头还有位老母亲，今年八十高寿，免不了要大操大办。

作为儿媳的程虹理所应当地揽下了重任。

倪简七岁跟着程虹到肖家，喊肖老太太一声"奶奶"，祖孙情没有几分，

161

面子上的事却总是避不了。加之程虹又格外在意这些，倪简除了顺从她，没有其他选择。

寿宴定在腊月二十八，地点是程虹选的，在国贸的中国大饭店。

倪简一听这地点，就看出是程虹的主意。

程虹好强，好脸面，没有人比倪简更清楚了。

所以，倪简也清楚，程虹这一生有两大败笔，一是和倪振平的婚姻，二是她这个女儿的存在。

倪简记得，刚来肖家那几年，程虹的处境挺尴尬，大半原因在于带着个拖油瓶。

而且这个拖油瓶还是个聋子。

在肖家，倪简从来都不是招人喜欢的孩子。

当年被程虹强行带来北京，倪简的自闭越发严重，头几年几乎不在家里说话，只在做语言训练时练发音。

因为这个，倪简的继妹肖勤一直喊她"小哑子"。

后来，她的弟弟肖勉也跟着喊。

倪简跟这一对弟妹没什么感情，去国外读书后，他们跟着程虹在纽约，她一个人缩在西雅图，一年也见不上几次。

那几年倒是最自在的日子。

现在，倪简回国了，肖勤刚毕业，也回了北京，只有肖勉还在读书。但祖母八十大寿，子孙辈无论如何都是要回来的。

肖勉和倪简几乎前后脚到。

而肖勤早就坐在肖老太太身边奶奶长奶奶短地哄着了。

肖勉在宴厅门口看到倪简，淡淡喊了声"大姐"就进去了，正眼都没瞧她。

宴厅里宾客满堂，肖老太太被一堆人众星拱月地围着。

倪简看得眼晕，站了一会儿，走过去给肖老太太送了礼物，喊了声"奶奶"，客气而疏离。

肖老太太有两年没见过倪简了，对她也没什么印象，混浊的眼睛盯着倪简看了好一会儿，记起来，说："是小简吧？"

她这么一说，旁边人才把目光朝倪简投来。

那些妇人、小姐，老的、年轻的，倪简一个都认不出来，索性都不叫了，嘴边挂着一丝僵硬的笑容。

一旁，妆容精致的肖勤笑容灿烂地介绍："大家还不认识吧，这是我大姐，她一向忙得很，今年难得露面给奶奶贺寿，刚好趁此机会给大家介绍一下。"

说完，她对倪简说："来，大姐，你跟大家打个招呼吧。"

倪简看了她一眼，移开目光，简洁地说："大家好，我叫倪简。"

众人笑着朝她点头。

倪简不是傻子，那些笑容里包含的没有言明的意味，她都懂。

她姓倪，不姓肖。

她知道，这些人都注意到了。

倪简也笑了笑，闭上嘴不再说话。

但肖勤很热情。

她帮着介绍："啊，我忘了说，我大姐比较特殊，她耳朵聋了，听不见，所以你们跟她打招呼要站在她面前，这样她就能看到了。"

肖勤说完对倪简笑了一下。

倪简没什么表情地看着肖勤。人群里的窃窃私语，她听不见，也不想费力地一个个去看。

这一刻，她发现，做不想做的事，见不想见的人，待在不想待的地方，比预料中更令人疲倦。

她尽力了，没办法做到更好。

程虹要是再不满意，她也没办法。

这样想着，倪简在心里呼了一口气，算了吧。

倪简默默站了几秒，一句话也没说。

肖勤觉得无趣，懒得理倪简了，很快带出一个新话题，又把一堆人的目光吸引到她身上去了。

倪简找了个稍微安静的角落坐着，活生生熬了两个小时。

期间，她的目光远远跟程虹碰了几眼。

倪简想，这算查过岗了吧。

然后，她从宴厅的侧门溜走了。

夜里十点，倪简仍在长安街上游荡。

北京的风比南方更烈。

倪简没有戴围巾，风裹着光溜溜的脖子，从衣服缝隙里钻进去，冷得人牙根打战。

她从兜里掏出手机，靠着路灯柱给陆繁发短信：【今天忙吗？】

很快收到回音——

【还好，出了四次警。你还好吗，北京很冷吧？】

倪简笑了笑，回：【废话。】

陆繁：【多穿点，记得戴围巾。】

一阵冷风刮来，倪简打了个哆嗦，她伸手摸摸脖子，也很凉。

她靠着灯柱蹲下来，用快要冻僵的手指头慢慢摁：【嗯，你也是，换厚鞋子穿。】

顿了顿，她又摁出几个字"后天，你来吗"，停了两秒，又一个一个删掉，换了另外五个字：【不说了，睡了。】

除夕夜，下雪了。

时隔多年，倪简再一次看到北京的雪，仍然如鹅毛一般，一片抵别处两片，飘飘洒洒，地上很快就白了。

天格外冷，但依旧要参加宴会。

这回吃的是年夜饭，算是家宴，在北京饭店，下午五点开席，八点多就结束了。

一家人都回了老宅。

晚上，程虹还在家里安排了别的活动。

倪简待了几分钟就提前溜出来了。

程虹前两天拨了一辆车给倪简用，钥匙还在倪简手里。

倪简取了车，离开了老宅。

在这个飘雪的除夕夜，倪简在漫天烟花爆竹中独自驱车去了北京南站。

她没有收到陆繁的信息。

她也不问他。

今晚，她在这儿等。

他来了，他们一起过年。

他不来，她进去取票，赶凌晨的火车。

她没告诉他，那天，她弄了两张票。

倪简给陆繁买的那趟车三点多发车，正点到站应该是晚上九点半的样子。

倪简瞥了一眼手机屏幕，九点三刻了。

她没告诉他具体地址，如果他到了，必然要发信息问她。

倪简等到十一点，手机没有任何动静。

她转头看了看窗外灯火，闭了闭眼，头转回来时发动了车子，往西停车场去了。

她锁好车，拔了钥匙，离开停车场。

安检时，手机振动。

倪简划开一看，心腔震了震。

她飞快地摁了几个字：【你在哪儿？】

陆繁把手里的袋子放到脚边，低头回道：【地铁已经停了，我到北出站口了，听说这边好打车，你把地址给我。】

信息发送后，过了两三秒，倪简的信息过来了。

【站着别动。】

倪简从西停车场跑到北广场，花了六分钟。

她几乎一眼就看到了陆繁。

他站在打车的人群中，手里拎着一个鼓鼓的大袋子，背上还是那个旧背包，不知装了些什么，鼓鼓囊囊的一团，看起来有些重量。

但他依然站得笔直。

他身上穿着黑色的羽绒服，颈子上裹着她买的深棕色围巾。

灯光和雪花落在他身上。

晶莹的白花瓣藏进他的短发里，消失了。

倪简知道，雪化成水，留在他的发丝上了。

倪简停下脚步，在两丈之外喊他的名字："陆繁。"

一声之后，她嗓音微微抬高："陆繁！"

风雪天，寒冷的夜晚，嘈杂的广场。

她的声音不算大，却仿佛带着难以言说的力量，穿透一切。

陆繁回身，在纷扬白雪中看见他的姑娘。

目光撞上。

倪简飘了几日的心似乎突然间归了位。

风刮得眼睛发酸。

她张了张嘴，想再喊他，一口风灌进嗓子眼，卡住了。

倪简眯了眯眼睛，闭上嘴。

她朝他走。

他也一样。

距离缩短为一步之遥。

周遭喧嚣不止，他们之间却是静谧的。

陆繁把袋子放下来，跨过那一步，到她身边。

倪简仰头，陆繁垂眼，双手捧起她冰凉的脸颊，对着她的唇吮上去。

一切思念尽在其中。

一吻结束，陆繁的唇退开。

一片雪花沿着倪简的脸颊滑下来，到唇边，化了，倪简嘴唇一凉。

不只是嘴唇，睫毛上也挂上了雪和水。

她眨了眨眼，凝视着陆繁。

灯柱就在他们身后，冷白的光兜头照着。在对方眼里，他们都是格外清晰真实的。

半晌，倪简笑了笑，对陆繁说："走吧。"

陆繁点头，一手提起袋子，一手牵她。

倪简把陆繁带到停车场，打开车后门，叫他把背包和袋子放进去。

陆繁看了看车，眉头微皱。

"你一个人开车来的？"

倪简摇摇头："小天送我来的。"

倪简看了他一眼，突然明白他刚刚为什么会皱眉。

她是聋子。

聋子是不能开车的。

陆繁说："我来开。"

"行，你开。"

倪简说了地点，等陆繁设好导航，她就靠在副驾驶位上闭了眼。

对一个嗜睡的人来说，大半夜还没上床实在折磨。

下雪天路况不好，车速本来就上不去，加上陆繁开车求稳，这样一来就更慢了。

倪简在车上睡了一觉，快一点时才醒。

车已经停了。

倪简睡眼蒙眬，看了看窗外："喔，到了。"

陆繁伸手帮她将将头发，扳过她的脑袋："这是哪里？"

倪简："这么大的字，你看不见？"

"不是……去你家吗？"

"什么？"倪简凑近，揉了揉眼，"你再说一遍，光线暗了，我没看清。"

陆繁又说了一遍。

倪简一愣，半是惊讶半是迷惘："我没在这儿买房子，也没租屋，哪儿来的家啊？"

陆繁："……"

他看了她两秒，低声问："这几天你一直住这儿？"

"嗯。"

她回答得理所当然，陆繁心里却一阵酸。

"你不是回家过年吗，这样……为什么要回来？"

倪简怔了怔，这才明白他所说的"家"是指什么。

那个家，是程虹的家，是肖勉的家，在别人看来，也是她的家，但只有她知道，不是，根本就不是。

进了酒店的房间，陆繁把背包和袋子放下，脱了羽绒服。倪简扯了扯那个不透明的黑色袋子，说："你出个门东西还挺多，这装的什么？"

陆繁还没回答，她已经扯开了袋口，扒开一看，愣了愣。

"你哪儿来的这些东西？"

陆繁："买的。"

"你买这些干什么？"

陆繁看了她一眼，没说话，眉眼微微垂下了。

倪简看着他清峻的眉眼，别开脸，吸了口气。

"傻。"

她骂了一句，眼里却起了雾。

他以为她叫他来，是带他见家长，见这边的家人，所以他什么都准备好了，一大袋见面礼，补品、特产，各种各样的。

程虹会稀罕这些吗？

肖家人会稀罕这些吗？

不会。

程虹根本就没打算见他，而肖家人甚至不知道她已经结婚了，她的丈夫叫陆繁。

这个傻子。

倪简转回脸，问："花了多少钱？"

陆繁抬起头："没多少。"

倪简凑近，瞪着他："你还不老实，不会说谎就不要说。"

"没说谎。"陆繁皱眉，"别说这个了，你去洗个澡睡觉吧，眼睛都青了。"

倪简抬脚踹他："你眼睛才青了呢，你去洗。"

她说完就往门外走。

陆繁拉回她："你去哪儿？"

"我还能去哪儿？"倪简没好气，"去餐厅给你找吃的。"

"现在没有了吧。"

倪简斜他一眼："今天是除夕。"

"哦。"

陆繁松开手。

倪简出去了，临走前，催促他去洗澡。

陆繁洗好澡出来，倪简已经回来了，桌上放着托盘，里头摆着一份牛肉套餐。

"吃饭。"倪简说。

陆繁走过来："你呢？"

"我早就吃过了。"倪简进了卫生间。

等她洗完澡，陆繁早已吃完了饭。

倪简看到碗里干干净净，连米粒都没剩。

显然，他是真的饿了。

倪简问："饱了？"

陆繁点头。

倪简走到床头吹头发。

陆繁站着看了一会儿，走过去，握住吹风机的手柄。

倪简抬头，陆繁说："我帮你。"

168

"不用。"倪简拒绝了，指指床，"你先睡。"

她拔掉吹风机的插头，拿进卫生间，把门关上了，嗡嗡的声音从里面传出来。

陆繁坐到床上，静静地听着。

过了五分钟，倪简出来了。

看到陆繁坐在床边，连衣服都没脱，她皱眉："你怎么还不睡，折腾一天都不困？"

陆繁看出她情绪不好，没多解释，起身脱衣服。

他刚才洗完澡只在内衣外面套了棉布裤子和薄毛衣，脱起来很快。

陆繁脱完衣服，掀开被子坐进去了。

倪简把浴袍解开，当着他的面换了套薄薄的真丝睡衣。

陆繁看着她，喉咙有点痒。

倪简一转头，对上他的目光。

她愣了一秒，接着眼里有了兴味。

"想吗？"

陆繁没接话。

倪简走到床边，居高临下地望着他："说话。"

陆繁还是不说话。

倪简眼尾微扬，淡淡笑了："不想是吧？行，那睡吧，困死了。"

她掀开被子，贴着他的身体躺进去，对他说："你关灯。"

陆繁没动，他的目光随着她的脸移动。

倪简躺在那儿，睁眼看他："你到底睡不睡？关灯！"

陆繁没关灯，他的身子伏下来，脸贴近，唇覆上她的嘴。

雪落了一夜。

新年的早上，北京城白茫茫一片。这是几年来最大的一场雪。

疲惫的人仍在沉睡。

倪简睡到下午一点才悠悠转醒。

她醒来才发现，陆繁竟然也没早起。

窗帘没拉，白白的光照进来。陆繁仍闭着眼，睡得酣然。

倪简静静看了半晌，没忍住，手从被窝钻出来，碰了碰他密长的睫毛，之后移到眉峰，摩挲了两下，顺着脸颊往下，到了他唇边。

她轻轻抚摸，徐缓温柔，手指上移，停在刚冒头的青髭上，感受到他温热的呼息。

他是个活生生的人，活生生的男人。

他睡在她的身边，赤裸的身体贴着她的皮肤。

他叫陆繁。

他差三个月满三十岁。

他是个普通的男人。

他长得不错，甚至可以说有点小帅，但仍是平凡到不起眼的普通男人。

他拿着微薄的工资，做着一份伟大但很多人不会去做的工作。

他平静、沉稳、坚定，从不迷茫，从不伤惘。

倪简想，也许在另一个平行世界，她和他仅止于那段被封藏的童年时光，这一生再无任何交集。

他过着安静的日子，认识一个温柔的姑娘，娶她，有自己的孩子。

也许是男孩，也许是女孩，也许是一男一女。

他的一生，平凡却幸福。

但这是另一个世界的事。

在这里，在这一刻，没有什么温柔的姑娘。

躺在他身边的，是她。

陆繁醒来，倪简已经洗漱好，换完衣服。

她站在落地窗边看雪景，纤瘦的背影很沉默。

陆繁躺在那儿，侧着头凝视几秒，掀开被子，从床头柜上拿起裤子套上，走去倪简身边。

倪简的腰被抱住。

她怔了怔，在他怀里转身。

"醒了？"

陆繁点头，倪简抬眼看他。

他没穿上衣，光裸的身子线条流畅，肌肉结实紧硕。

她知道，他的身材非常不错。

倪简的手盖在他胸口，慢慢往下，摸他腹肌。

紧接着，手捏了一把，她问他："睡得好吗？"

陆繁没吭声，黑漆漆的眼凝视着她。

倪简也不说话了，脸贴到他胸口，在他热乎乎的胸膛上靠了一会儿。

难得的安宁。

早饭睡没了，他们直接出去吃中饭。

酒店对面是一所大学，附近分布着美食街，但因为过年，留校的学生少得可怜，所以周边店家几乎都关门了，只有零星的一两家开着。

陆繁牵着倪简沿着街道慢慢走。

积雪上留下两对并排的脚印，一大一小。

倪简低头，看了一眼陆繁的鞋，侧过头说："怎么没穿我买的那双？"

陆繁也看了看自己的鞋，抬头回答："这双还能穿。"

倪简皱眉："你这穿几年了，雪水都进去了吧。"

"没有。"

他刚说完，就看到倪简的脸拉下来了。

他改口："有一点。"

倪简狠捏了一下他的手，努了努嘴："快点，先吃饭。"

他们进了一家小火锅店，店名很接地气，叫"张老坎火锅"。

这是家很实惠的火锅店，汤底不错，菜也过得去，配料还足，两个人吃完一顿才花了不到八十块。

结账时，倪简以为老板算错了。

陆繁倒是认真地对了一遍账，发现老板多算了一份丸子的钱。

这么算下来，连七十块都不到了。

真是便宜得见鬼。

回去的路上，倪简一路看着两旁店铺，总算找到了一家还在营业的鞋店，拉着陆繁进去挑了一双。

回到酒店，陆繁换了鞋袜，倪简问："你想去哪里玩？"

陆繁捏着湿透的袜子，一时没答话。

倪简说："这时候玩正好，平常都要挤死的地儿，现在随便去。"

当然，雍和宫就不要想了。

陆繁想了想，说："天安门，能去吗？"

倪简挑了挑眉："能去。"

积雪太厚，不便开车，倪简带陆繁坐地铁。

倪简对北京地铁线路并不熟，只在三年前坐过一回，所以先查好了路线。好在路程不远，坐4号线到西单，换1号线，加起来才十站。

过年果然不一样，连地铁里都装饰一新，挂了大红的"福"字和灯笼，很有节日气氛，在西单站下车时还收到了工作人员送的新春小礼品——两个大红的中国结。

倪简和陆繁一人一个。

倪简捏起来甩了甩，对陆繁说："真没想到，我们第一件情侣物品居然是这玩意儿。"

说完，她自嘲地笑了笑。

陆繁却侧过头，格外认真地看了她一眼。

倪简撇撇嘴："怎么？"

"没怎么。"陆繁转回脸。

倪简百无聊赖地揉捏手里的中国结，没注意到陆繁低头笑了。

是的，情侣物品。

倪简本以为遇上这种天气，又是大年初一，天安门广场不说门可罗雀，也不会有多少人。谁知道，居然有一堆人赶过去欣赏雪景。

倪简不是很懂。

如果不是陆繁提起，她死也不会想到大新年的跑到这儿来。

这地方，她还是小时候来过。

倪简不知道陆繁也来过。

初一那年暑假，他们一家来北京旅游过。

那时，他还去了清华大学。那是他曾经想考的大学。

离开天安门广场，已经下午四点半了。

倪简带着陆繁沿着西长安街走。

路过国家大剧院时，前面不知是谁掉了一张大红的宣传卡。

倪简脚踩上去，低头一看，顿了下。

她弯腰拾起宣传卡，瞥了瞥主要信息。

【……2月2日19：00，国家大剧院，意大利国际表演艺术团，歌剧《天灯》……】

倪简的目光溜到最下面，落到那行醒目的蓝色小字上。

她的视线里只剩下最末的两个词：

【Daniel Su】

倪简看了太久，陆繁觉得奇怪，凑近瞥了一眼。

是个歌剧表演。

陆繁看了看倪简，她没有动静，仍低着头。

过了一会儿，陆繁握住了她的手。

倪简抬起头，神情木讷。

陆繁说："想看这个？"

"什么？"

陆繁指着宣传卡："这个。"

倪简眸珠动了动，回过神，说："这是歌剧。"

陆繁没接腔。

倪简扯扯唇："聋子看歌剧，不是暴殄天物吗？"

她说完抽回手，走到垃圾桶边，把宣传卡丢进去，抬步走了。

陆繁盯着她的背影望了一会儿，迈步跟上。

晚上，倪简洗好澡从卫生间出来，发现陆繁没在房间。

他的背包、衣服都在，就是没见人。

倪简有点奇怪，拿起手机给他发短信：【跑哪儿去了？】

等了几分钟，没有回音。

她捏着手机，本来就够烦躁的心慢慢蹿出火了。

他这样不说一声就出去，算什么意思？

过了一个小时，陆繁回来了。

倪简坐在床上，见他从门口进来，瞥了一眼，视线又落回了手机上。

她手指飞快地摁着。

陆繁走过去，低头看了一眼，是个温和的小游戏，但她操作得像打仗一样。

他感觉到她心情又不好了。从外面玩了回来，她就有些不高兴。

倪简的喜怒无常，陆繁之前已有体会，现在也不觉得意外。

她要闹脾气，他让着就是了，不是什么大事。

第二天一整天都在酒店，吃晚饭前，倪简上了个厕所，发现陆繁又不见了。

这回等了十分钟他就回来了。

但倪简很生气。

他现在越来越没有交代了。

倪简把手机撂下，走过去说："你要是在这儿看上了哪个姑娘，老实说，我给你时间约会去，老这么偷偷摸摸的有意思吗？"

陆繁一怔，皱了眉："胡说什么。"

"我胡说了？"倪简火气上来了，踮脚揪住他的衣领，"陆繁，你现在是对我烦了？要朝三暮四、见异思迁啊？"

陆繁捉住她的手，把她揪下来："你怎么回事，吃炮仗了？"

"我怎么回事？"倪简冷笑，"你怎么回事呢？你这两天干吗啊，你这么不声不响地消失几回，当我眼瞎啊！你要是烦我了，就滚！"

"倪简！"

他声音抬高，冷峻严厉。

倪简听不见，但看得见他额角暴起的青筋。

他生气了。

倪简没动，眸光冰冷，沉默地睨着他。

目光交错一瞬，陆繁抿着嘴走开，经过桌子时从兜里摸出两张票，丢到桌上，人进了卫生间。

倪简盯着他的背影，直到卫生间的门关上。

她的视线落到桌上。

她走过去，拿起一张票，怔住了。

歌剧《天灯》。

池座二排。

陆繁在洗手间里待得比往常久。他坐在马桶盖上抽完两根烟才冲澡。

不知是不是被倪简莫名的躁郁情绪传染了，陆繁心里也有些烦躁。

倪简的火暴脾气，他领教过。

倪简还有点作，他也知道。

她刚找上他的时候，比现在恶劣多了，不听话，跟他对着干，玩世不恭，没事还总爱撩他，他有点烦她，但还是不受控制地栽进去了。

她就是这样的个性，陆繁没觉得讨厌，也没想让她改变什么。他甚至不去分辨她究竟拿几分心对他。

除夕那天，陆繁赶火车之前，孙灵淑找过他，跟他说倪简只是玩玩他。

陆繁没听完孙灵淑的话就走了。

在这份关系里，他捂耳堵嘴，变得盲目。

这段日子，倪简对他好，关心他，在乎他。

他以为他们已经不一样了。

但似乎错了。

倪简这个女人，他到这一秒都没弄明白。

陆繁洗完澡出来，倪简已经在床上了。

两张票放在床头柜上。

陆繁掀开被角，在另一边躺下。

床很大，他们中间留出不少空隙。

陆繁按灭床头的灯。

黑暗中，两人沉默地躺着，都没睡着，也都不说话。

不知过了多久，倪简的手伸过去，在被窝里握住了陆繁的手。

陆繁没有反应。

倪简侧着身挪近，头钻进被子里。

她两只手包住他宽大的手掌，轻轻拉过来。她的唇在漆黑的被窝里亲吻他的手背。

陆繁抿紧唇，绷着身子不动。

倪简松开了他的手，身体在被窝里移动。

几秒之后，陆繁的腰上多了两只手，他来不及摁住。

陆繁沉不住气了，捉住她的手。

但没用，她铁了心要讨好他、取悦他，根本抵挡不了，简直要人命。

这事情很累人。

倪简喘着气，脸颊贴着他的皮肤，热度在彼此身上交换。

她身上闷出了细汗，有点黏。

陆繁意识逐渐清明，拽着倪简的胳膊把她提上来，让她的脑袋露出被窝。

倪简的呼吸渐渐平缓。她在黑暗中睁开眼睛，什么也看不清。

但这一刻，她的心里已经看清了。

陆繁没有问题，有问题的，是她。

她是个浑蛋。

倪简这一夜睡得很不好，时梦时醒，梦也不是什么好梦，一张张脸在梦里轮番出现，她叫不出他们的名字，却能看清他们脸上的表情，或鄙夷，或嫌恶，到最后全都合成一个人的样子。

她已经很久没有梦到过那个人。

梦的最后，那个人的脸不见了，她看见陆繁。

他皱着眉叫她滚。

倪简惊醒，浑身冰冷，身上都是汗。

灯开了，房间里亮起来，陆繁的脸在亮光里靠近。

"怎么了？"他伸手抹她脸上的汗。

倪简眸珠一动不动，定在他脸上。

陆繁："做噩梦？"

倪简没说话，手从被窝里抽出来，盖在他手背上。

她闭上眼，脸蹭着他的手掌，罕见的乖顺模样。

陆繁没动。

隔几秒，倪简睁开眼，说："你亲亲我，行吗？"

陆繁一怔。

倪简看着他："陆繁，你亲亲我。"

陆繁低头在她光洁的额头印了一个吻。

倪简满足了，轻轻呼口气，闭上眼。

陆繁看着她，目光有了些起伏。

起床时，谁也没再提昨晚的不愉快，他们正常地洗漱、吃饭，上午没出门，窝在酒店看电视。

下午去圆明园玩了一趟，吃完饭一起去了国家大剧院。

《天灯》在中国首演，全程不用伴奏带，艺术团带了自己的现场乐队，由著名指挥家 James Bernstein 担任现场指挥家，James 邀请了自己的好友 Daniel Su 担任全场钢琴伴奏。

这样强强联手的组合十分吸引眼球，当晚剧院爆满。

陆繁能买到池座的票并不容易，还是找了黄牛买的。

他们的位置靠近舞台，方便倪简观看。

演出的确精彩，到谢幕时，观众热情高涨，演员也十分亢奋，一连谢了三次幕才结束。

然而倪简几乎没怎么看表演，她的目光只在一个人身上。

那个人穿着黑色燕尾服，安静地坐在舞台上，手指在黑白键上跳舞。

快四年了。

她从他的生活里滚出来已经四年了。

从十八岁到二十二岁，她不记得有多少次这样坐在昏暗的台下，看他坐在明亮的舞台上光芒四射。

她曾冒着风雨跑遍整个欧洲，追着他从一个国家到另一个国家，看完所有巡演。

她永远也不可能听到他的琴声，但她没有错过他的任何一场表演。

时隔四年，她再次看见他，也看见那些年的自己，可怕又可笑。

Daniel Su，苏钦。

倪简无声地默念两遍，闭了闭眼。

她极其平静。

散场后，倪简和陆繁从北出口离开。经过休息平台时，陆繁忽然停下脚步。

倪简问："怎么了？"

"有人叫你。"

倪简顺着他的视线往后看。

一个男人跑过来，两眼放光："Jane，还真是你！"

倪简没应声，男人已经兴奋地说起来："我还以为眼花了呢，居然真是你。天哪，我才在非洲待几年，你居然又漂亮了，我就说苏钦那家伙不识货啊！噢，对了，他知道你在这儿吗？"

话问出口，没等倪简回答，他又想起什么，急乎乎道："啊，我听说啦，那个好消息你应该知道吧，那家伙离婚啦，他现在又是独身了，Jane，你还有机会啊，别放弃！"

倪简微怔了一下，很快就回了神。

原来，她走后，他结了婚，又离了。可是，这些跟她又有什么关系呢？

见她没什么表情，男人非常意外，愣了愣，有点怀疑地说："那个……你是倪简吧？"

倪简笑了一声，淡淡说："Arron，好久不见。"

Arron 松口气，笑起来："我就说不可能认错啊。对了，过两天我们有个小聚会，"他掏出名片递给倪简，"这儿有我电话，你要来的话告诉我，我给你安排，绝对让你见上苏钦，这回保准不出岔子。"

话音刚落，前头有人叫了一声，他把名片塞到倪简手里，来不及寒暄，匆匆告辞。

倪简垂眼看了看，抬头时，撞上陆繁的目光。

她笔直地看着他，等他开口。

但陆繁什么都没问。

倪简吸了口气，说："走吧。"

这一晚，陆繁异常沉默。倪简不经意间转头时，总会发现他似有似无地看着她。

她几次张嘴，想说什么，但最终都放弃了。

这是她自己的破事，她还没解决完，跟他交代什么呢。

再等一天吧。

等她亲手画上句号，再告诉他，她心里干干净净，全是他的位置了。

临睡前，陆繁坐在床上看电视，倪简把小拖箱拉出来翻找。

这个拖箱跟了她快十年。

箱子内侧有个皮质的内胆包，倪简有半年没打开过了。

她拉开拉链，拿出一个黑色的防水袋，袋子里有一个盒子。

倪简拿出盒子装进手袋里，把拖箱放回原处。

第二天是初四，早上，倪简收到程虹的信息，说肖老太太摔了一跤，让她回家看望，她回信说下午去看。

中午吃饭时，倪简问陆繁什么时候上班。

陆繁说初八。

倪简有点惊讶："这假还挺长。"

陆繁说："知道我要来北京，班长多调了三天。"

倪简"哦"了一声，点头道："班长对你挺好。"停了下，想起什么，"那得提前买票了。"

陆繁："我买。"

倪简顿了一下，点头："好，你买。"

"买哪天的？"

"随便你。"

陆繁目光深刻地看了她一眼。

倪简没注意，把车钥匙丢给他："下午我不在，你要闲着没事就自己出去玩玩吧。"

晚上，倪简从肖家出来，给 Arron 发了短信，问他有没有时间见面。不巧，Arron 去了上海，明天才能回来。

倪简回到酒店，陆繁已经在了。

倪简把手袋扔在桌子上，进了卫生间。

过了几分钟，倪简的手袋里传出手机振动声。

陆繁目光投过去，盯着白色的手袋。

手机不振动了，他还看着。

卫生间水声没断。

两分钟后，陆繁起身，走到桌边，从手袋里拿出倪简的手机。

两条未读信息，来自Arron。陆繁没有打开，只看到界面上方迅速滑过去的提示行。那是第二条信息，七个字：

【确定了，苏钦会来。】

陆繁站了一会儿，把手机放回去，收回手时，无意中勾到了带子。

手袋落到地上，里面的盒子摔出来。

陆繁弯腰去捡，刚拾起盖子，手顿住了。

他看到了一张写真照，黑白的，是个男人。

照片下方，两个单词戳进眼里。

【My Love.】

临睡前，倪简看了看手机，给Arron回了一条信息，问他住处的地址。

陆繁已经躺在被窝里了。

倪简有点奇怪他睡得这么早。

她掀开被子坐进被窝，问："你今天去哪里玩了，这么累？"

陆繁没动，也没睁眼。

倪简趴到他身上，脸凑近："没睡着吧。"说完，伸手捏他的脸颊。

手突然被捉住。

陆繁睁开眼。

"我就说你没——"

话音断了，倪简张着嘴。

陆繁在望着她，他的目光让她一震。

倪简还没回过神，陆繁已经松开她。他闭了闭眼，唇瓣微嚅："我想睡了。"

倪简默默觑他半晌，反应极慢地"哦"了一声，僵硬地从他身上退开。

这一晚，倪简很乖，没有乱来。她感觉到陆繁似乎真的很累，他躺在那里没动过。

她怕吵醒他，一整晚也没敢多动，后半夜才睡着，但一大早就醒了。

她侧头看看，陆繁还在睡。

倪简轻手轻脚地起床，看了下手机，才六点一刻。

她在桌边站了一会儿，改了主意。

她不想等到中午了，现在去把东西送掉，回来可以陪陆繁一整天。

倪简换好衣服，去卫生间洗漱，收拾好后，拿上手袋到门口换鞋。

临出门时，倪简下意识朝床上看了一眼，握住门把的手顿了顿。

陆繁居然醒来了。

他坐在床上看她。

倪简皱了皱眉，有点奇怪："你没睡好吗？"怎么过了一夜他看着比昨天还憔悴的样子，眼睛里好像还有血丝。

陆繁没吭声。

倪简说："现在还早，我出去见个朋友，你再睡会儿。"

陆繁没应，默然看她片刻，极缓慢地问："不能不去？"

倪简愣了一下，说："得去一趟。"

陆繁抿紧嘴，隔了两秒，点了点头。

倪简要扭头走时，看到陆繁的唇又动了动。

他喊了她的名字，倪简看着他。

陆繁说："坐车去。"

"好。"

倪简出了门，给 Arron 连拨了两通电话，那头终于回了消息。倪简顺着陆繁的叮嘱，下楼搭了出租车过去。

Arron 住在朝阳区，倪简在路上花了快一个小时。

她在楼下发短信叫 Arron 下来，Arron 磨蹭，过了十分钟才出现，张口就问："Jane，你这么急着来是不是有什么急事？"

倪简说："没什么大事，有些东西想托你还给苏钦。"

"东西？什么东西？"

倪简从手袋里拿出盒子，递过去："那几年他丢了不少东西，都在这里。"

Arron 疑惑不解地接过盒子，打开一看，傻了。

里头跟个储物柜似的，照片、袖扣、钢笔、打火机……全是苏钦的。

"你这、这是……"

倪简轻描淡写道："我那时有病，总想偷点东西，现在病好了，知道这些不该属于我，都还给他吧。"

Arron 愣愣看她两眼，问："Jane，你这意思是……聚会不去了，不见他了？"

倪简点头："没什么好见的。"

Arron 听到这里，意识到事情的严重性，眉一皱，问："Jane，你要放弃苏钦了？"

"谈不上放弃不放弃的。"倪简弯了弯眼，笑容漾开，"Arron，有个男人在等我，再见。"

倪简离开小区，走了一段路，上了天桥。

她倚着石栏杆站了一会儿，寒风迎面吹着，她兀自笑出声。

好了。

从前种种，譬如昨日死。

从后种种，譬如今日生。

陆繁收拾好背包，关上了灯。临出门前，他看了一眼这间客房，有片刻的恍惚。

陆繁背着包出了酒店大门，沿着街道往地铁站走。

这个地铁站倪简带他来过，他记得路，走了七八分钟就到了。他买了张卡，进了站，找到9号线。

9号线通往北京西站。

陆繁在手机上查过了，高铁从南站走，西站都是普通火车。

坐地铁很快，半个小时就到了。

他去售票厅买了最近的一班车，站票，七点三十三分发车。

倪简心情大好，回来时逛了美食街，给陆繁买了很多吃的，打车回到酒店。

她上楼，敲门，没有人开。

倪简猜陆繁在卫生间，所以她没再敲，腾出一只手摸房卡开门。

屋里是暗的。

倪简皱了皱眉。

"陆繁？"她喊了一声，人往卫生间走去。

推开门，里面空空如也。

倪简转身摁亮房间的顶灯，目光在屋子里转了一圈，脸白了。

他的背包不见了，衣服也没了，另一张房卡放在桌上。

倪简怔怔地站着，肩一松，手里的袋子落到地上，里头的豌豆黄滚出来，碎了。

拥挤的火车上，陆繁蹲在走道里。

周围都是没买上座的旅客，大伙儿挤在一块儿，扯着大嗓门聊天。

陆繁没参与。

车上暖气足，他的脸庞有些红，眼睛也是。

昨晚整夜没睡，他有点疲惫，但这个环境根本不可能休息。

陆繁直起身，把怀里的背包挂到手臂上，去了厕所。

他从背包侧面小兜里摸出烟盒，抽了两根烟。

他靠着门，眼睛盯着洗手池上方的小镜子，在烟雾缭绕中看到自己的脸。

他闭上眼，吐了口烟圈。

就这样吧，挺好。

Z 字头的火车在普通列车里算快了，但跟高铁比还是慢得很，夜里八点才到站。

陆繁出了站，坐公交车回家，随便收拾一下就回了队里。

传达室的大叔看到他，很惊讶："咦，不是去北京了？不到你归队的时间吧，咋回来了？"

"没什么事，就提前回来了。"

陆繁没多说，进了大院。

陈班长虽然惊讶，但也因为他的早归而高兴，春节期间人手不足，多一个少一个差别还真不小。

陆繁回来的当晚就出警两次。

第二天一早，警铃再次响起，林沇开发区发生爆炸。

接警后，中队调了四辆消防车、二十二名当值消防员前去支援。

当天上午，林沇开发区爆炸事件成了各大纸媒、网媒头版头条。

当晚，第一场新闻发布会举行，官方通报遇难人数七十八，其中有三十一名消防员。

北京，协和医院。

倪简从昏迷中醒来，张了张嘴，喉咙涩痛。

病房里没有第二个人。

她想起床喝水，动了动身子，发觉浑身都痛。

她低头一看，右手打了石膏。

这时，房门开了，两个人走进来，程虹在前面，她找来的护工阿姨跟在后头。

看到倪简醒了，程虹松了口气，然而脸色没什么变化，仍是一贯的严肃。

程虹走到床边，看了倪简两眼。

倪简也看到程虹了，她苍白的脸上没什么表情。

倪简不应声，程虹也不在意，依旧和往常一样开始了对倪简的教育。她严厉地把该说的话都说完。

倪简始终木着一张脸，毫无回应。

过了许久，程虹准备走时，倪简喊了一声："妈妈。"

程虹的脚步顿住。

倪简声音沙哑："把我的手机给我，行吗？"

程虹走回去，看了她一眼："碎得不能用了。"

倪简目光一顿。

几秒后，她说："我要回去。"

"回去？"程虹说，"你这个样子，连机场都爬不去，回哪儿？"

倪简盯着她，重复道："我要回去。"

倪简的态度激怒了程虹。因为倪简突然出了车祸，程虹不得不推掉两个重要的会议，这已经让肖敬有些不悦。程虹知道肖敬对倪简的印象一向不好，现在加上这件事，更糟糕了。

程虹皱紧了眉。

这么多年，倪简从来就没有让人省心过，小时候不讨喜，长大了更是乖戾，一点长进都没有。她千方百计铺好一切，倪简偏要毁路拆桥，往水里跳，拉都拉不住。

好好的一手赢家牌，倪简就是有能耐打到歪得救不回来。

程虹毫不掩饰眼里的失望："小简，你别再找事了。你再这样混沌下去，没有人帮得了你。"

倪简闭上了嘴，没反应。

程虹叹口气，过两秒，缓慢地说："回到北京来吧，到妈妈身边来，不要再乱跑了。"

倪简看着程虹。

记忆中，程虹已经很多年没有这样心平气和地跟她说话。

真难得。

但遗憾的是，她没办法听话。

"我得跟陆繁在一起。"倪简说，"妈妈，我想跟他在一起。"

"他有什么好的？"程虹想过这个问题，但没想通。她一直以为倪简找上陆繁只是为了气她，又或是为了玩玩，但现在看来，似乎不是这样。

这一次倪简估计可以为了去追一个男人，在去机场的路上催促司机超速行驶，居然还出了车祸，幸亏没有闹出人命。

程虹不得不重新评估陆繁在倪简心中的分量。

他有什么好的？

倪简目光飘了飘，没说话。

程虹："看，你也说不出来吧。"

倪简在走神，没注意程虹的话。

她其实在想，他哪里好，哪里不好，有什么要紧？

他把她丢下了，又有什么要紧？

他好与不好，她都要。

她也不可能让他跑掉。

程虹终于露出了无奈的神情。没办法，她们母女始终没办法正常交流下去。她们连好好说完几句话都困难，还能强求什么。

算了。

程虹不想再多问。临走时，她只跟倪简交代一句："先养好伤吧，晚上我叫小赵送手机过来。"

程虹走后，护工阿姨端着水杯过来了："姑娘，来，喝点水吧。"

倪简的确很渴了，一杯水喝得干干净净。

护工阿姨帮她擦了擦嘴。

"谢谢。"倪简说。

"不用客气。"护工阿姨很和善地笑了笑，"我姓张，是这里的护工，你妈妈特地找我来照顾你的。"

晚饭时，张阿姨喂倪简喝了点粥。

等到七点，程虹的助理送了新手机过来。

倪简努力回想陆繁的号码，想了很久，仍有几个数字不确定。

她没刻意去记陆繁的手机号，只在上次换手机后重新存过一遍，印象并不深。

至于其他的社交工具，倪简自己都不用，更不用提陆繁了。

到最后，只有一个办法。

倪简请张阿姨帮忙打电话到倪振平家，找倪振平问来了陆繁的号码。

她用左手给陆繁发了短信，等了半个小时都没有回复。

倪简没耐心了。

她拨了陆繁的电话让张阿姨帮忙听。

"通了吗？"

张阿姨摇摇头："关机了。"

关机？

倪简一愣。她记得陆繁说过，他们这工作都是不关机的，因为有时放假队里缺人手的话也会被急召回去。

他为什么会关机？

倪简想不通，这在她的预料之外。

张阿姨见她脸色不好，忙问："有急事吗？要不等会儿再打一遍？"

倪简点点头。

几分钟后，张阿姨又打了一遍，还是关机。

一直到十点，电话始终没有打通，倪简只能叫张阿姨去休息，她自己来打。

这一整晚，她一遍遍看着手机屏幕上的小字从"正在拨号"跳到"通话结束"。

第二天早上，张阿姨来了，倪简又把手机递给她。

提示音仍然是关机。

倪简半晌没说话，张阿姨担忧地看着她，试图安慰："会不会是手机被人偷了？我儿子上次丢手机，打过去也一直是关机。"

倪简没吭声，两秒后，她眸光微动，想起了什么，飞快划开屏幕，连上移动网络。

她查到了湛北路消防中队的电话。

张阿姨打过去，很快就有人接了。

"通了通了。"张阿姨松了口气。

倪简赶紧说："找陆繁。"

张阿姨对着话筒把倪简的话传过去。

那头的人在说话，倪简紧紧盯着张阿姨的嘴唇。

张阿姨听着听着，眉头皱起来了："啥时候回来啊？这头姑娘等着着急呢。"

那头的人说了几句，把电话挂掉了。

"怎么急成这样。"张阿姨嘟囔了一句。

倪简问："怎么了？他不在？"

张阿姨把手机递给她："说是去开发区救人，都忙疯了，一天一夜没回来了，哪还顾得上接电话。"

一天一夜？

倪简怔了怔："这么久……"

他以前好像没有出警这么久的。

倪简问："说去哪儿了，是哪个开发区？"

张阿姨想了想，说："好像叫林什么……"

"林沅？"

"对对对，就是这个！"张阿姨说到这里停顿了一下，想起什么，眼睛睁大，

"啊，昨天电视上说的那个大爆炸就是这儿啊！"

倪简一惊："大爆炸？什么大爆炸？"

张阿姨忙把事情告诉她，唏嘘不已："很惨哪，死了好多人，电视上看着都吓人。"

倪简没等张阿姨说完，低头摁手机。

翻完一堆网上新闻，她的手有点抖。

真的死了很多人，而且有一半是消防员。

倪简脸慢慢发白。

C市，林沅开发区。

警戒线内，三辆严重损毁的消防车孤零零地停在那里，地上散落着一些水带接扣、消防手斧，到处弥漫着焦味和刺鼻的气味。

孙灵淑从车上跳下来，抓住两个在警戒线外拍居民楼损毁情况的记者，急声问："那些消防员呢？抬出来的那些消防员呢？"

"抬走了！"那人指着走远的车，"就刚刚，抬走了，别去了！"

孙灵淑推开他们，往警戒线内跑，被武警拦住。

"信宁区来的消防队在哪儿？"她抓着武警问。

没得到答案，她转身上车，叫司机往医院赶。

而在同一条路上，一辆辆车开过来，各路媒体、志愿者蜂拥而至。来的，还有一些消防员家属。

孙灵淑没有在医院找到陆繁。

她返回开发区，那里已经挤满了惊惶的民众，有人哭喊，有人焦急地奔跑。天黑下来，很多人被送到附近的消防支队等候。

七点多，孙灵淑看到陆繁。

他跟另一个战友把担架抬上了救护车。

孙灵淑喊了一声，想跑过去，被拦下来了。

她没跟他说上话。

爆炸发生后的第三天上午，全部人员撤离的命令下达，生化部队的士兵进入现场搜救。

孙灵淑在医院见到陆繁。

他头上裹着纱布，神情疲惫地坐在急诊室外的椅子上。

孙灵淑采访完伤者，走过去问："你还好吧？"

陆繁点点头。

孙灵淑在他身边坐下来，顿了下，说："你们班长还有小徐的事，我知道了，节哀。"

陆繁垂着头，没应声。

孙灵淑叹了口气，也不知道该如何安慰，想了想，说："我们媒体这边也会努力的，争取让小徐他们的抚恤金跟武警那边一样。"

陆繁点点头，说了声"谢谢"，声音哑得厉害。

孙灵淑还想说什么，迟疑了一会儿，又咽回去了。

晚上十一点，陆繁回了队里。

一进房间，就见屋里两个人各自坐在床上，红着眼睛。

还有两张床是空的，一张是陆繁的，另一张是小徐的。

陆繁没说话，走到自己的床边，躺上去。

晚上十点，张阿姨离开。

倪简撑着左手肘坐起身，脚挪下来，穿上鞋，刚站稳，左脚一痛，她歪了一下，跌到地上，手里的手机突然振动了下，她浑身一跳。

只是一条通知信息，来自中国移动。

倪简坐在地上，半天没动。

这种感觉太糟糕了。

倪简揉了揉脸，扶着床站起来。这次车祸，她的伤说重不重，说轻不轻，虽然撞破了头，有轻微脑震荡，但没什么大问题，只是右手的骨折很麻烦，再加上脚腕扭了，走路很困难。

但她想回去，想得不行。

倪简没有办法了。她去翻邮箱，要发邮件给梅映天。她知道梅映天今年回唐山过年，不该打扰，但现在顾不了这些。

邮箱里刚好有梅映天前一天发来的邮件，问她怎么失联了。

倪简飞快地回了信。

邮件发过去十多分钟，梅映天的短信来了：【等着。】

凌晨四点，梅映天到了医院。

倪简遇到的所有困难在梅映天面前屁都不算。梅映天大半夜找到医生帮倪简拆掉石膏，改为夹板固定，之后办完了出院手续，带她去机场。

她们乘坐最早的班机，七点三刻出机场。

188

早上六点，消防大院的起床号响了。

陆繁早在十分钟前就醒了。他头上的伤没好，队里给他排了假，今天他不用训练，也不用出警。

他躺在床上没动。

其他人出去后，他坐起身。

对面是小徐的床，现在只剩一张空落落的床板，床边的桌子柜子也空了，所有遗物已经在昨天下午被家属领走了。

陆繁低头，摩挲手中的戒指盒。

他洗漱完，整理好内务，临出门前找出充电线给手机充上电。

陆繁去了罗亭镇凤凰村，小徐家所在的村子，到村口问了一句，就有村民指了路。

村里人都知道，老徐家的小二子没了，连遗体都不能带回来。

据说他们身上有化学品和辐射，所以家属连最后一眼都见不上。

小徐家在村子最东头，新建的两层小楼，外墙还没粉刷石灰，屋外堆着两大堆粗沙。

一个老人坐在门槛上抽烟。

陆繁走过去，老人抬头望了一眼，混浊的双眼微微睁大。

"徐伯。"陆繁喊了一声。

老人认出了他，颤颤巍巍地站起来："是小陆啊。"

陆繁点头，朝老人走近，把手里的袋子放到墙角，说："您坐。"

他自己也在门槛上坐下来。

"徐大哥不在家？"

老人摇头："出去了，跟杨家老大一道去了市里，说要到电视台去。"

陆繁点了点头，没作声。

老人叹了口气，也不知道说什么，伸手一摸眼，两串老泪落了下来，哽咽道："要我说……再给多少钱又有什么用，小二子的命换不回来啊。

"这孩子打小就犟，我叫他不要做这活儿，从来不听……从来不听……"

陆繁无言。

他们做这样的工作，没几个人能得到家里的支持，也陆陆续续有人离开，但小徐十九岁进队，一待就是六年，从没说过要走。

他知道小徐有多喜欢这份工作。

离开前，陆繁留下一个信封："队里大伙儿的一点心意，您收着。"

出了凤凰村，陆繁去了镇上，在街角找到红梅服装厂。

说是服装厂，其实只是十几个人的小作坊，附近村里的年轻女孩和中年妇女只要学了裁缝手艺就能去做工。

陆繁在玻璃门外站着，有几个女孩看到他，有点惊讶。她们看了一会儿，凑在一起说了几句什么，都笑起来，眼睛却还是往外看。

陆繁走进去，对坐在门边剪线头的女人说："请问哪一个是刘璐？"

女人抬头看了看他，扭头朝里喊："刘璐，有人找！"

一个穿着绿棉袄的女孩跑出来。

陆繁说："我是徐河的战友。"

女孩一怔，眼睛立刻就红了。

陆繁说："能不能出来一下？"

街边有棵白杨树。

刘璐跟着陆繁走到树底下。

陆繁从兜里掏出戒指盒递给她。

刘璐愣着没接。

"小徐想等到 14 号给你的。"陆繁说，"现在等不到了。"

离开时，已经是黄昏。

陆繁坐上大巴。身后坐着两个女孩，她们一路讨论情人节要和男朋友怎么过。

陆繁无意识地听进几句，想起了一个小时前。

他依照小徐的托付把戒指给了刘璐。

刘璐接过戒指那一瞬就哭了。

在那条尘土飞扬的小街上，年轻的女孩攥着戒指盒哭得不能自抑。

大巴开进市里，天已经黑透了。

七点半，陆繁从汽车站出来，坐公交车去医院换药，回去时将近九点。

公交车不到门口，他走了一段路。

大院外面停着一辆车，陆繁看了一眼，没多留意，往里面走。

车里，倪简的脸贴着车窗，半天没动。

眼见陆繁就要进去了，梅映天看不下去，打开车门，喊："陆繁。"

陆繁脚步停下，转过身。

梅映天把倪简抱下来，扶她站稳。

陆繁站着没动，像树桩，定在了那里。

倪简松开梅映天的手，一步步朝他走去。她脚伤没好，走一步疼一下，姿势也不好看，有点瘸，但她没停下。

他不过来，她只能过去。

倪简走到一半，陆繁过来了。灯光照着他的脸，倪简看清他头上的纱布，陆繁也在同时看到她眉骨上方的创可贴。

这个夜晚静极了。

倪简的目光从他的额头移到脸上。她说："陆繁，我回来了。"

陆繁没应声，他看着她的脸，唇动了动，没找着声音，也没找到话说。

或许是有话要问，只是一时不知先问哪个。

你的脸怎么了？

你的脚怎么了？

你等了多久？

为什么回来？

最终，他什么都没问，因为嘴被堵上了。

倪简用完好的左臂勾住他的脖子，人贴挂过去，嘴在他唇上印了一会儿。

陆繁反应过来，捉着她的肩拉开。

倪简疼得一颤，抿着唇没发出声音。

陆繁松开她，人往后退，发现倪简身子歪得快要栽倒，又上前。

他还是扶住了她，手握上她的右腕，发现了不对。

"怎么弄的？"没办法不问。

倪简没回答，只是盯着他看。

过了会儿，她问："你什么时候放假？"

"要等很多天。"他答了一句，又低头看她的手腕，眉蹙着。

倪简说："好，你进去吧，我等你放假。"

她说完转身喊小天。

梅映天过来，扶倪简走了。

陆繁站了一会儿，进去了。回到屋里，看到手机已经充满电。

他摁了开机键。启动结束后，一堆未读信息跳出来。

有耗子的，小罗的，倪振平的。

剩下的全来自同一个陌生号码。

他从第一条看到最后一条。

每条信息都很简单，没超过十个字。

但他看下来费了很久。

他想起了小徐，想起了在马路上哭得不成样子的刘璐。

他没有给她回信息。

梅映天把倪简送回公寓，住了一晚，第二天早上找来之前请的余阿姨帮忙照顾倪简的日常起居，她赶下午的飞机走了。

倪简对梅映天一向无条件信任，事实证明梅映天也的确值得信任，她找的家政阿姨都比一般人要合倪简心意，余阿姨话不多，做饭手艺还不错，倪简晚饭吃了不少。

饭后，倪简看电视，余阿姨收拾屋子。

倪简的手机放在餐桌上，余阿姨擦桌子时，手机刚好振动了一下。

余阿姨把手机拿给倪简，倪简一看，眼睛亮了，一瘸一拐地跑去开门，余阿姨追过来扶她，看见她脸上的笑，很是吃惊。

倪简对人不怎么热情，淡淡的，挺有距离感，从早上到现在，余阿姨还是第一次看到她这么明显的表情，不由得好奇是谁有本事让她这么高兴。

到了门边，余阿姨开了门，倪简看到门口的人，笑容扩大。

"陆繁。"她喊他的名字时，声音无意识地柔了几度。

余阿姨瞅了瞅门外的男人，越发惊讶。

她知道这个倪小姐是梅小姐的好朋友，梅小姐很有钱，这倪小姐看起来也不像普通人家的女孩，单说这间公寓吧，这一片地段好，租金高得离谱，不是一般人能住的。

但这个男的……

好像挺朴素的。

不过模样倒是端端正正，看着挺有气概。

余阿姨在心里疑惑时，倪简已经伸手把陆繁拉进来了。

倪简对余阿姨说："我先生回来了，阿姨你今天可以先回去。"

先生？

余阿姨十分惊奇。喔，这个倪小姐居然结婚了。

原来这男人是倪小姐的老公，难怪她那么欢喜。

余阿姨跟陆繁问了声好，把厨房收拾了一下就走了。

倪简问陆繁："不是没放假吗？"

陆繁沉默着，眼神莫名显出几分锐利。

他还没从她那声"我先生"里缓过来。

倪简捏他的手："怎么？"

她的手很软，指腹细滑。她没怎么使劲，他只要轻轻一挣，就能从她手里抽出来。

但陆繁没动，他问："你刚刚说什么？"

"你怎么又有假了？"

"不是这个。"陆繁说。

倪简不明白。

陆繁说："我是你的什么？"

"嗯？你是我的什么，你是我的……"倪简顿了下，嘴角翘起，"心肝宝贝？"

"倪简。"陆繁抽回手，捧住倪简的脸。

他的表情太郑重，甚至有一点苦涩。

倪简无法视之以玩笑。她敛了敛，轻轻说："你是我的先生。"停了下，加了一句，"我的丈夫。"

对，你是我的丈夫。不是纯法律意义那种。

陆繁没反应。

倪简被他的手桎梏得难受，皱了下眉："能松开我的脸吗？"

陆繁手松开，却没离开，往后一挪，将她的脑袋摁到怀里。一切痛苦的酸涩的感受都被压到最底下，此刻只想让她靠近。

就她这一句，让他准备了一晚上的话全憋回了肚里。

前功尽弃。

安静地抱了一会儿，陆繁松开倪简，双臂一捞，将她抱起，送到沙发上。

他要抽手时，倪简一只手勾着他的脖子不动。

她直勾勾地看着他："陆繁，咱们有账没算清。"

陆繁手一顿，唇抿紧。

倪简笑了一声，凑到他嘴边说："别紧张，先算我的。"

她低头整理了一下思绪，抬起头时目光很平静。

她从去美国时说起，讲到和梅映天的事，和苏钦的事，那么多年的纠缠，讲出来竟然只用了不到两分钟。

末了，倪简神色平淡地总结了一下："就是这样，我爱过一个男人，他不爱我，我追过他，没追上，完了。"

话落，她问陆繁："你有什么要问的？"

陆繁望着她，没有言语。

她说得简单，但他不是傻子，那个盒子里的一切他看得清清楚楚。

如果不是深爱，何至于连那人的旧东西都仔细留存。

陆繁不太明白爱情，在倪简之前，也不曾体味过这一切。和她缠到一起后，他才惊觉当年对孙灵淑那点好感有多缥缈。

他在倪简身上变得现实。盲目有之，贪婪有之，体味过相思蚀骨的煎熬，也懂了嫉妒灼心的滋味。深知耿耿于怀毫无意义，但，到底意难平。

默然半晌，陆繁只问了一句："现在呢，还爱吗？"

倪简扯着他的衣领凑近："还爱的话，为什么回来找你？"

陆繁听懂了。

倪简："好了，现在来算你的。"

她手指摩着他的唇："记得你做了什么吧。不告而别。"

陆繁沉默。

倪简微扯着唇，似笑非笑："我那天买了好吃的，回去你就不在了，你知道我怎么想吗？"

陆繁眼眸沉黑，摇头。

倪简说："我想找到你，找到了，就给你一巴掌。"她摸着他左半边脸，"朝这儿打。"

"……"

陆繁不知说什么。

倪简凑上去，在他唇上吮了一通，退开："不过后来我就不想了……

"后来，我压根儿找不着你。"

这句话说完，她的眼睛红了。

陆繁一震。

倪简仰头停了一会儿，又看向他，一字一顿地说："再有下次，再有下次的话……"

"没有下次。"陆繁摇头，"不会有下次。"

他抱紧她，亲她的唇。

倪简无意识地抬臂，想抱他，但右手扯了一下，她疼得一凛，牙齿打战，咬到陆繁的舌头，要退，陆繁没让。

舌尖上尝到咸味，倪简吮了又吮，不知是要帮他止血，还是要怎样。

陆繁被勾出一身火，但想到倪简现在这个样子，他硬生生退开，仔细看了看她右手上的夹板。

"你这手脚到底是怎么弄的？"

"摔的。"

"摔成这样？"

"嗯。"倪简一本正经地点头，"是摔得狠了点。"

见陆繁皱眉，她又说："没大事，后面就是养养。"

陆繁没再说她。

倪简轻声问："晚上要回去吗？"

陆繁点头。

"请假来的？"

"不是。这两天晚上没给我排班。"

"为什么？"倪简问了一句，目光往上看，明白了，"因为你受伤了？"

陆繁又点头。

倪简盯着他的额头看了看，问："烧到了还是撞到了？"

"铁板掉下来，刮了一下。"

倪简点点头，隔几秒，问："开发区那边忙完了吧。"

"完了。"

"你们……"倪简想了想，收住了话，没问下去。

如果他的队友都平安，那没什么好问的。

如果……

那问不问，都没什么用处。

春节过后，各行各业正常上班，没过几天，迎来了情人节，街上飘着玫瑰花的香气。

林沅开发区爆炸事件慢慢淡出人们的视野。

人人都是这样。不是切肤之痛，忘得极快。

情人节那天，陆繁没有假，也不在市区，他们中队去了山里支援特勤队，连手机信号都没有，不过倪简也不在意这个。

陆繁15号下午回队里，给倪简发了短信报平安。

二月下旬，梅映天回来了。

见面时，倪简问梅映天能不能帮她找找房子。

梅映天惊讶："你房东又破产了？"

倪简说不是。

"那住得好好的，为什么换？"

倪简说："不想住这里了，想买套房，离陆繁近一点的。"

"买房？"梅映天笑得意味深长，"是谁当年放荡不羁爱自由，说不需要买房，四海为家，住住酒店租租房过完一辈子的？"

倪简耸耸肩："我说了吗，不记得了。"

梅映天收起了笑："这是认真了？"

倪简点头。

梅映天叹口气，说："这要是放在四年前，打死我也想不到你的归宿会是这样。"

倪简笑了笑："我也想不到。"

年后，消防队依旧繁忙，陆繁春节调了假，整个二月份都在队里，月末才放假，和去年一样，休的是月假，连头带尾有九天。

晚上九点钟，陆繁收拾好衣服，拎上袋子骑车去倪简那儿。

晚饭后，余阿姨离开了，倪简独自在屋里。养了快一个月，她的脚已经没事了，手还没完全好。

伤筋动骨一百天，她恢复得还算不错，已经不觉得疼，夹板也拆了，但手臂不得力，没法握画笔。Steven 一天一封邮件，也催不出个屁来。

倪简一向懒散，过这样的日子没觉得不适应，每天看看书，翻翻漫画，偶尔晚上和陆繁发几条信息，生活很规律。

月中的时候，程虹来了一趟，倪简自然免不了挨一顿骂。

她老实受着，没回嘴，没顶撞。

这都是小事，不重要。

收到陆繁的短信，倪简就开始等着。他九点出发，骑车过来要一个小时，所以还得等两个小时。

这两个小时过得奇慢。

九点半，倪简去阳台上收衣服准备洗澡，一阵风吹进来，刮了她一身水。

倪简探头，手伸到窗外，发现居然在下雨。

她有点担心，不知这雨什么时候下起来的，陆繁骑摩托车，也不知带了雨衣没有。

她拿起手机，想给他发短信问一下，想了想又没发。

他在路上，还骑着车，看手机不方便的。

倪简把手机放下，又拿起，看看时间，还有二十几分钟，如果路上积水，还要再慢一些。

她又起身去阳台，看雨有没有停。

这样等了十多分钟，雨没有要停的趋势，反而越下越凶了。

倪简关上窗户，拿了把伞下楼了。

陆繁远远看见小区门口路灯下站着个人，撑着伞。

他骑车到近前，才发现雨幕中那人是倪简。

他车刚停，倪简已经过去了。

伞罩到头上，隔断了冰凉的雨水。

陆繁抹了一把眼睛，拿过倪简手里的伞，往她身上偏。

"你出来干什么？"

伞挡住光线，倪简没看清他说什么，伸手摸他身上，湿透了。

她握住伞柄，大声说："推车，我们回去。"

陆繁松手，把伞往她那边拨。

进了楼道，陆繁把车放好，拿出后箱里的一袋衣服，转身看到倪简左肩一片湿印。

他皱眉："快上去换衣服。"

倪简看了看他，也点头："嗯，快点换，你都成落汤鸡了。"

进屋后，陆繁先进了卫生间，拿出干燥的浴巾包住倪简的脸和脖子，擦了一会儿丢开，脱掉她的外套，转身看了眼阳台，过去收了衣服，把她推进浴室："洗澡。"

说完，他松手要关门。

倪简反握住他，用力一拽："一起。"

倪简拧开热水，浴室里升起白雾。

温热的水瀑浇下来，舒服得让人眯眼。

倪简的右手还不灵活，只能用一只手搂着陆繁的腰。

肌肤相亲的滋味难以言喻。

陆繁抚着倪简的头发，在水流中亲她的脸。

水从倪简脸上滚过，浸湿了眼。

"陆繁……"她轻轻喊。

陆繁睁开眼，脸退开，低目看她。

倪简嘴角翘了翘："想我吗？"

陆繁点头："想。"

倪简笑容更大，被雾气笼罩的眉眼明艳动人。

他这么诚实，真让人高兴。

她垂眼，头低下，亲他的肩，再往下，到他左胸，唇贴上去，反复吮吸舔舐，乐此不疲。

陆繁抿着唇，喉头滚热，闷哼了一声。

她最会撩人，他早有体会。

陆繁垂眼，黑眸深热。

倪简抬头，看了他一眼，舔舔微红的唇，再次埋头。

没几分钟，陆繁理智崩盘，伸手把她拉起来，抱起她。

倪简的手套住陆繁的脖子，陆繁咬住她的嘴，两人贴到一块儿。

这样的亲近令他们无比满足。

相逢已久，唯有此刻真正心意相通、水乳交融。

然而，在紧要关头，陆繁却松开了倪简。

"你干什么……"倪简嗓子发哑。

陆繁喘息着放她下来，关掉水龙头，拿浴巾给她擦头发，擦身子，裹着她抱起，赤脚走出浴室。

倪简被抱到床上。

陆繁拉住被子盖上她，要往外走。

倪简不满："你干吗呢！"

陆繁回过头，湿漉漉的一张脸有些严肃。

他看了她一会儿，说："我出去一趟。"

倪简更气，眼里冒火："大晚上的，出去做贼啊。"

陆繁没动，隔两秒，说："没套子。"

倪简一噎。

"你等一会儿。"陆繁抿唇，"就一会儿。"

倪简没作声，盯着他看了两秒，说："你过来。"

陆繁没过去，倪简吸了两口气，眯着眼问："怕我吃了你？"

陆繁："……"

倪简说："你过来，我不碰你。"

他走过去。

倪简冲他招手："近点。"

陆繁顿了顿，坐到床边："做什么。"

倪简没说话，唇角一扯，露出奸计得逞的笑，阴险却又妩媚。

陆繁额角一跳，还没反应，倪简已经扑过来，把他压倒，骑到他身上。

陆繁挣扎。

倪简右手覆上来："我手疼，你再动试试？"

陆繁立刻歇手不动。

倪简笑起来。

陆繁黑了脸："不是不碰我吗？"

倪简挑眉，笑得阴险狡诈："我是什么人你不清楚？傻子。"

"……"

陆繁没话说了。

倪简很得意。她脸皮这么厚，他哪是她的对手。

陆繁没办法，好言相劝："别闹了，先起来。"

倪简盯着他光裸的胸膛，伸手轻抚，抬眼说："这么诱人，我起不来。"

陆繁捏住她的手："小简，听话。"

倪简一顿，动作停了，惊讶地看着他。

他居然喊她"小简"。

好像一下子回到了小时候。

倪简愣了一会儿，缩回了"爪子"，收敛了一点，但仍没退开，坐在他腰上，垂眼问："干吗一定要那个？"

"安全。"陆繁说。

倪简嗤笑："这是嫌弃我呢。"她故意曲解他的意思。

果然看见他脸色变了。

"没有。"他认真说，"没嫌弃你。"

倪简哼了哼，说："怕我怀孕？"

陆繁默然看她半晌，头点了下。

倪简低低笑了一声，敛起眉目，徐缓地说："陆繁，如果我怀孕了，你打算怎么办？"

陆繁微愕。

倪简问："让我堕胎？"

陆繁一震，猛摇头："不会。"

"那要怎么办？"

陆繁抿了抿唇，漆黑的眼凝视着她，半刻后，涩声问："你想生下来吗？"

倪简舔唇："我想又如何，不想又如何？"

"你想，就生；不想，就不生。"

他说完，定定地看着她，坦荡诚实，没有一丝闪避。

倪简闭着嘴看他片刻，低头，亲他的前额。

陆繁呼吸微重。

但这回倪简很老实。

她只亲了一下就退开了，盯着他的眼睛，低低地说："不要出去了。"

陆繁不语。

倪简轻叹了一声，微笑着说："要是真有了，我就给你生下来。"

陆繁乌黑的眸子微微睁大，倪简轻轻摸他的脸。

陆繁的眼神越来越热，倪简被他盯得脸发烫。

"你在看什么？"她说。

"看你。"

倪简笑："陆繁，你想我给你生孩子的，对吗？"

他没说话。

倪简也不等他的答案，低头亲吻他。

她在他胸口温温地说："你不要有顾忌，陆繁。"

春暖日长。三月的第一天，倪简睡到日头大好。

睁眼时，她在陆繁怀里。被窝里，他们的身子贴在一起。

陆繁身上温暖，倪简在夜里本能地往他怀里缩，他全然接纳，一夜过去，他的手臂仍是拥抱的姿势。

昨晚睡得晚，又耗掉不少精力，陆繁也睡了很久，但他还是比倪简醒得早。

窗帘没拉，房间里很亮。

倪简揉揉眼睛，抬头，陆繁正在看着她。

她睡眼惺忪，他深目明亮。

"你醒了。"倪简抬手摸了摸他眉峰，突兀地夸赞道，"你眼睛真好看。"

陆繁表情没什么变化地说："是吗？"

倪简"嗯"一声："没人说过吗？"

"没有。"

倪简："孙灵淑没说过？"

陆繁一顿，眉皱起。

倪简笑着看他。

陆繁没说话。过了一会儿，他伸手捏了捏倪简的脸，眉目也舒展开，他问："你在想什么？"

倪简说："没想什么，随便聊聊天儿。"顺道调侃他玩玩罢了。

陆繁有些无奈，叹口气，把她箍到怀里。胸口传来倪简闷闷的声音："想闷死我吗？"

陆繁松手，倪简从他怀里爬上来，喘口气，说："今天想做什么？"

"不做什么。"

"就躺着？"

陆繁摇头："吃完饭我得去耗子那儿。"

倪简抬了抬眉，"哦"一声，说："我都快忘了这个了，还要去修车？"

陆繁点头。

倪简问："你喜欢修车？"

"没什么喜欢不喜欢，我会做这个，放假就做做。"

"哦。"倪简问，"那你喜欢做消防吗？"

陆繁没有犹豫地点头："喜欢。"

倪简看了他一会儿，说："这阵子不是很累吗，休息几天吧？"

陆繁说："不累。"顿了顿，"好久没去了，不能这样。"

"耗子哥说你？"

"不是，不能这么懒着。"

倪简笑："干吗这么勤奋？"

陆繁看着她："要多挣些钱。"

倪简一愣，看他两秒："你现在缺钱？"

陆繁摇头。

倪简皱了皱眉，还要问什么，对上他的目光，突然就顿住了。

她明白了他的意思。

沉默了一会儿，倪简说："陆繁，你就做你喜欢的事。"停了下，把话说完，"我什么都不需要，除了你。"

陆繁没有说话，倪简的脑袋又被他摁到胸口。

很久之后，倪简掐他的腰，陆繁松手。

倪简钻出来，贴着他下巴亲吻："吃了饭跟你一起去耗子哥那儿。"

"你去干什么？"

"上次毁了酒席，还丢了烂摊子，都没去过。"

陆繁说："不要紧。"

倪简摇头："毕竟是你朋友，道个歉应该的。"

陆繁捏捏她的手，应了声"好"。

吃完饭，陆繁把衣服洗好晾好，带倪简去了张浩那儿。

最先看到他们的是小罗。

倪简从摩托车上下来，摘了头盔递给陆繁，走过去跟小罗打招呼。小罗脸上千变万化，最终张了张嘴，扭过头没搭理倪简。

陆繁走过来，喊了小罗一声，小罗扭回脸，别别扭扭地喊："陆哥，你来了啊。"

他的目光又瞥到倪简，皱着眉毛纠结了一会儿，还是叫了一声"姐"。

倪简说了声"乖"，然后从袋子里掏出一个大红苹果递给他："给你吃。"

小罗心里愤愤。她这语气，跟哄小毛孩似的，他又不是三岁的小孩。

但碍于陆繁在这儿，小罗也不敢表露什么。他一向很敬重陆繁，不好下陆繁的脸子，只能憋着一口气接了倪简的苹果。

倪简笑着看向陆繁，径自往里走。

陆繁跟在她身后。

里面还有几个干活的人，陆繁一一打过招呼，带着倪简进去见张浩。

张浩看到倪简也很惊讶，除了惊讶，还有一点尴尬。

上次的事闹得挺糟，赵佑琛又是他的同学，张浩虽然被那些爆料震了一把，但心里对倪简还是有点歉疚。

赵佑琛那人嘴太欠了。

就算……就算那些都是真的，也不该在大庭广众之下那样说出来。

当然了，倪简也够彪悍的。

张浩心里"啧啧"两声，还是像没事人一样，主动招呼倪简。

倪简直截了当地道了个歉，倒把张浩弄得有点不知所措。

他冲陆繁挤眉弄眼，发现陆繁眼睛黏在倪简身上，看都没看他，只好作罢，打着哈哈对倪简说："啊，不是什么事，过去了，过去了。"

倪简问："赵佑琛没找你麻烦吧？"

"当然没有。"张浩摇头，"他那个人就是太冲动、嘴坏，我劝劝，他也就清醒了点，没怎么样，头还好就被他老子叫回美国了，找啥麻烦，放心。"

陆繁在修车，倪简坐在棚子里看着。

他穿着蓝色的工作装，套着手套，拿着工具箱躺在大卡车底下，倪简只能看到他伸出来的脚。

他的鞋子挺旧了，鞋底磨得很平，已经没有任何印子。

倪简想起回国那天。她以为他是黑车司机，坐了他的车，他还收了一百块钱车费。

他们明明是青梅竹马，却谁也没认出谁。

她还因为画稿对他发火。

倪简又想起那本碎成纸片的画稿。那是他一张张粘起来的。

他说过，没读完高中，而那漫画里的单词没几个是高中词汇，不知他翻了多久字典，才把那些都拼对。

倪简那时把碎纸给他，叫他拼，其实是带着恶意的。她心里在嘲讽他的无知和愚蠢，嘲讽他居然想出那么笨的办法。

203

想起那个咄咄逼人的自己，倪简有点厌恶。

她曾经那样欺负过他。

如果是现在，她宁愿不要画稿，也不要那么难为他。

陆繁从车下爬出来，看到倪简正在发呆。她坐在小板凳上，双腿并拢，人瘦瘦的一小只，裹在白色的羽绒服里，单薄得有点可怜。

陆繁拎着钳子走过去。

倪简抬起头。

陆繁说："觉得无聊就进去跟兜兜一起看电视吧。"

兜兜是张浩的儿子，就是当初把倪简的画稿撕成雪片的那个熊孩子。

倪简摇头："不想看电视，我看你就行。"

"……"

陆繁抿了抿嘴，略窘。

这不只是他们两个人在，旁边还有其他人。邓刘也在修车，小罗就在隔壁棚子洗车，倪简的话他们都听到了。

邓刘闷头闷脑地看了一眼，咧着嘴笑了笑。

小罗就不同了，他瞥了倪简一眼，腹诽：这姑娘脸皮也不知道什么做的？这种被窝里说的话咋就这么蹦出来了？

中午吃饭时，小罗趁倪简去厨房帮许芸的空隙，偷偷拽着陆繁问："陆哥，你跟她咋回事？真像耗子哥说的，你俩……那啥啥了？"

陆繁没回避，淡淡"嗯"了一声。

小罗抓耳挠腮，纠结半天，蹦出一句："可是我、我觉得你跟她不合适！"

陆繁的目光投过来，问："哪里不合适？"

"哪里都不合适！"

小罗很着急，压低声音说："她看着就跟咱们不像，你们在一块儿我觉得很怪，她尤其怪，上次爬山她就跟我说过她喜欢找乐子，我看她好像在哄你……哄你陪她玩玩……"

小罗指了指胸口："她没心没肺的，而且……之前她的那些事，你咋接受得了？"

说到最后，小罗总结："我看，她就是玩玩你。"

她就是玩玩你。

这话不只是小罗一个人说过。

孙灵淑也说倪简只是玩玩他。

程虹也说过，倪简浑浑噩噩，不知道自己想要什么，找他只是为了赌气。

耗子没有说，但几次欲言又止，他能猜到耗子想说什么。

他们都这样想，都这样看倪简。

但陆繁知道，不是这样。

就算一开始是，现在也不是了。

陆繁只说了句"她没有"，没有多解释。倪简不在意这些误解，他也不在意。

下班时，陆繁载着倪简去逛超市。倪简没让余阿姨过来，既然陆繁在，那么做饭的事都由陆繁来，他们得买食材。

从超市出来，陆繁把购物袋放到前筐里，对倪简说："要不要买点别的？"

倪简看了看袋子，问："还差什么？"

"食材不差了。"陆繁看了看她，"你买点东西吧。"

"买什么？"倪简不明白。

陆繁说："随便，你想买什么都行。"

倪简："哦，那我没什么想买的。"

陆繁有点无语，顿了一下，说得更明白："前两天发了点奖金，之前情人节我……"

他话没说完，倪简就明白了："是要送我情人节礼物？"

陆繁点点头。

倪简大觉意外，愣了愣，伸手拍他："闷骚。"

陆繁不明。

倪简笑："想补过情人节，老实说啊，绕这么大圈子不嫌累。"

陆繁："……"

倪简没理他，歪着头在想什么，几秒后，说："看电影，行吗？"

陆繁一愣。

倪简摊手："要不你选？我没过过这个节，没经验。"

陆繁："我也没过过。"

"……"

没什么好选的了。

他们在附近一家餐馆简单吃了晚饭，就去了电影院。

陆繁去买电影票，倪简跟过去看有什么电影。

她失聪多年，很少去电影院，算下来这么多年也就看过一两场。

看了看，一堆新电影，都是没见过的。

陆繁说："你想看哪个？"

倪简看了半天，大部分片名都很文艺小清新，一看就是青春爱情片，只有一部看着像悬疑惊悚片。

倪简指了指："这个吧，名字不错。"

陆繁一看，《杀死我》。

他愣了愣，本想问她确不确定，想起她画的漫画，就反应过来了。

她跟一般女孩不同。

这个片名倒像她的口味。

"行，就看这个。"

陆繁牵着她往入口走，经过甜品站，说："买点喝的，还有吃的。"

倪简说："我不要喝的，买个爆米花好了。"

陆繁过去买了大桶装的爆米花。

进了2号厅，找到位置，他们坐下了。

电影没一会儿就开始放映。

陆繁捧着爆米花，倪简伸手拿一颗，吃完再拿一颗。

她看电影比别人费力，得一直看着字幕，才能知道完整的剧情。她低头拿爆米花时，总有两句对白溜掉。

陆繁注意到了，拿了爆米花喂进她嘴里。

倪简起初不习惯，几粒一喂，也就习惯了，安心地享受陆繁的服务，一直吃到她不想吃。

国产恐怖片大部分靠噱头，这部《杀死我》也是如此，大腕云集，导演也有名，但剧情撑不起来，漏洞百出，倪简看了一小半就猜到结局了，一点兴致也没有了。

她转头一看，陆繁倒是看得认认真真。

昏暗的光线中，他的侧脸十分出挑，很俊。

倪简真心觉得这电影还没陆繁好看。

陆繁看到一半，察觉到倪简的目光，转头看她："不好看？"

倪简努力辨认出他说的话，点点头。

陆繁还想说什么。

倪简说："你看你的，我看你。"

"……"

陆繁又没话说了，他觉得这个电影其实还行，挺吸引人的。但是倪简的品味肯定比他高，这他是知道的。

想了想，他凑近："要不……我们换个别的看？"

"不用。"倪简说，"你看完这个。"

陆繁不想一个人看电影，把她晾着。他伸手揽住她，让她的头靠在他肩上。

他微微侧头，在幽黯的灯光中亲吻她的唇。

倪简很快启口相迎。

后面的观影群众集体无语了。看恐怖片看成这样……也真是少见。

电影结束，已经晚上八点半了。

陆繁牵着倪简走出影院。

他的摩托车停在不远处。

"在这儿等我。"陆繁说。

"好。"

陆繁去推车了，倪简站在门口看着他。

半分钟后，突然有两个身影占住了视线。

倪简微微一怔，朝前走了两步。

前面不远处，年轻的男孩女孩正往停车场走。

倪简觉得女孩的身影很熟。她仔细看了一会儿，发现那好像是倪珊。

这时，陆繁推着车过来了。

倪简指着那两个身影："你看那儿，是不是倪珊？"

陆繁顺着倪简指的方向看了一眼。

那女孩的身形的确像倪珊。

陆繁皱眉，侧头看倪简。

倪简正在看倪珊身边的人。那个男孩她不陌生，上次在倪珊家附近的巷子碰见过一次。

倪简转过头说："是她。"

陆繁说："我去叫她。"

倪简："没用，人家和男孩一起走着呢，看情形两人也不是很单纯的关系，你叫得来？"

"那怎么办，快九点了。"陆繁说，"这事倪叔恐怕不知道。"

倪简："没法管，她不会听我们的。"

说话间，那两人已经上了车。

黑色保时捷从眼前驶过，倪简看了下车牌。

陆繁拿出手机。

倪简问："干吗？"

陆繁说："他可能送倪珊回家了，我跟倪叔说一声。"

倪简没阻止。

电话接通，陆繁把情况说了，倪振平果然不知道，还以为倪珊在补习班上课。

挂掉电话，陆繁说："倪叔知道了，让他处理吧。"

"他知道也没用，他狠不了心，小时候对我就这样，犯天大的错也舍不得罚。"倪简说，"但我那时聪明啊，吃了亏就学乖。"倪珊嘛……呵呵。

上次吓成那样，居然还没吸取教训，没得说了。

陆繁还要说什么，倪简揉揉脸："不说她了，我们回去吧。"

陆繁这个月假长，一边照顾倪简，一边修车挣钱。

这几天，倪简正在重新规划工作上的事。

前天，Steven 发了邮件给她，说了两件事。

第一件算是好消息，一年前在国际动漫节的版权交易展上，倪简有两部悬疑恐漫被中国国内的出版商看中，签了协议，现在已经制作完，这两天就要上市了。而且，其中一部签下影视改编协议的也将在近期投入制作。

Steven 的意思是如果倪简打算留在国内，趁此机会拓展国内市场、累积人气很有必要，后期的宣传一定得配合。

倪简以前从不考虑这些，现在不同了，她要跟陆繁在一起，不打算再去其他地方，这些都成了必须想的事。

第二件事是个噩耗。

Steven 决定回国发展了。

这意味着什么，倪简很清楚。Steven 是个催稿狂魔，他要是回来了，很有可能天天从北京飞来催她。

倪简想想都头疼，她希望 Steven 晚点回来，但事与愿违，没过几天，梅映天发来信息，叫她做好迎接 Steven 的准备。

倪简算了算，Steven 过来那天，正好是陆繁假期最后一天。

晚饭陆繁做了红烧鱼，倪简胃口大开，吃了一碗还添了两口。

倪简放下碗，陆繁看着她，说："你也试试右手看看。"

倪简低头看看自己的手，无所谓似的："不用，左手能用。"

她说得云淡风轻，好像右手永远不好也没关系似的。

陆繁受不了她这种态度，走过来亲自检查。他从她的手腕捏到手肘，问她有什么感觉。

　　倪简说："感觉挺好。"

　　陆繁不接受这么潦草的答案："挺好是什么意思？"

　　"不痛不痒，很舒服，你手法不错。"倪简眼里晃着笑意。

　　陆繁警告地看了她一眼。倪简抬抬眼皮，认真了："感觉挺正常，就是没什么力气，养了没到四十天呢，你别急。"

　　陆繁把她的袖子放下来，在她身边坐下。

　　倪简看了看他，说："你好像有话要说。"

　　陆繁点头。

　　"那你说吧，干吗这么严肃？"

　　陆繁沉默了两秒，说："上次开发区的事故电视台做了专题，要录采访，队里安排了休假的人去，有我。"

　　"哦。"

　　陆繁看着她。

　　倪简眨眨眼："然后呢？"

　　陆繁："是孙记者接待我们。"

　　倪简又"哦"一声，说："那挺好，是熟人。"

　　陆繁额角跳了一下。

　　倪简神色淡淡，问："你就要说这个？"

　　陆繁看了她一会儿，确定她没有生气，斟酌了一下才说："你总爱乱想，我先跟你说清楚。"

　　倪简挑眉："是说我乱吃醋？"

　　陆繁："你没有吗？"

　　倪简看了他一会儿，忽然笑开："你知道就好，别在外面撩骚。"

　　陆繁皱眉："你又这样了。"

　　倪简的反应是不知悔改地笑了一声，然后凑过去亲他。

　　陆繁无奈，只能张开嘴任她欺负。

　　等倪简闹够了，陆繁才再开口。

　　"还有件事。"

　　"什么事？"倪简意犹未尽地舔舔嘴唇。

　　"有个出去集训学习的机会，队里把我也推荐了，20号要走。"

倪简："去哪儿？"

"广州。"

"去多久？"

"一个月。"

"哦。"倪简点点头，"那你去吧。"

陆繁没应声，倪简看出他的表情有点不放心，说："刚好我这个月也会很忙，你不去我还要担心没时间陪你。"

陆繁愣了愣，说："又要赶稿了？你的手还没好。"

倪简说："不赶稿，是宣传上的事，会有些活动要参加。"

陆繁的神情一瞬间变了。

"你要去……美国？"

他眼里有一丝慌乱，虽然极力掩饰，但倪简还是看到了。

她想起了上一次。

她去美国参加漫展，恰好又换了房子，丢了手机，杳无音信地消失在他的世界里。后来听梅映天说，他等了她一个月。

不知他是不是也想起了这个。

倪简握住陆繁的手："我不去美国。"

陆繁的表情松下来。

倪简笑了笑："我就算去，也会很快回来。"

陆繁没说话。

倪简用力捏了下他的手指："我不是那种始乱终弃的人。"

她这话说得怪异，但陆繁没有心思计较这个。他问："那你要去哪儿？先告诉我。"

"现在没定，最多就在上海、北京跑跑，不会更远了。"

陆繁点点头，没再问了。

第二天，陆繁去了电视台。倪简去找梅映天，下午，Steven 到了，他们一道去外面吃饭，之后找个清吧坐了坐。

Steven 是梅映天的校友，毕业后一直在美国工作，现在能下定决心回国，跟倪简有很大的关系。

倪简没交代过自己的私事，Steven 并不知道陆繁的存在，乍然听说倪简结婚了，惊得一口酒喷了梅映天满脸，遭到一顿暴打。

"Are you kidding me（开什么玩笑）！" Steven 无法相信这个事实，"天哪，Jane，那个 Daniel 苏呢？我以为你非他不嫁啊！"

话音刚落，梅映天撞他一肘子："你脑子有洞？"

Steven 一脸茫然："所以……到底是谁这么厉害，居然能把 Jane 收服！"

梅映天转了下眸子，看向倪简。

倪简笑了笑，没说话。

临走时，倪简说："以后我都在国内，外面的一切活动都推了吧。"

Steven 还要再追问，倪简已经对他摆手走了。

到门口时，被人撞了一下，倪简转头一看，是个年轻的女孩。

倪简的目光落到女孩旁边的男孩身上。

倪简对他不陌生，就在几天前见过他，那时他在倪珊身边。

女孩挽着男孩的手臂上了车，倪简收回视线。

她想起了倪振平。他们很久没见面了。

倪简看了下时间，离倪振平下班还有半小时，她招手拦了一辆出租车，去了供电所。

倪振平没料到倪简会来，在大门口看到倪简时，惊了惊，以为看错了。

倪简远远看到倪振平走过来，刚要喊，目光顿住不动了。

倪振平额头上肿了一块，脸上还有几块青紫。

倪简再一看，他走路好像有点跛。

倪简皱着眉走过去。

倪振平喊了声"小简"，问她怎么来了。

倪简没回答，目光上下扫了几眼，最后定在他脸上的伤处上。

"怎么回事？这伤怎么弄的？"

倪振平脸色不太自然，眼神躲闪："哦，没什么事，一点小伤。"

"爸爸！"倪简语气冷了，"这不是小伤，我们去医院。"

"不用。"倪振平摆手，"小简，真不用，回家涂点药就成。"

倪简没听他的，叫了辆车，坚持带他去医院做检查。

检查完，倪简脸沉得令人害怕。

"谁干的？"

倪振平不知道怎么说。

倪简平静一会儿，低声问："爸爸，你是不是惹了什么麻烦？"

"没有，没什么麻烦。"倪振平否认。

倪简没耐心了，发了火："你有没有当我是你闺女，这么大的事也要瞒我？你以为你这样我就能放心了？"

"小简……"倪振平无言以对，叹了口气，把事情说了。

倪简一言不发，手攥成了拳。

倪振平还说了些什么，她没心思关注，打断他的话："我去拿药。"

拿好药，倪简没有立刻回去，她站在走廊给梅映天发短信。

把倪振平送走后，倪简去了梅映天说的地点，早就有人等在那里了。

郑宇拉开车门，倪珊从车里下来，郑宇刚要低头牵她，一伙人突然窜过来，揪着他领子拖走。

倪珊骇了一跳，惊叫："郑宇！"

郑宇正被几个男人摁在地上打。

倪珊吓坏了，几秒后反应过来，大声喊："你们是谁？干吗打人？你们别打他，别打他！"

见那些人没反应，她大喊郑宇的名字，又尖叫"救命"。

倪简下车，大步走过去，拽了倪珊一把。

倪珊回过头。

倪简一巴掌呼她脸上。

倪珊被打蒙了，忘了哭，也忘了喊。

倪简没解气，紧接着又上来一耳光。

这一次力度小多了，但倪珊的脸已经红起来了。

倪简捏着右手腕咒骂了一句。

她打那第一下完全是本能逼迫，根本没有时间思考用哪只手，且用力超乎预料的猛。

现在，这手大概要废了。

那边几个人仍没有收手，郑宇抱着头，在地上又滚又骂，但毫无还手之力。

倪珊哭叫，对着倪简喊："你有病啊！你干吗打人！你凭什么打人！"

她冲上去要打倪简，旁边两个男人立即上前制住她。

倪简盯着倪珊："要不是怕爸爸心疼，我现在就打死你。"她抬手指着郑宇，"真当他喜欢你？真以为你是灰姑娘？"

倪简哼笑一声，大步走到郑宇那边。

郑宇的手脚被几个男人按着，动弹不得。

倪简屈身，膝盖使劲揾在郑宇胸口，郑宇疼得叫出声。

倪简揪起他的衣领，将他脑袋拎得离了地。

"舒服吧？"

倪简盯着他肿起的脸，慢慢说道："你再敢动我爸爸一下，我弄死你。"

回去时快九点，倪简右手腕痛得厉害，本来就快长好了，这下又折了。

她正在考虑要不要立刻去趟医院，手机就突然振起来。

倪简拿出来一看，是陆繁打来的电话。

倪简摁掉，正要回短信，看到好几条未读信息，都是陆繁发来的。

她回完信息，对开车的人说了公寓的地址。

下车时，看到了陆繁。

他站在小区门口的树下，光线暗淡，有一星红亮的火点。

他在抽烟。

看到倪简时，他拿烟的手顿了一下，随即掐灭烟，阔步走了过来。

倪简关上车门，车开走了。

陆繁到了她身边。

倪简笑了笑："在等我？"

陆繁点点头，牵起她。

倪简吸口气，跟着他往回走。她的右手有些颤。

上楼后，陆繁替她收了衣服毛巾，放进卫生间。

倪简坐在沙发上，脸微微泛白。

"你先洗。"她轻轻说，"我歇会儿。"

陆繁走过来，摸摸她的脸："很累？"

"嗯？"

陆繁："脸色不太好。"

"哦。"倪简，"是有点。"

陆繁又看了她一会儿，抿了抿唇，声音低下："要不……一起洗？"

倪简一愣，眼皮抬了抬。

陆繁表情不太自然："洗完早点睡。"

倪简看着他别扭的样子，有点想笑。

"欲盖弥彰。"她说。

陆繁皱了皱眉，没吭声。

倪简笑了一声。如果换了其他时候，他这样提议，她一定欣然接受，但现在不行。

她的手太疼了，得歇会儿。

倪简摇了摇头，说："我今天不想洗澡了。"

陆繁一愕，审视地看了倪简两秒。

他觉得她今天有点奇怪，不像她。

她最喜欢撩他，按她以往的习惯，现在一定是抓着这个机会大肆调戏他。

但她没有。不仅没有，她还拒绝了。

陆繁心里不是滋味。

这时，倪简又催促他："你快去洗吧。"

陆繁没说话，点了点头，起身去拿衣服了。

陆繁洗完澡，见倪简还在沙发上靠着，没换衣服，也没开电视。

她微闭着眼，脸色似乎更差了些。

陆繁一边擦头发，一边朝她看，过了两秒，他丢掉毛巾，走过去抱起她。

倪简睁开眼，笑了下："好了？"

陆繁没应声，看着她说道："去房里睡，这太冷了。"

说完，他抱她往房间走。

进了屋，倪简被放到床上，陆繁帮她解大衣的扣子。

倪简咬了咬唇，问："明早要回队里，是吧？"

陆繁没抬眼："对。"

倪简望着他的唇，轻轻说："几点走？"

"六点。"他已经解到最后一粒扣子。

这时，听到倪简说："太早了，你起来会吵到我，要不你现在回去吧。"

陆繁动作一滞，抬起眼。

倪简平静地对他笑了一下。

她的右手藏在大衣袖子里，这会儿已经动不了了。

她不能让他知道她的手又坏了。

他的假期结束了，他得归队，而且他就快要去广州学习，她讨厌成为他的后顾之忧。

但手实在太疼，倪简也不知道还能忍多久。

偏偏陆繁没动，坐在那儿使劲看她。

倪简有点急，勉强撑住脸上的笑意："我要睡了，就不送你了，路上小心点。”

陆繁微微僵硬的脸晦暗了。

她今天真的很不对劲。

她的样子不像生气，她一直笑着跟他说话，语气也温和，跟她以往发脾气时不像。但他也不确定，不知这是不是她不高兴的新表现。

陆繁认真回想他今天做了些什么，有没有让她不高兴的事。

但倪简已经熬不住了，额上开始冒虚汗。她怀疑腕骨这回是断彻底了。

倪简的脸越来越白，陆繁终于发现了不对。

“你怎么了？”他摸她的头，汗津津的，有点凉。

“没事。”倪简往后躲了躲，“我真的累了，你回去吧。”

陆繁怎么可能走。

“怎么回事？哪里不舒服？”他握着她的肩，不让她躲。

倪简疼得抽息，知道瞒不过去了。

她闭了闭眼。

“陆繁，我的手好像又断了。”

电梯在一楼没上来，陆繁嫌慢，不等了，背着倪简走楼梯。

倪简伏在他背上说：“我的脚没断，你让我自己走。”

陆繁不理她。毕竟是受过专业训练的，他的速度不是一般人能比，没一会儿就到了楼下。

好在倪简住的地段好，出租车很多，打车没费力气。

到了医院，陆繁一路把倪简抱进急诊室。拍完片子，结果很快出来了：腕骨错位，肌腱断裂，神经严重损伤。

这种情况需要进行手术。

倪简从手术室出来，麻醉还没过去，人昏昏沉沉地睡过去了，醒来时已经是后半夜。

她的右手上了夹板。

有只手在她额头上轻轻抚摸，掌心粗糙，但动作温柔。

倪简睁开眼。

“陆繁。”她喊他。

“我在。”

倪简对他笑笑，问：“几点了？”

“还早，没到三点。”

倪简松了口气。

还有三个小时。

"你上来睡一会儿。"

"不用,你接着睡。"

倪简坚持:"你上来。"

陆繁脱了外衣和鞋,睡进被子里。

倪简侧身,头埋入他肩窝,陆繁也侧过身,手揽住她。

倪简抬头,四目相对。

倪简说:"你闭上眼,好好睡。"

陆繁没闭眼,看了她两秒,轻轻摸她的脸庞。

"疼不疼?"

倪简摇头:"止痛针有用的。"

陆繁头点了下,不再问了。

他知道,她说话不老实。

五点多,天就有些亮了。

陆繁睁开眼,看了看怀里的人。

她闭着眼,呼吸均匀,白皙的脸庞没多少血色,唇瓣的粉色也淡了。

陆繁看了一会儿,唇贴近,碰了碰她的鼻尖。

倪简忽然睁开眼。

她在看他,眼神异常温柔。

陆繁微微一怔。

倪简说:"睡得不好吧?"

陆繁说:"挺好。"

倪简看看窗外,头转回:"你是不是该走了?"

陆繁没吭声,只是看着她。

倪简笑笑:"我等下给余阿姨发信息,她会来照顾我。"

她说完,见他目光不动,还想再说,他突然凑近,一手搂住她肩膀,头贴到她颈窝。

倪简张了张嘴,又闭上。

这一刻,世界静谧安逸。

半刻后,陆繁退开,抬起头。

"两年。"他说,"倪简,你给我两年。"

216

消防队的受访者离开后，几个编导讨论了一下，孙灵淑跑湛北路中队比较多，跟队里熟，于是一部分补拍的任务交给了她。

过了几天，孙灵淑跟摄像跑了一趟，补拍完天都黑了。

陆繁他们还没有回来，听说是梧桐院那边一个小餐馆发生了煤气爆炸。

孙灵淑本想再等等，无奈摄像小哥一直催，只好回去了。

食堂里还剩了些饭菜，不是很好，看着就没胃口，但孙灵淑还是要了一点垫垫肚子。

她以前特别挑食，饭菜不好宁愿饿肚子也不吃。

后来认识了陆繁，这毛病才慢慢改了。

孙灵淑想起那段日子，嘴里的饭菜更加没有滋味。

他以前那么关心过她。

但现在……

他们就快跟路人差不多了。

想到这儿，孙灵淑不可避免地想到一个女人。

倪简。

孙灵淑低声念了一遍，握着筷子的手微微发紧。

她在想，为什么倪简还不走。一个人对另一个人的新鲜感三个月就该过了，倪简为什么还没腻。

只能说，陆繁的确有些能耐。

孙灵淑摇头苦笑了一下。他当然有能耐了，要不，他那样的条件，就算长得再好一些，她也不会真的考虑跟他过。

以平常眼光看，陆繁真的是个再普通不过的男人了，没钱没势没学历，过着最普通的生活。跟他在一起不会有偶像剧里那些事。

但他身上有股奇异的力量。

这股力量曾经吸引了孙灵淑。她走近他，又离开他。

再回来时，那力量还在。

可是多了个倪简。

孙灵淑扒拉着盘子里的白菜，不想再吃了。

这时，身后有人喊她。

孙灵淑转过头，沈月拎着包小跑过来，在她面前坐下，从包里抽出一沓东西拍到桌上。

"孙姐，快看。"沈月声音里透着兴奋，"我特地赶过来给你看的。"

孙灵淑看了她一眼，低头翻了翻桌上的文件，脸色变了。

沈月笑眯眯地说："怎么样，惊喜吧？Jane Ni 居然是个聋子！"

孙灵淑没回答，神色震惊地翻到最后一张才抬头："哪儿来的？"

"潇潇传回来的，这可是最齐全的，比咱们之前查到的那点多太多了。"

沈月低头凑近，神秘兮兮地说道："告诉你，有个大角色也在查这个人，都查到国外去了，这些都是他们那头挖出来的，不只是潇潇她们收到了，各家娱记都有。"

孙灵淑皱眉："哪个大角色？"

沈月摇头："没透露。"说完点点桌上的资料，指给孙灵淑看，"你看这儿，连这个钢琴家 Daniel 都扯进去了，还有，她妈妈是小三哎，而且她继父居然是肖敬，那可是排得进富豪榜的人，真没想到这么劲爆！"

沈月啧声不断，突然又"啊"一声，意识到声音过大又马上压低，对孙灵淑说："最劲爆的是，她竟然已经结婚了！"

孙灵淑一直没发表评论，她又将那些资料从头到尾看了一遍。

正如沈月所说，里面的内容的确有爆点，挖得很深，甚至在最后那一部分，连陆繁都被扒了个干净。

有些事，连她都不知道。

孙灵淑看了好一会儿，微沉着脸问沈月："这要什么时候发？"

"现在不发，过两周。"

沈月说："前天那个电影上映了，梅映天客串的角色火了一把，照这趋势看，她人气还要上升，而且《逃》不是要开拍了嘛，就是根据倪简的漫画改编的，我猜对方是想等到那时候放这大招，这样才有话题度。"

孙灵淑皱了皱眉："她在国内的名气根本没到这一步，回国也没多久，谁会这样设计她？"

"谁知道呢？"沈月不关心这个，一摊手，"上流人的世界，我们小老百姓怎么会懂，反正坐等他们开撕就是了。"

晚饭后，倪简收到 Steven 的邮件。

Steven 已经升格为倪简的经纪人，这封邮件是告知她近期的行程。

倪简稍微瞥了两眼，松了口气。

下周一要去上海参加一场书迷交流会，然后周五参加《逃》的媒体见面会。

只要没有签售会就好。

自从十天前打了倪珊两巴掌，她的右手到现在还只是个摆设，画稿一直拖着，更别提签售了。

临睡前，陆繁的短信来了，仍然和以往一样，第一条先问她的手。

倪简给他回：【比昨天好。】

陆繁又叮嘱她要小心，不要再跌倒撞到之类的。

倪简看着那一长串，笑了笑，摁两个字过去：【唐僧。】

等了几秒，陆繁回了个问号过来。

他没懂这个梗。

如果他此刻在面前，一定是睁着漆黑的眼睛看着她。

然后她会拍拍他的脸，嘲讽他两句，再调戏一下。

倪简这么想着，一个人对着手机笑得哈哈的。

另一边，陆繁半晌没收到回音，心不安，又发了一条：【说话。】

倪简没回。

她几乎想象得到他皱着眉摁手机的样子。

陆繁本来是坐在台阶上的，现在站了起来，莫名有些焦躁，又一次输入文字"你 zai"……"在"字还没跳出来，手机突然振动。

有电话打进来。

屏幕上显示来电人是倪简。

陆繁心猛地一跳，随即接通电话。

倪简的声音隔着电话传进耳。

"陆繁。"

陆繁怔了怔。

这是他第一次在电话里听到她的声音，和面对面讲话有一点不同。

他下意识地张嘴喊她的名字，喊完才反应过来，她听不见。

她听不见，但她给他打了电话。

"陆繁。"倪简又喊一遍，然后她在那头笑了一声，"你听见我声音了吧。"

陆繁心定了，也笑："嗯。"

那头，倪简已经自顾自地说话了。

"我知道你在听，我的手没什么，你不要记着这个。你要是方便，我经常讲电话给你听。"

我经常讲电话给你听。

陆繁垂在身侧的右手慢慢握起来。

如果一个听不见声音的人愿意给你打电话，如果她愿意在始终寂静的世界里对着冰冷沉默的话筒讲话……

陆繁闭上眼，靠到墙上。

听筒里，倪简平淡的声音像天籁。

她在说："如果你不方便，就挂掉电话，这样我会知道。"

陆繁抿紧了唇。

如果她在面前，他会去抱她。

他一定会忍不住去抱她。

倪简又说了一些自己的事，然后说："我说完了，挂了，你早点休息。"

"嗯。"

等那头响起了短促的"嘟嘟"声，他才将手机从耳边拿开。

他的目光从楼道狭小的窗户望出去，黑夜无边。

她在千里之外。

默默站了一会儿，陆繁摸出烟盒，坐在楼梯上抽了一根烟。

他想起那天在医院。

他请她再给两年。

她说给他一辈子。

他吐了口烟，兀自笑了笑。

片刻后，他想起什么，掏出手机划到照片。

往前翻了翻，只有三张照片，两张风景，一张人物。

他的手定在那张人物照上——

山峰青翠，她坐在崖边，乌黑的发丝很耀眼。

陆繁看了很久。

最后，他将手机拿近，唇在屏幕上贴了一会儿。

Chapter 13
·向他而来

Steven 很重视这次去上海的行程，在出发前一天早早赶过来，陪了倪简一整天，交代她带哪些衣服，媒体见面会那天弄什么样的发型等等。

倪简没想过服装、发型的事，拖箱里的装备和平常出门差不多。

Steven 打开一看，一股脑全倒了出来，他亲自到衣柜里挑选。

但倪简的衣柜里没有一件礼服，仅有的几件裙子都被 Steven 毫不留情地pass 了。

Steven 火急火燎地拉着倪简出门买衣服。倪简不大喜欢逛街，但 Steven 却是百分百的完美主义者，挑剔得令人发指，一旦看到不合他心意的东西，分分钟开启毒舌技能，挺美的一件衣服能让他批得不忍直视。

倪简只得投降。

他们逛了一整天，才找到一件让 Steven 满意的礼服。

倪简从试衣间出来，Steven 眼睛都直了。

他起身绕着倪简转了几圈，说："Jane，这才是你该穿的衣服。"

倪简抬抬右手，给他看手腕上的夹板："你确定？"

"当然。"Steven 一本正经地说，"维纳斯即使断臂，也依然是女神，这不是瑕疵，是残缺的美。"

倪简白了他一眼："我谢谢你。"

她看了看镜子里的自己，说："我不太懂。"

Steven 说："哪里不懂？"

倪简说："媒体的焦点是主演吧，我只是个漫画作者，站个位置而已，有必要这样？"

"有必要，当然有必要。"

Steven 是个生意人，他有自己的生意经，说起来一套一套的。倪简看了半天抓住了一点意思，皱了皱眉："我就是个画漫画的，你说的那些太扯了。"

Steven 说："没让你现在就跨圈，是说不要错过机会，两手一起抓，娱乐圈怎么运作的你也清楚，对有些人来说一辈子也挤不进去，可你现在在门边了，就缺曝光度，人的天性趋美避丑，任何职业前面但凡加上'美女'二字就不一样了，你底子在这儿，别暴殄天物。你看小天，她原来就是个打嘴仗的，现在不是挺好么，处女作一炮而红，圈粉无数，多少人羡慕不来。"

倪简总算完全明白了他打的什么主意。

她的脸色不好看了。

"我跟小天不一样，她天生就是站在舞台上的人，我不是。"

倪简说："我只会画漫画，也只喜欢做这个，偶尔配合宣传可以，其他的，你别想。"

Steven 挑挑眉，胸有成竹的样子："你不要现在就否定，等《逃》火了，你再跟我说。"

倪简没理他，喊导购帮她脱衣服。

车在小区门口停下，倪简下了车，Steven 从窗口探出头，跟她确定明天出发的时间。

之后，车开走了。

倪简进了小区大门，然后就看见了孙灵淑。

孙灵淑站在门卫室门口。她穿着白色的大衣，倪简一眼认出了她。

她上次穿的也是白色。

白色，给人纯洁无瑕的感觉。

倪简扯了扯嘴唇，走过去。

孙灵淑也看到了倪简，她把包往肩上提了提，也朝倪简走来。

两人隔着大约两米的距离站定，孙灵淑先开了口。

"倪小姐，你总算回来了。"

倪简看了看她，说："孙记者等久了？"

孙灵淑说："是等很久了，你家保姆警惕性不错，陌生人不让进门的，你管得好。"

倪简："哦。"

孙灵淑抿了抿嘴，淡着脸看着她。

倪简说："你在看什么？"

孙灵淑说："看你。"

倪简笑了一声："你找到这儿来是为了看我吗？"

孙灵淑说："那倒不至于。"停了下，"找个地方说几句吧。"

倪简没有异议。

她们一前一后进了小区的茶馆。

孙灵淑点了一壶茶，给倪简斟了一杯。

倪简没客气，端起来就喝。谁知喝得太急，烫了嘴。

孙灵淑笑了一声。

倪简捂着嘴，没看见，抬起头时看到孙灵淑的目光。

"你笑什么？"

"我笑了？"孙灵淑唇角淡淡勾着，"你听见我笑了？"

倪简没说话。

孙灵淑说："你听不见。"

倪简点头："是，我听不见。"

孙灵淑有一瞬没说话，她看着倪简，不知在想什么。

倪简被茶烫到之后，没什么心情再喝，对孙灵淑说："有话直说，我想早点回去。"

孙灵淑沉默了两秒，说："我刚刚在想，他为什么会喜欢你。"

倪简说："想出来了吗？"

孙灵淑摇摇头。

倪简翘起唇角，微微一笑："我也不知道。"

孙灵淑也笑了："想不到答案，很有可能是问题出了错。"

"什么意思？"

"意思是，那可能不是喜欢。"

"那是什么？"

"不知道，也许是怜惜，也许是同情，又或者是其他的什么。他就是这样的，好人一个，以前对我也是这样。"

孙灵淑说完这话，注视着倪简，似乎想从她脸上看到点什么，但什么都没看到。

没有震怒，没有慌乱，也没有伤心失望。

倪简没什么表情地坐在那里，平静如常。

孙灵淑想，这是一种不在乎的姿态。

因为不在乎，所以不认真、不计较，甚至没兴致说这个话题。

没错，这个女人从头到尾都没有用真心，她只是利用陆繁，利用那个温暖真挚得近乎憨傻的男人，填补她空虚的心，补偿她在其他人、其他事上遭遇的失败。

她是个聋子，她追求过一个钢琴家。她真正钦慕的是那个层次的男人，不是陆繁这种。

陆繁，只是个可怜的调剂品。

孙灵淑吸了一口气，表情凝重了。

倪简不开口，只能她来说。

"倪小姐。"孙灵淑说，"我想你最好还是离开陆繁吧，甚至，我还想建议你离开中国。"

倪简"哦"了一声，淡淡说："好，你的建议我收下了。"

孙灵淑绷着脸，一瞬之后，沉声说："倪简，我说真的，不只是站在情敌的立场。"

顿了一秒，她说："你能听我的，那最好，你不听，那我等着看你后悔。不只是你，连陆繁也要后悔。"

倪简："哦。"

一大早，倪简醒了，从枕头边摸出手机一看，有一条Steven的信息，还有一条陆繁的。

倪简看了下时间，昨晚十一点发来的，那时她已经睡了。

倪简揉了揉眼睛，坐起来，给陆繁回了一条：昨晚睡了，今天去上海。

早饭后，Steven来接倪简，坐了一个半小时高铁，到了上海。

上午十点，书迷见面会在上海展览中心举行。

这样的活动，倪简以前在国外参加过，但在国内还是第一次。

她不知道在国内也有这么多书迷，很多是男孩，还有三四十岁的中年大叔，看悬疑恐漫的姑娘不多。

很多人带了漫画书过来求签名，但倪简的右手还没好，握不了笔。

这成了此次书迷会的一大遗憾，还有个男孩甚至在现场表示了自己的担心：手折了，是不是代表很长时间不会有新漫画出来了？

这个问题戳到了Steven的心窝。回到酒店，Steven看着倪简的右手长吁短叹。

倪简倒不在意。

下一个活动是《逃》的媒体见面会，在周五，这中间有三天空闲。

倪简几乎都在酒店，Steven每天跑得不见人影。

周四下午，倪简收到一条短信。

看完短信，她顿了好一会儿，最终只是回了一句：【知道了，注意我爸爸的安全，其他人随意。】

这几天，上海的天气一直很好，但到周五这天，却突然下起小雨。

《逃》的媒体见面会如期举行，定的时间是下午一点到四点。

倪简十二点半就到了，先见了导演、编剧和一众主创。见完后，倪简只对导演有点印象。

时峻这个名字，倪简知道，但这是第一次见他，三十出头的样子，板寸头，穿一件红色冲锋衣，不像导演，倒像登山队的，也有点赛车手的味道。虽然看着挺年轻，但说话挺有味，据说是国内公路片之王。

倪简跟那些演员没什么话说，也就跟时峻聊了几句，说的都是剧本的事。

一点钟，众人准时进场，各路媒体都已经准备就绪，场内挤满了各家粉丝，还有一部分是原漫画的书迷。

主创团队一进场，粉丝就沸腾了，现场秩序好一会儿才稳定下来。

倪简的位置在时峻旁边。

主持人介绍到她时，底下一阵尖叫："Jane！Jane……"人气丝毫不逊于几位主演。

前面的环节进行了一个半小时，倪简安安心心做着陪衬的布景，话筒递到面前就说几句，感觉挺轻松。

之后是现场提问。

起初记者的提问都是冲着演员去的，到后面画风突转，一连几个问题都点名要倪简回答。

倪简回答完一个女记者的提问，正要坐下，又一个男记者站起来。

"你好，Jane，我很好奇，你在《逃》的原作中将重量级的女二号苏珊设置为女同，并且费了不少笔墨去描绘她与莫莉之间的深重感情，请问对这个人物的灵感是来源于您自己的取向吗？外界一直传闻，您是梅映天的女朋友，请问莫莉这个人物的原型是不是梅映天？"

话音一落，台下一阵抽气声，紧接着观众议论纷纷。

台上的几位主演也转过头看向倪简。

这个问题是倪简没有想到的。她不是明星，不是艺人，她只是个漫画原作者，没有想到也会被问到私事。

倪简捏着话筒，有些发怔。

225

紧接着，另一个记者站起来："Jane，你不回答，是默认了吗？我也有一个问题，有人爆料说你跟著名国际钢琴家 Daniel 苏曾经在一起五年，还被拍到从他的寓所出来，可以透露一下你们是因为什么原因分手的吗？是因为梅映天插足吗？还是因为 Daniel 苏不能接受你是一个聋子？"

　　这话如同砸下一道雷，场下一片哗然。

　　有人惊讶于倪简竟然是个聋子，有人则震惊于她和苏钦的关系。

　　这些人中有很多是苏钦的拥趸，这个爆料他们从来都不知道。

　　人群中哄闹起来。

　　有人在喊："天哪！"

　　有人高声问："是不是真的？"

　　"这……太乱了吧……"

　　但这还没完。

　　从这两个问题开始，场下接连有人站起，有些戴了记者工作证，有些没有。

　　他们高声喊着，爆出一个个猛料。

　　"Jane，国际富豪肖敬是你的继父，你能这么迅速地打入国内市场，他出了几个亿？"

　　"有人爆料你已经在去年结婚了，请问你现在的另一半是谁？"

　　"有人拍到你跟一个消防员同居，请问他是你的情人还是老公？"

　　……

　　场内骚动不止，炸开了锅。

　　主持人意识到不对，时峻也意识到了，这些人是有预谋的，是安排好的，他们不是为了电影而来。

　　他们是冲着倪简来的。

　　主持人试图救场，但根本没法压下去。

　　时峻迅速站起来，从倪简手里拿过话筒，走到最前方。

　　"各位，今天这一场是《逃》的电影发布会，请你们尊重片方，尊重主创人员，也请你们尊重为我们画出这个故事的 Jane，今天我们只回答与电影有关的问题。"

　　与此同时，主办方安排了安保人员进来，将嚷得最凶的几个人带出去了。

　　Steven 也快速进来把倪简带到了休息室。

　　见面会草草结束。

　　时峻走进休息室，倪简就坐在椅子上，没什么表情，倒是一旁的 Steven

格外气愤，一直在打电话请人查这事。

Steven 看到他，挂了电话过来喊："时导！"

倪简也看到了他。

时峻走近，看了她一眼，没说话。

倪简笑了笑，说："抱歉，毁了记者会。"

时峻也笑笑："小事，别多想。"

倪简点点头，一句话都不想说了。

见面会虽然结束了，但其他的并没有停止。料一旦爆出来，不发酵够了不可能歇下去。

当天晚上，网上已经是铺天盖地的新闻，见面会上提到的、没提到的全都被扒了个干净，连倪简现在住的小区大门都被拍了照片传到网上。

倪简跟梅映天发完短信，就靠在沙发上。

Steven 在浏览网页，一边看一边忍不住爆出脏话，不断回头跟倪简吐槽。

"这跟你妈有什么关系？扒小天和苏钦就够了，怎么连你妈和你继父的情史都能说，真是够了！

"你继父什么时候赞助过你的事业了，这些人说得跟真的似的，啧，真能编！

"消防员？消防员怎么啦？他多坐过牢又怎么了，到底关他们什么事？你嫁给谁关他们屁事啊！

Steven 吼得唾沫横飞。

倪简看着想笑，扯扯嘴角，又笑不出来。

她吸了口气，对 Steven 说："看起来，你对娱乐圈也没有多了解，现在还希望我挤进去吗？"

Steven 嚅嚅嘴唇，低声说："还是乖乖画画吧，这些人太过分了。"

倪简这回真的笑了笑。

Steven 挠挠头，有些歉疚地说："对不起，这个活动我当初不接就没事了。"

倪简摇头："不会，不是这个，也会是别的，人家安排好了，怎么会失手？"

Steven 想想也是，恼怒地说："让我查出是谁这么阴险，我弄死他。"

倪简没说话。

Steven 也沉默了，过了会儿，说："现在怎么办？要不要开个记者会澄清一下？我怕你妈那边不好交代，还有……"

"还有你老公，网上连这个扒了，有个专门的帖子扒你俩，已经有人在质疑他这样的背景怎么能做消防员。我看他们说，国内这边好像对这种审查得很严，直系亲属有犯罪记录的，好像不能做这种工作。"

倪简有一瞬没说话。

过了很久，她说："我也不知道，我现在不想想这些。"

她揉揉脸："给我买张票吧。"

Steven 一愣："去哪儿？"

"广州。"

倪简这一趟纯粹是冲动了，下飞机时她就意识到了。

为什么来找他？

要对他说什么？

给他看她这副鬼样子吗？

要让他分心吗？

她到底来干吗呢。她没仔细想过。

因为不想待在上海了，因为不想面对那些，所以来这里，向他而来。

这么多年，她只是逃避，永远逃避。

和肖家的关系，和程虹的矛盾，当年苏钦的拒绝……

她整个灵魂都写着懦弱。

四月初的广州和上海不一样，暖和得令人犯困。

倪简把围巾摘下来，揣进包里，在机场附近找了个宾馆，关上手机就睡了。

一觉醒来，到傍晚了。

倪简揉揉头发，起床冲了个澡，对着镜子看了看自己的脸，感觉精神好了很多。

拉开窗帘，外面红霞漫天。

昨天的一切像场梦，全都没了。

倪简随便收拾了一下，下楼找个小餐馆，挑了挑，最后吃了碗饺子，之后翻出短信记录，查到了陆繁在的那个综训基地，不算太远。

倪简坐出租车过去，五十分钟就到了，天还没黑。

营区在城郊，偏安静。到了基地附近，司机说："听见哨声了吧，还在训练哩。"

说完好几秒，没见倪简有反应，司机扭头看了她一眼，见她眼睛木木地看着前面，只当她在想事情，没再多说。

到了大门外，倪简付了车费下车。

司机说："你什么时候走，这里不好找车的，要不要我等你一会儿？"

倪简扭头看看附近，只有一排矮房子，有一间是小卖部，隔壁是个两层小破楼，外墙上的水泥掉了很多块，露出红砖，楼前摆了个掉漆的牌子，写着"刘家旅馆"。

倪简从包里拿出两百递给司机："麻烦您明天这个时候来接我，我住在那儿。"她指了指不远处的刘家旅馆。

司机收下钱，答应了。

倪简走进刘家旅馆，穿着大红外套的老板娘靠在躺椅上看电视。

倪简在黑乎乎的柜台前站了一会儿。

看得出来，这个旅馆条件挺差，但也没有别的选择。

倪简问："还有房间吗？"

老板娘闻声转过头，稀疏的眉毛抬了抬，似乎很惊讶这个时候还有客人来。

倪简又问了一遍，老板娘站起来，朝柜台走来。

"几个人住？"

"一个人。"

老板娘又看了她一眼，有点不信的样子。

倪简也看着她。

最后，老板娘拿出一把钥匙："楼上第一间，一晚一百块，还要交一百块押金。"

倪简接过钥匙，给了老板娘两百。

老板娘接过钱，看她要走忍不住又交代了一句："晚上要查房，要是发现房里多住了人，要补两百的。"

倪简看了看她，应了一声，转身往楼梯走。

房间很小，勉强放进一张床、一个柜子，收拾得也不太干净。

四月的广州还是回南天，空气潮湿，屋子里有一股明显的霉味。

倪简抖了抖被子上的灰，摸了一下，感觉被套和枕头都有些发潮。

这样的环境对骨折的人很不好。

倪简在床上坐下来，看了看右手腕。

只住一天，应该没什么要紧。

卫生间更简陋，狭窄逼仄，洗脸台脏得能写字，莲蓬头也让人看不下去。

倪简勉强上了个厕所，洗了手，就再也不想进去了。

她从包里拿出围巾，铺在枕头上，钻进被子躺了一会儿。

下午六点半，倪简下楼，问旅馆提不提供晚饭。

"晚饭啊……"老板娘手一指，"隔壁我们家小店有泡面卖。"

"……"

倪简只好过去买了一桶牛肉面，找老板娘借了开水，坐在楼下小桌子上吃。

老板娘还在看电视，隔壁小卖部的老板跑过来催促她去做饭。

他们说的是广州话，倪简看得不太懂，勉强辨认出"饭"这个字。

老板娘似乎不乐意做饭，很凶地吼了两句，老板就蔫了，指指隔壁的小卖部，然后自己进了后堂的小厨房。

感觉到倪简的视线，老板娘得意地冲她抬抬下巴，用普通话对她说："小姑娘，看见没，男人就得管成这样，让他乖乖听你的，别上赶着给他们做饭，得让他们给你做！"

倪简笑了笑，没说话。

她想起陆繁，觉得这个问题没什么好担心的。

等他们到了老板和老板娘这个年纪，陆繁一定还会愿意给她做饭的。

倪简看了看外面，天已经黑透了。

这时，老板娘终于从躺椅上爬起来，说："你在这儿慢慢吃，顺道帮我看个门，我去隔壁看会儿，那些小伙子下了场子要来买东西的。"

倪简一愣，问："他们可以出来？"

"可以啊，就一刻钟。都是些年轻人嘛，平时管得严，白天训练，晚上还要上课，就这一会儿能出来买包烟抽两根，我一天也就赚这点香烟钱。"

倪简又问："他们什么时候出来？"

老板娘瞅瞅墙上挂钟，说："就几分钟了，到七点就该训练完了。"

老板娘去了隔壁。

倪简一桶面没吃完，剩了一小半。

她没给老板娘看门，收拾好垃圾就上了楼。

她的房间里有一扇小窗，木制，很久没打扫，积了厚厚一层灰，蜘蛛在上面结了网。

倪简拉出生了锈的插销，把窗户推开了。

营区灯光明亮，很多人从大门出来，往小卖部走。

小卖部门口挂了两盏简陋的白炽灯，虽然功率挺大，但灯光始终是昏黄的。

倪简站在窗口，眼睛望着楼下。

穿着训练服的男人三三两两地过来了，他们进了小卖部，过了一会儿出来了，也没走，就站在小卖部外面的空地上抽烟，火点闪烁，像星星。

倪简一个一个看过来，目光从他们身上移开，往远处看。

他会不会来？

她知道，他也抽烟，但不多。

倪简摸出手机看了看，七点零五分。

只有十分钟了。

再抬头时，倪简看到了灯下走来一个人。

她的目光立刻顿住了。

那个人走进了小卖部。

倪简贴着窗户，头探出去。

过了不到两分钟，那人出来了，在灯下点着了一根烟。

他穿着军绿色的训练服，和别人一样。他站在那儿抽烟，也和别人一样。

他背对着这边，倪简甚至没看清他的脸，但她确定他就是陆繁。

她知道，他就是。

在那群二十出头的年轻男人中，他的年纪有点大了，但他身上有他们没有的东西。他走路的姿势，他站立的模样，有一种说不出的味道。也许别人发现不了，但倪简知道。

十分钟过得飞快。

很快，营区的铃声响了。

男人们掐灭了烟，一个个往营区走。

倪简死盯着人群中的那个身影，半个身子都探出了窗外。

忽然，小卖部门口的灯灭了。

所有的身影全都看不清了。

倪简张着嘴。

心里有个声音在说，喊他呀，你喊了，他就会停下来。

又有另一个声音说，不要喊，他不能停下来，即便是你，也不该让他停下来。

喉咙里的两个字转了无数遭，始终没喊出来。

倪简捏着窗棂，风裹着她的长发。

很久之后，她缩回身子，一只手慢慢关好窗户，然后抹抹眼睛，从窗边走开了。

晚上十点半，陆繁的短信来了。

和以前一样，还是先问她的手。

倪简捏着手机，有点失神。

他们现在的距离大概是五十米？一百米？

他现在在哪儿？宿舍、走廊还是训练场？

半刻后，倪简回过神，告诉陆繁她的手恢复得很好，马上要拆夹板了。

陆繁回了个笑脸，是这样的：

【:)】

他很少发表情，更不会用那种夸张有趣的颜文字，这种过时的笑脸已经很难得了。

这个时候，倪简发自内心地感激陆繁这些老旧的跟不上潮流的习惯。

他的世界比别人清净。

那些冰冷的丑陋的残忍的东西，他没那么快知道。

那些，也不该由他来面对。

第二天，倪简在小旅馆睡到中午，然后下去买了一桶牛肉粉丝填饱肚子，坐在楼下小板凳上跟老板娘聊天。

老板娘对她有点好奇："你在这儿住一天，也没见你做什么事、找什么人，你到底是干啥来的？"

倪简说："不干什么，就看看。"

"这破地方有什么好看的？我看你像城里来的，在这儿住不惯吧。"

"还行。"

老板娘笑了一声，看着她说："到这儿的姑娘都是来看男人的。"

"我也是。"倪简老实地说。

"那人呢？"

"我看过了，他很好。"

傍晚，出租车司机来了，倪简和老板娘道了别，上车走了。

老板娘上楼收拾房间，抖被子时抖出一条薄围巾，酒红色的。

在出租车上，倪简收到了程虹的信息。倪简并不意外，这在她的意料之中。

倪简认真看完了信息，没有像以前一样关掉手机逃避。

她给程虹回了一条信息。

晚上九点到机场，十点到家。

程虹在门口等着。

倪简过去喊了一声，程虹没应，也没什么表情。

倪简低着头，找出钥匙开门。

母女俩一起进了屋。

倪简关上门，蹲在鞋柜边找出一双新拖鞋放到程虹面前，然后起身进了厨房。

屋里一点热水都没有，余阿姨不在，她得自己烧一点。

一只手做这种事不容易，倪简折腾了好一会儿，才装好水插上电。

出来时，程虹已经在沙发上坐下了。

倪简走过去，在程虹跟前站着。

程虹看了看她，目光落在她右手腕上，眉头皱了。

"你这手怎么回事？都多久了，夹板还没拆？"

倪简没想到程虹会看到这个，下意识地抖了抖袖子。

程虹更来气："你遮什么？遮了就能好？"

倪简垂着手，不动了。

"就要拆了。"她说。

倪简在程虹面前，很少露出这么低眉顺眼的样子，她们大多数时候都是争锋相对，直到倪简被压倒。

程虹看了她一眼，心里的气有点顺了，对倪简说："你坐下来。"

倪简没坐到沙发上，她弯腰从茶几下拖出一张小凳子，在程虹面前坐下，一下子比程虹矮了一大截。

她本来就瘦，这两天吃得不好，休息也一般，没剩多少肉了。

这样坐着，跟个小孩似的。

程虹有点恍惚。

那年，她要带倪简走时，倪简也是这样坐在屋里的小板凳上，默默地哭，哭了很久，没有结果，又抹了抹眼泪，什么话都没说，进了房间收拾自己的小书包。

那时，她才几岁啊。

程虹目光渐深。她不是怀旧的人，但在这一刻却想起了很多旧事，等回过神时，惊觉倪简已经长这么大了，而她也已经老了好多岁。

倪简不知道程虹在想什么。

她也没问，只是安静地坐在那儿，不管待会儿劈头而来的是怒斥还是责骂，她都受着。

这一次，的确是她的错，是她连累了程虹。

肖敬是怎么样的人，倪简有点了解，她想象得到那些风言风语给程虹带来多大的压力。

但过了很久，程虹也没有开口骂她。

程虹回过神，喊了她一声。

倪简看着程虹，没应。

程虹说："你说说吧，这一次是怎么回事。"

倪简一愣，隔了两秒，反应过来她说的是什么事。

倪简木讷地摇摇头："我不知道。"顿了顿，低声说，"对不起。"

"对不起有什么用？"程虹说，"不知道谁在阴你？"

倪简还是摇头："不知道。"

程虹脸绷了绷，表情恢复了一贯的严肃。

"脑子不聪明，就要学乖一点，没那个心眼，就别学人家逞凶斗狠。"

倪简撇撇嘴，没顶回去，再一细想，觉得程虹这话里有话。

果然，下一秒就见程虹问："郑氏你总知道吧？"

倪简怔了一下，皱眉："哪个郑氏？"话问出口，她想起来，"那个电商巨头？"

程虹没应声，说："你老实说，你跟郑家二公子郑衡结了什么梁子？"

"郑衡？"倪简不明所以，"我不认识这个人。"

程虹哼了一声："不认识？不认识人家吃饱了撑着跟你过不去，我看你是得罪了人都不知道，你给我好好想想。"

倪简想了半刻，想起个人："我认识另一个姓郑的。"

倪简把郑宇的事告诉程虹。

程虹听完，脸色更加不好了："你管什么闲事不好，居然还管到你那便宜妹妹那儿去了，我怎么就没见你对肖勉这么用心？"

倪简忍不住辩驳："我不是管她，那个人打了爸爸，我忍不了这个。"

"那也是他自找的！"程虹声音发冷，"他一辈子都是这么懦弱无能，他自己教不好女儿，你操什么心。这就是他的命，被人打死了也是活该。"

"那不是别人，是爸爸呀。"

倪简的语气低下去，几乎有了哀求的意味："你可以不要他，我不能不要，他是我爸爸啊。"

234

程虹没话说了。

屋子里安静了好一会儿。

程虹揉揉眉心，抬起头："你跟那个苏钦又是怎么回事？"

倪简："没怎么，我以前喜欢他，他不喜欢我。"

"那媒体怎么说成那样，那些照片呢？"

"我不知道。"倪简说，"以前被拍到了，他都有法子撤掉，不知道这回怎么会漏出来。"

程虹眼神复杂地看着她，问："你究竟还有多少事瞒着我？"

倪简摇头："没有了。"

"陆繁呢？"程虹直入重点，"他家里的事，你跟我交代过？"

"我说过，他父母都不在了。"

程虹冷笑："你怎么不说他们为什么不在了，你怎么不说他爸爸是坐牢自杀死的？"

倪简心腔揪沉了。她说："这些事没什么好说的，都过去了。"

"过去了？"程虹毫不留情地戳破，"现在还被翻出来，你觉得过去了？"

倪简不说话。

程虹说："你早就知道了，是吧。"

倪简点头。

程虹气急反笑："你是不是傻了？你知道，还跟他领证？"

倪简说："我不觉得这有什么关系。"

程虹气得说不下去，倏地站起身："好，你说没关系，你看看这有什么关系，你看他还能不能做这个工作。"

程虹说完转身就走。

倪简怔在那里。

程虹走到门口，倪简追过去，拽住了她的手。

"妈妈。"

倪简低低地喊了一声

程虹停了脚步。

"妈妈。"倪简的声音更低了。

程虹感觉到她的手微微发抖。

程虹终于回过身。

倪简松开手，顿了顿，低声说："能不能……帮帮我？"

程虹看着倪简，觉得不可思议。过了一秒，她问倪简："帮你，还是帮陆繁？"

倪简没说话，手指绞紧了。

程虹将她从上到下看了一遍，眼神越来越复杂："你这是在求我？"

倪简微微一震，半晌，点了点头："嗯。"

程虹吸了两口气，沉默。

许久之后，她笑了一声，笑声里五味杂陈。她说："你上一次求我，是我跟你爸爸离婚那天。"

倪简抿紧了唇。

程虹仍然不能理解："他就那么好？"

倪简说："不是好不好的问题。"

"那是什么？"

"他喜欢这个工作，他救过很多人，他还想救更多人，为什么不让他做？"

程虹看她半天，终于叹口气："小简，你变得都不像你了。"

倪简不知程虹用了什么手段，又或者是肖敬也插了手，过了几天，她就收到 Steven 的邮件，说事情好像慢慢下去了。

倪简不在乎这个，她只关心陆繁会不会受影响。

虽然那天程虹答应了，但这种事情她不了解，不知道能做到哪一步。

月中的时候，梅映天回来了，倪简又请她帮忙打听了一下，得到的结果是经济犯罪跟政治犯罪还是有差别的，这个问题没有那么严重，只要舆论压力没了，其他的就好办。

倪简松了一口气。

16 号这天，她去医院拆掉了手腕上的夹板，离开时，在大门口碰到倪振平。

父女两个都一愣。

倪简先走过去。

倪振平又老了很多，双眼都是红的，脸色憔悴，头发更白了。

"爸爸，你病了？"

倪振平说没有，反问她："你来医院做什么，哪里不舒服？"

"哦，没什么，拿点维生素片。"

倪简停了一下，问："你过来，是……倪珊不舒服吗？"

倪振平点点头，有一会儿没说话。

倪简一怔："怎么了？"

倪振平叹口气，眼睛越发红了，恨声说："还不是那个浑小子。"

"郑宇？"

倪振平点点头。

"他又做了什么？"

倪振平摇摇头，说不出话来。

倪简又问了一遍，他才把事情说了，说到末了又是痛心又是愤怒，几乎咬牙切齿了："那小子太浑蛋了……珊珊才多大啊，他把珊珊一辈子都毁了……"

倪简怔怔地听着，半晌才回过神，讷讷问了句："她现在……怎么样了？"

"身体很虚弱，得养着，学是不能上了。"

倪简没再问。她也没去看倪珊。

回到家，倪简翻了翻手机，找到一条短信。

看了下时间，正好是倪珊出事的那天。

自从上次打了郑宇，倪简就请了梅映天找来的那些人保护倪振平。

那天，她收到的消息正好是关于倪珊的，如果她多交代一句，倪珊可能不会是这种结果。

但如果没有吃这么大的亏，倪珊又怎么能清醒？

倪简不再去想这些事。

陆繁就要回来了。

还有三天。

20 号中午，最后半天的集训结束了，闭营仪式后，所有参训人员回到宿舍收拾好行李，准备坐傍晚的车回市里。

经过一个月的高强度训练，大家都有点疲惫，离营前有两个小时的自由时间，拍照的拍照，爬山的爬山，陆繁没出去，给倪简发了短信，之后去了小卖部，准备买点水和吃的带上火车。

小卖部的老板做午饭去了，老板娘在看店。

陆繁拿了两瓶矿泉水、两桶方便面，放到柜台上，问："多少钱？"

玩手机的老板娘终于抬起头，看了看，说："十二块。"说完起身给他拿了个方便袋，"喏，你自己装一下。"

陆繁没动，眼睛盯着她。

老板娘被他的目光吓了一跳，老脸竟有点泛红："你看什么？"

陆繁微微一怔，抬起眼。

"这条围巾……是你的？"他指着她身上搭的披肩。

"当然是我的。"老板娘有些不高兴了。

陆繁说："能不能给我看看？"

老板娘脸色不自然了，梗着脖子："你这个人怎么回事？有毛病吧，女人的围巾有什么好看的？"

她觉得这人看着正经，怎么说话像痞子。她瞪了陆繁一眼："不做你生意了，快走快走。"说完，往店里走。

但陆繁没走。

他也进了店里，从口袋里拿出磨破了皮的旧钱包，抽了一张，递过去。

"麻烦你让我看看围巾。"

老板娘看着那张粉红票子吃了一惊，抬头看了看他，似乎在确认他是不是开玩笑。

见他表情严肃，老板娘踌躇了一会儿，脸色缓了："好了，你要看就看吧。"她拿过钱，从身上扯下围巾。

陆繁接过来，翻到边角，果然看到一个小洞。

"这不是你的围巾。"陆繁皱起眉，"你从哪儿弄来的？"

老板娘很凶地说："你瞎说什么？这就是我的，你还给我！"

她伸手要抢回来，陆繁手一抬，她矮胖的身材根本够不着。

陆繁紧紧捏着围巾，说："有没有一个女人来过？"

老板娘气急了："什么女人？我这里天天都有女人来，你说的是哪一个？长什么模样？"

"她很瘦，长头发，很好看。"陆繁心里剧烈地跳着，他缓了缓，说，"她的右手不太方便。"

老板娘一愣，立刻就想起了倪简。

"你说的那姑娘……是不是这儿坏了？"她突然不发气了，指了指右手腕问陆繁。

陆繁眼里一热，声音都烫了："是她。她来过，是不是？"

老板娘这才明白他干吗一进来就看围巾，原来是这么回事。

她爽快地承认："是啦是啦，她来过！"

天黑的时候，陆繁上了火车。

虽然不是春运，但硬座车厢还是有很多人。

陆繁的座位在厕所旁边，靠过道，同座是一位大叔，对面坐着一对抱小孩的中年夫妻。

K字头的火车要坐十九个小时，陆繁算了一下，到站得到明天下午了。

晚上，车厢里一直很吵，泡面的味道经久不散。

陆繁也拿出一桶泡面，接了开水。

正吃着，火车到了一个经停站，对面的夫妻抱着孩子下车了，车厢里出去一拨人，又进来一拨新的。

两个年轻女孩捏着票，气喘吁吁地拖着箱子挤过来，看了看位置，又抬头看了看行李架，犯了难。

圆脸的女孩把包放下，对正在吃泡面的陆繁喊了一声："大哥！"

陆繁抬起头。

女孩愣了一下，隔了一秒才回过神，脸红了红，轻声说："那个……帮我们放个箱子，行吗？"

陆繁放下叉子，起身举起箱子放到行李架上。

两个女孩连声道谢。

陆繁说了声"不客气"，又低头吃面。

对面的女孩坐下了，挂好衣服帽子，拿出两袋薯片吃。

陆繁吃完面，把汤也喝完了，收拾好垃圾拿到垃圾桶里，回来时，刚才求助的圆脸女孩把袋子递过来："请你吃薯片。"

陆繁谢绝："不用了，谢谢。"说完话，他从裤兜里掏出手机，划开，低头摁着。

圆脸女孩有点失望地抿了抿嘴，手缩了回去，旁边的同伴侧过头朝她挤了挤眼睛。

女孩象征性地瞪了同伴一眼，耳根有点红。

旅程漫长，一路上两个女孩低声聊天，身边的大叔趴在桌上睡得酣然。

陆繁也有些困了，他靠在座位上，抱着手臂，肩膀往下塌了塌，微微放松身体。

闭上眼时，倪简的模样出现在脑子里。他又睁开了眼睛，低头再看了一眼手机，零点已经过了。

还有十三个小时。

陆繁这一觉睡得不深，四点多醒了。

车窗外的天还是黑的。

对面两个女孩也困得趴在桌上睡了。

陆繁从背包里拿出牙刷牙膏，又摸出一条毛巾去洗漱了。

这个时间，车厢里除了呼噜声，还算安静。陆繁接了一杯开水喝完，之后重新回到位子上坐着。

没什么事好做，其实挺无聊的。

陆繁盯着窗外看了一会儿，摸出手机，翻到短信页面。

他跟倪简的短信记录排在最上面。

她用过三个号，一共有三栏。

陆繁从第一条慢慢看下来。

从去年五月到现在，所有的记录都在。

全部看完花了不短的时间。

陆繁抬起头，看看外面，已是晨光熹微。早晨的风景在眼前晃过，山水田园、树木花草。

一切安详得令人舒坦。

过了一会儿，圆脸女孩醒了，一揉眼睛，看到对面的男人正安静地看窗外。

车厢里的灯还没亮，他的脸隐在半明半昧间，下颌的轮廓硬朗阳刚。

女孩的脸又红了。

怕他发现，她没敢多看，低头从小包里拿出洗漱用品，匆匆起身去了盥洗池。

等她洗漱回来，其他乘客也差不多醒了。灯亮了，一切都从沉睡的寂静中热闹起来。

陆繁在拆泡面桶，刚打开纸盖，听到女孩的声音。

"你早上也吃这个吗？"她弯腰从包里拿出一袋东西，放到他面前，"我有面包，你吃点吧。"

"不用了，我吃面就行。"

他端着面去接热水，没注意女孩的表情。

"你看上他啦？"

圆脸女孩脸一热，转头瞪同伴："别胡说。"

"谁胡说了，你眼珠子都快黏到人家身上了。"

圆脸女孩支支吾吾不说话了。

"好了好了，你眼光不错，他长得还挺好，就是黑了点，不过看他衣服，好像没什么钱的样子。"

圆脸女孩皱了皱眉，不满地嘟囔了一句："你又知道了？你老是看人家衣服，肤浅。"

正说着，陆繁过来了，她赶忙闭嘴，拉着同伴往厕所走："去上厕所！"

后面的路程中，圆脸女孩不时找机会跟陆繁搭话，她问一句，陆繁就答一句，也不多说。

得知他们的目的地一样，女孩两眼放光："我第一次来这儿，不知道火车站那里有没有坐车的地方？"

陆繁告诉她有公交站，也有出租车候车点。

女孩笑起来："太好了，到时候你也要坐车吧，能不能给我们领个路？"

"行。"

火车准点到站，陆繁一出站就收到了倪简的信息：【到哪儿了？】

他停下脚步给她回了一条：【到站了，我去坐车，很快回来。】

然后他把手机揣进兜里，对身后的两个女孩说："公交站在那边。"

他朝马路对面指了指，又转了个方向，指着前面说："坐出租车就到这边。"

说完，他拔步就走，速度加快了。

两个女孩都一愣，等反应过来，陆繁已经快要过马路了。

圆脸女孩急了，顾不上许多，把拖箱放下，小跑着追上他。

"哎，你等等！"

她匆忙跑到他前面，拦住路。

陆繁问："还有事吗？"

"还、还有……"女孩脸红得像苹果，踌躇了一会儿，怯生生地说，"那个、今天谢谢你，能不能……把你的电话给我？"

陆繁一愣。

女孩的脸更红了，她窘迫地揉着手，抬起头，又慢慢地说了一遍："把你的电话给我，好吗？"

陆繁皱了皱眉，正要开口，身后传来一道声音——

"陆繁！"

陆繁愕然回身，倪简已经朝他走过来。

她的视线在圆脸女孩身上溜了一圈才回到他身上。

然后，她走近，踮脚，手一勾，人贴着他，嘴啄了一下他的下巴。

"亲爱的，想死你了。"

她笑意盈盈地看着他。

陆繁呼吸一紧，伸手抱住她。

圆脸女孩惊愕地看着他们，脸色变了几变，尴尬万分地说了声"对不起"，一溜烟跑走了。

她一走，倪简就推开了陆繁，退开两步，要笑不笑地看着他，说："魅力挺大啊。"

陆繁额角一抽，有种不好的预感。

倪简瞥了一眼女孩的背影，目光飘回他脸上，笑了一声。

陆繁上前，握住她的手。

"是问路的。"他说。

"嗯，问路都问到手机号了。"她目光平静，不咸不淡地说，"欺负我是聋子？"

陆繁一时竟无言。

倪简扯了扯唇，又凑过去，一只手搂住他的腰，隔着衣服掐了一把。

"不是叫你别在外面撩骚吗？"她仰着头，假装凶狠地瞪他，"看到漂亮妹子就忘了我的话？"

她眼尾微挑，嘴边又有了笑："嗯……那女孩又嫩又清纯，水灵灵的，挺好看是不是？"

她手一动，又要掐他。

陆繁没躲，任她掐完后，抱住了她，对着嘴唇亲了一遍。

退开时，低头看她："我没注意她好不好看，我只想快点回来见你。"

　　陆繁不会说好听的话，这一点倪简很清楚。他们在一起这么久，陆繁没说过几句甜言蜜语，所以这句已经算非常好听了。

　　加之他表情极认真，倪简很受用，心情好了。她心情好的表现就是直接亲上去。

　　陆繁不会拒绝她，他回吻的力度比她更凶。

　　周围人来人往，他们大多匆匆看一眼这对男女，就都撇过了头。

　　多看一眼要脸红的。

　　亲了好一会儿，两人分开，陆繁没松手，倪简歪在他怀里，歇了一会儿，气息缓下来，抬头看他。

　　陆繁的脸有点红。

　　倪简笑了一声。

　　陆繁低头看她。

　　目光对上，两人都没说话。

　　陆繁也笑了，手掌抬起来，摸了摸倪简的脸。

　　"瘦了。"他突然说。

　　"哪儿瘦了？"

　　"脸和身上都瘦了。"

　　倪简一笑，挑着眉说："身上瘦没瘦，你得回去才知道。"

　　倪简从他怀里退出来，看了看他，发现他除了一个背包，没有别的东西，用不着她帮忙提行李。

　　陆繁牵起她，看了一眼她的右手，问："手怎么样了？"

　　倪简说："快好了，你别天天问这个。"

　　陆繁不大放心地伸手摸了摸，看着她的脸说："这样碰，疼吗？"

　　倪简摇头，陆繁稍微放下了心。

　　火车站人流量大，出租车供不应求，候车点排起了长队。

　　眼看一时半会儿轮不到，倪简说："要不坐公交车吧？"

陆繁摇头："不行，太挤了。"

倪简皱眉："你本来不也打算坐公交车的吗，我看到你是往那边走的。"她指着公交站的方向，说，"你是不是觉得我受不了坐公交车？"

"不是。"陆繁看了看她的手，"你手还没好，别再挤到了。"

"没关系，小心一点就好。"倪简说完，拉他，"走吧，早点回去。"

陆繁只得跟着她。

上一辆公交车刚走，等了几分钟，又来了一辆。

上车的人很多，陆繁在后面护着倪简。

车上的座位早就被抢光了，倪简找到一个空处，转身喊陆繁过去。

他们站在窗边，倪简贴着窗，陆繁帮她挡着人群。

倪简看他一脸紧张的样子，抬手挠了挠他胸口："不要紧，这里安全。"

陆繁捏住她的手，没再放开。

车一路开，一路停，有人上，有人下。

倪简和陆繁低声聊天，说的是分别后的事。

阳光从车窗外照进来，笼在倪简身上，她脸上细小的绒毛柔软温和。

陆繁看着她，眼里心里都软乎。

她在说着话，唇瓣轻轻张合，眉目间微小的表情都被他捕捉住。

看得出来，她心情挺好。

陆繁莫名希望这趟车不要停下来。

到站时，已经三点多。

好在公交站离倪简住的小区不远，走几分钟的路就到了。

余阿姨做好饭，给倪简发了短信就回去了。

倪简一开门，闻到桌上菜香。

"你饿了吧。"她拉陆繁进来，找鞋给他换。

"还好。"

陆繁把背包放到鞋柜上，换好拖鞋。

倪简去厨房弄饭，陆繁跟过来，看她一只手在那儿拿碗、装饭，心里发闷。

他过去拿过她手里的饭勺，把两碗饭装满，拿好筷子。

倪简对他笑了一下，抽出一双筷子，说："你帮我端饭。"

陆繁端着饭跟着她走到餐桌边。

倪简试了一口菜，还是温的。

她放心了，给陆繁夹了一块牛肉："我算得还挺准，时间刚好。"

陆繁也夹了一块给她，问："你怎么算的？"

"掐指一算。"倪简笑得有点得意。

事实上，她没那本事，她只是了解陆繁，他很省，肯定不会坐飞机，也不会坐动车，他选的一定是最便宜的火车。

吃完饭，陆繁把碗洗了。

倪简说："去洗澡吧。"

陆繁应了声"好"，转身去包里找衣服。

就这么一会儿工夫，倪简进屋拿了浴巾出来。

陆繁进了卫生间，倪简也跟进去，陆繁转身看她没有走的意思，愣了一下。

倪简说："你不记得了？"

陆繁："什么？"

"上次你不是邀我洗澡吗？"

见他微愕，倪简提醒道："就是我的手断了的那天。"

陆繁脸有点热。

倪简认真道："我现在补上，你不介意吧。"

陆繁无言以对。最后，他点点头。

倪简笑起来，眼睛都弯了。

她转身把卫生间的门关上，开始脱衣服。练了这么久，她一只手脱衣服的速度明显有所提升，但在陆繁眼里，还是很艰难。

他走过来帮她。

倪简睁着眼睛看他，眼里的笑意盖不住。

倪简调好水温，一转身，陆繁贴上来，两手抱住她。

两人都是一颤，接着互相对视一眼，眼里都有了笑。

这种感觉像偷到了什么好东西似的。

倪简低头在他胸口啄了一下，仰头问："想过我吗？"

"想过。"

话音落，她缓缓一揉，陆繁浑身绷紧，嗓子里哼了一声。

"想过吗？"倪简不依不饶。

陆繁受不住，捉住她的手。

倪简看着他，眼神狡黠。

陆繁眼神幽沉，无奈地挪开眼，再挪回来时，闷闷地点了下头。

点完头，他的脸和耳朵又升了一个温度。

连这种事，他都承认了。

倪简也有点意想不到，等反应过来，又想笑。

……

倪简躺在床上，半天不动，陆繁给她吹头发。

都吹干后，他把吹风机放到一边。

缓了大半个小时，倪简才有力气睁开眼，正对上陆繁的目光。她知道他一直在看她，也不知在看什么。

"你不累吗？"她声音还有些哑。

"不累。"陆繁说。

倪简叹口气，闭了闭眼："等手好了，我去锻炼。"

陆繁说："好，你要是忘了，我提醒你。"

倪简翻了个白眼："我要是忘了就算了。"

陆繁："……"

倪简转头看看窗外，天还没黑。这么早就睡觉，好像有点浪费啊。

陆繁见她皱眉，扳回她的脸问："怎么了？"

"没怎么。"倪简说，"你躺下来。"

陆繁依言躺到她身边。

倪简侧过脸，与他目光相对。

她说："你开心吗？"

没等他回答，她先笑起来："我挺开心的，自从跟你在一块儿，我就挺开心的。"

陆繁一怔，心室了室。

他明明也挺开心的，但不知为何，又有些酸涩。

他想起背包里的围巾，也想起基地旁破旧的小旅馆。

她独自跑过去，不声不响地住了一天。他完全不知道。

她还吃过什么苦，受过什么罪？他也不知道。

他什么都没给过她，凭什么换来这样珍贵的话。

陆繁半晌不回答，倪简脸上的笑淡了："你不开心吗？"

陆繁摇头，低声开口，带了一丝哽音："没有，我也开心。"说完，紧紧地把她抱进了怀里。

天还没黑，但倪简也不想动了。

贴在他怀里时，一切都远了，痛苦的，失望的，憎恨的，愤怒的，都远到了天边。

近的，只有他。

陆繁在床上陪倪简躺到八点。她睡着后，他又起来了。

脏衣服还堆在卫生间里，陆繁过去把那些全洗了，晾到阳台上，又把自己的背包收拾了一下。倪简那条酒红色围巾也被他拿出来洗了一遍，毕竟被老板娘戴过，他怕倪简介意。

第二天，倪简醒得挺早，但陆繁更早，他已经做好了早饭。

很久没吃陆繁做的饭，倪简有点想念，敞着肚子吃下两小碗菜粥。吃完饭，陆繁说："今天我要去队里一趟。"

倪简一愣："不是放假吗？"

陆繁点点头，说："是过去送一些材料，再汇报一下，最多半天。"

倪简"哦"了一声，说："好。"

临出门，陆繁问她中午想吃什么，他回来时顺路买菜。

倪简说随便，陆繁嘱咐了两句，拿上材料出去了。

陆繁一走，倪简无所事事，看了会儿电视，又想去睡觉，往房间走时随意一瞥，看到阳台上晾着条酒红色围巾。正是她在广州弄丢的那条。

十点多，陆繁从大院里走出来，脸色不大好。

孙灵淑站在消防队门口等他。陆繁看到了她，但他没有停下脚步，沿着林荫道往前走。

来之前，他想着要把摩托车骑回去的，现在好像忘了这件事。

孙灵淑看他这样，主动跟上去，小跑着追上他的步伐。

陆繁走得很快，孙灵淑有点喘气，紧跑两步拦住了他。

"你这是什么意思？"她看着陆繁，严肃地说，"确认了我说的是事实，你不接受，反而要躲着我了？"

"你还有什么事？"陆繁微微皱眉。

孙灵淑说："你知道我要说什么。"她轻轻叹了口气，语气微缓，"你还不明白吗，你跟她不合适，你们过的日子不一样，她在风口浪尖照样活得挺好，流言蜚语伤不了她，但你呢？随便一点唾沫就能让你丢了饭碗，虽然现在风声息了，但这件事你们队里肯定会做出处理。"

孙灵淑顿了一秒，又说："不过，你做这个也够久了，现在退下来也没什么不好，这个毕竟是高危职业。我最近找了些路子，有几个工作挺适合你，你考虑看看吧。"

"不用了。"陆繁没多想就拒绝了。

孙灵淑有点生气了。

"你现在真拿我当陌生人了？我难道会害你吗？"

陆繁一阵沉默，低声说："我知道你不会害我，但我真的不需要，队长说过了，这事过去了，不影响我做这个。"

孙灵淑一怔："不影响？怎么会不影响？"

陆繁说："我不清楚这些，我要回去了。"

他说完就绕过她走了。

孙灵淑在原地愣了一会儿，等她回过神，陆繁已经过了马路。

陆繁买了三斤排骨，还买了一条鱼，一些土豆、豆腐、青菜。

他在门口给倪简发短信，隔了两秒就听到里头的动静，是她跑过来开门。

门一开，倪简的脑袋就探出来。

"你回来了。"她让开路，让他进去。

陆繁把手里的菜送进厨房，倪简跟着进去了。

"你买了什么？"她探头探脑地问。

陆繁转头看了她一眼，说："排骨。"说完，他认真处理。

倪简帮不上忙，就在一旁看着。

陆繁弄干净排骨，放进炖锅里，开始择菜，倪简伸手帮忙，被他捉开。

"你去坐会儿。"他说。

倪简"哦"了一声，缩回手，出去看电视了。

陆繁做了糖醋鱼，又炒了三个素菜，炒土豆、熘豆腐还有青菜。这些中午吃，排骨得炖到下午。

倪简闻着香味过来瞄了一眼，看他在洗锅了，问："能开饭了吗？"

陆繁冲她点点头："过来吧。"

倪简进去闻了闻糖醋鱼。

"香。"

陆繁笑了一声，把鱼端起，又端了土豆往外走，倪简帮忙拿了盘青菜。

陆繁做的糖醋鱼和红烧鱼一样好吃，倪简吃了大半条，青菜几乎没动。

陆繁夹了两筷子放她碗里："这个也吃点。"

倪简试了试，说："你做的青菜跟余阿姨做的也不一样。"

"怎么不一样？"

"说不上来。"倪简想了一下，"我还是更喜欢你做的。"

陆繁笑了笑，说："这话你别在余阿姨面前说。"

倪简："我没那么傻。"

陆繁手一顿，停下了筷子："你不傻吗？"

倪简不明所以。

陆繁眼神渐沉，盯着她看了一会儿，低下头，没说话。

倪简有点愣神，喊了他一声，问："你怎么了？"

陆繁抬起头，神色已经正常了。他看着她，说："你先吃饭吧。"

倪简认真地看了他两眼，应声："哦。"

她很快吃完了饭。

陆繁把碗收了。他洗好碗从厨房出来，倪简凑过去问："你有话要说吗？"

停了一下，她说："你今天去队里，没什么事吧？"

陆繁说："能有什么事。"

倪简说："哦，我随便问问。"

她笑了下，上前挽住他的手臂："你下午没事做吧，跟我去个地方。"

陆繁没作声，捏住她的手，有点用力。

"你没什么事要跟我说吗？"他问。

"说什么？"

陆繁指指阳台："那围巾怎么回事？"

倪简说："我还想问你呢，哪儿来的这个？老板娘该不会拿着围巾去你们那挨个问了吧。"

陆繁没回答，问她："为什么不找我？"

"我看到你了。"倪简说，"我在楼上看到你了，你在抽烟。"

"我没看到你。"

"我知道。"

"为什么不告诉我？"

"你现在不也知道了吗？"

陆繁唇抿了抿，说："还有别的。"

倪简："你听到了什么？"她微微低了头。

陆繁捧起她的脸。

"我是你的男人。"

倪简一怔。

陆繁的脸贴近，慢慢地说："你该告诉我。"他说，"那些不好的事，你至少应该告诉我。"

倪简不知如何反应，沉默了下，低声说，"不是什么大事。"

说完，看见陆繁的眼神，她又改口说："好吧。"

陆繁有些无奈把她抱进怀里，过了会儿，垂头看她："还有什么是我不知道的？"

"没有了。"倪简摇头，摇了两下，想起什么，轻声说，"还有一个。"

陆繁皱眉。

倪简笑："不是坏事。"

"什么？"

"你跟我出去，我带你看。"

一个小时后，倪简站在落地窗边指着外面："看见没？你们大院在那儿，很近。"

她话里透出愉悦，一转头却发现陆繁没看窗外，他在看她。

他的眼神有点奇怪。

倪简的脸僵了僵，"……不喜欢吗？"

她又看了看整个屋子，仍觉得无可挑剔，尤其是离他很近。当时梅映天让人带她来看，她一进来，看见这面窗户就决定要了。

"我觉得这里很好。"倪简认真地说。

"我没有说不好。"

他的声音低沉了许多，但倪简听不见。

"那……"

"你已经买了？"陆繁问。

倪简点点头，说："把这做我们的家，你喜不喜欢？"

陆繁说不出话，唇瓣动了动，又闭上。他脸上的表情很复杂。

倪简说："怎么了？"

陆繁微微垂眸，意味不明地笑了一声，嗓音沉滞："你是不是搞反了？"

倪简一愣。

"这种事应该是我做的。"

倪简明白过来，先是一怔，然后笑着勾住了他的脖子："你的钱够买这房子吗？"

陆繁摇头："不够。"不只是不够，买一个卫生间都不可能。

倪简收起笑，不以为然地说："那不就行了，我的钱多啊。"

陆繁沉默地看着她。

倪简目光认真了。她亲了一下他的嘴唇，退开，慢慢地说："你做的事很值钱。"

所以，你去爱世界，我来爱你。

她没说出声音。

但陆繁看清楚了。

完全说不出话。

他紧抿着嘴，一张口，那些情绪便全都要滚出来。他不知道，他的眼睛已经红了。

倪简盯了他一会儿，踮起脚亲吻他的眼睛。

退开时，感觉嘴唇湿了，咸咸的味道漫到舌头上。

她惊异地看了他一会儿，笑起来："感动得要哭啦？"她说，"可我还没说完呢。"

倪简望着窗外，抬了抬眉："你看，在这儿看你们队里特别清楚，如果有台望远镜，你们在训练场都能看到。"

她停下来，转过头，目光落回他脸上。

"以后，你没时间也没关系，我可以在这里指给你儿子看。"她抬手，指着远处，"他会知道，爸爸在那里。"

倪简被抱住了。

陆繁亲她。

她的脸蹭到了他的眼泪。

分开时，他捧着她的脸，低声说："那我得更努力了，让他快点来陪你。"

陆繁的假期只有三天。第一天很快就过没了，第二天他去张浩那里工作，第三天还要再去，倪简没让。

陆繁都走到门口了，被她拖住手。

"今天我们出去玩吧，"她说，"给你过生日。"

陆繁一愣，隔了两秒才想起过两天是他的生日。他都快忘了。

陆繁有些愣神，倪简说："过两天就没时间了，提前过。"

"怎么过？"陆繁问。

"你以前怎么过？"

"很久没过了。"十九岁之后，他就没过过生日。因为没人记得，他自己也不记得。

陆繁想了想，说："以前我妈给我煮鸡蛋吃。"

倪简微微一顿，说："林阿姨煮的鸡蛋好吃。"

陆繁抬眼："你还记得？"

"嗯。"她点头，目光温柔地看着他，"记得吗，有一次你吃了好多个蛋黄。"

陆繁说："记得，是大年初一，没饭吃，你吃了好多蛋白。"

倪简笑起来："你那时都快噎死了。"

陆繁也笑："好意思说？也不知道是谁害的。"

倪简搂住他的腰。

"是我害的。"

陆繁没说话，低头看她。

对视了一会儿，两人脸上的笑慢慢没了。陆繁俯下头，倪简微微站直。

他们的唇贴到一块儿。

屋子里极安静，他们的亲吻也是无声的，缱绻温柔。

几分钟后，屋子里有了喘气声。陆繁靠在墙上，倪简靠在他怀里。

沉默了一会儿，陆繁说："你的生日也不远了。"

倪简惊讶地看他："你记得？"

"嗯。"

倪简笑了笑："那一起过吧。"

说是一起过生日，却也并没有做多特别的事，不过就是出去玩了一天，吃了一顿饭，看完电影后散步回家。在别的情侣眼里，这是普通的一天，却不是谁都能拥有。

回去的路上，路灯将影子拉长。

他们走得很慢。拐弯时，倪简突然停住脚步，扭头说："想不想回老家看看？"

陆繁微愕。"老家？"

倪简："大院里。"

"你想去？"

"嗯。"

"那去吧。"

他们真的回去了。

到了新华路，出租车司机就说："快到了。"

倪简一直盯着窗外。

经过一所学校，倪简说："停车。"

他们下了车。

倪简走到校门口，陆繁跟在她身后。

学校的铁门已经换了几遭，倪简看了一会儿，转头朝陆繁伸手。

陆繁过去牵住她。

"走吧。"

路也修过很多次，更平整更宽阔。

他们走在马路边上，和小时候一样。谁都没有说话，也不需要说话。

到了十字路口，拐了个弯，就是原来电厂的家属院，但现在已经不是了，一年前重新规划之后，市里的特殊学校移到了这儿，居民区没有了，原来的小区大门也变成了封闭的围墙。

他们站在围墙外面。

明明是记忆中的地方，却再也不是旧模样。

他们也不是当初背着书包一起回家的两个小学生了。

但有件事没变——

他们仍在一起。

假期结束后，陆繁又回了队里。

倪简恢复了一个人的生活。这几天她在考虑搬家的事，那套新屋原本就是精装过的，别人买了没住过，空了半年到她手上了，所以随时都能入住。

四月末的几天，她去看了家具，挑到合心意的就买了，叫人送到新家，几天之内全都弄妥当了。

五月初，倪简把租的公寓退了，找搬家公司搬到新屋。

安顿好后，倪简去看过陆繁一次，主要是送钥匙过去，通知他下次放假直接回新家。

陆繁的月假在五月中。

在这之前，倪简带余阿姨去了一趟银杏路，把他那边屋子里的衣服全都拿过来，放进主卧的衣柜里，和她的放在一起。

陆繁放假前两天，Steven 来了，参观了倪简的新家后，死活不肯去酒店了，硬是赖进了次卧睡着。

余阿姨过来做饭时，看到倪简家里多了个陌生的男人，吓了一跳，又不好多问。

周五下午，余阿姨见 Steven 还没有要走的意思，忍不住提醒倪简："陆先生晚上要回来了吧，菜要不要多买点？"

倪简说不用。陆繁都是九点多才回来，晚饭在队里吃过了的。

余阿姨嘴瘪了瘪，不知道怎么说了。

晚饭后，余阿姨收拾好厨房，做好清洁工作就离开了。

Steven 斜靠在沙发上看电视。

快九点了，倪简去卫生间洗完澡出来，问他："你不是九点半要走，怎么还不去收拾东西？"

Steven 两手一摊："今天不走了。"

"怎么回事？"

"行程变了。"Steven 一脸无辜地说。

倪简皱眉："所以你到底还要住几天？"

"两三天吧。"

"你这样会打扰我们。"

Steven "咦"了一声，说："Jane，我好像记得你不是这种过河拆桥、见色忘友的人啊，刚好我还没见过你男人，正好趁这机会见见，我好歹也算你半个娘家人吧。"

倪简翻了个白眼："小天算，你顶多算四分之一个吧。"她说完，转身去房间吹头发。

"白眼狼，没良心。"

Steven 正闷声吐槽，听到门响，转头，看到一个穿黑衣的男人正在拔钥匙。

"嗨。"Steven 率先打招呼。

陆繁怔了怔，顿了一秒，下意识地退出门外，盯着门牌号仔细看了一眼，等低头看到手中的钥匙才意识到他不可能走错门。

这时 Steven 开口了："陆先生吧？"

陆繁走进来。

Steven 看到他的表情，笑了一声："你没走错，Jane 在房里。"

"你……"陆繁刚张口，瞥见一个身影从主卧出来。

倪简眼里露出惊喜。

"陆繁！"她几步跑过来，差点摔倒。

陆繁稳稳扶住她，碰到她的右臂，低目看了看，抬头问："能动了？"

"嗯，就是活动幅度不大。"

她眼里都是笑。

陆繁看了她一会儿，目光从她脸上越过，看向 Steven。

倪简反应过来，跟陆繁介绍了一下。

"他是 Steven，我的经纪人。"

Steven 不满地哼了一声，倪简听不见，但陆繁听到了。

陆繁说了声"你好"，Steven 回了一声，顺便瞪了倪简一眼。

倪简顾不上他，只跟陆繁说话："累吗？要不先去洗澡？"

陆繁迟疑了一下，然后点点头。

倪简进房间帮他拿了衣服和毛巾。

陆繁进了卫生间。

倪简到沙发上坐着等他，一扭头，见 Steven 神色古怪地看着她。

倪简问："怎么了？"

Steven 摇头："不是亲眼所见，真是难以相信，你居然也有这一天。"

倪简迷惑。

"小天说了，我还不相信，现在看还真不假。"他叹口气，"Jane，你可别跟当初追苏钦一样，一头栽进去，追着他满世界跑，连条退路都不留，最后只能灰溜溜地滚开。"

倪简愣了愣，最后低声一笑。

"不会。"

Steven 挑眉："别把话说满。"

倪简摇头："不一样。"

"怎么不一样？你那时不也爱苏钦爱得死去活来？"

倪简说："我会追着苏钦跑，但陆繁，我愿意等他。"因为，他总会回来。

Steven 看着倪简，突然沉默下来，神色变幻不定。

倪简觉得他有点奇怪，但也没多问，扭头看电视。很久之后，在倪简快要忘记这个话题时，他突然拍拍倪简的肩。

倪简侧过头。

Steven 又开了口："那你对苏钦还有感觉吗？如果……他找你呢。"

陆繁从卫生间出来，这句正好入耳。他踏出一半的脚僵了僵。

倪简明显一怔，看了 Steven 两眼，问："你在说什么？"

Steven 眼神闪烁了一下，含糊道："我随便问问，不是听说苏钦早就离婚了嘛，你说他会不会记起你的好，回头找你啊。"

"你闲坏了吧。"倪简白了他一眼，不想再理他。

Steven 识相地闭上嘴，没再说话。

陆繁在卫生间里把换下的衣服洗好了才出来。

倪简看他头发湿的，拉他去房间里擦头发。

Steven 一个人被丢在客厅，难免有些郁闷。自从陆繁进了这个门，他深深地感觉到倪简整个画风都变了。这让他有点纠结，不确定还要不要把那件事告诉她。

陆繁坐在床尾擦头发，倪简躺在床上看他。

陆繁擦好后，把毛巾放到桌上，转过身，对上倪简的目光。

"站着干什么，过来啊。"倪简喊他。

陆繁怔了一下，然后走过去。他在床边坐下，倪简直起身，往他怀里扑。

陆繁捞住她。

"小心手。"他说。

倪简脸贴在他胸口，没看见这话。

陆繁轻轻帮她调整了下姿势，重新抱住。

倪简抬起头，看着他，慢慢笑起来。陆繁发现了，她笑的时候越来越多。这个发现抚平了他心里突然生出的那点惶然和不安。

她说过，和他在一块儿挺开心的。

"你这个月忙吗？"倪简问。

"有点忙。"陆繁说，"最近马蜂窝挺多，掏了很多个。"

倪简笑出声。

他一本正经地说这个，有点可爱。

"那你有没有被蜇到？"

陆繁摇头："没有，我们都做好保护措施的。"

"哦。"

倪简点点头，想起什么，又问："有个事跟你说，下个月你放假时我恐怕

256

不在这儿。”

陆繁心一紧："怎么了？"

"Steven把我的漫画卖到中国台湾了，下个月中有活动，恐怕要签售，我得过去。"

陆繁心放了放，转瞬又皱眉："你的手能写字吗？"

"到下个月应该没问题了。"

陆繁牵起她的手捏了捏，不大放心："明天带你去医院复查看看骨头怎么样了。"

"不用了。"

倪简下意识地拒绝，但看到陆繁的表情，又改口："好吧，都听你的。"

她抬手揉他的脸："那你赏脸笑一个行吗，别这么严肃。"

陆繁抓住她的手，放在嘴边亲了一下。

倪简高兴了，凑近了问："今天想不想？"

陆繁愕然两秒才明白她的意思。

倪简直勾勾地看着他，一双眼睛早把心里的意思表露得清清楚楚。

她是想的。

其实，陆繁也是想的。

但他摇了摇头。

倪简的脸先是一僵，然后就黑了。

她从他怀里爬起来，把他往后一推，压到他身上，气势凌人："不想跟我睡？"

她压的地方不对，陆繁的气息急促了。

倪简一下子就感觉到了，黑沉沉的脸瞬间就雨过天晴了。

"你矜持个什么劲？"她伏在他胸口，哼笑了一声，轻轻挠他胸脯。

她这样明目张胆挑逗，谁受得了。

"别乱动。"他捉着她的肩想叫她起来，但倪简不听话，像树袋熊一样黏在他身上。

陆繁怕伤了她，不敢用力。

谁料倪简得寸进尺，陆繁身体里的火全被勾上来，眼睛发红。

他这个年纪的男人，硬生生憋上一个月并不好受。若换了平时，倪简这样，他早就不客气了。

但他今天一直忍着。

可是倪简太过分了。陆繁没办法，捉住她的手："别这样，外面有人，会听到。"

倪简一愣，陡然明白他在介意什么。

她心里有点恼火，很想现在就把 Steven 丢出去。

"别管他。"

倪简说完，开始动手。

"倪简。"陆繁及时阻止了她。

倪简浑身不爽，身体使劲挪了一下。

陆繁一个激灵，嗓子里冷不丁滑出一个闷沉的单音。

倪简很得意，小声地诱哄："你看，都这样了，要不别忍了吧。"

陆繁脸全涨红了，额上冒汗。

他的确忍不住了。倪简趁热打铁，继续哄着："我们小声一点，外面听不到的，嗯？"

陆繁终于点了点头。

倪简低笑着亲他。

陆繁张开嘴，放她的舌进来，唇齿嬉戏。

理智回炉已经是两个小时之后的事了。

陆繁浑身是汗，倪简伏在他的身上大口喘气。

房间里的气味还没退去，陆繁闭了闭眼，感觉好像被倪简坑了。这种事一旦做起来，根本不可能小声。尤其是倪简，她好像完全忘了她说的话。

这世上，有些宝贝一旦得到了，会让人控制不住地为之疯狂，而你甚至不觉得这疯狂是罪恶。

这，是不是无可救药的爱？

倪简躺了很久，恢复了一点力气后，自觉地从陆繁身上滚下来，躺到一边。

陆繁侧过头，倪简似有所感，也转过了脑袋。

两个人都看见对方汗湿的脸。

倪简的头发贴在脸上，陆繁伸手为她拨开。

倪简笑了一声。

"谢谢。"

她在这个时候，居然对他说了谢谢。

倪简也不知道她在谢什么，就是突然地从嘴里蹦了出来。

陆繁心窝一堵，盯着她的脸看了半天。

倪简说："你在想什么？"

"你。"他说。

"我就在这儿啊。"

是，她就在这儿，就躺在他身边。

但他此刻心里在想的的确是她。

陆繁没有接话，倪简也没有再问。他们一直躺着，直到一起睡着。

第二天一早，陆繁醒得比倪简早，他起床准备早餐。

冰箱里有余阿姨之前买的食材，陆繁感觉不够，打算下去买一些。这一带他很熟，很快就找到地方，买好菜和面回来了。

陆繁刚一进门，Steven 穿着睡衣，顶着一头乱发从卫生间出来。

"嗨，早啊。"他跟陆繁打招呼。

"早。"陆繁往厨房走。

Steven 有些怨愤地看了他一眼，揉揉眼睛说："你这精力不错啊，昨晚那么费力，今天还起得这么早，哥们，传授一下秘诀啊。"

陆繁的脚步顿住。他当然不会跟这个人讨论什么秘诀。

陆繁看得出来这人跟倪简不仅是工作这一层关系，应该也是挺好的朋友，像梅映天那样。

他并不想怠慢倪简的朋友，但此时此刻也确实不知说什么。

气氛莫名变得有点尴尬。

倪简出来时，看到的就是这番情景。

"你们在干吗？"

Steven 扭头："咦，你怎么也起这么早，昨晚不累吗？"

倪简直接无视了他，径自走向陆繁："你出去了？"

陆繁点头。

倪简拨了拨他手中的方便袋："要做面？"

"番茄面。"陆繁说。

倪简笑起来，扭头对 Steven 说："哎，你有口福了。"

Steven 漫不经心地哼了一声："找了个二十四孝好老公而已，至于这么嘚瑟？"

"有本事你做个看看？"

Steven 立刻没了声。黑暗料理是他的黑历史。看着陆繁，他突然觉得学会一手好厨艺或许是必要的。

看，眼前这个男人很可能就是因为会做饭才拴住了倪简这么难搞的女人。

早饭过后，陆繁带倪简去医院检查手腕，Steven 闲着无聊也跟去了。路上，Steven 接了个电话，倪简看了两眼，觉得他的表情有点诡异。

陆繁去拿片子时，Steven 终于忍不住跟倪简说了："Jane，你要不要见一见苏钦？"

倪简早猜到他心里有鬼，但没想到他一张口说的居然是这个。

"你吃错药了吧。"

Steven 急了，赶紧把事情说了一遍，末了说："我承认，我有错，不该擅自做主，但我觉得我们至少得跟人家道个谢吧，把那些流言压下来也不容易，好歹是帮了我们。他晚上表演完从上海过来，特意从这边走，这意思多明显。"

倪简好一会儿没吭声，她以为是程虹做的，没想到苏钦也插了一脚。

这不符合苏钦的风格，但她再一想，又明白了。

他不是帮她，是帮他自己。

Steven 还在劝说："去吧，人家都主动有这个意思了，又是国际上响当当的钢琴家，我怎么好拒绝。而且这些圈子都是连着的，说不准以后他还会帮你，既然以前那一茬过去了，你们恢复点联系对你没坏处。"

倪简不想听他说这些，直接说："行，那你去谢。"

她起身去找陆繁。

Chapter 15
· My Love

复查结果出来了，倪简的手恢复得不错，陆繁松了一口气。

从医院回来，Steven 的脸色很不好看。

倪简的反应让他有些泄气。

他清楚倪简的个性，倪简是个很固执的人，她一旦做了决定，几乎不可能被劝服。就像当年对苏钦，有一阵她像疯了一样，身边人都劝过，但没有用，后来的离开也是她自己的选择。她从不去征询谁的意见。

所以不要指望能说服她，要想点别的办法才行。

Steven 算计惯了，总觉得多留条路子有利无害。

不管怎么样，现在不能自打嘴巴，毕竟对方在国际圈里有头有脸，总不能告诉人家倪简压根儿不想鸟他了吧。

Steven 太了解倪简的性格，他真要耍心眼，倪简哪是他的对手。

第二天陆繁去了张浩那里，Steven 从中午就不见人影，倪简独自在屋里窝了一天，傍晚时，天阴沉沉的，快下雨了。

陆繁还没回来，倪简拿上伞出门了。

她要去张浩那儿接陆繁。

她几乎能肯定，如果她不去，不管雨多大，他一定会独自骑车回来。

谁知刚坐上出租车就收到 Steven 的短信。

短信很简单，说他在酒吧被扣了，然后给了个地址，叫倪简带上钱去付账。

倪简只好叫司机转道，路上给陆繁发了短信，让他在那儿等她。

十五分钟后，倪简到了 Steven 说的那家酒吧，看到 Steven 坐在吧台边跟一个长发美女谈笑风生。

倪简走过去喊了一声。

Steven 回过头，面露喜色："Jane！"

倪简问："要多少钱？"

"没多少。"Steven 拉过一张高脚椅，"先坐会儿。"

"不坐了，我还有事。"倪简从手袋里拿出钱包递给他，"你自己拿。"

Steven 感激地接过钱包，道了声谢，起身说："我先去结账，你等我一会儿。"

Steven 这一去就没了踪影，还钱包过来的是苏钦。

倪简没想过这辈子还会再见到这个人。

她没打算再见他，所以从不去想再见面会是何种情境。

但现在见到了。他就站在她面前，乌眉深目，衬衣长裤，英俊精致得近乎严谨。

五年的岁月足够漫长。

离开时，她二十二岁，现在快二十七岁。

她变了太多。而他一如当年，从头顶到脚尖，完美得挑不出瑕疵。

只是，不再是她眼里的神，那些耀眼的光芒再也吸引不了她。

倪简异常平静。

沉默了许久，苏钦喊了她："Jane！"

他的唇偏薄，吐字时极其性感。这是五年前倪简的感受。

她曾疯狂地渴望这两片柔软的东西，但她从没有得到过。她做过最不要脸的事就是灌醉他，然后偷偷亲他，但她没碰到唇，就被他推开了。那天，她跌到地上，酒瓶碎片扎进她的掌心，她捂着血糊糊的手独自离开他的公寓。

这段记忆冷不丁地跳进脑袋，倪简有一丝讶异。

这曾是她最不愿回想的一夜，但现在已然无甚感觉。

她低头，突兀地笑了一声。

苏钦微微一怔。

倪简已经伸手，拿过了他手里的钱包。

"谢谢。"

她起身，从高脚椅上跳下来，往外走。

苏钦心一动，上前两步，扣住她的手腕。

倪简停住脚步，低头看了一眼他修长白皙的指。她的神思有一瞬恍惚，另一只手出现在她眼前。那个人的手掌粗糙宽厚，皮肤偏黑，掌心有几道薄茧，但很温暖。

她愿意被那样的手握着。

倪简用力把手抽回来。

苏钦站在那里，漆黑的眉皱紧。

"Jane！"他再一次喊她。

"你有事吗？"倪简也皱了眉，她转头看了看外面，对他说，"下雨了，我要去接我先生了。"

她说得极其自然。

苏钦震了震，凝视着她的脸庞。

她的确长大了，虽然眉眼轮廓没变，但这双眼睛里的东西已经完全变了样。

他们已经五年没见了。

五年的时间长吗？他从前并不觉得。

那一年她突然从他身边消失，他隔了一年才确信她是真的走了。

他偶尔想起她，但频次低得可以忽略。后来，他结婚了，半年后，离了。这几年一直独身。

不是没有女人主动走近，但没有一个人像她那样。

她看着他时，那种眼神，他再也没有在任何一双眼中看到过。

他曾经厌恶被她那样看着。

随着她的离开，这种厌恶没了。再后来，他有时会想起那双眼睛，但也仅此而已。

他从没有想过要找她。

既然走了，那就算了。

直到三个多月前，他收到那个盒子。

打开盒子的瞬间，他立刻就想起了她。

他一样一样看完所有的旧物，有些东西甚至已经记不起是何时丢的，因为并不是多重要的东西。

扣子、录音笔、手签的写真、用坏的打火机、U 盘……

那个蓝色的 U 盘，里头有三首曲子。

他仔细看过才发现那是他二十六岁时弹的曲子。

他不知道她为什么留着这个。

她明明听不见。

然后他看到了那张写真背后的字——

【My Love.】

……

苏钦没有说话，倪简也不想等他说话了。

"我想，Steven 会招待你的，我先走了。"她大步走出门，从手袋里拿出伞，撑开，走进了雨雾中。

苏钦没有追出去。

他站在原地，很久没动。

Steven 从他身后走来，叹了口气："Jane 太任性了，这德行一点没改。"

苏钦薄唇紧抿，过了一会儿，低声问："她的先生怎么样？"

Steven 一愣，迟疑了一会儿，说："普通人，没什么特别的。"

苏钦又是一阵沉默，过了会儿，问："对她好吗？"

Steven 想了想，点头说："对她倒是挺好。"

苏钦点点头，说了声"谢谢"，没再说话。

其实也没什么好说的了。他看得很清楚，她看着他时，不再是那种眼神了。

她的眼里已经没有他。

倪简坐上车，掏出手机，看到陆繁发来的信息。

【下雨了，你别来，我自己回去。】

倪简笑了，拨通号码，等显示通话中时，贴着手机大声说："待在那儿等我，别动。"

半个小时后，倪简下了车，撑着伞走到路边。

隔着厚重的雨幕，她看到站在棚下的人——她的男人。

他的摩托车停在棚下，他仍穿着那件墨绿色雨衣。

她一下子想到那天。

同样是五月，同样是这样的暴雨天。

他给她送书稿。那时，她在他身上看到苏钦的影子。

而现在，再也不是这样。

他就是他，是她的丈夫，她的爱人。

她全部的神魂都依傍于他。

大雨滂沱，倪简的脚全湿了。

她朝着他跑去。

在这风雨之中，他是她的太阳。

陆繁看到了倪简，踏进雨里接她。

伞被捉住，下一秒手也被捉住，倪简喊他的名字，但雨声太大，一切都被盖过了。

陆繁拉着她跑到棚下，伞撤开，视线开阔了。

倪简的手冰凉，陆繁握着没放，另一只手抹掉她脸上的雨珠。

他不知道她为什么一定要如此固执地冒着风雨赶来。他原本想要问她，但此刻看着她狼狈的样子，什么也顾不上问了，帮她擦完脸，又去看她的脚。

倪简穿的是软面的单鞋，里面全进了水。

"去屋里。"陆繁拉着她走。

到了门口，他从口袋里掏出钥匙。

倪简看看四周，外面两个棚子里都没人了，店门锁了，看来陆繁是最后一个，要不是她发短信，他一定就这样冒雨骑回去了。

陆繁开了门，把倪简拉进去。他开了灯，厅里亮起来。

这个大厅挺宽敞，摆着一排半新的摩托车，后头有个台球桌，张浩和许芸都喜欢玩这个，所以在这儿弄了一台。

再后头是洗手间、厨房和吃饭的小房间。

陆繁把倪简带到后面，从洗手间里找了条旧毛巾出来。

倪简坐在餐桌边，陆繁蹲下来，帮她脱掉鞋。

倪简没穿袜子，她的脚上都是水，本来就白的脚趾泡得更白了。

陆繁捏上去，一阵冰凉，他眉紧了紧，用毛巾包住她的脚擦干，又换另一只。

他做这事时，倪简一直看着他，从发顶到前额，再到眉眼鼻峰。

陆繁帮她擦好后，站起身，把毛巾搭到一旁的椅背上，然后把自己身上的雨衣脱下来。

倪简问："这毛巾谁的？"

"我的。"陆繁把椅子拉近，坐在她旁边，"平常擦汗用的。"

倪简"哦"一声，看着他笑："现在擦了我的脚，不能再擦汗了，明天带条新的来。"

陆繁："没关系。"

倪简抬了抬眉，嘴边有笑，却不说话。

陆繁看了看她，开口说："以后别这样，下雨天就别出门，淋湿了。"

倪简说："我来接你，你不高兴？"

"不是。"

倪简说："雨这么大，你打算怎么回去？"

陆繁没回答。

倪简扯扯嘴角："你不说我也知道。"

她荡了荡双脚，目光盯着脚尖，低声说："我要不来，淋雨的就是你了。"

陆繁一顿，心被这话戳动了一下，软得捧不起来。

倪简抬起头来，看到他的目光，怔了怔，然后笑起来。

"你怎么了？"

"没事。"

陆繁摇摇头，望望她的脚，问："冷吗？"

倪简说："不冷。"

"袜子没穿。"

倪简"嗯"一声，说："我懒，你也知道。"

"……"

过了会儿，陆繁说："没吃饭吧？"

倪简摇头。

陆繁起身，站在房间门口看了看外面，雨依然很大，没有要停的趋势。

他走回来对倪简说："我去厨房看看还有什么，先做点吃的垫垫肚子。"

倪简："我跟你去。"

"好，你等一下。"陆繁去卫生间里找了双粉色拖鞋过来。

"这是芸姐的吧？"倪简问。

陆繁点点头。

倪简穿上拖鞋，跟着陆繁去了厨房。

陆繁先打开橱柜看了看，里面只剩了一小把挂面，不够两个人吃。

倪简把冰箱打开，拉陆繁看。

冰箱里东西还不少。

耗子早上买了两把青菜，中午炒了一盘，还剩了一点，另外，还有半袋速冻饺子，底下一层有一袋没拆的味千拉面。

陆繁问倪简要吃哪个。

倪简看了看饺子，说："吃这个吧，没吃过你煮的饺子。"

"这个跟面条差不多。"陆繁说，"这饺子是白菜的，不是肉馅。"

"没关系，恰好也不想吃肉。"

陆繁把青菜洗了，准备好之后，等饺子煮好了再煮，没多久香气就飘出来了。倪简原本没觉得饿，现在一闻倒是真饿了。

一共有十四个饺子，倪简吃完五个就吃不下了，把剩下的都倒给陆繁。

陆繁一点都没浪费，连汤都喝干净了。

收拾好锅碗，天已经黑下来了。

倪简走出去，站在檐下看外面。

暴雨如注，天上黑压压一片，像盖了个锅盖让人没来由的压抑紧张。

陆繁从后头走过来，站在她身边。

倪简转过头说："看样子还要下很久，不行咱俩在这儿过夜吧。"

她指指摩托车后面的台球桌，半真半假地笑着："我看那桌子挺大的，睡两个人足够了。"

陆繁顺着她的视线，看了看那张台球桌，也笑了。

"你要是能睡着的话，我没问题。"

"如果累了自然就能睡着了。"倪简神色未变，淡淡地说着，眼睛里却有一抹异光，不偏不倚地凝在陆繁脸上。

她的话听起来很纯洁普通，但她的眼神分明告诉他，她此刻在想的事情一点也不纯洁。

陆繁选择不接这话，他别开脸，微微抿了抿嘴唇。

倪简觉得挺扫兴，她以为这个话题断了，也不再说话。这时陆繁又突然转回来，说："要不要打一会儿台球玩玩？"

倪简眨眨眼，挺意外："你会？"

陆繁没正面回答，牵着她进去，把门关上，把最亮的那盏顶灯摁开。

然后，他找出球杆递给倪简。

这是个传统的中式八球台，倪简没打过这个，她以前跟梅映天玩的是斯诺克台球，但她玩得不多，技术也差。

陆繁已经把球摆放好。

倪简说："没玩过这种，你来开球。"

陆繁接过开球杆，弯腰。

倪简看着他的姿势，有点惊讶。

她还来不及细看，他已经运杆发力。

一直到开球结束，倪简都没看球，光顾着看他了。

陆繁直起身看向倪简。

倪简说："我不玩了，你自己玩，我要看你。"

陆繁："……"

几杆下来，倪简眼睛都直了。她没看过陆繁这个样子。

陆繁放下杆，问她："不试试？"

倪简摇头，盯着他问："你什么时候学的？"

陆繁说："高一。"

"后来呢？"

"没怎么玩过，到这来之后陪耗子打过几回。"

"高一啊……"

倪简歪着头想了想，感觉好遥远。他高一时，她还没上初中吧。

至于他高一之后发生的事，她听倪振平说过，但并不是很清楚，也从没问过他。

那些年，他们各自在天涯两端，彼此全无联系，并不知道对方在经历些什么，是快乐？是忧愁？是幸福？还是辛苦？甚至没有去想过这个。

倪简眉眼垂下，靠在台球桌上，许久没说话。

陆繁放下球杆，走到她身边，一只手托起她的下巴。

"怎么了？"他眉间打了个浅结，显露出他的担心。

倪简抬眼看着他，想笑，喉间却微微泛苦。

"陆繁。"她张嘴，喊了一声，想问些什么，却又不知从何启口。

陆繁也不催促她，只是静静地望着。

他的目光异常温柔，像这夏夜的月光，令人莫名安心。

倪简沉默了一会儿，慢慢蓄满了力量。她捉住他的手，攥紧，缓声说："那些年……是不是很辛苦？"

陆繁一顿，面色明显滞了滞。

倪简一瞬不瞬地看着他。

她感觉到他的手僵了一下。

几秒后，陆繁的表情恢复如常，他深黑的眼有种无形的魔力。

他认真而专注地看着她。

倪简挪不开眼，她以最大的耐心等待着。

半刻后，陆繁抿了抿嘴唇，微微一笑："还好。"

倪简眼睛一酸，泪差点掉下。

分明是那样沉重的一段时光，他如此云淡风轻。

那年，他还没满十七岁。

正如倪振平所说，一个半大的孩子而已。

倪简不知还要再问什么，说什么。

这一瞬间，她又觉得自己很残忍。

不如不问。

但没想到，陆繁居然主动说了，他的表情仍是温淡的，甚至没有一点苦涩。

寥寥几句，说尽了那几年——

"我爸的事你知道吧，他在牢里受不了那种日子，自己选择了结束。后来我妈带我回到这里，她身体不好，病了两年，没熬过去。"

倪简"嗯"一声，不再问，也不再说。

她微微倾身，抱住了他的腰，脸埋进他怀里。

陆繁似乎知道她的心情，摸了摸她的头发。

他们抱了很久。

倪简心里慢慢静下来。她从陆繁怀里抬起头。

他低头，轻轻吻她。

外面的雨仍在下。

倪简不由得想，没有他在的那些年，她究竟是怎么活下来的。

如果他们从来没有分开过，如果她没有在苏钦身上浪费那么多年，如果他们从最初就像此刻这样相爱……

然后，她在心里笑了。

幸好。

幸好又遇见了他。

雨停的时候快晚上九点了。

倪简靠在墙边看陆繁收拾台球桌。

倪简说："你听，外面还在下雨吗？"

"好像没有了。"陆繁摇头，"我去看看。"

他转身走过去开了大厅的门，外面是黑暗的。

倪简看到他走进那片黑暗中，心里一跳，再一眨眼，他已经转身走回来。

"没下雨了。"陆繁说。

倪简点点头："那我们回家吧。"

"好。"

雨后的夜晚干净清凉。路灯下，孤独的摩托车一路前行。

倪简趴在陆繁背上，夜风吹起她的衬衫，空气里弥漫的是绿叶和泥土的气息。

这感觉极好，有些不真实。

到小区门口，倪简远远看到一个人影在徘徊。

陆繁也认出那人。

他停下车，Steven 已经跑过来："Jane！"

倪简没看他，对陆繁说："骑到车库去。"

陆繁有点奇怪，但依着她的话发动了车，载着她从 Steven 面前过去了。

陆繁把摩托车停在车库，和倪简坐电梯直接上楼了。

进门没一会儿，外头传来敲门声。

倪简进了卫生间，陆繁过去把门开了。

Steven 急匆匆地跑进来："Jane，你听我说！"转了一圈，没看到倪简，又问陆繁，"你老婆人呢？"

陆繁指指卫生间，说："在洗澡。"

Steven 松了一口气，到沙发边坐下，问陆繁："你们干什么去了，怎么这么晚？"

陆繁回答："没干什么。"

Steven 不相信地瞅了瞅他，突然问："你喜欢 Jane？"

陆繁一愣，过了会儿，点头说："喜欢。"

Steven "啧"了一声，有点困惑："我说哥们，你老实说，她这么难搞的女人，你们怎么相处的？"

陆繁皱眉，他不喜欢 Steven 对倪简的评价。

"她挺好的。"陆繁说。

"好吗？"Steven 摇头叹气，"我可不觉得，她这个人太难哄，偏偏我这么作死，又惹到她了，果然自作孽不可活啊。"

"你怎么惹到她了？"隔了几秒，陆繁突然问。

Steven 叹了口气，很是愁苦："这回真是错大了，明知道那是她心里一根刺，我干吗要去戳。这个苏钦也是不厚道，他拍拍屁股走人，留这烂摊子给我，我这是图什么呢。"

一句话说完，Steven 才意识到不对——

他好像搞错了倾诉对象哦。

Steven 脸有点僵，呵呵了两声，见陆繁没什么明显反应，赶紧把话题带开了。

陆繁站了一会儿就进了厨房。

晚上倪简只吃了五个饺子，实在太少了点。

他从冰箱里拿出汤圆来煮。水烧开后，他把汤圆倒下去，这时听到客厅的声音。

倪简洗完澡出来了，Steven 正在跟她认错。

陆繁没听到倪简的声音，从头到尾只有 Steven 在那儿喋喋不休地解释。

陆繁不知道倪简有没有在听。

锅里，汤圆已经胀起来了，一颗颗白滚滚的，在沸水里跳跃翻腾。

而此刻，他也好像其中的一颗，被放在水里颠簸着，一起一伏，落不着地。

他不知自己究竟在不安什么。

她的心意，他已然知悉，且相信。

但这无法让他静下心。听到苏钦这个名字，他总是下意识地想起那张黑白写真。

她写的字——My Love。

他终于听不下去，关掉灶头，把汤圆盛出来，端着碗出去。

倪简坐在沙发上擦头发，Steven 坐在另一头。

陆繁把碗放到茶几上，倪简抬起眼，他们的目光对上。

倪简刚洗过澡，脸白得像嫩豆腐。

"吃一点。"陆繁说。

倪简说："过来坐。"

陆繁绕过茶几，在她身边坐下。

Steven 看着他们，眼神怨念。

倪简转过头，对 Steven 说："这事过去了，你现在去睡觉，我会帮你订明早的机票。"

"什么？"Steven 惊讶，"我还打算再待两……"

声音到这儿就落下去了，他看看陆繁，耸耸肩："好啦，我明天走，不打扰你们恩爱。"

Steven 去洗澡了。

客厅里只剩下陆繁和倪简。

倪简随意绑起头发，端起碗，吃了一颗汤圆。

"好甜。"她抬头说，漆黑的眼睛直视着他。

陆繁怔了一下。

倪简舔舔唇，问："你刚刚在想什么？"

陆繁没说话。

倪简仍看着她。她的目光直截了当，不躲闪，也不逃避。

他们彼此心知肚明，但不知在熬什么。

过了一会儿，陆繁终于开口。

"你见过他了。"不是问句，是肯定句。

"对，我见过他了。"倪简爽快地承认。

陆繁却没了话。

倪简把碗放回茶几上，笔直的目光再次看向他。

"你在担心什么？"她一句戳中他的心。

对，他在担心。

陆繁突然抬了抬头。

"你说呢？"他的声音低且平静，表情也是冷然的，只有目光紧紧地锁着她，深不见底。

倪简没料到他丢回这么一句，她一下子倒落了下风。

这么一想，她又想笑，刚纠缠在一起时，她喜欢跟他较劲斗法，后来确定了心意，她没再这样，怎么现在又来了。

她摇摇头，声音软下来，问陆繁："你是不是怕我旧情复燃，怕我红杏出墙？"

陆繁没料到她如此直白，不由得一愣。

倪简看着他的表情，笑了起来。

陆繁不知她为什么笑。这时，倪简靠过来，说："你这叫吃醋，知道吗？"

陆繁目光一紧，接着又缓下来。

对，他这叫吃醋，他知道。

倪简正要再开口，却见他真的点了点头。

"我是在吃醋。"他坦白地说。

倪简有点震惊。

两个人都沉默了下来。半晌，倪简搂住他的脖子："你这醋吃错了。"

陆繁没吭声。

倪简说："我如果真要红杏出墙，今晚就跟他走了，哪还会管你？更不会冒雨去接你，就让你被雨淋。"

陆繁望着她。他的眼神让她硬不起心，倪简说："以前的事都过去了，我今天见到他，没什么感觉，只是记起以前，觉得挺可笑的。"

她说完这话，抬起头问："你懂了吗？"

陆繁点点头。

倪简摸摸他的脸，轻声说："我是要跟你睡一辈子的，你不能老这样，有话你得跟我讲。"

陆繁看着她淡粉的唇瓣一启一翕，微微失神。

她说，她是要跟他睡一辈子的。

这话赤裸裸，却像一个承诺，最直白，最原始。

于是，他不再惶然，抱紧了她。

几天假期过得飞快，Steven 走后，陆繁修了几天车，陪了倪简一天，20号晚上回队里。

临走前，倪简送他到楼下。

他们现在隔得很近，倪简要过去看他也挺方便，所以不必依依不舍。

六月，天开始热起来，倪简的右手好了很多，已经可以握笔。她开始画新的故事。

到六月中，Steven 发来行程，倪简看完后问了一下陆繁，果真跟他的假期重了，所以只能临走前去看看他。

她提前一天去逛街，给陆繁买了几件夏天的衣衫。

晚上十点钟，她在大院门口等陆繁。

现在这种天气，外面已经有蚊子了，倪简站了一会儿就被叮了好几下。

陆繁出来时，就看她在那儿转着圈打蚊子。

有点傻。

他却心疼。

陆繁跑过去，倪简停下来，挠挠手臂，拎起地上的袋子。

"你来了。"她把袋子递给他，"我给你买了衣服。"

陆繁接过袋子看了看说："这么多。"

"不多，你慢慢穿。"

她一边说一边抓抓手臂，陆繁低头一看，她的右手臂都挠红了。

他帮她揉了揉。

"手好了？"他问。

"嗯，能画画了。"倪简说，"你宿舍里也有蚊子吗？"

陆繁摇头："很少。"

倪简"哦"一声："那就好。"顿了一下，她把来意告诉他，"我要去中国台湾了，你这次放假就一个人住了。"

陆繁先是一愣，然后就想起了这回事，她上个月说过。

"好。"陆繁停了下，问，"什么时候回来？"

"一周吧。"倪简问，"你这个月忙吗？"

"还好，我现在被安排在特勤队。"

"有什么不同吗？"

陆繁没多说，只解释道："有一点不同，这是市里新组建的一支特勤队，这个月在训练，所以不忙。"

倪简问："那地点还在这边吧？"

"对，就在我们队里，后头新增了训练场。"

倪简放心了，没再多问。

在台湾地区的行程一共持续八天，结束后倪简去了趟北京，因为是肖敬的生日，程虹老早就提醒倪简回去参加。

倪简因为上次的事对程虹有点愧疚，也有点感激，所以这回都顺着她的意思来，给肖敬准备了礼物。

肖敬对待倪简的态度一向冷淡，这次更比先前差了不少，但倪简并不在意。

肖勤和肖勉也在。上次的事经过媒体渲染，对肖家也有点影响，倪简来之前就已做好了准备，到了现场果然不出意料地受到肖勤一番责备。

倪简淡淡地道了个歉，这样的态度令肖勤不满。

倪简结婚的事上次也一道被曝出来，她知道肖家这边肯定也听说了。

不过肖敬从始至终没说什么。

肖勤借着这个机会嘲讽奚落了几句。其他亲戚除了在背后议论也没敢当面提，毕竟程虹如今在肖家的地位已经稳固了，他们不看倪简，也要看程虹的脸。

反应最大的倒是肖老太太。

宴会结束后，倪简跟程虹回老宅看望肖老太太，免不了被训了一顿。

程虹也在场，但她什么都没说。

肖老太太训完话，程虹还递了一杯茶上去。

倪简默默站着，始终没有说话。

肖老太太喝了口茶，又开始继续说："我们肖家是什么身份、什么情况，你不晓得！你这样胡闹，丢的可不是你自己的脸，这么大的事，你随随便便就做主了，家里大人的意思问都不问，哪有你这样的，不像话……"

程虹在一旁肃着脸朝倪简使眼色。

倪简看懂了，却没听她的。在这件事上，她不觉得有错，也不想认错。

嫁给陆繁，是她做过最正确的事。

倪简在北京停留两天，第一天听程虹的话在肖家老宅住下，第二天一早就走了。

　　她没立刻买票回去，而是在外面又住了一天，她也没其他的事做，一个人瞎逛了逛，毕竟以前在这儿也住了好几年，从七岁到十三岁，虽然对这里没多大感情，但记忆倒是有的。

　　晚上，她订好机票，下楼吃饭时，程虹来了。

　　母女俩在餐厅坐下。

　　倪简说："我明天回去。"

　　程虹并不意外。

　　她看了倪简一眼，问："票订了？"

　　倪简点头。

　　程虹沉默了一会儿。

　　倪简不知她在想什么。

　　过了几秒，程虹说："在那边买房了？"

　　倪简愣了愣，转瞬就明白了。程虹要是有心想知道她的事，大概没有什么是查不到的。

　　倪简点点头："买了。"

　　程虹又是一阵沉默。

　　倪简也不着急，等着她再开口。

　　半刻后，程虹打开手包，摸出一张卡放到倪简面前。

　　"收着吧。"

　　倪简微愕，低头看了一眼绿色的银行卡，说："我有钱。"

　　她把卡推过去，半途被程虹按住。

　　"收着。"程虹又说了一遍。

　　倪简看着她。

　　程虹说："无论我怎么干涉，你还是走到现在这一步。我没什么能给你的，这个你留着，不管怎样，你也得为以后打算，难道还真指望靠陆繁那么个工作养活你？"

　　"我不需要靠谁养活，我自己可以赚钱。"

　　"你这个收入稳定吗？你还真能画一辈子画，等你老了呢？等你的画卖不掉了呢？"程虹目光严肃，"我给你的，你就收着，至少我现在还有这个能力给你，以后就说不定了。我原本指望你能融入肖家，那我也不用为你的将来发愁，但现在看来是没可能了，就算我想为你争点股份，老太太和肖勉那里都是过不去的，更别说其他的了。"

"那些本来就不是我的，我也不需要。"倪简说，"你不用为我操心这些，我自己挣的钱够我和陆繁花一辈子了。"

"你还真乐观。"程虹摇摇头，不想跟她多说，只道，"你已经够不听话了，这点小事都不能听话一次？"

"这不是听不听话的问题。"

"好了，你非要跟我吵架是吗？"程虹揉揉眉心，"这么多年，我们也吵够了，很多事我也不想再跟你拗。事到如今，你的路要怎么走，我没精力也没耐心管了，你既然自己选定了，那就好好过日子，这些钱就当是我给你的嫁妆。"

程虹说完这番话就站起了身，最后对倪简嘱咐了一句："明天小心点。"

程虹离开后，倪简一个人在餐厅坐了很久。

她想，或许她错了，程虹心里应该还是爱她的。只是，她们性格太像，骨子里却又有截然不同的东西，所以，她注定要辜负程虹的期望。

父母缘薄，显然已不能改变，那就随它去吧。

回来时，骄阳似火，倪简一头短发，穿着短袖T恤、热裤和夏款运动鞋。这身装束让她难得显出几分活力，梅映天远远看到她，差点没认出来。

倪简拖着箱子朝梅映天跑去，老远就喊："小天！"

梅映天迈着长腿过去，拿过她手里的箱子，伸手摸她的脑袋："你这头发怎么回事？"

倪简说："剪了。"

梅映天长指弹她额头："倪小姐，你又受什么刺激了？"

倪简歪着头躲开，神色轻淡地说："天太热，这样凉快。好看吗？"

"丑。"

"哪里丑？"倪简伸手摸自己头顶，"我觉得挺好。"

梅映天皱眉说："丑爆了，我打赌你老公都认不出来。"

倪简白她一眼："那你输定了。"

吃完晚饭，梅映天待了一会儿就回去了，倪简洗了个澡，之后看了会儿电视，等到九点半，她从拖箱里拿出两大袋东西下了楼。

走了不到十分钟，就到了消防大院。

倪简站在传达室外等到十点才给陆繁发短信。

短信发出去没多久，陆繁就跑出来了。

倪简正靠在墙上看手机，陆繁直接从门口跑出来。

倪简一抬头就看到他站在灯下往路上张望。

"陆繁！"倪简喊。

陆繁循声回头，看到她，怔了一下。

倪简又喊了一声，陆繁才跑过来。

"你没看到我？"倪简问。

陆繁看着她的脑袋："你剪头发了？"

"嗯。"倪简点头，"你没认出来？"

陆繁没说话，伸手摸她的头发，摸了一会儿，摁着她的脑袋抱到怀里。

他的肩膀还是这样宽阔，胸膛也如从前一般坚硬。

他抱着她时，整个脑袋都埋在她肩上，双臂的力量重，却也轻，倪简觉得他好像要狠狠将她塞到心窝里，又好像怕压坏了她。

传达室的大叔伸着脖子朝窗外看。

过了一会儿，陆繁松开倪简，问："什么时候回来的？"

"下午回的。"

"怎么剪头发了？"

"想剪就剪了，好看吗？"

"好看。"

倪简笑起来："我知道你刚刚没认出我。"

陆繁没说话，灯光落在他的脸上，他的眼漆黑温柔。

倪简问："很想我？"

陆繁点头。

"想。"他停了下，补一句，"很想。"

倪简又笑了一声，很愉悦。然后，她想起什么，弯腰提起地上的袋子："给你带了吃的，麻薯和凤梨酥。"

陆繁接过来看了看，说："没吃过。"

"台湾特产。"

陆繁说："谢谢。"

"不客气。"倪简说完，踮脚亲了亲他的下颌。

陆繁一手搂住她的肩，低头把唇送过去。

倪简张嘴含住。

传达室的大叔乐呵呵地看着。

亲完之后，两人都没说话，互相看了一会儿，倪简说："你进去吧，我回去了。"

陆繁说："送你。"

"不用，就几步路。"

陆繁还是坚持把她送到路口。

分开时，倪简说："我这个月要赶画稿了。"

陆繁点头，嘱咐道："不要熬夜，也别老吃外卖，让余阿姨给你做饭。"

"嗯。"倪简都应了。

从六月底到七月中，倪简一直在赶新稿，这期间没出过门，日常用品都由余阿姨采买，一周和陆繁发几条短信联系一次。

按照以往的情况，陆繁应该是 16 号放假。

倪简记得这事。

晚上，她正打算问陆繁，突然收到他的信息。

陆繁说临时要出警，假期推迟。

这种情况对消防员来说是稀松平常的事，倪简也清楚这个，没觉得有什么，给他回了一条，然后继续画画。

第二天一早，倪简收到一条信息，是余阿姨发来跟她请假的。

倪简回复了余阿姨，自己煮了汤圆吃，中午和晚上叫了外卖。

晚上，她给陆繁发信息，问他出警回来没，但一直到十一点都没有收到回信。

倪简只当他没看到，睡了一觉，等到第二天早上仍然没有回复。

倪简有点担心了。

她拨他的电话，从"正在拨号"直接跳到"通话结束"，这说明没打通，或许是被挂了，又或许是对方电话无法接通。

倪简想了一会儿，找到网页，搜了搜本地新闻网，浏览了一下，没有看到重大火灾之类的字眼。

她松了一口气，正要关掉，忽然瞥到右边那栏"全国在线"，看到第一条就顿住了。

她拇指移到那里，点开，从头到尾看完，又重看中间版块，发现"应急救援队"的字眼。她将整条新闻看完，快速点出新的搜索页，输入"岭安地震"，跳出一溜新闻，图文俱全。

倪简一条条点开，心缩到了喉咙管。

——触目惊心。

整整一个小时，倪简什么都没做，一直在翻网页。她搜到一个报道说华东区第一批救援队的五百零三名消防官兵在16号晚上七点集结，夜里已进入地震灾区参加救援。而岭安县从昨天下午到现在已经有过两次余震。

倪简放下手机就出了门。

她去了一趟消防大院，从传达室大叔那儿问了情况，确定陆繁所在的特勤队的确被抽调过去应急救援了。

震区灾情严重，通信受损很正常。倪简没再打电话。整个下午她一直开着电视，各个台都在报道灾区情况和救援进度。

倪简盯着屏幕上那些搜救队员。除了武警，还有一些人，他们穿着橙色的救援服，在废墟中奔走。

倪简紧捏的手指始终松不下来。

这种感觉她曾经经历过一次。

几年前的日本地震，梅映天正好在那儿，整整三天联系不上。倪简差点以为梅映天没了，后来才知道梅映天居然在那边组织了一个志愿者救援小组，救了不少中国研修生。

倪简想到这里，脑门一跳，赶紧给梅映天发了条短信。

半个小时后，收到回信：

【刚上成安高速，去岭安。】

20号晚上，梅映天回来了。

这期间，倪简一直没联系上陆繁。

倪简在小区门口等梅映天。

除了梅映天，还有一对年轻男女，梅映天和他们说完话就分开了，朝倪简走来。

"小天。"

"上去再说。"梅映天看起来很疲惫。

上楼后，倪简才看到梅映天身上的衣服很脏，沾了很多泥。

倪简问："什么时候走？"

"明天走，得先筹好物资和药品。"梅映天捏了捏眉心，问倪简，"真要去？"

"嗯。"

梅映天说："我劝你别去。你知道每天都有志愿者被劝返吗？就是你这样的，毫无经验，一不小心就成了累赘。"

顿了下，她认真看着倪简，说："你以前不会做这种事，不闻天下事才是你的风格。"

倪简沉默几秒，说："陆繁也在那儿。"

梅映天一愣，隔了两秒，了然地扯扯唇："如果是这个目的，我劝你别瞎折腾，你去了也不可能见到他，而且我们队也空不出位子给你，资源很有限。"

倪简说："我吃得很少，我自己带着，不占用你们的补给，我跟大家一样做事，见不到就算了，不耽误正事，这样行吗？"

梅映天看了她一会儿，点了点头。

这一路并不好走。

下飞机后,梅映天带倪简跟其他人会合。

这个小队加倪简一共十个人,六男四女,都是年轻人,年龄最大的就是梅映天。

一共三辆越野车,食物和药品都已经装好,中午出发。

但接连碰上两场暴雨,塌方的省道更难抢修,走走停停耽搁了大半天,晚上才进阳县。

除了岭安县,阳县也是极重灾区之一。

他们晚上九点到达县城的汽车站。

现实的一切远比电视画面惨烈得多。

倪简想起前两天在新闻中看到的词——满目疮痍。

一眼望去,成片的废墟,整条街上看不到一座完好的房子。

汽车站附近有一个安置点,在北边的大广场。

但地面塌陷严重,车开不过去。

下车后,倪简跟着梅映天搬食物过去。

广场那边挂着几盏白炽灯,地上支着一溜的帐篷,人影憧憧,很多人搬着东西跑来跑去。

一听要发食物,篷布里钻出很多人,他们迅速排好队,按秩序领取物资。显然,之前已经有人帮他们组织过。

倪简来回搬了几箱饼干,梅映天拽住了她,让她负责派发。

对这些受灾群众来说,饼干和方便面成了主食。但即使是这些东西,也并不是想要就有。

物资有限,分到每个人手头的并不多,但没有人嫌少,拿到食物的人总是再三道谢。

排在最末的是个小姑娘,十多岁,圆脸,扎着马尾,她的脸颊上有块明显的擦伤。

倪简递给她矿泉水和饼干，她很高兴地接过，装到脚边的塑料袋里，然后跟倪简说谢谢，拎着袋子往自家的帐篷走。

昏黄的灯光将她小小的影子拉得很长。

梅映天返回车里清点物资，倪简站在广场上等她。

结束后已经十点多，男人们开着两辆越野车原路返回，去运下一拨物资，梅映天带倪简和另外两个女孩去帐篷休息。

帐篷不大，里面也很简陋，没有被子，只垫了两张竹席。

整个县城几乎被夷平，有个遮风躲雨的地方已经不容易。

躺下来没多久，外面有人把梅映天叫出去了。

旁边两个姑娘在小声说话，帐篷里没有灯，倪简听不见，也看不见。

她从背包里摸出手机看了看，没有信号。

手机的屏幕灯灭了，又是一片昏暗。

过了一会儿，梅映天进来了。

"小天。"倪简轻轻喊了一声。

梅映天拍拍她的肩膀，在她身边躺下。倪简没有再说话，沉默的一夜就这样过去。

一觉醒来，天蒙蒙亮。

帐篷里四个人都起了。

倪简钻出帐篷，外面晨光入眼，她站在空地上看了看。

广场上已有不少人。

穿着白大褂的女医生在帐篷间出入。

不知什么时候又来了一拨新的志愿者，他们胳膊上绑着红丝带。

一个穿棕色汗衫的中年男人正拿着大喇叭指挥队友发放大米和油，他站在一块预制板上，跳上跳下，有些滑稽。

梅映天走到倪简身边，拿喇叭的男人看到她，远远挥了挥手。

倪简转头说："你认识？"

梅映天点头。

"前天在岭安见过，他是最早加入救援队伍的。"梅映天说，"16号那天他就在汽车站，本来要回家的，没走成，就这么留下来了。现在有二十几个人跟着他，他们喊他'大个子'。"

倪简没说话，目光落在那男人身上，看了一会儿，转头问梅映天："今天做什么？"

"送药品去镇上，如果有人伤得严重，看能不能把他们带过来。"

倪简说："好。"

梅映天看她一眼，说："你留在这儿。"

"为什么？"

"安置区同样需要人做事。"梅映天指指那一片帐篷，"这么多人住在这儿，你想都有什么事要做？"

倪简不用想，这一天做下来，她就全明白了。

冲洗厕所，收拾生活垃圾，做一些清理工作，再帮助这边的指挥部分发物品，给赶来的医疗救援队打下手，记录伤者的信息……

要做的事远比想象的多。

梅映天到晚上才回来，车上带了一个伤员，直接送到县医院去了。

晚上，"大个子"喊梅映天吃饭，梅映天把倪简也带去了。

说是吃饭，也就比吃干粮好点，一人一个卤蛋，找当地婆婆借了个铁锅，煮了个紫菜汤加面条。

倪简低头喝汤，梅映天和"大个子"有一搭没一搭地闲聊。

倪简喝完了，就在一旁看他们聊天。

"大个子"姓胡，叫胡科。

梅映天喊他"胡哥"。

胡哥快四十岁了，远看魁梧，近看倒觉得长相挺温和，皮肤黑，笑起来一口白牙很扎眼。

他是重庆人，原先做生意做得风声水起，后来到缅甸发展，玩起赌博，没几年输个精光，又从头开始，在原州市办啤酒厂，谁知遇上这场地震，原州市也是重灾区，他的厂子现在已经是废墟。

说起这些，他并没有太大情绪，淡淡带过。

倪简看得出这个人挺能说。

但后来，梅映天问起一个人，胡哥突然沉默。

他摇了下头。

梅映天一怔，立刻就明白了。

"……是怎么发生的？"

胡哥叹了口气，隔两秒，说："那天'小湖北'本来不去的，但人手不够，他说跟我们一道去送药品，路不好走，谁知道赶巧下雨，一翻过山，泥石流就滚下来了，逃命时谁顾得上别的，等跑远一看，就没见着他人了……"

胡哥说到这里，微微仰头揉了把脸。

"那石堆滚下来，有这么高，"他拿手臂比画着，最后摇摇头，"没法子救。"

话到这里，都沉默了。

过了一会儿，梅映天拿过他的碗，又给他盛了一碗汤，胡哥跟灌酒似的仰头喝完。

第二天，新的物资来了，梅映天带着小队离开县城，赶往达梧镇，那边的山路这两天刚抢修完，他们是第一批前去援助的志愿者。

山路艰险，三辆车缓慢前行。

路上，梅映天摸出一袋饼干递给倪简。

倪简这两天吃得不多，的确有点饿，她没客气，拆开吃了。

到镇上已经是中午，他们先找了当地的负责人，安排好发放物资和药品的事，之后去安置点帮忙，了解伤员情况，记录所需的药品名称。

下午，他们准备返回县里，临走时，一个中年妇女背着女儿来求助，希望搭他们的车去县里医院。

梅映天看了看小孩的情况，二话没说把她们带上了。

倪简和她们一起坐在后面。

上车后，小女孩仍然哭个不停，女孩的母亲细声哄她，哄到最后自己也跟着哭了。

倪简没处理过这种情况，无措地看着她们。

女孩靠在母亲怀里。她的右手臂裹着厚厚的布，一直垂在那儿没动，布面上血迹斑斑，倪简看不出她伤得有多重。

但她哭得这样厉害，眼泪一直掉，应该是疼得不行。

倪简不知如何是好，呆呆看了一会儿，想起什么，从座位底下拉出背包，摸出一盒巧克力，递给哭泣的女孩。

"给你吃。"

小女孩没理她，还是哭。

女孩的母亲抹了把泪，跟倪简说谢谢。

梅映天从后视镜里看了她们一眼，把车开得更快。

傍晚时，到了县医院。

女孩被送去急救。

梅映天和倪简留了下来，其他人返回汽车站附近的安置点。

直到晚上手术结束，倪简才知道这个叫琳琳的小女孩没了右手。

琳琳的母亲无法接受，哭得晕了过去。

医院里早已没有空房，床位也极其紧张，琳琳被安排在一楼走廊的临时病床上。

这一夜由倪简看顾她。

梅映天把琳琳的母亲送到附近的安置区照顾。

第二天清晨，梅映天带着琳琳母亲回到医院，在走廊里没看到倪简和琳琳，一问才得知半夜有人腾出了床位，琳琳住进病房了。

她们走到病房外，看到房门半掩着，里头有哭声。

琳琳母亲一听这哭声，就捂住了嘴。

梅映天发现，除了哭声，还有另一个声音。

是倪简在安慰琳琳。

她的声音很低，带着一点温柔。

这温柔令梅映天惊讶。

琳琳的情绪很不稳定。

这很正常。即便是一个成年人，醒来发现自己少了一只手，都会无法接受，更何况这是一个八岁的孩子。

她的哭泣这样伤心、绝望，所有的安慰都显得苍白无力。

倪简看着这个孩子，发现自己再也想不出一个安慰的字。

她心里充斥着难以言明的情绪。

不知是同情还是其他的什么。

半晌，倪简握住琳琳完好的左手。

"别哭，我跟你说个秘密。"

她俯身靠近："我是聋子，你有没有发现？我听不到好听的声音，也听不到好听的歌，还有……我上课听不到老师讲话，不能跟你们一样看电视，也不能打电话……"

倪简慢慢说着，琳琳的哭声渐渐小了。

她睁着湿漉漉的眼睛望着倪简。

倪简伸手擦掉她脸颊上挂着的泪珠："你看，我是不是比你还可怜？"

琳琳不说话，眼睛一眨不眨。

倪简知道她在听，捏着她的手说："我的耳朵虽然坏了，但我有眼睛，我上课看老师的嘴巴就知道他在说什么，我考试比别人考得还好。你也是，你还有一只手，这只手也能写字、吃饭，你一样可以上学，我耳朵坏掉了都能读书，你一定比我厉害。"

倪简直起身，松开琳琳。

琳琳却突然抓住她的手指。

倪简看着琳琳。

琳琳什么都不说，只是抓着她不放。

病房外，琳琳母亲泪湿眼眶。

梅映天推门走进去。

中午，琳琳睡着了，倪简才得以离开病房。回去的路上，倪简很沉默。

下车后，倪简往广场走，梅映天突然拍拍她的肩。

倪简回过头。

梅映天上前揽着她抱了一下，拍了拍她的背心。

倪简莫名其妙。

梅映天淡淡说："感觉你长大了，挺欣慰。"

倪简："……"

下午，梅映天的小队分为两组，一组返回省会，另一组去原州市。那边有两个重灾镇缺人手。到原州市里，天已经快黑了。

市里救援工作已经进行一周，通信也已恢复，晚上倪简的手机终于有了两格信号。

她给陆繁打了电话，但结果仍然和之前一样。

她联系不上他，也没有在这里看到他。

梅映天说得不错，震区范围这么大，她不可能和他碰见。

这一夜，倪简很累，却没有睡着。

这几天的经历在她心里翻了很多遍，她想到独自领好物资回帐篷的小姑娘，想到拿着大喇叭的胡哥，也想到躺在医院的琳琳。

她想到这一路看到的穿橙色救援服的男人们。

她想到陆繁。

第二天一早去镇上，途中碰到一队消防兵，倪简盯着他们看。

梅映天瞥了她一眼。

这已经是震后的第九天，紧急搜救工作差不多要结束了，外省的应急救援队会陆续撤离。

梅映天知道倪简在想什么。

这几天，倪简虽然没提过陆繁，但她对路上遇到的每一个消防员都会注意。

到达目的地，十点刚过。

她们先后去了两个安置点帮忙，把带来的药品分出去，下午两点赶往第三个安置点。

过去之后，正好赶上食物派发，于是一直忙到三点，之后是清理环境。

五点时，几个人吃了点干粮，出发去下一个地方。

越野车从镇政府门前驶过。

小广场上搭着几个帐篷，两只铁锅架在炉子上，正在烧着什么，炊烟腾起。

不远处，几个消防员坐在台阶上休息。

倪简目光虚空地看着外面，突然大喊："停车！"

车停了，倪简拉开门跳下去。

"陆繁！"

这一声穿过暮霭，急切而匆促。

连耳背的阿婆都惊了一下，手里的煮鸡蛋差点掉到地上。

但这声音没断，紧接着又来一声，唤的仍是这个名字，声音却哑了，好似带了哭腔。

阿婆循声一看，一个短发姑娘正朝她跑来。

再一看，不是朝她跑来，是朝她身边的人。

她身边，站着一个男人，穿着橙色的救援服。

他是个消防员。

小广场上所有人都看到了奔跑的姑娘，或愕然，或惊奇。

铁锅里的菜粥熟了，飘出香气。

没人去管它。

阿婆推推陆繁："姑娘在喊你哩。"

陆繁站着没动，僵住了似的。

视野里那个身影由远到近，像只燕子，突然在冬天飞来……

飞进他怀里。

她的脸庞白皙，她的身躯柔软，她抱着他的腰，她在喘气。

她就这样出现在他眼前。

倪简的呼吸缓了，情绪也缓了。

她眨眨眼，让热得发烫的头脑和眼眶都慢慢冷下来。

她从他怀里退开。

陆繁一震，后知后觉地拉她。他喉咙动了动，唇张开，声音沙哑："你……"

"我跟小天来的。"

倪简抢下话，盯着他的脸。

他又黑了点，而且胡子长出来了，嘴唇上方和下巴上一圈青黑，短短的，不难看，但显得憔悴。她看到他额头上有伤。

陆繁朝她身后看。

不远处停着一辆越野车，梅映天靠在车门边望着这儿。

倒车镜上绑着红丝带。

陆繁收回视线，他心里翻江倒海，口中竟不知先找哪句话说，过了几秒，问出一句："什么时候来的？"

倪简说："有几天了。"

陆繁眼眸漆黑："这里很危险，也许还会有余震，你……"

"我知道。"倪简打断他，飞快地回头看了梅映天一眼。

她知道此刻陆繁还在工作，也记起自己说过的话。

"我跟小天走，你好好工作，回家见。"她踮脚，手臂勾住他的脖子，用力抱了一下，很快松开。

"留着吃。"她摸出一袋东西塞进他手心，转身跑走。

梅映天拉开车门，倪简跳上去，关上门。

车沿着石子道开走了。

她像风一样来，又像风一样走。前后不过五分钟。

黑色的越野车转过小树林，看不见了。

身后的阿婆走上来，顺着道路蜿蜒的方向望了望，说："小姑娘是你媳妇儿哟？"

"嗯。"

这一声竟似微微哽咽。

他低下头，手心里攥着一袋白巧克力。

车上了山路，倪简靠在座位上，从包里摸出两块巧克力丢给后排两个姑娘，再剥好一颗喂给梅映天。

"安心了？"梅映天转头看她两眼。

倪简点头："嗯。"

到了下一个村，暮色已深，她们把剩下的药品发完，驱车赶回原州市里。

市区的电网抢修得很成功，她们在的那片安置区已经能用电，热水比之前充足，几个人终于能好好地洗把脸，再草草擦一下身体。

这个晚上，帐篷里终于也挂上了一盏小灯。

梅映天曲着腿坐在睡袋里，膝盖上放了个记事本。她正在整理药品记录。

倪简进去递给她一杯咖啡。

梅映天很吃惊："哪儿来的？"

倪简指指丢在角落的背包，说："不知道什么时候塞进去的，就这一袋，刚好有热水就泡了，没糖没奶，你将就一下。"

梅映天立马接过去喝了一口。

倪简在她跟前坐下来，抱着膝盖看她。

"好多天没喝这个，你馋坏了吧。"

"没这么夸张。"梅映天仔细把杯子放稳，"不过，还算你有心。"

倪简笑笑，目光落到本子上，停了一会儿，轻轻说："以前我不懂你怎么老爱做这事，现在好像有点懂了。"

梅映天挑眉说："懂什么了？"

倪简想了想，说："说不上来，就是觉得……能明白。"

梅映天没再问，盯着她看了一会儿，突然说："我以为你今天会留在那儿。"

倪简一愣，紧接着就明白了梅映天说的"那儿"是哪儿。

"我不会留在那儿。"倪简说，"也不能留在那儿。"

她没继续解释，但梅映天听懂了。

两人都沉默了。

隔了两秒，梅映天淡淡笑了一声。

倪简问："你笑什么？"

"没什么。"

梅映天端起杯子抿了一口，点点头："你男人有本事。"而且，本事还不小。

他能让倪简疯狂，也能让倪简理智。

不简单。

接下来仍是在震区重复这样的生活，等待运来的物资，再去下面各个村镇派发，做一些力所能及的事。

这期间，来过几拨记者。

倪简没想到会在这里见到孙灵淑。

孙灵淑比她更吃惊。

两人白天打了几次照面，都没说话，各做各的事。孙灵淑忙着采访，倪简则忙着打杂。

到了晚上发现对方就住在隔壁，两顶帐篷门对门，进出都能撞见。

孙灵淑先跟倪简打了招呼。

不过光线不好，倪简没太看清，只看到她手摆了摆。

孙灵淑好像意识到什么，主动走过来："这么巧。"

倪简点了下头，没什么表情地说："还真是。"

孙灵淑盯着她，上下打量一番，说："差点认不出了。"

倪简没接这话。

孙灵淑又说："你什么时候来的？"

"记不清了。"

孙灵淑转了个话题："听说陆繁也被调来这里，不知道在哪儿呢。"

倪简目光平定，睨了她一眼，说："谢谢你关心。"

孙灵淑脸僵了一秒，随即笑了笑："就算我没跟他在一起，到底也是老朋友，应该的。"

倪简没吭声。

孙灵淑顿了下，自顾自地说起来："看起来，你现在对他好像挺认真的，上次的事你还挺有办法，不过他一直做这个，你不担心吗？"

倪简说："担心又怎么样？"

孙灵淑说："你可以改变。"

倪简没反应。

"我劝过他，也想帮他，但他拒绝了。"孙灵淑说，"你既然能护着他，那么这点小事也很容易吧，你可以不用承受这些。"

倪简摇头："不是这么回事。"

"那是怎么回事？"

"这些不该我去决定，我没资格。我既然要了他，就该去承受这一切。"倪简抬了抬眼，"而且，我也承受得起。"

孙灵淑微震，看了倪简好一会儿，想说什么，最终又没说。这一刻，她似乎想明白了什么，又似乎什么都没明白，只是觉得倪简这个女人好像没那么讨厌了。

之后，两人都沉默了，这个话题没再讨论下去。

第二天一早，孙灵淑就跟其他几个记者、摄像一道走了。

越来越多的物资运来灾区，安置区内开始搭建临时居住的活动板房，很多地方已经在进行震后重建工作，几个极重灾区将被封闭，救援队和志愿者陆续撤离。

一周后，梅映天解散了小队。

8月10号，倪简回了家，梅映天转道去上海组织募捐事宜。分开前，倪简递了张银行卡给她，捐款的事交给她一道办了。

当月月底，华东区的三批救援队陆续撤回。

这期间，陆繁和倪简联系过一次，还是在半个月前，那时陆繁刚从镇上出来，到了市里给手机充上电，一开机就给倪简发了短信。

回来这天不巧赶上台风天，航班停飞，几百名消防兵全滞留在机场，折腾到第二天才到上海，等到乘火车回来已经是下午了。

陆繁怕倪简等，就没有提前通知她，等到回队里集合、汇报完之后，直接回去了。

到了家，发现倪简不在，陆繁发信息问她在哪儿，好半天没等到回音。

他下楼去找她，走到小区门口，看到倪简拎个黑色袋子从马路对面走来。

距离上次在震区见面已经一个月了，她的短发长长了，盖住了耳朵。

她低着头，慢慢朝这边走，手里的黑袋子一晃一晃，她身上的藏青色裙子裹着两条白皙的长腿，很打眼。

走过斑马线，她抬起眼，看到了他。

陆繁大步走去。

倪简愣在那儿没动。

陆繁走到她跟前，伸手握住她，把袋子拿过来，用另一只手提着。

手掌被熟悉的温度包裹，倪简微微一颤。

她仰起头。

"倪简。"陆繁喊她。

倪简没应，盯着他的脸仔仔细细地看。

他瘦了，胡子刮掉了，额头上的伤早已掉过痂，留了块模糊的红印。

她抬起手碰了碰那块印子。

陆繁没动，任她摸着。

她收回手时，他低声说："已经好了，不会留疤。"

倪简"嗯"一声，轻轻一笑，眼睛弯了："别担心，留疤我也不嫌弃。"

陆繁也笑了，看她两秒，说："回家吧，这里热。"

"好。"

陆繁一手提着袋子，一手牵着倪简从小区里走过，进了电梯。

电梯里没有别人。

陆繁看看手里的袋子，问倪简："这是什么？你买的晚……"

话没说完，倪简突然把他推到电梯壁上，踮起脚吻上去。

陆繁一震，下一秒，手松开，袋子掉落。

他抱着倪简转了个身，手掌护住倪简的后脑，将她压在侧壁上，用力地亲。

……

天还是亮的，房间里的窗帘拉上了。

倪简缩在陆繁怀里，许久没动。

他慢慢摸她的脸，从眉眼到嘴唇，一遍一遍，像要刻到心里。

倪简轻轻喊他，陆繁的唇凑过来，倪简张开嘴，让他的舌头进去。吻了一阵，两人分开，倪简头转了转，调整好姿势，盯着他的脸。

四目相对，两人都笑了。

"你看，天还亮着呢。"倪简说。

陆繁头点了下。

倪简眨眨眼，低声说："上次就想这样亲你。"

陆繁微微一愣。

倪简："是真想亲，但我忍住了。"

陆繁没说话，倪简笑了一声，说："你那时没刮胡子，脸上又脏，像个老头子。"

"是吗？"

"嗯。"倪简嘴角翘了翘，"不过，还是好看。"

陆繁眼神温柔，目中也有了暖淡的笑意。

倪简摸他的下巴，轻轻说："我那时要是亲上去，你那胡子恐怕要扎死我。"

她说着，伸着脖子往上移了移，拿脸颊蹭他的下巴。

陆繁顺势亲了一口，低声问："我没想到你会跑过来。"

倪简一愣，转瞬明白他在说什么。她笑了笑，故意说："那天你看到我，一点都不惊喜，我一去，你就赶我走。"

"没赶你走。"陆繁说，"那里很危险。"

他说得很认真，倪简不忍心再调侃了，乖乖道："我知道，可我那时好不容易看到你，我都高兴疯了。"

"我也高兴。"

"真的？"

"嗯。"

两人窝到天黑才起来。

陆繁抱着倪简进浴室洗澡。冲干净后，用浴巾包着她送到卧室，给她穿上睡裙，又帮她吹头发。

"饿了吗？"陆繁问。

倪简："还好。"顿了顿，想起什么，问，"你呢？吃过午饭吗？"

"吃过，在火车上吃的。"

"吃的什么？"

"饼干。"

倪简拽着他的手臂坐起来："走，去做饭吃。"

"我去，你睡着。"

"一起去。"倪简拖着他的手。

陆繁牵着她一起出去。

冰箱里还有点食材，陆繁挑了几样，问倪简的意见。

倪简看了看，说："我现在会做蘑菇汤，这个让我来试试。"

陆繁不大相信地看着她，倪简挑挑眉，说："我前两天做过，余阿姨看着我做的，她说挺好。"

"你怎么突然学做这个？"

倪简说："这个简单，做两遍就差不多了。"

"我是说，为什么突然又学起做菜？"

自从上次炒坏了秋葵和鸡蛋，她几乎已经放弃这事了。

"总得学两个备着。"

她说到这里，想起什么，跑到外面，把昨天带回来的黑袋子拿进来："这个黏糊糊的东西，我已经学会怎么做了。"

陆繁蹲下身，把袋子打开，是一把绿色的秋葵。

倪简说："我还是得学一点。万一你儿子要吃，你不在家，我一个都做不出来不大好吧。"

陆繁懵然："……儿子？"

他惊愕地低头看她的肚子。

倪简："你看什么？还没有啊。"

她说完笑了一下："不过，我觉得这次会有。"

倪简踮脚凑到他耳边：

"你这么努力，他再不来就太过分了。"

陆繁一怔，脸发烫。

接下来的两天陆繁没出门，他们一起过了完整的两天，但也只是平常的生活，买菜、做饭，窝在沙发上看电视，出门散一个小时步，聊天、亲吻、睡觉。

第三天，两人都开始各自努力。

倪简继续攻画稿，陆繁又去修车了。

即便是重复单一的生活，依然令人舍不得快快过掉。

假期的最后一天，陆繁带倪简去看电影。回来时经过南区的供电所，倪简想顺道看看倪振平。他们在大门外等倪振平下班。

下午五点多，倪振平走出来，远远看到一双人站在那儿，手牵在一块儿。

他一眼认出来，有点惊讶，也有点欢喜，朝他们走过去。

倪简隔着老远喊了声"爸爸"，倪振平应了一声。

陆繁牵着倪简走过去。

到了近前，他认认真真喊了一声"爸"。

倪振平吃了一惊，随后笑起来，眼眶有点红，连说了两声"好"。

倪简没看到陆繁喊的什么，看倪振平这样，她有些反应不过来："爸爸，怎么了？"

"爸爸高兴，陆繁今天改了口，就正式成了咱们老倪家的女婿了。"倪振平抹了抹眼睛，百感交集，"小简，你们俩在一块儿，真好。"

倪简惊讶，转头看陆繁。

察觉到她的目光，陆繁侧过头。

倪简看了他一会儿，扭回脸，低下头，嘴角的笑意遮不住。

回去的路上，倪简伏在陆繁背后，紧抱着他的腰。

摩托车从白杨树下穿行，风景依次倒退。

倪简心里都是愉悦。

第二天清早，倪简醒时，陆繁已经走了。

倪简去厨房里看了一下，果然看到煮好的粥，出来时在茶几上发现陆繁留的字条。

　　倪简看完后走到房里，掀开陆繁的枕头，看到一个咖啡色小盒。

　　打开一看，是一颗鲜绿的翡翠挂珠。

两个月后。

倪简从梅映天家回来，已经是晚上九点多了。

深秋已过，天气更凉。夜晚气温很低，下雨天就更冷了。

倪简穿上风衣仍觉得冷，又在里头加了一件线衫。

她拿上下午买好的水果，带上伞出门。

外面雨不大，淅淅沥沥。

倪简走到消防大院外面，传达室的大叔喊她进去躲雨。

倪简道了声谢，站在屋檐下给陆繁发信息。

不到两分钟，陆繁出来了。

他走上来一摸她的手，冰凉。

他皱了眉："天冷，以后晚上别出来了。"

倪简应了一声，把水果递给他："本来是不想来的，但有件重要的事得告诉你。"

陆繁接过水果袋，问："什么事？"

倪简从风衣口袋里掏出一张叠着的纸，展开后递给他："自己看。"

"是什么……"陆繁接过来，一低头，声音断了。

格外安静。

倪简盯着他的脸，笑容渐渐晕开。

不等他有反应，她自己先欢喜地搂住他的脑袋："陆繁，小东西终于来了。"

Extra 1

· 哥哥，等等我

外面的雨下了一天，到傍晚的时候终于停了，程虹出差没有回来，家里只有倪简和倪振平。

倪振平在厨房做饭，倪简在房间写作业。

倪简写完作业，收好拼音本，又将铅笔和橡皮放进笔盒，整理好书包。

这时倪振平推门进来，倪简低着头，没看到他。

倪振平怕吓着她，没过去，站在门口等她转身。

倪简收拾好东西，拿起书桌上的杯子准备去外面倒水喝，转头一看，愣了一下。

倪振平朝她笑了笑，走过来："小简写完作业啦？"

倪简点点头。

"乖。"倪振平摸摸倪简的头，从口袋摸出五块钱，"小简去买点好吃的。"

倪简摇摇头，没接。

倪振平想了想，说："那帮爸爸买一袋盐，剩了钱奖励给你买吃的，好不好？"

倪简顿了顿，点点头，从他手上拿过钱。

大院里就有小卖部，很近，但外面下过雨，地上是湿的，倪简出门前换上了自己的橘色小雨靴。她手里攥着五块钱，走到二楼，碰到两个人，是陆繁和他妈妈林兰。

倪简站着没动。

林兰刚从少年宫接儿子回来，母子俩正说着话，突然就看到了站在楼梯上的小女孩。

"哎，是小简啊。"林兰牵着陆繁走上去，到了倪简身边。

"小简要去哪里？"林兰在倪简面前蹲下。

倪简看清了林兰的嘴唇，低声说："阿姨好。"她说得慢，显得很认真。

"小简真乖。"林兰笑着摸摸她的脑袋，"要出门吗？"

倪简点点头。

林兰露出了疑惑的表情，问："你爸爸呢？怎么让你一个人出门，有什么事情吗？"

"我……买盐。"

倪简的发音不是很标准，林兰不确定她说的是买烟还是买盐，林兰没再问，转头对身边的小男孩说："陆繁，你陪妹妹去小店买东西，好不好？"

"好。"陆繁牵起倪简的手，对她说，"那我带妹妹去了，妈妈你先回去。"

"好，妈妈去做饭了。"林兰又摸了摸倪简的头，上楼了。

倪简跟着陆繁下楼。走出楼道，倪简看到湿漉漉的地面，又看到陆繁穿的鞋子，皱了皱眉，说："哥哥，你没穿靴子。"

陆繁看了看她："我不用穿靴子。"

倪简不解。下雨天就要穿靴子，他为什么不穿？

陆繁解答了她的疑惑，他告诉她："这个鞋子防水的，里面不会湿。"

"哦。"倪简呆呆地看了一眼他脚上，抬起头。

"走吧。"陆繁说。

倪简跟着他去了小卖部。

老板娘认得他们，问："要买什么啊？"

"盐。"倪简把五块钱递给她。

"要什么烟？"老板娘拿了一盒给她看，"这个吗？"

倪简摇头。

老板娘又换了一盒："这个？"

倪简还是摇头，有点急了，脸涨红："不、不是！"

"那要哪个啊？"

"是盐，盐！"

陆繁反应了过来，拉拉倪简的手，倪简转头看他。陆繁问："炒菜的还是放嘴里抽的？"

倪简："炒菜的。"

陆繁明白了，对老板娘说："要一袋盐，食用盐，细的。"

"原来是盐啊，早说啊。"老板娘嘟囔了一句，又朝倪简看了一眼，同情地摇了摇头。

一袋盐八毛钱，还找了四块二。

倪简想起倪振平说的话，她没有接老板娘递过来的钱，而是走到架子边拿了两袋干脆面，最后老板娘给她找了三块二。

倪简把钱揣进口袋，递了一袋面给陆繁："哥哥吃。"

"我不吃，小简自己吃。"陆繁拿着盐，"走吧。"

倪简拿着两袋干脆面跟在他身边，走了两步，她又说："哥哥吃吧。"

"等一下吃。"陆繁说完停下了脚步，又记起她听不见，他转头看着她说，"好吧，你先帮我拿着，我们回去再吃。"

倪简笑了，点头："嗯。"

两人一起往回走，大院里有一个低洼处，倪简走到边上，踩了一下水，她觉得很好玩，又继续踩。

陆繁在旁边看着她，说："小心点。"

倪简听不见，她看着自己的小雨靴，玩了一会儿，她抬起头，看到陆繁站在水泥台阶上。

"哥哥，我再玩一会儿。"

"你玩吧，不要溅到身上。"

"嗯。"

倪简踩了一会儿，有几个孩子笑闹着从大门口跑来了，陆繁转头一看，其中有他最讨厌的孙大磊，他扭回头，不再看他们。

没想到，孙大磊也看到了他，领着几个孩子跑过来了。

"哇，陆繁，你又跟小聋子玩啦！"孙大磊扯着嗓门说了一句，其他孩子都在笑着。

倪简发现周围多了好几个人，愣了一下。她有些紧张地看着陆繁。

陆繁没有理孙大磊，他像没有听见一样对倪简说："小简，回家了！"

倪简从水洼里走出来，跟在陆繁身后。

几个孩子跟在他们后头，孙大磊笑嘻嘻喊一声："小聋子！小聋子！"

其他孩子跟着喊。

倪简什么都听不见，她捧着干脆面紧追着陆繁的步伐。

她不懂，他为什么走那么快。

她有点跟不上了，朝他喊："哥哥，等等我。"

陆繁停下脚步，把她手上的干脆面放到装盐的塑料袋里，牵着她走。

孙大磊一看，兴奋地吹了声口哨，叫道："哦！牵手喽！陆繁跟小聋子牵手喽！"

其他小孩笑作一团，跟着叫："跟小聋子牵手喽！小聋子，小聋子！"

"哥哥？"倪简不明所以地看着陆繁，他没有回头，好像很生气的样子，将她的手握得很紧。

后面的孩子们还在跟着，一边笑一边喊。

陆繁突然停下来，松开倪简，气冲冲地转身喊："你们不要喊了！"

孙大磊哈哈大笑，其他人也在笑，他们挑衅地喊："小聋子，小聋子，陆繁的小聋子……"

倪简回头看到他们，吓了一大跳。

"哥哥……"她小声喊陆繁。

陆繁没有应声，几步跑到孙大磊面前，狠狠推了一把："我叫你们不要再喊了！"

孙大磊不喊了，他气势汹汹地推陆繁，拳头也伸出去打他。

陆繁跟孙大磊打了起来。

其他小孩都叫起来："哦，打架喽！打架喽！"

倪简不知所措地看着他们。

陆繁被孙大磊压在地上。

那些小孩都在看热闹，还有人在叫好。

孙大磊虽然比陆繁小一岁，但他很壮，倪简看到陆繁的蓝色外套全都脏了，他的脸涨红了。陆繁用劲推开孙大磊，他朝孙大磊吼了一句，倪简没看清，她只看到孙大磊的拳头打到了陆繁的脸。

"哥哥！"倪简着急地跑过去踢孙大磊。

孙大磊反手一推，倪简跌到地上，屁股坐到水洼里。

这时有两个大人过来了，喊道："怎么回事？小娃娃干什么呢？！"

围观的孩子一溜烟散了，孙大磊气呼呼地喊："他打人！"

那两个大人认出了他们，过来把倪简拉起来，还没开口问，就见孙大磊的妈妈从后头跑来了，紧接着林兰也来了。

"大磊！"孙大磊妈妈把自个儿子拉开，往他身上一看，脸就变了，一巴掌拍他屁股上，"怎么搞的？叫你做作业，你跑来打架！"

孙大磊哇哇大叫："我没打架，是陆繁打我，是他先动手打我！"

林兰这时也把陆繁和倪简拉到了一边。看到他们狼狈的样子，又听到孙大磊的话，林兰皱了眉："陆繁，是你先动手的？"

"是他骂人！"陆繁愤怒地说。

"我没骂人！我没骂你！"孙大磊边哭边喊。

陆繁紧握着拳头："他骂妹妹！"

"我没有骂她！"孙大磊说，"她本来就是聋子，我没骂她。"

陆繁气得脸都鼓起来了："你再说一句，我还要打你！"

"陆繁！"林兰拽住他，"你打人就是不对，跟大磊道歉。"

"我不会道歉。"陆繁梗着脖子，"他骂小简。"

"我没骂！"孙大磊再次否认，却被他妈妈打了一下。

"就你嘴欠！"孙大磊妈妈很了解自家儿子的毛病，她自然不会傻到为这事得罪陆家，毕竟都是一个电厂工作的，而且陆繁他爸职位最高，还是赶紧息事宁人的好。

就这样，陆繁没道歉，孙大磊被他妈妈拎回家了。

林兰捡起地上的盐和干脆面，转头看到两个孩子脏兮兮地站在那儿看她。陆繁闭着嘴，小眉毛皱着，一看就是在生气，而倪简站他旁边，眼神小心翼翼的。

林兰心里一酸，过去牵起倪简，对陆繁说："回家吧。"

走到楼道里，就碰上了倪振平。

"小简！"倪振平看到他们吓了一跳。

林兰把事情说了一遍，倪振平气得要去找孙家算账，被林兰劝住了。

倪振平把倪简抱回了家。

晚饭倪简没吃几口，倪振平有点担心地看着女儿："小简，再多吃一点。"

倪简摇摇头。

倪振平叹了一口气，把菜碗收拾了，他从厨房出来时看到倪简拿了一袋干脆面。

"爸爸，我去哥哥家。"她说。

倪振平说："好，爸爸送你到门口。"

倪简敲了敲陆家的门，是林兰来开的门。

"小简？"

倪简仰着头说："阿姨，我找哥哥。"

"快进来。"

陆繁在房间里，倪简进去把干脆面递给他："哥哥，你的。"

陆繁收下了，从罐子里拿了几颗花生糖："给你。"

"谢谢哥哥。"倪简接过来，揣进兜里，往外走了几步，又回头，"哥哥，明天要等我。"

"好。"陆繁笑了笑，"不要睡懒觉。"

倪简点头："我不会的。"

新的一周，陆繁仍然和往常一样，早上带倪简去学校，晚上带她回家。

到年末，倪振平和程虹的关系越来越差，吵架的频率从三天一小吵五天一大吵变成了天天吵，倪简放学也不想回家，躲在陆繁屋里写作业。

临近期末，陆繁有很多试卷要做，倪简才上一年级，作业很少，半个小时就做完了，陆繁找了一本连环画给她看。

等倪简看完，他也做完作业了。

"小简，来吃糖。"这次是牛奶糖，倪简没有吃过这一种，拿在手里看了好一会儿。

她抬起头说："这个没见过。"

"这个是张浩给的。"

"哦。"倪简剥开糖纸，舔了舔，说，"很甜。"

"记得要刷牙。"

"嗯。"

倪简笑嘻嘻地把糖吃完了。

陆繁看了看时间，说："我送你回家睡觉吧，明天要早起。"

倪简一顿，脸上的笑消失了。

"我不想回家。"

陆繁眉毛皱了皱："你不听话了？"

倪简嘴一瘪："我听话。"

陆繁牵着她："走吧。"

陆繁将她送到门口，正要敲门，听到里面传来骂声。陆繁收回手，对倪简说："我家还有一本连环画，新的，你要看吗？"

"好。"

这一晚，倪简在陆繁家待到很晚，直到倪振平过来把她接回去。

期末考试结束，寒假就来了。

倪简在陆繁的监督下很快就做完了寒假作业。过了几天，程虹就告诉倪简今年要去苏州过年，倪简并不想去，但她不敢说什么，她怕程虹发火，更怕程虹跟倪振平吵架。

去苏州的前一天晚上，倪简去了陆繁家，把借来的连环画还给他了。

"你要去外婆家？"

倪简点点头。

"过年也不回来？"

"嗯。"

陆繁有点失望："我买了很多烟花。"

倪简眼睛一亮："等我回来放。"

陆繁说："好。"

倪简在苏州待到寒假结束，正月十八才回来。

她在苏州买了两个漂亮的本子，准备送给陆繁。但是她回到家，倪振平却告诉她陆繁跟他爸妈转去了外地，下学期不在这边上学了。

倪振平从房间里抱出一个纸箱，说是陆繁留给她的。

倪简打开纸箱，看到整整齐齐的一摞连环画。

除了连环画，还有一个漂亮的罐子，里面装满了各种各样的糖果。

"喔，是哥哥的糖罐子。"倪简说。

01

倪简孕早期情绪起伏很大，用梅映天的话说是"作得过头了"。

因为陆繁没有提前交代就和兄弟单位的女同事一起录了宣传短片，倪简很不高兴，陆繁道歉了还不行，吵架之后她跑去梅映天那儿待着，到晚上也不回去，手机上的消息一条也没看。

梅映天对此见怪不怪，最开始得知倪简怀孕还当她是珍稀动物关照，现在已是麻木状态。

"我没你老公那手好厨艺，今天委屈你随便吃点。"

倪简窝在沙发上，应一句："行，我又不挑。"

然而，等梅映天在厨房里折腾完了，端出飘着油星子的汤，倪简就想起陆繁，也不知道他怎么弄的，总能把汤煮得清淡又好吃。

到晚上九点多，梅映天接到了陆繁的电话，接完后告诉倪简："人在楼下了。"

过了几分钟，有敲门声。

"到门口了。"

倪简明明都看到了她说的话，但不吭声。

梅映天："反正我是不会去开门的。"

倪简瞪她："小天！"

无果。

五分钟后，倪简自己去开了门。

陆繁站在门外："你生完气了吗，能不能回家睡觉了？"

倪简扶着门把不回答。她一不高兴脸就变得挺冷，看他两秒才说："我没生气，我就是喜欢和小天一起待着。"

在沙发上看戏的小天：……不必。

陆繁沉默了一下。

倪简还是那个语气："我今天不回去，你一个人睡不行吗？"

"你睡得着吗？"他皱眉来拉她的手，"我睡不着。"

倪简满意了。

梅映天受不了他们的磨磨蹭蹭，三两下收好了倪简的包，丢到陆繁手里："赶紧带走。"

倪简被陆繁牵着进了电梯。

她将他抵在轿厢壁角，问他："小天说今天是我不讲道理，你也觉得？"

"没有。"

"那你为什么不早点来接我？小天做的饭是真不行。"

陆繁露出笑："我下次知道了。"

02

倪简的经纪人 Steven 回国发展后，空窗很久才谈了个女朋友。

他开心地请大家吃饭。

对方是一位归国 ABC，叫 Eva，性格奔放热情，毫不拘束，十分擅长表达感情，于是这顿饭简直变成 Steven 的恩爱大秀。

和他们一比，倪简和陆繁这对简直含蓄过头。

五人饭局中，唯一落单的梅映天对此直翻白眼，明确声明："拜托你们以后 double date（四人约会）即可，不必叫我！"

然而倪简也自叹不如，回去之后和陆繁聊天，说："你看到 Steven 那张脸了吗？笑得都要歪掉了，我都没见过他那副样子，那个 Eva 杀伤力挺大。"又漂亮嘴巴又甜，那么多爱称张口就来，换谁谁能不晕。

陆繁在做解酒水，倪简晚上喝了不少，脸都是红的。

他边切柠檬边听她讲话，没发表看法。

倪简多少有点酒劲上头，情绪处于兴奋状态："你喜欢那样的吗？"她身体倚在操作台边，"我也可以的。"

可以什么呢？

现学现卖。

"我也叫你 Baby（宝贝）？"倪简歪头看他的表情，"还是 Sweetie（糖果）？你喜欢哪个？"

她的脸凑在面前，些微的酒气，哄人一般的模样问他。

陆繁很受不了，脸也有些热了。她平常正经的状态只会叫他名字，有时闹起来才会叫"老公"或者"陆繁哥哥"。

他没有言语。

倪简盯着他的唇："告诉我啊。"

"你不用学别人。"

"嗯？"

"你现在就很好。"

03

小葫芦刚满三岁就上幼儿园，和大部分小朋友一样，分离焦虑严重，每天送过去都要哭一顿，饭吃得少，午觉也不睡。幼儿园里特意开了家长课堂，陆繁和倪简一起去。

课堂是讲座的形式，请了好几个业内专家，时间比较长，倪简一直读唇，到后面就有些走神。

座位左右都是满面忧虑的年轻家长，她无聊地张望几眼，陆繁侧眸看过来："累了？"

她点头，小声说："我有点看不清。"

"那就别看了。"陆繁轻轻捏她的手指，"歇一会儿。"

"那你认真听。"

"好。"

结束后，两个人讨论怎么帮小葫芦适应新生活，陆繁说了挺多条，倪简忍不住皱眉："这么多吗？你要求太高，他才三岁。"

"可以先试试，他不一定做不到。"

倪简没说话。

陆繁："生气了？我们不是在商量吗？"

"没有，我只是在想……分离焦虑也很正常吧，要这么紧张去处理吗？"倪简认真地说，"我还焦虑呢，你每天出门去工作，我也要难受的，这很严重？"

"……你怎么没说过？"

"这有什么好说的。"倪简挑眉，"所以我理解你儿子，多给他点时间好吗？"

陆繁当然点头。停顿一下，他看着她说："倪简，我不能不工作。"

"我当然知道。"她笑着抱他，"我难道还不如小葫芦吗？放心，我能克服。"

"好。"

04

陆繁也会吃醋，但他很少乱吃醋。

倪简发现，有一个人他格外在意，就是她的那位导演朋友时峻。

电影《逃》的合作结束后，时峻一直和倪简保持联系，一年总有几回因为工作顺路过来，会约倪简见面。他们在漫画和电影方面很有话聊。

有一次倪简带了小葫芦一起去。

回来后，她看到陆繁在问小葫芦他们说了什么，但在她面前又表现如常。

直到后来某天时峻临时过来，倪简过去赴约，两人聊得挺久，她答应回来吃晚饭却没做到，陆繁才有明显的负面情绪。

那天，时峻送倪简回来。

陆繁带着小葫芦在楼下等她，恰好看到。倪简与时峻告别，跑过来，却见陆繁神色淡淡，回去后，他异常沉默。

连小葫芦都敏锐地发现问题，话也不敢说，只朝倪简眨眼睛。

倪简拉陆繁到房间里。

"你生气我没回来吃饭，还是生气我去见时峻？"她问得直截了当。

陆繁看着她，眼神复杂："和他有那么多话说吗？"

倪简摸到症结，倒松了一口气，说："你真因为这个不高兴？我们一年才见两次。"

"你们好像有很多共同话题。"陆繁从前觉得这心思多少有些上不得台面，眼下却不再遮掩。

"你在想什么？你不信我？"

"不是。"他不知怎样解释，只是会觉得莫名难受，无法控制。他知道他在吃醋。

"我是和他能聊得起来，就像我和小天也聊得起来。"倪简走近一步，"但是，朋友是朋友，爱人是爱人，我分得很清楚，我和你不只有好多话说，还有很多事情我只想和你做。陆繁，你不高兴没什么错，但你要告诉我，我会解释的。"

陆繁点了头。

"你现在好了吗？"

"嗯。"

"那你来抱我一下。"

他真的低头，伸手。

倪简将他推到床上。

"比如这件事，我就只想和你做。"

05

在 5 月 20 号这种含义特殊的日子里，小葫芦的小书包里内容丰富。

倪简看着床上的小饼干、棒棒糖、悠悠球，手又伸进去，这回摸出几张五颜六色的贺卡，上头都是小姑娘干干净净的字，譬如"陆皓你跑步真帅"这种。

倪简躺在陆繁怀里，一张张看完，笑到不行。

陆繁忧心地皱着眉："你还笑？"

"这有什么？"倪简弯着眼睛看他，"他长得好看，跟你一样，你小时候没有女同学围着你吗？"

"没有。"

"骗人。"

"没骗你。"陆繁把她抱起来，认真地说，"我没收过女生东西。"

"你收过我的。"他十二岁生日，收了她的贺卡。

"你不算。"

"我怎么不算？我不是女生？"倪简搂住他的脖子。

陆繁顿了顿，没说出话。

倪简捧着他的脸，不依不饶："说啊。"

陆繁望着她，眼睛漆黑，过几秒，低声说了句："你不一样。"

06

小葫芦五岁时，很想养一条小狗，他在心里筹谋很久，决定先和小天阿姨商量。

"我妈妈喜欢小狗吗？"他趁倪简在工作，偷偷打电话问。

"应该……不喜欢吧。"梅映天如实作答。

"那怎么办？"小葫芦很犯愁。

"你怎么不问你爸爸？"

小葫芦像个大人一般地叹气："问也白问，我和我妈妈，他会选谁？"

五岁的小孩这么清醒。

梅映天着实敬佩："说吧，要我怎么帮你。"

当然是请她当说客。

小葫芦很清楚，在他妈妈面前说话比较有用的除了他爸爸，就只有小天阿姨和外公。他许诺拿压岁钱请吃饭，梅映天一口答应帮他的忙。

他接着打电话给外公。

经过了一周的努力，小葫芦终于获得了养一条小狗的权利。

小狗是陆繁带回来的，一条柯基犬，出生没多久。

起初倪简还颇厌烦，她害怕照顾这样的小动物，她也不会照顾。但实际状况并没有倪简想的那么难，小葫芦很努力，承担了很多事情，将他的小狗养得很好，取名叫"奇奇"。

这条小狗和小葫芦一起成长，日渐融入这个家。

后来，倪简为它创作了 Q 版条漫《Kiki's Home》。

这一年，倪简三十四岁，她和陆繁在一起的第十年，每一天都比前一天更理解什么是"home"。

我的家

二（1）班 陆皓

我的家里有三口人，我、我爸爸和我妈妈。

先来说说我吧。

我的大名叫陆皓，是我爸爸取的。

我的小名叫小葫芦，是我妈妈取的。

小天阿姨说这是因为我出生的时候长得像葫芦那么可爱，但 Steven 叔叔说小天阿姨在撒谎，其实是因为我是葫芦娃转世。我不知道"转世"是个什么东西，但 Steven 叔叔说葫芦娃很厉害，所以我更喜欢这个理由。

我今年八岁，上二年级了。大家都说我是个很聪明的小学生。

好了，妈妈说做人要谦虚，我就不夸我自己了，下面来说说我爸爸。

我爸爸这个人很厉害。

他长得很高，跑步跟飞一样快，他还能把我和妈妈一起抱起来。有时候我妈妈很懒，我们出去跑完步，她就不想走回来了，这时候我爸爸就会背着她，跟我比赛跑步，但是我总是跑不过他。我爸爸跑得太快了，他真是太厉害了。

我爸爸现在和耗子叔叔一起教别人开车，因为他车也开得很好。看，他就是这么厉害。

不过，他以前做的不是这个工作。我爸爸以前是个消防员，就是救火的那种，我妈妈说他救过很多很多人。我上小班的时候，我爸爸还穿着消防员的衣服去我们幼儿园教我们小朋友怎么从火里跑出来呢。

我爸爸有时候对我很好，有时候又对我很凶。我小时候很少看到我爸爸，因为他总是不在家，但那时候我很喜欢他，因为他一回来就会给我买很多很多好吃的，还会亲我的脸，虽然有时候他没刮胡子，戳得我脸疼，但我很开心。

因为他喜欢我才会亲我。

可是现在，他很少亲我了，但他每天都会亲妈妈好几次，出门的时候亲，回来的时候也亲，我就像个傻子一样看着他们，我觉得我真可怜。

我有时候考了100分他也只是摸摸我的头，而且他叫我跑步时总是特别凶，我要是想偷个懒，他就会瞪我。

我爸爸的眼睛瞪起人来太可怕了，像老虎一样，真搞不懂我妈妈怎么会说我爸爸的眼睛好看。

我觉得我的眼睛才好看呢，又大又圆，连刘老师都夸我长得可漂亮了，像我妈妈，嘿嘿。

哦，对了，我还没说完呢。

我爸爸很会做饭，他做的饭太好吃了，他煮的面也好吃，我最喜欢他做的糖醋排骨，我妈妈最喜欢他做的猪蹄，为这事我和我妈妈每次都要吵起来，最后都是我让着她，因为我爸爸早就说过了，我们男人要对女人好，所以我要照顾我妈妈，还要保护她，我这么乖，当然会听我爸爸的话了。

只要我爸爸在家，我们家里的饭都是我爸爸做的，我妈妈有时候会洗碗，从今年开始，我爸爸就教我洗碗了，因为他说妈妈是女人，女人总是洗碗对身体不好的，虽然我不知道为什么洗碗会对身体不好，但我爸爸说的总是对的吧，所以这几天我都在乖乖地学洗碗，昨天又打碎了两个盘子，唉。

一说到这里，我又想起一件事。我爸爸这个人挺奇怪的，他有时候在我面前挺凶，但他在我妈妈面前就不是这样了。

从小到大，我好像从来没有看到他对我妈妈发脾气，也没有骂过我妈妈，有时候我妈妈骂他，他也不顶嘴，有时候我妈妈赌气不跟他说话，他就一整天都不开心，最后又跑到画室里哄我妈妈。看到这里，你们大概也看出来了吧，我妈妈这个人挺作的。

一开始我不知道"作"这个字是什么意思，只是听小天阿姨这么说我妈妈，后来我问了我的同桌孙小荣，她比我大一岁，知道得可多了，然后我就懂了。

好了，下面就来说说我妈妈这个人吧。

老实说，我妈妈也是个很厉害的人，虽然她很作。

我妈妈是个画家，但她不是普通的画家，她是画漫画的，但她画的漫画很多我都看不懂，她也不让我看，说不是小孩子看的，不过，现在我妈妈终于画了一本小孩子看的漫画了。

这本漫画就叫作《我的小葫芦》，你们发现了吗？这本漫画是画给我的。

这是我七岁生日时我妈妈送给我的生日礼物。现在这本漫画到处都有了，书店里也能买到，我们班的同学都有一本，他们都说可好看了。

我妈妈去学校里接我放学，还有好多人找她签名呢。

我是她的儿子，我在学校里可神气了，大家都更喜欢我了，前两天张明月还跟老师说要调位子跟我做同桌呢。不过我还是更喜欢孙小荣，我看我就还跟她再坐一个学期吧，下学期我再跟张明月一起坐，其实她们两个长得都挺好看的，但是都没有我妈妈好看。

我妈妈长得很美。这不是我说的，大家都这么说。我妈妈的眼睛很亮，脸很白，她有点瘦，虽然我爸爸总是做肉给她吃，但她怎么都长不胖，我爸爸都愁死了。

我妈妈对我很好，她总是亲切地叫我小葫芦，她给我买的衣服都很漂亮，穿到学校里大家都夸好看。

我也很爱我妈妈，我对她也很好，她以前还说我是她的好宝贝。

小时候，我爸爸总是不在家，有时候阿姨做完饭就走了，家里就剩我跟妈妈。我妈妈耳朵听不见，所以很多事都要我来做，比如有人来敲门，我的耳朵就要竖起来，烧水的时候我妈妈有时会忘记去看，都是我听到声音提醒她，还有，接电话啊，也是我，跟她一起出门，我还要提醒她小心点，有时候后面有车来，她都不知道。

我小时候觉得很奇怪，为什么妈妈要找刘老师来教我说话读书，她自己不教我，后来我才知道她听不见我的声音，不知道我读得好不好。不过，我妈妈会自己教我画画。

哦，我还想起了一件事。有一次我听到别人说我妈妈是聋子，那时候我还不知道聋子的意思，回来后我就问我妈妈："妈妈，你是不是聋子？"

我才刚问了一句，我妈妈还没有回答我，我爸爸就生气地把我拉开了。

我都被他吓哭了。

后来，我妈妈把他骂了一顿。

晚上的时候，爸爸带我一起洗澡，他跟我道歉了，还告诉我，因为妈妈听不见，所以我们更要好好保护她。

我们还偷偷拉钩，他不在的时候由我来照顾妈妈，他在的时候由他来照顾，看谁做得更好。

这件事我妈妈到现在都不知道。

我们一家人经常一起出去玩，有时候爬山，我妈妈总是爬到一半就爬不上去了，我们就得停下来等她。所以我妈妈不喜欢爬山。

有时候，我们一起去看电影，我爸爸坐中间，我坐左边，我妈妈坐右边，反正我妈妈就喜欢坐在我爸爸旁边。

我们看的都是我喜欢的动画片，我总是看得津津有味，我以为他们也看得津津有味，后来才发现不是。

就好比昨天，我看完了电影，发现我妈妈已经靠在我爸爸身上睡着了，我爸爸正在看她，看着看着他突然低下头，亲我妈妈的额头。

这么看来，我们家来看电影太亏了，三张电影票，只有我一个人在认真看。

我妈妈光顾着睡觉，我爸爸光顾着看她。

哼。

虽然我们家经常很开心，但也有不开心的事，比如爸爸和妈妈吵架的时候。

我记得大概是我五岁的时候，有一天有个叔叔来找妈妈，好像是个拍电影的叔叔，他们出去喝茶，说了很久的话，我妈妈连晚饭都没回来吃。

我和爸爸等了她很久，后来我们自己把饭吃了。

晚上，我和爸爸在楼下等妈妈回来。后来，那个叔叔送妈妈回来了。

我爸爸看到他们，好像有一点不高兴，但他没有说。

我自己看出来的，因为他把我的手捏得很紧，我都觉得有点痛了。

我看，他是生气了。

回家后，我爸爸就很少说话了，我妈妈问他怎么了，他也没说话。

后来我妈妈就把我送回自己房间，把我爸爸拉到他们房间里了，然后我就什么都没听到了。

第二天起床，我发现爸爸的脖子上破了一块，好像是被我妈妈打的。我想他们一定是大打了一架，因为他们两个看起来都好像很累的样子。

不过，好像打完这一架后，他们就和好了。

不过，真是吓坏我了。

我希望他们再也不要吵架了。

好了，其实我还有很多话想说，但好像纸不够了，算了，下次再说。

反正，我很爱我的爸爸妈妈，他们也很爱我。

我们是幸福的一家人。

【老师评语：小葫芦，你这么话痨，你爸妈知道吗？】

- 全文完 -